Manuel Vilas

Die Reise nach Ordesa

Manuel Vilas

Die Reise nach Ordesa

Deutsch von Astrid Roth

Roman

BERLIN VERLAG

Mehr über unsere Autoren und Bücher:
www.berlinverlag.de

Die Veröffentlichung dieses Werks wurde vom Spanischen Ministerium für Kultur und Sport gefördert.

MINISTERIO
DE CULTURA
Y DEPORTE

DIRECCIÓN GENERAL DEL LIBRO
Y FOMENTO DE LA LECTURA

FSC
www.fsc.org
MIX
Papier aus verantwortungsvollen Quellen
FSC® C014496

ISBN 978-3-8270-1402-3
Die Originalausgabe erschien 2018 unter dem Titel »Ordesa«
bei Alfaguarra, Madrid

Satz: psb, Berlin
Gesetzt aus der Adobe Garamond Pro
Druck und Bindung: GGP Media GmbH, Pößneck
Printed in Germany

Gracias a la vida, que me ha dado tanto.
Me ha dado la risa y me ha dado el llanto.
Así yo distingo dicha de quebranto,
los dos materiales que forman mi canto,
y el canto de ustedes, que es el mismo canto,
Y el canto de todos, que es mi propio canto.

Violeta Parra

1

Wenn man doch nur konkrete Zahlen statt ungenauer Worte hätte, um den menschlichen Schmerz zu beschreiben. Wenn wir doch nur wüssten, wie sehr wir gelitten haben, und wenn der Schmerz doch nur begreifbar und messbar wäre.

Eines Tages kommen wir alle an den Punkt, uns mit der Bedeutungslosigkeit unseres Daseins auseinanderzusetzen. Manch einer erträgt das, ich werde es niemals ertragen.

Ich ertrug es niemals.

Ich betrachtete Madrid, und das Unwirkliche seiner Straßen und seiner Häuser und seiner Bewohner schmerzte mich am ganzen Leib.

Ich bin ein Ecce-Homo gewesen.

Ich verstand das Leben nicht.

Die Gespräche mit anderen Menschen wurden langweilig, zäh, schädlich.

Es tat mir weh, mit anderen zu reden: Ich sah das Unnütze sämtlicher Gespräche, der vergangenen und der zukünftigen. Ich sah, dass die Gespräche, noch während sie stattfanden, vergessen wurden.

Der Fall vor dem Fall.

Die Eitelkeit der Gespräche, die Eitelkeit desjenigen, der spricht, die Eitelkeit desjenigen, der antwortet. Die Eitelkeiten im gegenseitigen Einverständnis, damit die Welt sich weiter dreht.

Ab da begann ich wieder an meinen Vater zu denken. Weil ich dachte, dass die Unterhaltungen mit meinem Vater die einzig lohnenden gewesen waren. Ich kam auf diese Unterhaltungen zurück in der Hoffnung, inmitten der allgemeinen Auflösung von allem einen Moment der Ruhe zu finden.

Mein Gehirn war wie versteinert, ich konnte keinen klaren Gedanken fassen. Ich addierte die Zahlen auf den Nummernschildern der Autos, darüber wurde ich tieftraurig. Beim Reden in meiner Muttersprache machte ich Grammatikfehler. Ich schaffte es nicht, Sätze zu Ende zu bringen, verstummte, und mein Gesprächspartner sah mich mitleidig oder abfällig an, und dann beendete er meinen Satz.

Ich stotterte und wiederholte mich tausend Mal. Vielleicht lag in dieser affektiven Störung Schönheit. Ich stellte meinen Vater zur Rede. Ich musste immerzu an das Leben meines Vaters denken. Ich versuchte, in seinem Leben eine Erklärung für meins zu finden. Ich war mit einem Mal verängstigt, sah Gespenster.

Ich betrachtete mich im Spiegel, dabei sah ich nicht mein eigenes Altern, sondern das von jemandem, der bereits gelebt hatte. Ich sah das Altern meines Vaters. Ich konnte mich auf diese Weise perfekt an ihn erinnern. Ich musste mich nur selbst im Spiegel ansehen, und schon erschien er, als wäre es eine Liturgie, die ich nicht kannte, eine Schamanenzeremonie, als hätte sich die göttliche Ordnung verkehrt.

Ich empfand keinerlei Freude, keinerlei Glück, als ich meinen Vater im Spiegel sah, sondern der Schmerz wurde nur noch stärker, ich stieg weiter hinab, in die Eiseskälte zweier sprechender Kadaver.

Ich sehe, was man nicht sehen sollte, ich sehe den Tod in seinem ganzen Ausmaß und wie er in der Materie gründet, ich sehe die umfassende Bedeutungslosigkeit aller Dinge. Ich hatte Teresa von Ávila gelesen, dieser Frau waren ähnliche Dinge wie mir passiert. Sie beschrieb sie auf ihre Weise, ich auf meine.

Ich fing an zu schreiben, nur wenn ich schrieb, konnte ich all die düsteren Botschaften, die die menschlichen Körper, die Straßen, die Städte, die Politik, die Medien, unser Sein aussandten, übermitteln.

Das große Gespenst unseres Seins: ein der Natur entfremdetes

Konstrukt. Das große Gespenst ist erfolgreich: Die Menschheit ist von ihrer Existenz überzeugt. Damit fangen meine Probleme an.

Im Jahr 2015 suchte eine Traurigkeit den Planeten heim und nistete sich wie ein Virus in den menschlichen Gesellschaften ein.

Ich ließ ein MRT meines Gehirns machen. Ich hatte einen Termin bei einem Neurologen, ein korpulenter, glatzköpfiger Mann mit gepflegten Fingernägeln, einer Krawatte unter dem weißen Arztkittel. Er untersuchte mich. Er sagte, dass nichts Seltsames in meinem Kopf zu sehen sei. Dass alles gut sei.

Und ich fing an, dieses Buch zu schreiben.

Ich dachte, dass mein Seelenzustand eine vage Erinnerung an etwas sei, das sich an einem Ort im Norden von Spanien ereignet hatte. In Ordesa, einem Ort inmitten der Berge, und die Erinnerung daran war gelb. Die Farbe Gelb besetzte den Namen Ordesa, und hinter Ordesa zeichnete sich die Figur meines Vaters im Sommer 1969 ab.

Ein Geisteszustand, der ein Ort ist. Ordesa. Und außerdem eine Farbe: Gelb.

Alles wurde gelb. Wenn die Dinge oder die Menschen gelb werden, heißt das, dass sie aufgelöst oder bitter sind.

Der Schmerz ist gelb, das will ich eigentlich sagen.

Ich schreibe diese Zeilen am 9. Mai 2015. Vor siebzig Jahren unterzeichnete Deutschland die bedingungslose Kapitulation. Wenige Tage später sollten die Fotos von Hitler durch die Fotos von Stalin ersetzt werden.

Auch die Geschichte ist ein Körper voller Reuegefühle. Ich bin zweiundfünfzig Jahre alt und die Geschichte meiner selbst.

Meine beiden Söhne betreten gerade die Wohnung, sie kommen vom Paddlespielen. Es ist bereits fürchterlich heiß. Die Beharrlichkeit der Hitze, wie sie fortwährend die Menschen, den Planeten überfällt.

Und wie sie für die Menschheit spürbar zunimmt. Es ist nicht nur der Klimawandel, es ist eine Art Mahnung der Geschichte, eine Form von Rache der alten Mythen an den neuen. Der Klimawandel ist nichts anderes als eine Neuauflage der Apokalypse. Wir lieben die Apokalypse. Wir tragen sie in den Genen.

Die Wohnung, in der ich lebe, ist schmutzig, voller Staub. Ich habe mehrere Male versucht zu putzen, aber es klappt nicht. Ich konnte noch nie putzen, nicht, dass es mich nicht interessiert hätte. Vielleicht ist es genetisch bedingt, eine aristokratische Ader. Aber das ist höchst unwahrscheinlich.

Ich lebe in der Avenida de Ranillas, in einer Stadt in Nordspanien, deren Namen ich gerade nicht mehr weiß: Hier gibt es nichts als Staub, Hitze und Ameisen. Vor einiger Zeit hatte ich Ameisen in der Wohnung, ich habe sie mit dem Staubsauger getötet: Hunderte eingesaugte Ameisen, ich kam mir wie ein Massenmörder vor. Ich betrachte die Pfanne in der Küche. Das Fett in der Pfanne. Ich muss sie reinigen. Ich weiß nicht, was ich meinen Söhnen zu essen kochen soll. Die Banalität des Essens. Vom Fenster aus sehe ich eine katholische Kirche, die unerschütterlich das Licht der Sonne, ihr gottloses Feuer aufnimmt. Das Feuer der Sonne, das Gott direkt über die Erde schickt, als wäre es eine schwarze Kugel, schmutzig, abscheulich, wie Moder, Unrat. Seht ihr nicht den Unrat der Sonne?

Auf der Straße ist niemand. Da, wo ich wohne, gibt es keine Straßen, nur leere, staubige Bürgersteige voller toter Grashüpfer. Alle sind in den Ferien. Sie tummeln sich am Meer am Strand. Die toten Grashüpfer hatten auch Familie und Feiertage, Weihnachten und Geburtstage. Wir alle sind arme Wesen, im Tunnel der Existenz gefangen. Die Existenz ist eine moralische Kategorie. Existieren heißt, etwas tun zu müssen, irgendetwas tun zu müssen, was auch immer.

Wenn mir etwas im Leben klar geworden ist, dann, dass wir alle, wir Männer und Frauen, eine einzige Existenz sind. Diese eine Existenz wird eines Tages eine politische Stimme haben, und an diesem Tag werden wir einen Schritt weiter sein. Ich werde das nicht erleben. Es gibt so viele Dinge, die ich nicht erleben werde, die ich aber jetzt sehe.

Ich habe immer Dinge gesehen.

Immer schon haben die Toten mit mir gesprochen.

Ich habe so viele Dinge gesehen, dass die Zukunft schon mit mir spricht, als wären wir Nachbarn oder sogar Freunde.

Von ihnen erzähle ich, den Gespenstern, den Toten, meinen toten Eltern, von der Liebe, die ich für sie empfand, davon, dass diese Liebe nicht endet.

Niemand weiß, was Liebe ist.

2

Nach meiner Scheidung (sie war vor einem Jahr, sie wird zwar offiziell und durch richterlichen Beschluss an einem konkreten Datum festgemacht, aber eigentlich ist sie eine unbestimmte Zeit, ein Prozess; auf jeden Fall geht es dabei um mehr als nur ein bedeutsames Datum: Es geht um das erste Mal, dass man daran denkt, das zweite Mal, die Häufung der Male, die man daran denkt, die Zunahme von Vorfällen voller Meinungsverschiedenheiten und Streit und Traurigkeit, die das stützen, was man denkt, und schließlich geht es um den Auszug aus der Wohnung, und dieser Auszug beschleunigt unter Umständen eine Vielzahl von Ereignissen, die zu einem Gerichtsentscheid führen, der aus juristischer Sicht das Ende zu bedeuten scheint; die juristische Sicht gibt Halt am Abgrund, sie ist wie eine Wissenschaft, insofern wir einer Wissenschaft bedürfen, die ordnet und versichert) wurde ich zu dem Mann, der ich bereits viele Jahre zuvor gewesen war, das heißt, ich musste einen Wischmopp und einen Besen kaufen und Putzmittel, viele Putzmittel.

Der Hausmeister des Mehrfamilienhauses stand in der Tür. Wir unterhielten uns ein wenig. Es ging um ein Fußballspiel. Auch ich denke an das Leben der anderen. Der Hausmeister sieht orientalisch aus, aber er stammt aus Ecuador. Er ist schon lange in Spanien, er erinnert sich nicht an Ecuador. Ich weiß, dass er mich eigentlich um meine Wohnung beneidet. So schlecht es einem auch im Leben gehen mag, es gibt immer jemanden, der einen beneidet. Das ist eine Art kosmischer Sarkasmus.

Mein Sohn half mir, die Wohnung zu putzen. Es hatte sich eine Menge Papierkram angehäuft, alles war voller Staub. Man kennt das, man nimmt ein Kuvert in die Hand und bemerkt auf den Fingerkuppen dieses unangenehme Gefühl von Staub, fast wie von Erde.

Es fanden sich vergilbte alte Liebesbriefe, jugendlich-unschuldige, zärtliche Briefe, die Briefe der Mutter meines Sohnes, die meine Frau gewesen war. Ich sagte zu meinem Sohn, er solle sie in die Kiste mit den Andenken legen. Wir legten auch die Fotos meines Vaters dort hinein, ebenso ein Portemonnaie meiner Mutter. Eine Art Friedhof der Erinnerung. Ich wollte und ich konnte den Blick nicht von diesen Dingen abwenden. Ich berührte sie voller Liebe und voller Schmerz.

Du weißt nicht, was du mit alldem machen sollst, oder?, fragte mich mein Sohn.

Es gibt auch noch anderes, Rechnungen und vielleicht Wichtiges wie Versicherungsunterlagen und Briefe von der Bank, sagte ich.

Die Banken verstopfen einem den Briefkasten mit frustrierenden Briefen. Jede Menge Kontoauszüge. Briefe von der Bank machen mich nervös. Sie sagen einem, wer man ist. Sie veranlassen einen, über die eigene Bedeutungslosigkeit in der Welt nachzudenken.

Ich sah mir die Kontoauszüge an.

Warum stellst du die Klimaanlage so hoch?, fragte er mich.

Dic Hitze macht mir Angst, mein Vater hatte das auch. Erinnerst du dich an deinen Großvater?

Das ist eine unangenehme Frage, weil mein Sohn denkt, dass ich mit solchen Fragen versuche, Punkte bei ihm zu machen, um besser von ihm behandelt zu werden.

Mein Sohn ist lösungsorientiert und packt mit an. Er hat mir sehr geholfen, meine Wohnung in Ordnung zu bringen.

Plötzlich schien mir meine Wohnung nicht das Geld wert zu sein, das ich für sie bezahle. Ich vermute, diese Gewissheit sagt am meisten über die Reife des menschlichen Verstandes unter dem

Joch des Kapitalismus aus. Aber dank des Kapitalismus habe ich eine Wohnung.

Ich dachte wie immer an den wirtschaftlichen Ruin. Das Leben eines Menschen ist im Wesentlichen der Versuch, sich nicht wirtschaftlich zu ruinieren. Egal, womit er sein Geld verdient, das wäre das große Scheitern. Wenn man seine Kinder nicht ernähren kann, verliert man in unserer Gesellschaft jede Existenzberechtigung.

Niemand weiß, ob ein Leben ohne die anderen möglich ist. Einzig und allein das Ansehen bei den anderen versichert einen der eigenen Existenz. Das Ansehen macht eine Stimmung offenbar, es ist der Gradmesser, wie man bewertet und beurteilt wird, und aus diesem Urteil ergibt sich die eigene Position in der Welt. Es ist ein Kampf zwischen einem Körper, dem eigenen, lebendigen Körper, und dem Wert des eigenen Körpers für die anderen. Wenn die Leute einen begehren, die eigene Anwesenheit begehren, wird es einem gut gehen.

Der Tod jedoch – dieser verrückte Psychopath – hebt durch den Verfall des Fleisches, der sich über den Tod hinaus fortsetzt, sämtliche gesellschaftlichen und moralischen Werte auf. Es wird viel über den politischen und moralischen Werteverfall gesprochen und sehr wenig über den körperlichen Verfall, der nach dem Tod eintritt: die Entzündung, die Explosion von ekelerregenden Gasen und die Verwandlung des Leichnams in Gestank.

Mein Vater sprach sehr wenig über seine Mutter. Er erinnerte sich lediglich daran, wie gut sie kochte. Meine Großmutter verließ Barbastro Ende der Sechzigerjahre und kehrte nie wieder zurück. Das muss 1969 gewesen sein. Ihre Tochter nahm sie mit.

Ich wurde in Barbastro geboren und wuchs dort auf. Als ich geboren wurde, lebten zehntausend Menschen in dem Städtchen. Jetzt sind es siebzehntausend. Allein das zeigt das Potenzial des Ortes hinsichtlich einer kosmischen und persönlichen Bestimmung.

In der Antike wurde dieser Wunsch, das Ungestaltete in Gestalt zu verwandeln, »Allegorie« genannt. Weil sich für fast alle Menschen die Vergangenheit wie eine Romanfigur verdichtet.

Ich erinnere mich an ein Foto meines Vaters aus den Fünfzigerjahren, auf dem er in seinem Seat 600 zu sehen ist. Man kann ihn kaum erkennen, aber er ist es. Es ist ein seltsames Foto, typisch für diese Zeit, mit wie neuen Straßen. Im Hintergrund stehen ein Renault Ondine und eine Gruppe Frauen von hinten, mit Handtaschen, Frauen, die inzwischen wohl tot oder sehr alt sind. Ich kann den Kopf meines Vaters in dem Seat 600 mit einem Kennzeichen aus Barcelona ausmachen. Er hat nie erzählt, dass sein erster Seat 600 ein Kennzeichen aus Barcelona hatte. Auf dem Foto ist es weder Sommer noch Winter. Gemäß der Kleidung der Frauen könnte es Ende September oder Anfang Mai sein.

Über den Verlust all der Dinge, die es einmal gab, ist fast alles gesagt. Erzählen möchte ich allerdings davon, wie fasziniert ich von diesem Auto war, von diesem Seat 600, der für Millionen Spanier Anlass zur Freude war, der Anlass zu gottloser und materieller Hoffnung war, der Anlass war, an die Zukunft der eigenen Autos zu glauben, der Anlass zum Reisen war, der Anlass war, andere Orte und andere Städte kennenzulernen, der Anlass war, über das Labyrinthische der Geografie und der Wege nachzudenken, der Anlass war, an Flüsse und Strände zu fahren, der Anlass war, sich in einer Kammer einzuschließen, die einen von der Welt trennte.

Das Kennzeichen weist auf Barcelona hin, die Nummer ist eine vergessene Zahl: 186 025. Etwas wird irgendwo von diesem Kennzeichen bleiben, und daran zu denken ist, wie zu glauben.

An Format sollte es uns niemals fehlen. Mein Vater machte für Spanien, was er konnte: Er fand Arbeit, arbeitete, gründete eine Familie und starb.

Es gibt wenige Alternativen dazu.

Die Familie ist eine Form bestätigten Glücks. Menschen, die sich entscheiden, alleine zu bleiben, sterben früher, so die Statistik. Niemand möchte früher sterben. Weil zu sterben nicht lustig ist, es hat auch etwas Altertümliches. Todessehnsucht ist ein Anachronismus. Und das haben wir erst kürzlich herausgefunden. Eine der neuesten Entdeckungen der westlichen Kultur ist: Es ist besser, nicht zu sterben.

Komme, was wolle, lieber nicht sterben, vor allem aus einem ganz einfachen Grund nicht: Es ist nicht erforderlich. Es ist nicht erforderlich zu sterben. Früher dachte man das, man dachte, es wäre erforderlich zu sterben.

Früher war das Leben weniger wert. Jetzt ist es mehr wert. Die heutigen Reichen, der materielle Überfluss führen dazu, dass das einstmalige Lumpenproletariat (jene, denen es vor Jahrzehnten egal war, ob sie lebten oder starben) das Leben liebt.

Die spanische Mittelschicht der Fünfziger- und Sechzigerjahre vererbte ihren Sprösslingen hochtrabende Ideen.

Ich weiß noch nicht einmal, in welchem Jahr meine Großmutter starb. Vielleicht war es 1992 oder 1993, oder 1999 oder 2001 oder 1996 oder 2000, so ungefähr. Meine Tante rief an, um uns über den Tod der Mutter meines Vaters zu informieren. Mein Vater sprach nicht mit seiner Schwester. Sie hinterließ eine Nachricht auf dem Anrufbeantworter. Ich hörte die Nachricht ab. Sie sagte, sie würden sich zwar nicht gut verstehen, hätten aber dieselbe Mutter. Sie meinte: Weil sie dieselbe Mutter hätten, wäre das ein Grund, aufeinander zuzugehen. Ich hielt nachdenklich inne, als ich die Nachricht abgehört hatte; in die Wohnung meiner Eltern drang immer derart viel Licht, dass die Tatsachen ihre Konturen verloren, das Licht ist machtvoller als das menschliche Tun.

Mein Vater setzte sich in seinen Sessel. Einen gelben Sessel. Er würde nicht zu der Beerdigung fahren, das stand für ihn fest. Sie war in einer weit entfernten Stadt gestorben, an die fünfhundert Kilometer von Barbastro entfernt, an die fünfhundert Kilometer von dort entfernt, wo mein Vater in diesem Moment die Nachricht vom Tod seiner Mutter erhalten hatte. Er fuhr einfach nicht. Er hatte keine Lust zu fahren. So weit Auto zu fahren. Oder stundenlang in einem Bus zu sitzen. Und sich diesen Bus raussuchen zu müssen.

Dieser Umstand hatte einen Sturzbach anderer Umstände zur Folge. Ich will nicht bewerten, was passierte, sondern es erzählen oder es sagen oder es feiern. Die Moral der Umstände ist immer ein Konstrukt der Kultur. Die Umstände an sich sind unbestreitbar. Die Umstände sind, wie sie sind, ihre Interpretation ist politisch.

Mein Vater fuhr nicht zur Beerdigung meiner Großmutter. Welche Beziehung hatte er zu seiner Mutter? Er hatte gar keine Beziehung zu ihr. Natürlich hatten sie zu Anfang eine, klar, so um 1935 oder 1940, keine Ahnung, aber diese Beziehung löste sich nach und nach in Luft auf, verschwand. Ich finde, mein Vater hätte zu dieser Beerdigung fahren müssen. Nicht wegen seiner toten Mutter, sondern um seinetwegen und auch um meinetwegen. Indem er dieser Beerdigung fernblieb, blieb er dem Leben insgesamt fern.

Das Rätselhafte daran ist, dass mein Vater seine Mutter liebte. Er fuhr nicht zu ihrer Beerdigung, weil er unbewusst den toten Körper der Mutter ablehnte, während sein bewusstes Ich unüberwindbar träge war.

In meinem Kopf vermischen sich tausend Geschichten, die mit der Armut zu tun haben und damit, wie die Armut einen mit ihrem Traum vom Reichtum vergiftet. Oder wie die Armut einen lähmt, dazu führt, dass man keine Lust hat, ins Auto zu steigen und fünfhundert Kilometer zu fahren.

Der Kapitalismus ist in Spanien im Jahr 2008 zusammengebrochen, wir verloren uns, wir wussten nicht mehr, wonach wir streben sollten. Mit dem Einsetzen der wirtschaftlichen Rezession begann eine politische Komödie.

Fast waren wir auf die Toten neidisch.

Mein Vater wurde in einem Dieselofen verbrannt. Er hatte niemals einen Wunsch geäußert, was wir mit seinem Leichnam machen sollten. Wir beschränkten uns darauf, uns des Toten zu entledigen (des Körpers, dessen, was er gewesen war und von dem wir jetzt nicht mehr wussten, was er war), wie alle es machten. Wie man es mit mir machen wird. Wenn jemand stirbt, sind wir davon besessen, den Leichnam schnellstmöglich zu beseitigen. Den Körper auszulöschen. Aber warum diese Eile? Wegen der Verwesung? Nein, es gibt heute ja sehr gute Kühlschränke in den Leichenhäusern. Eine Leiche macht uns Angst. Die Zukunft macht uns Angst, uns macht das, in was wir uns verwandeln, Angst. Es erschüttert uns, an die Verbindung zu denken, die wir zu diesem Leichnam hatten. Es erschrecken uns die Gedanken an die Tage, die wir an der Seite des Leichnams verbracht haben, die Vielzahl von Dingen, die wir mit diesem Leichnam unternommen haben: ans Meer zu fahren, mit ihm zu Mittag zu essen, mit ihm zu reisen, mit ihm zu Abend zu essen oder sogar mit ihm zu schlafen.

Das einzige wirkliche Problem am Ende des Lebens der Menschen ist die Beseitigung des Leichnams. In Spanien gibt es zwei

Möglichkeiten: die Erdbestattung oder die Feuerbestattung, also sich in Erde oder in Asche zu verwandeln.

Mein Vater wurde am 19. Dezember 2005 verbrannt. Heute bedaure ich das, es war wahrscheinlich eine vorschnelle Entscheidung. Dass wir ihn verbrannt haben, hatte andererseits mit dem Umstand zu tun, dass mein Vater nicht bei der Beerdigung seiner Mutter war, das heißt meiner Großmutter. Was ist wichtiger, auf meine Verwandtschaft hinzuweisen und »meine Großmutter« zu sagen oder auf die meines Vaters und »seine Mutter« zu sagen? Ich weiß nicht, für welche Perspektive ich mich entscheiden soll. Meine Großmutter oder seine Mutter, wie ich mich entscheide, sagt alles. Mein Vater war nicht bei der Beerdigung meiner Großmutter, und das hatte etwas damit zu tun, was wir mit dem Leichnam meines Vaters machten; es hatte etwas damit zu tun, dass wir uns entschieden, ihn verbrennen, einäschern zu lassen. Es hat nicht mit Liebe zu tun, sondern mit einem Sturzbach von Umständen. Umständen, die weitere Umstände auslösen: der Sturzbach des Lebens, Wasser, das beständig fließt, während wir wahnsinnig werden.

Mir wird in diesem Moment auch bewusst, dass in meinem Leben nichts Schlimmes passiert ist, und trotzdem trage ich tiefes Leid in mir. Der Schmerz hindert mich keineswegs daran, Freude zu empfinden; für mich ist Schmerz sowieso eher bewusstseinserweiternd. Leid ist erweitertes Bewusstsein, das zu allem, was gewesen ist und sein wird, vordringt. Es ist eine Art verborgener Freundlichkeit zu allen Dingen. Ein Wohlwollen hinsichtlich allem, was war. Und aus Freundlichkeit und Wohlwollen erwächst immer Anmut.

Es ist eine Art allgemeines Bewusstsein. Leiden ist eine ausgestreckte Hand. Es ist Freundlichkeit den anderen gegenüber. Wir lächeln, doch innerlich brechen wir zusammen. Wenn wir lieber lächeln, anstatt tot auf der Straße umzufallen, hat das mit Anmut, Sanftheit, Wohlwollen, Nächstenliebe, Respekt den anderen gegenüber zu tun.

Ich weiß noch nicht einmal, wie ich die Zeit strukturieren soll, wie sie definieren. Ich kehre zu diesem Nachmittag im Mai 2015 zurück, den ich in diesem Augenblick erlebe, und ich sehe auf meinem Bett verstreut eine Vielzahl Medikamente. Es ist alles dabei: Antibiotika, Antihistaminika, Anxiolytika, Antidepressiva.

Und dennoch feiere ich, am Leben zu sein, und ich werde es immer feiern. Der Tod meines Vaters wird in immer weitere Ferne rücken, oft habe ich bereits Schwierigkeiten, mich an ihn zu erinnern. Trotzdem macht mich das nicht traurig. Dass mein Vater der vollkommenen Auflösung entgegengeht, während ich, abgesehen von meinem Bruder, der Einzige bin, der sich an ihn erinnert, scheint mir von ausgesprochener Schönheit.

Meine Mutter starb vor einem Jahr. Als sie noch lebte, wollte ich manchmal über meinen Vater sprechen, aber sie wollte nicht. Auch mit meinem Bruder kann ich nicht groß über meinen Vater sprechen. Das ist kein Vorwurf, mitnichten. Ich verstehe, dass das unangenehm ist, und in gewisser Weise die Scham. Weil das Reden über einen Toten in einigen traditionellen Kulturen, oder zumindest in jener, mit der ich aufgewachsen bin, eine ausgesprochene Schamlosigkeit voraussetzt.

Also blieb ich alleine mit meinem Vater. Und ich bin der einzige Mensch auf dieser Welt – ich weiß nicht, ob mein Bruder das macht –, der sich tagtäglich an ihn erinnert. Und sich tagtäglich seine gänzliche Auflösung vergegenwärtigt. Eigentlich erinnere ich mich nicht tagtäglich an ihn, er ist in mir, ich habe mich von mir selbst zurückgezogen, um ihm Unterschlupf zu gewähren.

Es ist, als hätte mein Vater nicht für mich am Leben sein wollen, ich will damit sagen, dass er mir sein Leben nicht offenbaren wollte, den Sinn seines Lebens: Kein Vater will für den eigenen Sohn ein Mensch sein. Meine gesamte Vergangenheit versank, als meine Mutter dasselbe wie mein Vater machte: Sie starb.

3

Meine Mutter starb im Schlaf. Sie war es leid, sich herumzuschleppen, sie konnte nicht mehr gehen. Ich habe nie wirklich gewusst, woran genau sie eigentlich litt. Meine Mutter war eine chaotische Erzählerin. Ich bin genauso. Von meiner Mutter erbte ich das erzählerische Chaos. Es entstammte keiner literarischen Tradition, weder einer klassischen noch einer avantgardistischen. Ein geistiger Verfall ausgelöst durch einen politischen Verfall.

In meiner Familie wurde nie genau erzählt, was los war. Daher meine Schwierigkeit, Dinge, die mir passieren, in Worte zu fassen. Meine Mutter hatte eine Vielzahl von Gebrechen, die sich überlagerten und in ihren Geschichten aufeinanderprallten. Sie hatte keine Möglichkeit, das, was ihr widerfuhr, zu ordnen. Ich habe es schließlich geschafft zu entschlüsseln, was mit ihr los war: Sie wollte in ihren Geschichten ihre Sorge zum Ausdruck bringen und sie wollte dem Erzählten einen Sinn abringen; sie interpretierte, und am Ende führte all das dazu, dass sie schwieg; sie vergaß Details, die sie mehrere Tage zuvor erzählt hatte, Details, von denen sie dachte, dass sie unvorteilhaft für sie seien.

Sie verdrehte Tatsachen. Sie hatte Angst vor den Tatsachen. Sie hatte Angst, dass die Wahrheit dessen, was sich ereignete, gegen ihre Interessen sein könnte. Aber sie wusste auch nicht, was, jenseits ihres Instinkts, ihre Interessen waren.

Meine Mutter ließ das aus, von dem sie dachte, dass es nicht vorteilhaft sei. Das habe ich bei meiner Art zu erzählen übernommen. Das heißt nicht, zu lügen. Es ist ganz einfach die Angst, sich zu irren, oder die Angst, in ein Fettnäpfchen zu treten, Panik vor dem überholten Urteil der anderen, weil man nicht das getan hat, was man gemäß einem unverständlichen Gesellschaftskodex hätte tun müssen. Weder meine Mutter noch ich haben wirklich verstanden, was von uns erwartet wird, was wir machen sollen. Andererseits vermochten weder ihre Ärzte noch die Geriater, ihr das chaotische Umherschweifen auszutreiben. Meine Mutter setzte der medizinischen Logik zu, trieb sie in die Enge. Die Fragen, die sie den Ärzten stellte, waren denkwürdig. Einmal gestand ihr ein Arzt, dass er den Unterschied zwischen einem bakteriellen und einem viralen Infekt eigentlich nicht wisse. Das geistige Chaos und die Sehnsucht meiner Mutter, gesund zu sein, führten dazu, dass ihre intuitiven und visionären Bemerkungen interessanter als die Erklärungen der Ärzte waren. Sie sah im menschlichen Körper so etwas wie eine böse, wilde Schlange. Sie glaubte an das Wilde der Blutzirkulation.

Sie liebte das Drama. Ihre Dramatik war ausgeprägter als die Geduld der Ärzte. Die Ärzte wussten nicht, was sie mit ihr machen sollten. Sie hatte ein schlimmes Bein. Sie bekam eine Prothese, das umliegende Gewebe entzündete sich. Sie hatte die Prothese zur selben Zeit bekommen wie der König von Spanien, Juan Carlos der Erste. Das kam im Fernsehen. Wir machten Witze darüber. Als sich ihr Bein entzündete, konnte man die Prothese nicht herausnehmen, weil meine Mutter wegen ihrer Herz-Kreislauf-Probleme nicht operiert werden konnte.

Ihre Krankheiten waren vielzählig. Sie zählte die Beschwerden auf, einige waren unglaublich originell.

Sie war allein. Sie war vollkommen alleine in ihrer Wohnung und zählte Krankheiten.

Asthma hatte sie auch. Und Angstzustände. Sie war ein Lehrbuch für sämtliche Krankheiten, die einen Namen trugen. Selbst ihr Lebensgefühl war zu einer leichten Krankheit geworden. Ihre Krankheiten waren nicht tödlich, es waren kleine, alltägliche Qualen. Sie litt einfach.

Sie wohnte zur Miete: vierundfünfzig Jahre in einer Mietwohnung. Als junge Frau rauchte sie viel. Sie muss bis um die sechzig geraucht haben. Ich weiß nicht genau, wann sie aufhörte.

Wenn ich den Zeitpunkt, wann sie aufhörte, bestimmen wollte, würde ich sagen, es muss etwa 1995 gewesen sein. Das heißt, damals wäre sie zweiundsechzig gewesen.

Sie rauchte modern, und außerdem unterschied sie sich von den älteren Frauen ihrer Zeit weil sie rauchte. Ich erinnere mich, dass meine Kindheit von Tabakmarken beherrscht wurde, die mir luxuriös und geheimnisvoll vorkamen.

Zum Beispiel die Tabakmarke Kent, die mich vor allem wegen der schönen weißen Packung faszinierte. Meine Mutter rauchte Winston und L&M. Mein Vater rauchte wenig, und wenn, dann Lark.

All diese Zigarettenschachteln auf den Tischen und Beistelltischchen stehen für mich für die Zeit, als meine Eltern jung waren. Damals ging es bei uns zu Hause fröhlich zu, weil meine Eltern jung waren und rauchten. Die jungen Eltern rauchten. Unglaublich, mit welcher Genauigkeit ich mich an diese Fröhlichkeit erinnere, diese Fröhlichkeit der Siebzigerjahre, zu Beginn der Siebzigerjahre: 1970, 1971, 1972 bis 1973.

Sie rauchten und ich betrachtete den Rauch, und so vergingen die Jahre.

Weder mein Vater noch meine Mutter rauchten je schwarzen Tabak.

Sie rauchten nicht einmal Ducados, gar keinen schwarzen Tabak. Daher meine Abneigung gegen die Marke Ducados, ich fand den Tabak lausig, widerlich. Meine Eltern rauchten den nicht. Ich verband mit schwarzem Tabak Schmutz und Armut. Auch wenn ich sah, dass es reiche Leute gab, die Ducados rauchten, verachtete ich schwarzen Tabak weiterhin oder hatte Angst vor ihm. Eher war es Angst. Angst gehört, zumindest bei Persönlichkeiten wie mir, zum Überlebenswillen. Je mehr Angst man hat, desto eher überlebt man. Ich habe immer Angst gehabt. Aber gleichsam hat die Angst mich nicht daran gehindert, dass ich mir Ärger einhandelte.

Ich bemerke einen gigantischen Spalt. Ich glaube, durch die Erinnerung an die Tabakmarken meiner Eltern komme ich einer unverhofften Fröhlichkeit im Leben meiner Eltern auf die Spur.

Ich will damit sagen, dass ich glaube, dass sie glücklicher waren, als ich es bin. Auch wenn sie vom Leben am Ende enttäuscht waren. Oder vielleicht einfach enttäuscht waren vom Verfall ihrer Körper.

Sie waren keine normalen Eltern. Sie waren originell für ihre Zeit. Ja, das denke ich. Sie waren originell, weil sie seltsame Dinge taten, sie waren nicht wie die anderen. Der Grund für ihre Schrulligkeit, oder warum mich als ihr Sohn diese Schrulligkeit berührt, hat wohl mit Liebe zu tun. Mein Vater wurde 1930 geboren. Meine Mutter – das ist eine Annahme, weil sie ihr Geburtsjahr änderte – 1932. Sie waren wahrscheinlich zwei Jahre auseinander, es können auch drei gewesen sein. Manchmal waren es auch sechs, weil meine Mutter ab und zu darauf bestand, dass sie 1936 geboren wurde, das schien ihr ein bedeutsames Jahr zu sein, sie hatte oft gehört, dass das aus welchen Gründen auch immer so gesagt wurde.

Eigentlich wurde sie 1932 geboren.

4

Meine Mutter entstammte einer Familie von Bauern, sie wuchs in einem winzigen Dorf in der Nähe von Barbastro auf. Mein Großvater väterlicherseits war Kaufmann, aber nach dem Bürgerkrieg wurde er als Roter, als *republicano,* angeklagt und zu zehn Jahren Gefängnis verurteilt, die er wegen seines schlechten Gesundheitszustands allerdings ganz nicht absitzen musste. Er war sechs Jahre in einem Gefängnis in Salamanca. Ich weiß nicht sehr viel darüber, manchmal erzählte mein Vater mir, dass mein Großvater den Milizsoldaten nahegestanden habe. Er schien Freunde in der *Frente Popular* gehabt zu haben. Als die Nationalen in Barbastro einmarschierten, wurde er denunziert. Mein Vater wusste, wer ihn denunziert hatte. Der Kerl ist inzwischen tot. Mein Vater hegte keinerlei Hass. Aber er schwieg. Ich weiß nicht genau, was das für eine Art Schweigen war, ich glaube nicht, dass es politisch motiviert war, er verweigerte sich eher den Worten. Als hätte mein Großvater nicht reden wollen und als hätte es meinem Vater gut gepasst zu schweigen.

Ich werde sterben, ohne zu wissen, ob mein Vater und mein Großvater miteinander redeten. Es kann sein, dass sie niemals miteinander redeten. Sie umgab eine biblische Trägheit. Ich werde sterben, ohne zu wissen, ob mein Vater meinem Großvater jemals einen Kuss gab. Ich glaube, dass sie sich nicht, nein, ich glaube, dass sie sich niemals küssten. Sich einen Kuss zu geben bedeutet, die Trägheit zu überwinden. Die Trägheit meiner Vorfahren ist schön. Ich kenne weder meinen Großvater väterlicherseits noch mütterlicherseits. Es gibt noch nicht einmal Fotos von ihnen. Sie verließen die Welt, bevor ich zur Welt kam, und sie gingen, ohne ein Foto zu hinterlassen. Sie haben nicht ein einziges Porträt hinterlassen. Sodass ich nicht weiß, was ich auf dieser Welt mache. Weder sprach meine Mutter über ihren Vater noch mein Vater über seinen. Schweigen als eine Art Aufstand. Niemand verdient es, genannt zu werden, und so werden wir nicht aufhören, von diesem Niemand zu sprechen, wenn dieser Niemand stirbt.

5

Meine Eltern gingen, anders als die Eltern meiner Schulfreunde, nie in die Kirche; das befremdete mich sehr und war mir meinen Freunden gegenüber peinlich. Sie wussten nicht, wer Gott war. Sie waren keine Agnostiker oder Atheisten. Sie waren nichts. Sie dachten nicht an so etwas. Zu Hause war Religion kein Thema. Und jetzt, beim Niederschreiben dieser Erinnerung, fasziniert mich das. Vielleicht waren meine Eltern Außerirdische. Sie verfluchten nicht einmal Gott. Sein Name fiel einfach nicht. Sie lebten, als würde der katholische Glaube nicht existieren, und das war in höchstem Maße bemerkenswert für das Spanien, in dem sie lebten. Für meine Eltern war die Religion etwas Unsichtbares. Sie existierte nicht. Ihre Moral kannte kein Gut und Böse.

In jenem Spanien der Sechziger- und Siebzigerjahre hätten sie gut daran getan, in die Kirche zu gehen. In Spanien ist es den Messgängern immer sehr gut ergangen.

6

Da meine Mutter rauchte, fing ich auch an zu rauchen. Es wurde zu unser beider Zeitvertreib. Meine Mutter hat mich mit diesem Laster vertraut gemacht, sie wusste nicht, was sie tat. Was die Bedeutung von Dingen anging, lag sie immer falsch: Kleinsten Dingen schrieb sie große Wichtigkeit zu und um Wichtiges kümmerte sie sich nicht. Wir rauchten so lange, bis man uns sagte, dass wir innerlich verfaulen würden. Sie schickte mich Tabak kaufen. Ich kannte am Ende alle Tabakläden von Barbastro.

Die Toten rauchen nicht.

Einmal entdeckte ich in einer Kiste eine Kent-Zigarette, die an die dreißig Jahre alt war. Jemand hatte sie dort versteckt. Ich hätte sie in eine Urne packen sollen.

Ich suche nach irgendeiner Bedeutung für die Tatsache, dass nichts bleibt. Alle verlieren den Vater und die Mutter, das ist pure Biologie. Nur dass ich auch beobachte, wie die Vergangenheit sich auflöst und in eine endgültige Starre verfällt. Ich nehme einen Riss in Raum und Zeit wahr. Die Vergangenheit ist das Leben, das dem heiligen Gericht der Finsternis übergeben wurde. Die Vergangenheit verschwindet niemals, sie kann immer zurückkehren. Sie kommt zurück, sie kommt immer zurück. Die Vergangenheit ist voller Freude. Ein Wirbelsturm ist sie. Sie ist alles im Leben der Menschen. Die Vergangenheit ist auch Liebe. Wenn man von der Vergangenheit besessen ist, kann man die Gegenwart nicht genießen, aber die Gegenwart genießen, ohne dass das Gewicht der Vergangenheit mit ihrer Trostlosigkeit spürbar wäre, ist kein Genuss, sondern bedeutet Entfremdung. In der Vergangenheit gibt es keine Entfremdung.

7

Sie scheinen zu leben. Aber sie sind tot.

Ich muss an den Tag denken, an dem sie sich kennenlernten. Ein Samstagabend im Monat April 1958. Ich sehe den Abend ganz genau vor mir. Die Gegenwärtigkeit dieses Abends verdeckt eine andere, entferntere Gegenwärtigkeit.

Der Tod ist real und legal. Es ist legal zu sterben. Wird es einmal einen Staat geben, der den Tod zu etwas Illegalem erklärt? Dass der Tod gesetzlich legitimiert ist, beruhigt mich; zu sterben ist kein subversiver Akt; sogar der Selbstmord ist nicht mehr subversiv.

Aber was machen sie als noch Lebende, die beiden, meine Eltern, die sich dem legalen Tod entziehen? Sie sind eindeutig nicht ganz tot. Ich sehe sie sehr oft. Mein Vater kommt meistens, bevor ich ins Bett gehe, wenn ich mir die Zähne putze. Er stellt sich hinter mich und schaut auf die Marke meiner Zahnpasta, er betrachtet sie neugierig. Ich weiß, dass er mich nach der Marke fragen will, aber er darf es nicht.

Und gemeint ist hier nicht, dass ich mich an sie erinnere, dass sie in meiner Erinnerung leben. Es geht um den Raum, in dem sie sich aufhalten und wo die Geister weiterhin leiden. Es geht um den schlechten Tod und das gute Leben.

Da sind sie. Und irgendwie sind sie schreckliche Geister.

Als meine Eltern starben, wurde meine Erinnerung zu einem jähzornigen, ängstlichen und wütenden Gespenst. Wenn sich die eigene Vergangenheit vom Antlitz der Erde löscht, löscht sich das Universum und alles ist elend. Es gibt nichts Elenderes als die Bedeutungslosigkeit der Inexistenz. Die Vergangenheit abzuschaffen ist niederträchtig. Der Tod der eigenen Eltern ist niederträchtig. Die Wirklichkeit erklärt einem damit den Krieg.

Wenn ich als Kind (da ich noch keine Persönlichkeit entwickelt hatte oder aufgrund meiner Schüchternheit) darunter litt, dass ich nicht wusste, wo mein Platz unter den anderen, den Schulfreunden, war, dachte ich immer an meinen Vater und meine Mutter und vertraute darauf, dass sie eine Erklärung für meine soziale Unsichtbarkeit haben. Sie waren meine Beschützer und hüteten das Geheimnis des Grundes für meine Existenz, den ich nicht kannte.

Mit dem Tod meines Vaters begann das Chaos, weil derjenige, der wusste, wer ich bin, und letztendlich für mein Dasein und meine Existenz die Verantwortung übernehmen konnte, nicht mehr auf dieser Welt war. Vielleicht ist das eines der eigentümlichsten Dinge meines Lebens. Der einzige wahre Grund dafür, dass man auf der Welt ist, beruht auf dem Willen des Vaters und der Mutter. Du bist dieser Wille. Der fleischgewordene Wille.

Dieses biologische Prinzip des Willens hat keinen politischen Charakter. Deshalb interessiert es mich so, bewegt es mich so. Wenn es keinen politischen Charakter hat, bedeutet das, dass es der Wahrheit zugeschrieben werden kann. Die Natur ist eine grausame Form der Wahrheit. Die Politik ist die verhandelte Ordnung, das ist gut so, aber sie ist nicht die Wahrheit. Die Wahrheit sind dein Vater und deine Mutter.

Sie haben dich erfunden.

Du kommst aus dem Samen und dem Ei.

Ohne Samen und Ei gibt es nichts.

Dass die eigene Identität und die eigene Existenz einer politischen Ordnung unterliegen, konterkariert nicht das Prinzip des Willens, das der politischen Ordnung vorausgeht; dieses ist außerdem ein notwendiges Prinzip, während die politische Ordnung sehr gut sein kann und alles, was recht ist, aber sie ist nicht notwendig.

8

Ich bereute es, mich für die Einäscherung entschieden zu haben. Meine Mutter, mein Bruder und ich wollten alles vergessen. Den Leichnam loswerden. Wir zitterten vor Angst und taten so, als hätten wir die Situation unter Kontrolle, wir versuchten, über ein paar komische Details zu lachen, die uns vor den Schrecken schützten. Die Gräber wurden erfunden, damit sich die Erinnerung der Lebenden dorthin flüchten kann und weil die Knochenreste wichtig sind, auch wenn wir sie nie sehen: Es reicht, daran zu denken. Aber in Spanien werden die Toten in Nischen bestattet. Das Grab im Boden ist vornehm; die Nischen sind deprimierend, teuer und hässlich. Weil in Spanien alles hässlich und teuer für die untere Mittelschicht ist, die sich weiter unten als in der Mitte befindet. Wie finster und verlogen dieser zusammengezimmerte Stempel »untere Mittelschicht« ist.

Wir waren Unterschicht, nur war mein Vater immer sehr gut gekleidet. Er wusste, was sich gehört. Aber er war arm. Er sah lediglich nicht so aus. Er sah nicht so aus und widersetzte sich damit dem sozioökonomischen System Spaniens der Siebziger- und Achtzigerjahre des vergangenen Jahrhunderts. Man konnte deshalb nicht ins Gefängnis kommen, nur weil man Stil hatte, wo man eigentlich arm war. Man konnte nicht ins Gefängnis kommen, nur weil man trotz Armut vermied, sie zu zeigen.

Mein Vater war ein Künstler. Er hatte Stil.

Bevor er verbrannt wurde, wurde der Leichnam meines Vaters einige Stunden in der Leichenhalle aufgebahrt. Leute kamen, um sich von ihm zu verabschieden. Wenn ein Bestattungsunternehmen einen Toten aufbahrt, wird für dieses kleine Spektakel alles bis auf ein geschminktes Gesicht versteckt. Man sieht weder Hände noch Füße oder Schultern der Leiche. Die Lippen werden zugeklebt. Ich dachte darüber nach, ob die Lippen mit Kleber verschlossen werden. Man stelle sich vor, dass der Kleber nicht hält und sich plötzlich der Mund eines Leichnams öffnet. Jemand, den ich kannte, kam vorbei. Er war kein Freund meines Vaters, höchstens ein Bekannter. Ihm wurde bewusst, dass seine Anwesenheit unangemessen war. Er ging auf mich zu und sagte: »Wir waren ja gleich alt, ich wollte nur sehen, wie es aussieht, wenn nur noch mein Körper da ist.« Er meinte es ganz ernst. Er schaute noch einmal auf den Leichnam und ging dann.

Später erfuhr ich, dass dieser Mann zwei Monate später ebenfalls verstorben war. Ich erinnere mich an seine Gestik, sogar an seine Stimme. Ich erinnere mich, wie er das Gesicht meines toten Vaters durch den Glaskasten, in dem sich der Sarg befand, betrachtete und mit all seiner Vorstellungskraft versuchte, das Gesicht meines Vaters durch seines zu ersetzen, um zu ergründen, wie er selbst wohl tot aussähe.

Auch ich habe meinen toten Vater betrachtet. Der Beschützer, der Wächter, der Befehlshaber in meiner Kindheit verließ die Welt. Ich sah den Zerfall der Menschheit. Die Kadaverwerdung. Der Beginn der Bedeutungslosigkeit. Der Wahnsinn. Die Größe. Der Leichnam in seiner ganzen Rätselhaftigkeit.

9

Ruckartig erwachte ich aus einem sehr düsteren Traum. Ich hatte Angstlöser zum Einschlafen genommen. Damals nahm ich alarmierende Mengen und trank dabei. 2006 mischte ich sie zum ersten Mal ganz bewusst mit Alkohol. Ich stolperte gerade in eine Ehekrise, ich hatte eine Geliebte. Es war mehr als eine Affäre, es war besonders, so empfand ich es zumindest damals; vielleicht ging es nur mir so, die zweite Person müsste befragt werden, ob es auch für sie um Liebe ging. Lebenslust ist immer kompliziert: Sie beginnt mit überbordender Freude und endet in einem gewöhnlichen Schauspiel. Wir sind gewöhnlich, und wer sich das nicht eingesteht, ist noch gewöhnlicher. Sich diese Gewöhnlichkeit einzugestehen ist der erste Schritt, sich davon zu emanzipieren. Seitdem kombinierte ich während all meiner Ehekrisen Alkohol und Angstlöser. Wenn die Wirkung des Alkohols nachlässt, setzt die Panik ein; dann nimmt man eben ordentlich Angstlöser.

Im Grunde sind Drogen der einzig ernst zu nehmende Feind des Kapitalismus.

Es war ein intensiver Traum, aus dem ich mit einem Gefühl von verbrauchtem oder erschöpftem Schrecken erwachte. Ich hatte von einem Schlafzimmer geträumt, von einem Schlafzimmer in einer Wohnung, die kurz zuvor noch meine gewesen war.

Ich hatte an diesem Tag einiges zu tun. Ich trank Kaffee, duschte. Ich bin mir immer unsicher, was ich zuerst machen soll: zuerst Kaffee trinken und dann duschen oder duschen und dann Kaffee trinken. Ich war nervös, aufgeregt. Ich musste einen Anzug anziehen und zu einem offiziellen Essen mit den Königen von Spanien. Die Idee, dem König von Spanien auf Droge die Hand zu schütteln, reizte mich, aber dafür fehlte mir revolutionärer Mut. Es war so viele Jahre her, dass ich einen Anzug getragen hatte, vielleicht seit meiner Hochzeit nicht mehr. Für Scheidungen braucht man ja keinen.

Da ich nicht weiß, wie man eine Krawatte bindet, hatte mein Bruder mir einen Knoten vorbereitet. Ich zog meinen dunkelblauen Anzug an. Er saß nicht schlecht. Mit dem weißen Hemd sah ich sogar gut aus. Ich hatte abgenommen; ich hatte meine Zeit mit dem Kampf gegen das Essen verbracht. Essen erfreut das Herz, aber Schlanksein ebenso. Dass es schon spät sei, dachte ich, dabei war das gar nicht so.

Also setzte ich mich auf einen Stuhl und dachte an das Leiden des Krawattenstoffs: Der Knoten war bereits einige Tage alt. Ich erinnerte mich an meinen Vater. Er wusste natürlich, wie man sich die Krawatte bindet. Er konnte das im Schlaf.

Ein Mann mit Krawatte sieht immer alt aus.

Ich fuhr zu dem königlichen Essen, ich fuhr mit meinem Auto. Vor einigen Tagen hatte ich dem Königshaus mein Kennzeichen durchgegeben.

Ich brauchte etwas, bis ich den Eingang auf der Plaza de Armas fand.

Ich wurde immer nervöser.

Dann, als mein Gehirn kurz davor war zu explodieren, hörte ich eine Stimme: »Ruhig, Kumpel, alles ist gut: Du gehst lediglich zu einem Essen, der Anzug steht dir gut. Deine Eltern sind tot. Du scheinst zu leben. Dein Auto ist nicht übel, und du siehst sogar jung aus. Was ist schon eine Mahlzeit mehr oder weniger in deinem Leben.«

Es tut mir immer gut, wenn ich diese Stimme höre. Es ist eine Stimme, die aus meinem Inneren kommt, aber sie scheint eine dritte Person zu sein. Die dritte Person in mir.

Ich fahre durch Madrid. Die Reifen meines Autos berühren die Stadt Madrid. Ich berühre den Krawattenknoten. Ich schau auf das GPS. Viel Verkehr. Das GPS ist nicht gut, es ist alt, ich habe die Daten nicht aktualisiert, weil das fünfzig Euro kostet. Die Leute in Madrid haben Geld, man merkt das.

10

Madrid ist nett.

Madrid ist in diesem Land alles gewesen, hier findet sich alles. Mein Vater fuhr häufiger nach Madrid. Alle Spanier aus der Provinz waren einmal in Madrid. Dann war Madrid grausam. Die Leute aus der Provinz hatten Angst vor der Größe Madrids.

Dabei war Madrid gar nicht so groß. Nicht so groß wie London oder Paris zum Beispiel. Vielleicht ändert sich das langsam. Von der »Provinz« zu sprechen hatte etwas Abfälliges. Und es war absurd. Dieses Madrid, das sich so aristokratisch über die Provinz erhob, war ursprünglich ein monarchistisches Konstrukt und später ein franquistisches, aber egal.

Alles ist egal, weil die Geschichte tot ist und weil die Leute gemerkt haben, dass das, was die Geschichte erzählt, nichts mit der Gegenwart zu tun hat, und die Leute wollen nicht mehr den gespenstischen Ballast vergangener Zeiten, erdichteter Zeiten.

Ein Wächter zeigt mir, wo ich parken soll. Dann gibt mir ein anderer Wächter eine andere Anweisung. Die Wächter sind elegant gekleidet. Die Wächter des Königspalastes von Madrid.

Eine riesige Treppe erhebt sich vor mir, rechts und links daneben stehen Wachsoldaten in Galauniform mit glänzenden, aber harmlos wirkenden Lanzen. Ich glaube nicht, dass ihre Lanzen in über hundert Jahren einmal geschärft wurden. Kastrierte Lanzen, Lanzen von lediglich historischem Wert, unbrauchbar, wenn es darum geht, einen Körper zu zerfetzen.

Ich gehe die Treppe hoch. Ich beobachte die Wachsoldaten, ich sehe ihnen in die Augen.

Es fühlt sich für mich an, als würden die Wachsoldaten meine

Vergangenheit kennen, als wüssten sie, dass ich ein Hochstapler bin; als wüssten sie, dass es mir besser anstünde, mit ihnen in ihrer sonderbaren Verkleidung und eine Lanze haltend dort zu stehen. Was werden sie verdienen? Ich schätze 1450 Euro, mit Glück vielleicht 1629 Euro. Ich glaube nicht, dass es 1700 sind. Man redet nicht über sein Gehalt, dabei ist es das Einzige, wozu wir uns bekennen könnten. Wenn man das Gehalt von jemandem kennt, sieht man ihn nackt.

Die großen Fenster des königlichen Palastes verharren an Ort und Stelle, sie sehen die Dinge und filtern das Licht der Tage, die sich zu Jahrhunderten geballt haben.

Die Eingeladenen lächeln.

Madrid ist wie das Herz einer Bestie.

11

Die Monarchie ist faszinierend, aber diese Faszination schützt sie nicht vor Tadel. Dort standen Felipe VI. und seine Frau Doña Letizia, das spanische Königspaar, ohne dass jemand sie darum gebeten hätte, obwohl beide wissen, dass diese Bitte insofern nicht nötig ist, als die Geschichte eine Folge von schrecklichen politischen Machenschaften ist und es besser ist, nicht in diesen Abgrund zu blicken, weil die beiden, Felipe und Letizia, in dem Sinne eine glaubwürdige und solide Lösung sind, als dass alles, was sie ersetzen könnte, ungewiss, unsicher ist und in Verwüstung, Tod und Elend enden könnte. Sie wissen, dass der Dienst, den sie Spanien erweisen, an der Sache orientiert oder abbildbar ist, er lässt sich berechnen und bemessen, er ist Geld wert, sie sind international tätig, damit andere Staaten oder Firmen in Spanien investieren. Dank ihnen, ja. Es stimmt. Die internationalen Investoren vertrauen ihnen. Vertrauen ist Geld wert und bedeutet, dass Menschen aus der Arbeitslosigkeit herauskommen.

Trotzdem werden sich die Leute verbünden, es gilt also, wachsam zu sein, weshalb auf dem Gesicht von Felipe VI. ein winziger Schatten liegt und weshalb seine Frau das Zischen einer Peitsche hört. Sie müssen vorsichtig sein. Sie gestaltet beständig diesen moralischen Raum, eine Art politischer Tempel für »das Untadelige«.

Sie sind Ehemann und Ehefrau, und deshalb empfinde ich ein gewisses Mitleid für sie. Es ist normal, Ehepaare zu bemitleiden, vor allem Ehepaare, die in die Jahre kommen, weil wir alle wissen, dass die Ehe die schrecklichste aller gesellschaftlichen Institutionen ist, da sie Opfer verlangt, Entsagung verlangt, Unterdrückung der Instinkte erfordert, Lüge über Lüge erfordert, und im Gegenzug verspricht sie sozialen Frieden und wirtschaftlichen Wohlstand.

Doña Letizia geht einen Schritt weiter als ihr Ehemann und begibt sich in eine komfortablere historische Zone, näher zur Absolution hin. Sie denkt an diese aufklärerische Idee, sie denkt: »Niemand wird mir je etwas vorwerfen können.« Sie schweigen. Ich beobachte ihr Schweigen, das manchmal von zustimmenden Einsilbern unterbrochen wird.

Jemand hat ihr gesagt: »Wähle immer das Ja.«

Das spanische Königspaar hat zu einem offiziellen Mittagessen geladen anlässlich der Verleihung des Premio Cervantes an einen hochbetagten Schriftsteller namens Juan Goytisolo, ein Genie mit brillanten Büchern, den besten Büchern seiner Generation, Büchern, die auf Spanisch geschrieben wurden. Es handelt sich folglich um einen spanischen Autor. Es leuchtet nicht wirklich ein, an seine Nationalität zu erinnern. Da Spanien ein Land ist, das eher zu einem Nein tendiert, haben sie Doña Letizia gesagt, dass sie, wenn sie kann, immer Ja sagen soll.

Es ist der 23. April 2015, ein Frühlingsmorgen in Madrid, mit einer Außentemperatur von sechzehn Grad. Die Gäste stehen in Grüppchen zusammen und unterhalten sich mit einer gewissen Gewogenheit. Die Gespräche sind höflich und entspannt. Aber sie werden auch mit Bedacht geführt. Alle Gäste wissen, dass sie Teil einer einvernehmlichen Struktur sind, ein Familienfoto, eine soziologische Realität, die »spanische Kultur, Abteilung Literatur, 2015« heißen könnte.

Ein Foto, über das die Zeit dann die unvermeidliche Kavallerie des Todes hinwegschickt. Ich denke in diesem Moment an mich selbst, an den Mann mit der Krawatte, deren Knoten ein anderer Mann gebunden hat. Das hört sich wie der Beiname eines Höflings aus einem Ritterroman an: der Mann, dessen Krawattenknoten ein anderer Mann gebunden hat.

Ich habe keine besonderen Probleme, mich in welchen Gruppen

auch immer zurechtzufinden, ich ziehe sogar von einer zur anderen und grüße berühmte Autoren mit zuvorkommender Herzlichkeit. Ich fühle mich in meinem Anzug schick. Trotzdem herrscht im tiefsten Inneren meiner Seele die Angst.

Ich habe Angst. Mir machen die Macht und der Staat Angst, mir macht der König Angst.

Im Grunde haben alle Angst. Selbst diejenigen, von denen man annimmt, sie hätten nichts zu befürchten, wie Ihre Majestäten die Könige von Spanien, vielleicht haben auch sie manchmal Angst. Bei anderen Gästen, bei altgedienten Gästen, ist die Angst vielleicht durch Gewohnheit und Routine verdrängt worden.

Diese altgedienten Gäste scheinen in ihrem Element zu sein. Es gibt eine offensichtliche Veränderung: Juan Carlos I. regiert nicht mehr, sondern sein Sohn. Aber darüber hinaus ist das Protokoll identisch.

Ich verwandele mich innerlich in eine dritte Person, und ich gebe mir diesen Beinamen: der Mann mit der falschen Krawatte.

Ich sehe mich als dritte Person.

Das Gespenst tritt auf den Plan. Ich bin das Gespenst.

Der Mann mit der falschen Krawatte ist neu hier, es ist sein erstes Essen mit dem Königspaar.

Er hat Angst, den Anforderungen des Protokolls nicht zu genügen. Auch gehört er nicht zu den höchsten Vertretern der spanischen Literatur. Er gehört einer irgendwie fragwürdigen spanischen Mittelschicht an. Er denkt gerade an diese Mittelschicht, an diesen Schriftsteller, der nach Scheitern riecht und nach »aus dem Jungen wird mal was«, nur dass der Junge schon fünfzig Jahre alt ist. Aber das ist egal, weil sich auf der ganzen Welt, global gesehen, mehr und mehr die Unbeständigkeit und das Unglück und die Dekadenz und der altertümliche Mief der Hierarchien offenbaren und nichts endlich nichts bedeutet, und das ist neu.

Die Hierarchien sind in Auflösung begriffen. Die alte Welt löst sich auf. Die Geschichte fließt wie Wasser dahin, wo man es am wenigsten erwartet.

Die Dinge und die Menschen verlieren ihre eindeutige Zuschreibung, und das ist subversiv, befreiend.

Viele der Gäste sind älter als fünfzig Jahre, sogar älter als sechzig und auch siebzig. Wahrscheinlich liegt der Altersdurchschnitt bei diesem Essen bei fünfundsechzig Jahren. Tatsächlich sind die spanischen Könige die jüngsten Anwesenden.

Das königliche Protokoll hatte einst wohlweislich die Art und Weise festgelegt, wie zwei Personen der Reihe nach mehr als hundert Personen oder zweihundert Personen, eine nach der anderen, begrüßen können. Die Idee war revolutionär und demokratisch: Niemand würde nicht begrüßt werden.

Alle Gäste werden von den Gastgebern begrüßt.

Eine meisterliche Idee.

Ein Meisterwerk geradezu.

Das spanische Königspaar stellte sich also in einen angrenzenden Raum, in eine Ecke, in der sie niemand vermutet hätte. Es scheint, als kämen sie aus der Dunkelheit oder stiegen vom Himmel herab. Jeder Gast wird sein Foto mit dem Königspaar haben, jeder Gast wird genau sechs Sekunden lang im Sichtbereich Ihrer Majestäten sein.

Der Mann mit der Krawatte um den gewöhnlichen Hals ersinnt eine Beschreibung des historischen Unbehagens. Er hat manchmal Ideen, die einer höheren sozialen Schicht als seiner entsprechen. Es handelt sich dabei um eine Form von unkontrollierter Verteilung von Genialität, etwas, das der Geschichte nur sehr selten gefällt: dass jene mit unbedeutenden Vorfahren einen bedeutenden Gedanken haben.

Der Mann mit der traurigen Krawatte (ja, die Krawatte ist traurig und nicht der Mann, weil sie einen für ihre ästhetische Gestalt nur unzulänglichen Hals umgibt, weil es eine Bestimmung für Krawatten gibt, so, wie es eine Bestimmung für die großen Asiatischen Elefanten gibt) beschließt, eine neue Waffe, die es erst seit Kurzem gibt, zu benutzen. Es ist eine politische Waffe. Er nimmt ein Mobiltelefon aus seiner Hosentasche, ein Samsung Galaxy, und geht zu der Anwendung »Stoppuhr«. Eine technologische Revolution.

Er misst die Dauer der königlichen Begrüßung. Er misst das mit seiner Stoppuhr. Es sind sechs Sekunden und zweiundneunzig Hundertstelsekunden. Das ist die Zeit, die jedem Gast zugebilligt wird.

12

Er konnte weder Guten Abend noch Gute Nacht, weder Guten Tag noch Hallo, wie geht es Ihnen, sagen, weder zum König noch zur Königin. Sein Stummsein ist normal: Es kommt von den entbehrungsreichen Nächten der iberischen Bauern, den Nächten der Verrückten und geistig Zurückgebliebenen, in deren Genen es nichts als Schrecken und Angst und Mangel gibt.

Schrecken und Angst, angesichts des Lichts und des Reichtums, angesichts der Sicherheit und der Liebe, die das Königspaar verströmt.

Das Lächeln des Königspaars ist, auf die Entfernung von einem Meter, eines der größten Spektakel, dem ein spanischer Bürger beiwohnen kann, weil darin das Leben von Millionen von Spaniern enthalten ist, von Spaniern, die bereits tot sind und deren historische Würde nur noch in diesem Lächeln Platz findet. Das Maß dafür, wie viel Spanien politisch hat gestalten können, ist in diesem Lächeln verschlüsselt, an dessen Rändern Millionen von glühenden Schlangen nisten.

Dic Schlangen erglühen.

Der prämierte Autor, ein abwesender Greis, ein wie verschwommen wirkender Mann, ein Wesen aus einer anderen Zeit, geht am Arm der Königin. Wegen ihrer peinigenden Absätze überragt sie den kahlen Schädel von Juan Goytisolo um fast zwei Handbreit. Der Mann mit der Krawatte mit dem traurigen Knoten denkt über die öffentliche Zurschaustellung der Qualen nach, die die Königin ihren Füßen beschert, indem sie sie in diese überaus hohen Absätze steckt (Überdehnung und Verstauchung, Gelenkschmerzen, Arthritis, Deformation, Knochenbruch), und er denkt darüber nach, woran der prämierte Autor wohl denken mag. Er wirkt spröde, ungelenk. Vielleicht haben nur wenige der Anwesenden ihn gelesen. Und auch wenn er viel gelesen worden wäre, nützt ihm das im Grunde kaum, weil niemand ihn liebt, und das ist gewissermaßen so, als hätte ihn niemand gelesen. Hier gibt es keine Liebe, nirgendwo gibt es Liebe. Und vielleicht weiß er das und nimmt es hin. Wir wissen es alle und nehmen es alle hin, weil die Literatur zu etwas Unbedeutendem geworden ist, weil es keine Liebe in ihr gibt. Es gibt keine Liebe in ihr, denkt der Mann mit der gelben Krawatte, dabei sollte es sie geben, weil nur die Liebe einen Sinn hat, und wo ist seine Liebe, und was macht er an diesem Ort, wenn er hier keine Liebe findet, und dann erinnert er sich an seinen Vater, dessen Leben sich in diesem System, das diese Frau mit den gnadenlosen Absätzen symbolisiert, ereignete.

Seinem Vater hätte es sehr gefallen, ihn hier, an der Seite des Königspaars, zu sehen. Er hätte es gemocht, wenn er ihm eine Anekdote erzählt hätte, vielleicht war er deshalb gekommen, aus Liebe zu seinem Vater.

Der Autor und die Königin gehen an dem Tisch entlang, an dem die Gäste stehen. Sie gehen langsam, untergehakt. Die Königin verlangsamt ihren Schritt, um ihn dem müden Gang des Schriftstellers anzupassen.

Die Stimme ist wieder da und sagt zu dem Mann mit der heißen Krawatte: »Schau gut hin, das war's, so endet man als großer spanischer Autor, man wandelt am Arm einer Königin durch einen Palast, ein Protokoll, aber für dieses letzte Protokoll würden die Leute die eigene Mutter umbringen, weil das Leben öde ist, es ödet sich selbst an.«

Der Mann mit der angsterfüllten Krawatte hat noch niemals einen so großen Tisch gesehen, einen Tisch für mehr als hundert Personen. Er träumt davon, an diesem Tisch einmal Heiligabend zu feiern, und er träumt davon, dass die Menschen, die sich an den Tisch setzen, die Gespenster seiner bäuerlichen Vorfahren wären, seine Eltern, seine Großeltern, seine Urgroßeltern, seine Ururgroßeltern.

Er würde gerne mit seinem Ururgroßvater reden, wenn es ihn denn gegeben hätte. Es gab einen Mann, den man biologisch als Vorfahr bezeichnen könnte, und folglich war er gemäß der Generationsarithmetik ein Ururgroßvater, aber dieser Mann dachte niemals daran, dass er der Ururgroßvater eines anderen sein würde.

Es gibt keine Bande.

Es gibt nichts.

Die Monarchie hat diese Bande schon. Die Porträts der Vorfahren des Königs hängen im Prado-Museum. Der König kann, wann immer er will, seinen Ururgroßvater besuchen und mit ihm sprechen.

Alles ist gelblich, und die Farbe der Monarchie ist Gelb. Die königliche Familie repräsentiert die auserwählte Familie, damit auf sie die gelbe Pracht der Erinnerung falle, diese Erinnerung, die Abertausenden spanischen Familien fehlt, die sich in den müden Tagen der Geschichte verlor, die sich im Hunger, im Krieg und im Elend verlor.

Der Mann mit dem traurigen Krawattenknoten wird niemals in ein Museum gehen können, um sich dort mit seinen von Francisco de Goya gemalten Ururgroßvätern zu treffen. Aber eine Familie kann das, und das reicht. Es ist das moralische Mysterium der Monarchien. Es ist das Sinnbild, der große Clou.

Der Mann mit der beschämten Krawatte wüsste gerne, ob er etwas von seinem Ururgroßvater hat: eine Geste, eine körperliche Ähnlichkeit, irgendetwas, das ein Bedürfnis, eine Bedeutung, eine Erklärung dieser historischen, biologischen und genetischen Präsenz offenbarte.

Während alle Gäste den Alten und die Königin betrachten, nutzt der Mann mit der verdammten Krawatte die Gelegenheit, sich den Tisch genauer anzusehen, auf den gerade niemand schaut.

Auch der gigantische Tisch hat in seinem Dasein als Möbel eine

Funktion, er hat den wenig begehrten Auftrag, in der Geschichte Spaniens »da zu sein, alles auszuhalten, seine Aufgabe zu erfüllen«.

Der prämierte Autor hat das Gesicht zu einer Grimasse verzogen, die mehr sagen will, als er tatsächlich sagt; eine Nase, die sich in den Abgrund äußerster vorstellbarer Traurigkeit neigt. Es ist fürchterlich anzusehen, wie seine Hand von der Hand der spanischen Königin gehalten wird. Eine schöne Frau, steif, von einer stillen Arroganz, einer Arroganz, der nichts anhaftet. Die beiden Gespenster gehen weiter, eingedenk der vermeintlichen Ordnung der spanischen Demokratie, die nicht hilft, in Frieden zu sterben.

Eine Demokratie hilft nicht, in Frieden zu sterben.

Nichts Menschliches hilft, in Frieden zu sterben; um in Frieden zu sterben, braucht man Drogen, auf die der Staat das Monopol hat.

Und wer ist der Staat? Eine gelbliche Überblendung von müden Absichten, die nicht mehr das bieten, was sie vor vielen Jahrzehnten boten, an denen die Trägheit, die Mutter der Intelligenz, festhält.

13

Am ersten Oktober 1991 erhielt der Mann, der sich vierundzwanzig Jahre später, mit einer falschen Krawatte herausgeputzt, in die Nähe des spanischen Königs setzen wird, nachdem er sein Examen bestanden hatte, eine Stelle als Lehrer für Sprache und Literatur in einer Schule in einer nordspanischen Stadt, an deren Namen sich der Mann, der sich vierundzwanzig Jahre später in die Nähe des spanischen Königs setzen wird, nicht erinnern will.

Aus ökonomischer Sicht war es das Beste, das diesem Mann, der ich bin, passieren konnte.

Ich dachte sogar über die Existenz Gottes nach, die sich entschieden hatte, über meine Schritte auf der Welt zu wachen: Ich würde über ein festes Gehalt verfügen.

Sein Herz war mit Freude erfüllt, das Herz des Mannes, der sich vierundzwanzig Jahre später mit einer deprimierten Krawatte um den Hals, um den gepeinigten und geröteten Hals, in die Nähe, aber nicht ganz in die Nähe, nicht zu sehr in die Nähe des spanischen Königs setzen wird.

Jener Mann war damals neunundzwanzig Jahre alt, der Mann, der zu dem wurde, der ich jetzt bin, also ein anderer Mann. Ein Mann, der aus einem oder mehreren anderen Männern hervorgegangen ist. Mit neunundzwanzig Jahren ist man die größte Tötungsmaschine der Welt. Niemand, der neunundzwanzig ist, weiß das. Es war die Zeit, das Leben zu genießen. Alle jungen Leute in diesem Alter sehnten sich damals nach einer festen Arbeit, nach der Franco-Zeit war ganz Spanien besessen davon.

Die Schule, an die ich geschickt wurde, hieß Pablo Serrano, der Name eines bekannten Bildhauers. Ich kaufte mir ein Auto:

einen Ford Fiesta. Und mit diesem Auto fuhr ich, um an dieser Schule, die es immer noch gibt, zu unterrichten. Glücklicherweise gab es für die Lehrer einen Parkplatz unter Bäumen. Der Schatten der Bäume schützte die Autos. Ich parkte mein Auto im Schatten. Mein ganzes Leben lang wird mich diese Besessenheit, mein Auto im Schatten zu parken, begleiten. Ich habe diese Besessenheit von meinem Vater geerbt. Mein Vater versuchte immer, sein Auto im Schatten zu parken. Wenn er es nicht schaffte, bekam er schlechte Laune. Weder meine Mutter noch mein Bruder oder ich, als wir klein waren, verstanden diese Besessenheit. Wo wir hinfuhren, war davon abhängig, ob es dort Schatten für das Auto gab. Als mein Vater etwas besser verdiente und wir in den Sommerurlaub ans Meer fuhren – das war Ende der Sechziger- und Anfang der Siebzigerjahre –, standen wir extra früh auf, um an den Strand zu fahren, weil wir, wenn wir zu spät dort ankamen, unter den Eukalyptusbäumen keinen Parkplatz mehr fanden. Ich war noch sehr klein und verstand nicht, warum wir um sieben Uhr aufstehen mussten, wo doch Ferien waren und wir keine Schule hatten. Ich versuchte, den Grund herauszufinden. Der Grund war der Schatten der Eukalyptusbäume, sodass ich mir diese Bäume genauer ansah, und ihre Schatten wurden für mich zu einer Art Wunder und etwas Göttlichem. Wenn mein Vater das Auto nicht im Schatten parken konnte, war er unglücklich, bedrückt und litt. Jahre später wurden diese Eukalyptusbäume abgeholzt, um die Strandpromenade zu verbreitern. Es gibt sie nun nicht mehr.

Heute also verstehe ich den Wunsch, das Auto im Schatten zu parken, weil ich diese Besessenheit in mir trage, mit mir herum- und im Herzen trage. Ich pflege diese Besessenheit, weil sie ein Vermächtnis meines Vaters ist. Wenn das Auto der Sonne ausgesetzt war, quälte mein Vater sich. Er war in allem ein besonderer Mann.

Ich wurde Teil der spanischen Bildungsarmee. Damals gab es die Berufsschulen noch. Und der Schatten der Bäume jenes

Parkplatzes von 1991 erinnerte mich an die Eukalyptusbäume von 1971.

Da ich neu war, wurde ich den schlimmsten Klassen dieser Schule zugeteilt. Ich musste die Elektriker-Klasse unterrichten. Das waren vierzehnjährige Jungs, die niemand haben wollte, Jungs, denen der Staat in der Berufsschule eine vermeintliche Berufsausbildung ermöglichte. Ich wurde auch einer Friseurinnen-Klasse zugeteilt. Und einer Klasse mit dem Schwerpunkt Verwaltung. Ich verbrachte den Tag damit, diakritische Zeichen zu erklären. Alle Spanier, die zur Schule gegangen sind, können das Personalpronomen »tú«, »du«, von dem Possessivpronomen »tu«, »dein«, unterscheiden. Im ersten Fall hat das Pronomen einen Akzent, im zweiten Fall hat es keinen Akzent. Dem widmete ich mich. Ich verbrachte dreiundzwanzig Jahre damit, über dieses verdammte »tu« oder »tú« nachzudenken. Und dafür wurde ich bezahlt. Den ganzen Tag unterrichtete ich, dass »tú vienes«, »du kommst«, und »tu venida«, »dein Kommen«, nicht dasselbe sind, es war lächerlich, vor allem wenn kein Schwein kam. Aber ich machte es, weil ich im Leben nicht mehr so gut bezahlt würde wie dort. Ich wurde zum Klassenlehrer einer Elektriker-Klasse im ersten Schuljahr ernannt. Die Klassenlehrer im öffentlichen Schuldienst in Spanien sind auf disziplinarischer und pädagogischer Ebene für eine Schülergruppe zuständig. Sehr schnell wurde mir bewusst, dass das eine Farce war. Mitte Oktober betrat ich ein Klassenzimmer, es war immer noch warm. Ein Schüler aus dem dritten Schuljahr der Verwaltungsklasse fragte mich nach etwas, das gerade in den Vereinigten Staaten passiert war. Ich dachte, dass die Frage ernst gemeint sei.

Am 16. Oktober 1991 tötete George Hennard in der Stadt Killeen in Texas dreiundzwanzig Menschen.

Ich redete lange über Gewalt, aber sie hörten mir nicht zu. Meine Schüler hörten mir nicht zu. Deshalb überließ ich ihnen das Wort.

»Im Fernsehen war das zermatschte Gehirn von einem, den er erschossen hat, zu sehen, er hatte eine Schnellfeuerwaffe, hundert Schuss hat der Typ abgegeben, alle Achtung«, sagte Castro, der Schüler, der am meisten redete. »Er hat dreiundzwanzig umgelegt und erst, wenn einer richtig tot war, hat er weitergemacht.«

Die Gruppe brach in schallendes Gelächter aus. Und ich hörte die Stimme, es kann sein, dass es sogar das erste Mal war, dass ich sie vernahm: »Sie kennen die Opfer nicht, sie wissen nicht, was sterben ist, sie wissen nicht, was ein Mord ist, was es heißt, auf einen anderen Körper zu schießen, sie wissen nichts, und du weißt auch nichts. Und im Grunde weißt du auch nicht, ob dir nicht ebenfalls die dreiundzwanzig von den Kugeln zerfetzten Körper egal sind. Du darfst die Gewalt nicht akzeptieren, weil du ein Hungerleider bist, und du machst diesen Job, weil du am Ende des Monats ein Gehalt beziehst. Und du bist ein Pädagoge. Du musst ihnen angemessene Werte vermitteln, du musst ihnen verständlich machen, dass man nicht einfach so Menschen umbringt. Aber wenn du anfängst, sie zu belehren, schlafen sie ein. Erfinde eine Geschichte, du verdammter Lehrer. Du denkst nur an dein Gehalt, aber ich verstehe das. Du glaubst, wenn du wie sie sprichst, wird man dich davonjagen und am Ende des Monats stehst du mit leeren Händen da. Und das wird dich umbringen. Die Menschen glauben an ihre Arbeit. Und das ist keineswegs merkwürdig, es hilft, an etwas zu glauben; es macht das Leben der Menschen besser. Aber in dir nistet, von Anfang an, der historische und genetische Virus deiner Mutter: eine Unzufriedenheit, die sich wie ein Ölteppich konstant und unaufhaltbar über die Ozeane ausbreitet.«

Der Lehrer-Anfänger, der ich bin (das Gespenst geht wieder), sah Castro an. Und ahmte mit seiner Hand eine Pistole nach.

Er zielte auf Castro und sagte: »Bumm, bumm, bumm.«

»Castro, ich habe dir gerade den Kopf zermatscht«, sagte ich.

Und die gesamte Klasse verstummte.

Es klingelte und ich verließ den Raum mit einem gewissen Triumphgefühl.

»Du hast es geschafft, alle Achtung«, sagte die Stimme.

Einige Wochen vergingen und ein Schüler aus der Elektriker-Klasse im ersten Schuljahr, der so oft fehlte, dass sich fast niemand an sein Gesicht erinnerte, stand vor meinem Klassenraum. Der Lehrer-Anfänger, der ich war, wunderte sich.

»Nein, ich komme nicht zum Unterricht«, sagte er, »ich will nur diesem Arschloch eine verpassen.« Er zeigte mit dem Finger auf einen seiner Kumpel.

Er meinte Maráez, dessen Spitzname »Blumenkohl« war.

»Dieser Scheiß-Blumenkohl ist im *Corte Inglés* beim Klauen erwischt worden und dann hat dieser miese Hund dem Sicherheitsmann gesagt, dass er seinen Ausweis nicht dabeihat, aber ihnen seine Anschrift nennt. Und dann hat er ihnen meine gegeben, er hat ihnen meine Anschrift und meinen Namen gegeben und gestern kamen die Bullen zu uns nach Hause und haben nach mir gefragt und mein Alter hat mir mit einer Suppenkelle auf den Schädel eingedroschen«, sagte er und zeigte auf eine eitrige Wunde auf seinem Kopf.

Blumenkohl lachte. Alle lachten. Der Lehrer-Anfänger, der ich war, betrachtete die Wunde.

Ich erinnere mich an jene Wunde, ich fühlte angesichts dieser Wunde eine Mischung aus unbestimmter Wut und düsterer Zärtlichkeit. Mir kommt ein altmodisches Wort in den Sinn: »Milde«. Wir müssen alle milder sein. Ich dachte daran, dass ich ein Buch mit dem Titel *Milde* schreiben sollte. Wie gerne hätte ich meine Faust in diese Wunde gesteckt und sie auseinandergedrückt, bis dieser Junge ausgeblutet wäre, und dann hätte ich, in einem Akt der Verzweiflung, voller Zärtlichkeit das Blut getrunken.

Diese Art von tiefer Hoffnungslosigkeit habe ich oft in meinem Leben gespürt. Ich weiß nicht, woher sie kommt. Es sind gemischte Gefühle, sie sind ungestüm und melancholisch. Auch euphorisch. Ich glaube, dass diese Gefühle von meinen Urahnen stammen. Aber etwas muss es in mir geben, das mich trotz meiner emotionalen Verzerrung und Beschädigung resistent gemacht hat; andernfalls wäre ich nicht auf dieser Welt.

Resistent gegen biologische Bakterien und gegen soziale Bakterien.

»Gut, wo du schon einmal da bist, bleib doch«, sagte ich.

Horcas, das ist der Name des Jungen, blieb und wiederholte den Satz: »In der Pause mache ich Hackfleisch aus dir, Blumenkohl.«

»Hast du gehört«, sagte die Stimme, »er will Hackfleisch aus Blumenkohl machen. Wie wird wohl ein vierzehnjähriger Junge schmecken. Schau gut hin, das ist die spanische Unterschicht, das ist ein historisches Schauspiel, dem nur wenige beiwohnen dürfen, genieß es: Diese Jungs sind wie Flüsse aus jungem und billigem Blut, sie leben in Dreckswohnungen, schlafen in stinkenden Betten und ihre Eltern taugen nichts. Ihre Mütter haben keine schönen Körper und ihre Väter kein Geschick für nichts. Nicht jeder hat die Chance, das zu sehen. Du schon. Schau, wie sie sich gegenseitig umbringen. Du hast einen Logenplatz. Du bist Autor oder wirst es sein. Für dieses Spanien gibt es keine Erlösung. Man bezahlt dich, damit du ihnen Blödsinn wie das diakritische Zeichen beibringst; damit sie nicht Quevedo mit Góngora verwechseln, aber wen zum Teufel interessiert schon, wer Quevedo oder wer Góngora war. Die beiden selbst auf jeden Fall nicht, sie sind längst tot. Wen das vielmehr interessiert, dass du diese Art von Blödsinn wiederholst und dass du sie zwingst, dass sie ihn auswendig lernen, ist eine bestimmte Kultur-Aristokratie in Spanien, die weder etwas mit dir noch mit diesen Unglückseligen, von der Gesellschaft Abgehängten, zu tun hat. Aber natürlich müssen sie wissen, wer Góngora und Quevedo waren, weil wenn ihnen jemals einer die Hand reichen sollte, werden das die Toten sein. Als ob Góngora und Quevedo eine Hilfsorganisation wären, weil eine

Hilfsorganisation zur Geschichte für diejenigen wird, die ihrer am meisten bedürfen, das heißt für diejenigen, die nichts haben außer der Geschichte. Du musst eine Geschichte für jene schreiben, die nichts haben außer der Geschichte.«

Jahre später las ich in der Zeitung von Blumenkohls Tod. Er war mit seinem Auto gegen eine Mauer geprallt. Ein altes Auto, aber geklaut. Er hätte auch ein neues Auto klauen können, aber Blumenkohl hatte Stil, und vor allem hatte er Humor. Bestimmt hatte dieses Arschloch das Auto von Horcas geklaut.

Blumenkohl verließ diese Welt mit siebenundzwanzig Jahren.

Der arme Blumenkohl, dessen Leben sich in einer Minute ereignete, den niemand kannte, nicht einmal er selbst kannte sich. Auch darin findet sich eine erstaunliche Reinheit. Reinheit und Elend sind Verbündete in dem kurzen Leben des Trottels Blumenkohl.

Ich mag es, ihn so zu erinnern, der gute, dumme Blumenkohl, ein Ehrenmann.

Ich habe Blumenkohl erkannt, weil in der Zeitung der Vorname und der Familienname angegeben waren: Iván Maráez.

Das war er, Blumenkohl.

Er war sehr dick geworden, der arme Blumenkohl. Alle meine Schüler wurden dick. Alle waren schließlich Dicke.

Das größte spanische Arschloch aller Zeiten: Blumenkohl.

Und das, Blumenkohl, wo deine Eltern dir, als du geboren wurdest, einen schönen Namen gegeben haben, sie schienen sich etwas dabei gedacht zu haben, das heißt, sie dachten deinen Namen, und das zählt.

Sie nannten dich Iván.

Das war wohl der beste Tag deines Lebens, als deine Eltern entschieden, dass du einen Namen haben würdest. Aber du wirst dich nicht an diesen Tag erinnern können. Niemand kann sich an den Tag erinnern, an dem er den Namen erhält, den seine Eltern für ihn ausgesucht haben. Das war wohl der beste Tag deines Lebens und du wusstest es nicht, konntest diesen Tag nicht fühlen, ihn nicht genießen.

Ich glaube, Blumenkohl, an jenem Tag deiner Taufe wurdest du geliebt. Ich weiß es nicht, aber die Tatsache, dass sie dich Iván genannt haben, könnte auf einen Sinn für Schönheit hinweisen, eine Art Absicht, Lust, dass du auf der Welt sein sollst.

Es kann aber auch sein, dass sich deine Eltern an dem Tag gestritten haben.

Oder vielleicht hat sich einer deiner Großeltern um deine Taufe gekümmert, lieber Blumenkohl. Und er hat dich aus irgendeinem lächerlichen und unbedeutenden Grund auf den Namen Iván taufen lassen.

Den Grund seines Namens hat Blumenkohl mit ins Grab genommen.

He, Blumenkohl, ich muss dir eine wirklich lustige Sache erzählen: Der Typ, der dich 1991 in spanischer Grammatik unterrichtet hat, hat es geschafft, sich in die Nähe – zwar nicht ganz in die Nähe, aber immerhin – des spanischen Königs zu setzen. He, Blumenkohl, wie findest du das? Das ist nicht wirklich wichtig, weil nichts wichtig ist, wenn man tot ist und man ein Pechvogel war, als man noch lebte.

Es ist nicht wichtig, aber es ist lustig.

Lustig ist es schon, und ich dachte mir, dass es dich zum Lachen bringen würde.

Weil du in gewisser Weise Opfer einer ganzen historischen Ordnung warst, der etablierten Hierarchien, der Annahme, dass es tatsächlich einen biologischen Determinismus gibt, und ich war der offizielle Überbringer der Nachrichten des spanischen Staates, ich war der Postbote, der Notar. Deshalb beförderte mich jemand viele Jahre später in die Nähe des spanischen Königs. Es ist, als hätte alles irgendwann einen Sinn, auch wenn es Unsinn ist.

He, Blumenkohl, sie werden deine Knochen schon in das Sammelgrab geworfen haben; nach fünf Jahren ist das wohl so. Und ich glaube nicht, dass deine Eltern, falls sie noch leben, dir noch fünf weitere Jahre zahlen.

He, Blumenkohl, an jenem Weihnachten 1991 habe ich mit meinem Vater über dich gesprochen. Mein Vater mochte dich. Ich habe ihm erzählt, wie du warst. Er wollte alles über dich wissen. Die Pechvögel dieser Welt interessierten meinen Vater sehr. Ich erinnere mich, wie sehr mein Vater darüber gelacht hat, dass du den Namen deines Freundes angegeben hast, als du im *Corte Inglés* geschnappt wurdest. Es war meine erste richtige Arbeit und meinem Vater gefiel es, wenn ich ihm Geschichten erzählte. Blumenkohl, du warst in den Gedanken meines Vaters. Weißt du, Blumenkohl, die Kranken, die Zurückgebliebenen, die Armen, die Verrückten, die Pechvögel in Barbastro liebten meinen Vater. Er zog das Elend an. Woher hatte er diese seltsame Gabe? Es war eine Gabe, die aus der Tiefe des Landstrichs stammte, der ihn auf die Welt hatte kommen sehen, die Erde von Somontano. Mein Vater war seltsam, warum sind die Trottel immer auf ihn zugegangen und haben ihn angesprochen? Ich glaube, das lag daran, dass mein Vater herzensgut war.

Seine Gutherzigkeit war legendär.

»Erzähl mir noch was von Blumenkohl, was für ein Kerl«, sagte mein Vater an Heiligabend 1991, vor ihm ein Schmorhähnchen, das meine Mutter zubereitet hatte.

Mein Vater mochte dich, Blumenkohl.

Ich nicht.

Damals nicht, heute schon, Blumenkohl. Weil deine Augen, an die ich mich in diesem Moment erinnere, gut waren und das Unglück uns niemals davon abhalten darf, dem Himmel dafür zu danken, die Seufzer all jener in der Luft angeketteten Menschen betrachtet zu haben.

14

Ich erinnere mich an den August 1983. Ich fuhr mit zwei Freunden in die Stadt Zaragoza, um nach einer Studentenunterkunft zu suchen. Ich erinnere mich an die Wohnungen, die man uns zeigte.

Ich meine, dass die Wohnungen zwischen zwanzig- und fünfundzwanzigtausend Peseten im Monat kosteten. Wir suchten nach vier Zimmern mit Küche. Es gab auch welche für achtzehntausend, sogar für fünfzehn, aber die waren weiter vom Zentrum entfernt.

Es gab unzählige billige Wohnungen.

Wir waren drei arme Studenten mit Stipendium. Wir waren solide. Vielleicht waren wir alle drei hässlich. Ich eventuell weniger. Alle drei waren wir voller freudiger Hoffnung auf die Zukunft.

Wir mieteten etwas für achtundzwanzigtausend Peseten. Es lag über unserem Budget, aber es gefiel uns, es war zentral. Die Straße hieß Pamplona Escudero, sie lag ganz in der Nähe der Universität und von allem anderen. Wir brauchten fünf Minuten bis zur Universität.

Später erfuhr ich, dass dieser Herr, dieser Pamplona Escudero, Bürgermeister der Stadt gewesen war, und bestimmt hatte er es sehr genossen, Bürgermeister dieser Stadt zu sein. Ich dachte darüber nach, was meine Mutter über diese Wohnung denken würde, ob sie mit ihr einverstanden wäre. Bestimmt würde sie ihr nicht gefallen. Meiner Mutter gefielen fremde Wohnungen nur selten. Ich dachte daran, dass meine Mutter nicht verstehen würde, was ich in dieser Wohnung machte, warum ich in einem solchen Haus leben musste.

Es war 1983 und in Spanien starben jeden Tag Polizisten. Ein Land, in dem immer Leute starben. Aber eine eigene Wohnung zu haben war ein Grund zur Freude, und ich rufe mir gerade sämtliche Gründe zur Freude, die ich in meinem Leben haben konnte, in Erinnerung.

Ich hatte in jener Wohnung, in jener Stadt Angst. Angst, immer diese Angst, wie eine Geißel. Die Angst, die einen Verbündeten in deinem Gehirn sucht, und wenn sie den nicht findet, erfindet sie ihn sich; und am Ende vermählt sie sich mit der Hoffnungslosigkeit, die sich auf Verfall und Wahnsinn gründet. Und das ist die andere wesentliche Seite meiner Persönlichkeit: Mein ganzes Leben lang hatte ich die Furcht, wahnsinnig zu werden, nicht zu wissen, wie ich die Dinge, die mir passieren, einordnen soll, dass mich das Chaos überrollt. Meine Mutter war genauso wie ich, und meine Mutter nervte meinen Vater und mein Vater war wütend über meine Mutter und ich erbte den Thron des Lärms und der Wut, was nichts anderes ist als die Lust, Dinge kaputt zu machen, Fenster einzuschlagen, Hemden zu zerreißen, Teller zu zerschlagen, Türen einzutreten, Möbel zu zerstören und sich schließlich ins Nichts zu stürzen.

Mein Gott, wie sehr ich die Verzweifelten mag. Sie sind die Besten.

15

Für meine Mutter hatte der Teufel bei den Widrigkeiten des Alltags die Finger im Spiel. Oft sagte sie: »Das geht doch mit dem Teufel zu«, wenn sie etwas suchte und nicht fand. Und schrie dann: »Aber ganz sicher geht das mit dem Teufel zu!« Und suchte etwas, das sie vor sich hatte, aber nicht in der Lage war zu sehen. Ich leide unter derselben Form von Vergesslichkeit. Ich suche Dinge, die ich vor mir habe, ein Buch oder einen Brief oder einen Pullover oder ein Messer oder ein Handtuch oder Socken oder das Schreiben einer Bank, und ich bin nicht in der Lage, diese Dinge zu sehen. Meine Mutter war überzeugt, dass der Teufel ihr die Sachen versteckte, dass er für diese kleinen Zwischenfälle verantwortlich war. Sie erlebte all das so intensiv, als sei sie verrückt. Und jetzt bin ich sie, und der Teufel ist nichts anderes als eine vererbte neuronale Degeneration, die den Sehnerv betrifft und in Wellen schwacher oder schwankender chemischer Verbindungen auftritt, und in dieser Beschädigung der elektrischen Übertragung der Realität brüten die Bakterien der Psychose, und die organische Form des Willens fault zu einer Masse aus Befehlen, die nichts mit dem sozialen Leben zu tun haben, und ich werde zu einem Museum der Trockenheit, der Stille, der Einsamkeit, des Selbstmords, der Taubheit und des Leidens.

Für meine Mutter und für mich hatte oder hat das Leben keine Handlung.

Es passierte nichts.

16

Anfang der Achtzigerjahre kam mein Vater ab und zu aus beruflichen Gründen nach Zaragoza. Wir gingen zusammen essen. Er kam mit Freunden, und während dieser Essen fühlte ich mich wie ein Außerirdischer, ich wusste nicht, was ich sagen sollte. Seine Freunde waren nett, aber ich hatte keine Lust, Zeit mit ihnen zu verbringen, sie schienen mir langweilig und fremd. Die Restaurants von damals hatten dagegen ihren Reiz. Sie hatten etwas Geheimnisvolles. Wir gingen immer in sehr alte Restaurants, ich weiß nicht, was aus ihnen geworden ist, sie machten Zaragoza interessant. Später würde ich mich sehr gut in dieser Stadt auskennen. Aber damals hatte ich noch keine Idee von Zaragoza. Es gab damals noch kein Google. Mein Vater rief mich auf dem Telefon der Nachbarin an und sagte: »Ich bin dein Vater.« Weil wir in unserer Studentenwohnung kein eigenes Telefon hatten.

Er mochte es, mit theatralischer Stimme »Ich bin dein Vater« zu sagen. Das war das Einzige, was wir hatten: diese Behauptung, die auf etwas Universelles verwies. Dasselbe mache ich heute mit meinen Söhnen, ich sage zu ihnen, wenn ich sie auf dem Handy anrufe: »Ich bin dein Vater.« Das nervt total. Es ist nicht ganz klar, was das heißen soll, aber es nervt, das ist stark, das ist wie in Beton gegossen, das ist wie eine Wolke, die den Himmel deines Bewusstseins mit Blut flutet, das ist wie der Ursprung der Welt. Und mein Vater sagte mir den Ort, wohin ich zum Essen kommen sollte. Er aß mit seinen Freunden, wir aßen gut. Einmal aßen wir in einem Restaurant an der Avenida de Madrid. Ich war noch nie zuvor dort gewesen. Ich ging hinein und dort war mein Vater, in Begleitung des Bürgermeisters von Barbastro und eines anderen Mannes. Sie waren zu dritt und sahen zufrieden aus.

Sie rauchten Zigarren und tranken *Carajillo*, Espresso mit Schuss. Sie lachten.

Sie erzählten Witze. Sie hatten gut gegessen. Drei glückliche Männer, Söhne aus demselben Städtchen, in ähnlichem Alter, Söhne mit derselben Lebenserfahrung, aus denselben Straßen stammend, Früchte desselben Baumes, sie umgab eine Brüderlichkeit, die von Verwurzelung zeugte. Die drei versinnbildlichten eine Verwurzelung, und Verwurzelung ist das, was ich heute empfinde. Sie waren in einem Städtchen in Altoaragón verwurzelt und verwurzelt in einer Art zu leben. Deshalb lachten sie und waren sie glücklich, ihre Verwurzelung erfüllte sie.

Ich sagte meinem Vater, dass er mich in meiner Wohnung besuchen solle, aber er kam nicht. Mein Vater sah die Orte, an denen ich in meiner Studienzeit gelebt habe, nicht. Ich weiß nicht, was er dachte, in welchem Loch ich leben würde. Er sah niemals die Betten, in denen ich in diesen Jahren geschlafen habe. Ich weiß nicht, warum er nicht kam. Vielleicht bestand ich nicht darauf. Vielleicht ist das Bedürfnis, das ich heute habe, meinem Vater die Wohnungen, in denen ich gelebt habe, zu zeigen, ein aktuelles Bedürfnis, das ich damals noch nicht hatte. Ich sagte ihm zum Beispiel nicht: »Papá, ich möchte, dass du siehst, wo ich lebe.« Diesen Satz sagte ich einfach nicht. Ich sage ihn jetzt. Auch sagte er nicht: »Ich möchte deine Wohnung sehen.« Als wären wir füreinander geschaffen gewesen: Wir sagten uns nichts.

Ich lasse meinen Vater jetzt sagen: »Ich möchte deine Wohnung sehen, mein Sohn.« Ich glaube, es interessierte ihn nicht besonders, wo ich wohnte, aber mit der Zeit interessierte es ihn auch immer weniger, wo er selbst wohnte.

Er schmälerte die Bedeutung der Dinge.

Mein Vater war ein Künstler des Schweigens.

Immerhin brachte er mir einen Morgenmantel mit. Er schenkte

mir einen Morgenmantel. Als ich den Morgenmantel mit in meine Wohnung nahm, weinte ich. Natürlich hatte er ihn nicht gekauft; meine Mutter hatte ihn gekauft. In diesem dunkelblauen Morgenmantel, aus einer dicken Baumwolle für den Winter, steckte die ganze Zärtlichkeit meiner Mutter. Dieser Morgenmantel war das Symbol der Verwurzelung. Gleichwohl musste ich diesen Morgenmantel in einem fremden Zimmer, an einem feindlichen Ort, aufbewahren.

Ich weinte.

Ich versuchte, in diesem Zimmer eine Stelle für den Morgenmantel zu finden, wo er mit nichts Stofflichem in Berührung kam. Alles in diesem Zimmer war unrein. Ich betrachtete den Morgenmantel wie jemand, der vollkommene Liebe betrachtet, oder wie jemand, der das Territorium einer bedrohten Liebe betrachtet.

Ich wusste, dass meine Mutter und ich uns damit voneinander verabschiedeten. Ein stiller Abschied, ohne Worte. Die Zeit unserer Leben begann auf unterschiedlichen Wegen zu verstreichen.

Wir waren dabei, uns voneinander zu verabschieden.

Niemals mehr würde ich diese Zärtlichkeit spüren, und es ist egal, und das spüre ich jetzt: Es ist egal; und das ist die Größe des Lebens: Es gibt weder Grund zu klagen noch Grund zu verurteilen. Was mich mit meiner Mutter verband, war und ist ein Geheimnis, das ich vielleicht eine Sekunde vor meinem Tod zu lüften vermag. Oder vielleicht auch nicht, weil die Hässlichkeit des Sterbens auch das einzige Geheimnis sein mag.

Ich möchte diese Zärtlichkeit bewahren, die Zärtlichkeit, mit der meine Mutter mir half, den Koffer zu packen, wenn ich von Barbastro nach Zaragoza fuhr, in jenen Jahren 1980, 1981, 1982, die Dinge, die sie mir in den Koffer packte, wie sie mir mit der Kleidung half, wie sie mir Essen in ein paar Einmachgläser füllte, und später betrachtete ich all das und fühlte mich unglaublich einsam.

Im Grunde hat das alles mit der Armut zu tun. Die Armut –

wir waren so arm – ließ mich vor Angst zittern. Und die Angst sei Zärtlichkeit, gaukelte ich mir vor.

Wenn wir reich gewesen wären, wäre es besser gelaufen, und das gilt für alles.

Wenn meine Eltern Geld gehabt hätten, wäre es mir besser ergangen. Aber sie hatten nichts, absolut nichts. Sich in Spanien zur Armut zu bekennen scheint unmoralisch, führt zu Ablehnung, ist ein Affront. Aber trotzdem sind wir das fast alle gewesen.

Wir waren arm, aber mit Stil.

17

Ich wurde 1962 in einem spanischen Städtchen namens Barbastro geboren, so sagte man es mir jedenfalls. Das muss ein großartiges Jahr gewesen sein. Ich habe ernsthafte Zweifel daran, dass ich 1962 geboren wurde. Ich habe keine Zweifel beim Ort, aber beim Jahr. Jeder sollte Zweifel beim Datum seiner Geburt haben, weil dies die erste geerbte Wahrheit ist, an die wir, ohne etwas gesehen oder gefühlt zu haben, glauben müssen, wir können es nicht überprüfen. Man muss daran glauben, dass sie einem die Wahrheit sagen, dass die Zahlen, die das Datum des eigenen Geburtstags bestätigen, etwas bedeuten.

Man ist kein Zeuge seiner Geburt. Man ist es bei anderen Dingen: der eigenen Hochzeit. Man ist auch Zeuge der Geburt der eigenen Kinder. Man ist aber nicht Zeuge des eigenen Todes.

Weder der eigenen Geburt noch des eigenen Todes ist man Zeuge.

Ich habe oft am Datum meiner Geburt gezweifelt; vielleicht hat der Zweifel etwas damit zu tun, wie ich mir den Ursprung meiner körperlichen und spirituellen Materie vorstellte oder wie ich mir die Kollision meines Körpers mit der Zeit vorstellte und dass ich mir vorstellte, dass diese Kollision ein Datum haben muss. Eigentlich ist ein Datum ein Name. Das Datum ist der Name der Kollision.

Jeder sollte Zweifel an dem Datum seiner Geburt haben. Es gibt überhaupt keine gelebte Gewissheit hinsichtlich dieses Datums, es bestimmt einen unsinnigerweise, und man soll ihm eine Wichtigkeit zuweisen, die nicht vom eigenen Willen herrührt, sondern aus gesellschaftlichen Übereinkünften vor der eigenen Zeit stammt. Übereinkünften, die getroffen wurden, bevor man auf der Welt und noch nicht geboren, noch nicht kollidiert war.

Ich könnte Opfer eines Irrtums sein, meine Mutter hatte ein sehr schlechtes Gedächtnis. Ich kann mich nur an wenige Dinge aus den Sechzigern erinnern. Meine ersten Erinnerungen stammen aus den Siebzigern, abgesehen von einer, die zwangsläufig von 1966 sein muss. Es ist die Erinnerung an meine Mutter, wie sie mit meinem Bruder schwanger war. Das muss eine Erinnerung von vor dem Sommer 1966 sein. Es ist eine vollkommen irreale Szene. Es ist keine glaubwürdige Erinnerung. Wir sind in der Küche, und meine Mutter sitzt auf einem Stuhl, und sie hat etwas fast unstoffliches Weißes an, und sie sagt zu mir: »Hier ist dein Bruder«, und zeigt auf ihren Bauch und führt meine Hand an ihren Bauch, und ich bin erstaunt, und später sehe ich ein Licht, das durch den Flur in die Küche scheint. Ein Licht, das von den Sternen kommt. Ich schaue aus dem Fenster in eine liebliche Ferne. Das ist meine erste Erinnerung und ich verstehe sie nicht. Ich weiß nicht, was das ist. Es ist eine Erinnerung, die ich ständig versuche wiederzufinden, und was ich finde, ist ein Gefühl von Frieden. Ich glaube, wenn ich sterbe, werde ich dasselbe fühlen.

18

Ich bin im Badezimmer, putze mir die Zähne und spüre hinter mir ein Wesen, das mir auf Schritt und Tritt folgt. Es sind die Überreste meines toten Vaters und meiner toten Mutter, sie klammern sich an meine Einsamkeit, sie setzen sich in meinen Haaren fest, ihre winzigen geisterhaften Moleküle folgen den Bewegungen meiner Hände und meiner Füße durch das Badezimmer, stützen an meiner Seite die Zahnbürste, schauen zu, wie ich mir die Zähne putze, lesen die Marke der Zahnpasta, begutachten das Handtuch, berühren mein Spiegelbild; wenn ich mich ins Bett lege, legen sie sich an meine Seite, wenn ich das Licht ausmache, höre ich ihr Gemurmel, und es sind nicht immer sie, sie können in Begleitung von Geistern sein, die krank sind, schmutzige, schreckliche, rasende, böse und gute Geister, das ist egal, die Tatsache, dass es Geister sind, macht das Gute und Böse unwichtig.

Geister der Geschichte Spaniens, die ebenfalls ein Geist ist.

Sie streicheln mir über den Kopf, während ich schlafe.

19

Meine Eltern gibt es nicht mehr, aber mich gibt es, und ich gehe in fünf Minuten. In Gedanken wiederhole ich diese Aussage sehr oft: »Ich gehe in fünf Minuten.« Das ist zweischneidig; ich bemesse mit diesen fünf Minuten eine Zeit, die nur ich kenne. Diese fünf Minuten könnten fünf Jahre oder fünftausend Jahre dauern oder tatsächlich fünf Minuten; oder sogar fünf Sekunden. Das ist so, als würde ich mit der Ankündigung, dass es mir egal ist, wenn ich sofort sterbe, für mich in Anspruch nehmen, an dem Tag sterben zu wollen, an dem mir der Sinn danach steht. Weil es mir nichts ausmacht zu sterben, bringe ich mich sofort oder vielleicht innerhalb von fünfzig Jahren um: Ich bin der Herr der Zeit, die mir bleibt; das wird zu einer Art Spiel mit etwas, womit man nicht spielen sollte, aber was soll man sonst mit dem Tod machen, mit etwas, das inhaltsleer ist und das Ende von allem? Deshalb beziehen die Leute, die den Tod vor Augen haben, ihn in ihre Spiele ein, in ihre Gedanken, sie geben ihm eine Bedeutung, und er bedeutet nichts; vielleicht ist die Vorstellung von Frieden, von Ruhe die beste, die man sich machen kann. Alle wollen sich ausruhen. Alle müssen schlafen. Die Gedanken der Sterbenden sind bei den Zurückbleibenden, sie wollen den Zurückbleibenden so wenige Umstände wie möglich machen, indem sie alles vorher regeln. Alles für die Kinder regeln und sich dann vom Acker machen, verduften. Man scheidet in Frieden dahin, wenn man vorher alles für die Kinder regelt, so lässt sich in Ruhe sterben.

20

Die Alten erschrecken mich. Sie sind das, was ich sein werde.

Ich werde einer dieser Zombies sein in einem unauffindbaren Zimmer in der geriatrischen Abteilung eines namenlosen Krankenhauses, das nur mit einer Nummer versehen ist. Krankenhaus Nummer sieben, zum Beispiel. Ja, ich denke jetzt oft an das Altwerden, wenn ich mich nicht mehr selbst versorgen kann und dem Zorn oder der Mildtätigkeit irgendeines Pflegers ausgeliefert bin, dessen gesamtes Leben ich sofort sehen kann. Die Gabe, die Leben zu sehen, die hatte ich.

Ich war bis zur siebten Klasse bei den Piaristen. Ich war auf einer von Priestern geführten Schule, weil es die einzige war, die es gab. 1971 rief mich eines Tages ein Priester zu sich. Er wollte, dass ich dem Schulchor beitrete. Ich war acht Jahre alt. Er hieß G. Ja, es wird noch Leute geben, die sich an ihn erinnern, aber nicht mehr viele. Ich betrat das Klassenzimmer. Sonnenlicht fiel durch die Fenster. Ich erinnere mich an die Soutane. Eine Soutane, unter der sich ein Bauch abzeichnete. Alle Priester dort waren dick. Er sprach zärtlich mit mir. Während des Franquismus gab es viele gestörte Priester. Er begann, mir über den Kopf zu streicheln. Dann begann er, seine Fäuste in meine Hände zu drücken. Und ich verstand nichts. Ich wusste nicht, was passierte.

Dreißig Jahre später sah ich die Todesanzeige von G. in der Zeitung von Barbastro. Er war gestorben. Er rauchte Ducados. Es freute mich nicht, dass er gestorben war. Ich dachte nach. Ich glaube, am Ende hat er es nicht getan, aber ich erinnere mich nicht. Wenn mich etwas rettete, war es das Sonnenlicht, das in jenen Klassenraum fiel, und in diesem Licht erschrak dieser Gestörte über das, was er tat. Es ist möglich, dass mein Gehirn all das ausgelöscht hat. Ich weiß es nicht. Ich weiß nicht, wie weit er gegangen ist. Ich erinnere mich nicht. Ich kann mich einfach nicht erinnern. Ich weiß nur, dass ich durch einen Flur gehe und einen Klassenraum betrete, und da ist er, hineingepresst in seine Soutane, und er lächelt und dann geht es mit den Liebkosungen los, die ich nicht zu deuten weiß. Ich betrachte die Soutane, ihr sonderbares Schwarz, ihre symbolische Düsterkeit, was bedeutet es, so angezogen zu sein? Ich betrachte das Zingulum der Soutane, sein Nutzen erschließt sich mir nicht, ich vergleiche es mit einem Gürtel, es hat keine Schnalle und keine Löcher, es ist wie ein Schmuck, aber was schmückt es, und was ist der Grund, dort etwas zu schmücken, vielleicht hat es mit Weihnachten zu tun, mit der Geburt von Gottes Sohn. Bin ich Gottes Sohn und hat der Mann mit dem Schmuck auf seinem gemästeten Bauch mich deshalb gerufen? Ich bin mit meinem Verstand am Ende, meine Erinnerung reißt ab. Ich wusste nicht, was das war, ob es gut oder schlecht war. Kein Kind weiß das, erst muss Zeit vergehen. Ich gehe ein ums andere Mal zu dieser Erinnerung zurück, versuche zu ergründen, was passiert ist, aber da ist ein Blackout. Nach den Liebkosungen kommt ein Blackout.

Meine Augen sind auf Höhe des Zingulums, schauen das Zingulum an, versuchen, seinen Sinn zu ergründen. Ich wusste nicht, ob ich das meinen Eltern sagen sollte, und ich sagte es nicht, weil ich dachte, dass ich schuld sei. Dass ich der Schuldige sei. Dass sie mich nicht mehr lieben würden. Dass ich böse gewesen sei. Dass ich sie nicht genügend geliebt hätte und deshalb sei mir das passiert, was mir passiert sei.

Das Problem des Bösen ist, dass es einen schuldig macht, wenn es einen berührt. Das ist das große Geheimnis des Bösen: Die Opfer werden immer zu Schuldigen von etwas, das sich ebenfalls das Böse nennt. Die Opfer sind wie Exkremente. Die Leute tun immer so, als hätten sie den Opfern gegenüber Mitleid, aber in ihrem Innern empfinden sie Abscheu.

Für die Opfer gibt es keine Erlösung.

Das heißt, sie sind verabscheuungswürdig.

Die Leute lieben Helden, nicht Opfer.

21

An einem Nachmittag im April 2015, es ist der 29., besuche ich eine Ausstellung über eine große Autorin der spanischen Literatur. Die Ausstellung ist in der Spanischen Nationalbibliothek. Ich bin sehr hungrig. Ich habe fast nichts gegessen. Ich betrete die Ausstellungsräume. Es gibt eine Menge Gemälde, die vorgeben, Porträts der Heiligen zu sein. Ich bemerke, dass auf jedem Bild eine andere Frau oder ein anderes Gesicht zu sehen ist. Es ist, als handele es sich um eine Vielzahl von Frauen und gleichzeitig keine. Niemand kannte ihre Gesichtsform, niemand erinnert sich an ihre Gesichtszüge. Allesamt Fälscher, diese Maler, die sie porträtiert haben. Ihre Gesichtszüge, ihre Augen, die Nasenform, ihre Wangenknochen sind nicht bekannt. Wir wissen nicht, wie ihr Gesicht wirklich war. Deshalb hätte es jedes oder kein Gesicht sein können. Sie haben sie vom Hörensagen porträtiert.

Hier gibt es nichts.

Ich betrachte ihre Manuskripte: eine Menge wirrer Tinte, eine Handschrift wie aus der Hölle. Es ist bisher wenig über die Materialität des Schreibens gesagt worden, dabei ist sie bedeutender als die literarischen Einflüsse und die Visionen von Gott. Zum Beispiel: Es macht etwas aus, ob man auf dieser oder jener Tastatur schreibt; ob man am Bildschirm eines Laptops oder an einem großen Bildschirm schreibt; ob man an einem rechteckigen oder quadratischen Bildschirm schreibt, an einem hohen oder einem niedrigen Tisch; auf einem Stuhl mit Rädern oder ohne Räder sitzend und so weiter und so fort.

Weil die Materialität des Schreibens das Schreiben ist. Tatsächlich schrieb die heilige Teresa, wie sie schrieb, weil ihr die Hand dadurch, dass sie ständig die Feder in die Tinte tauchen musste, müde wurde, daher die nachlässigen und chaotischen und wilden und aufgebrachten Buchstaben. Wenn sie einen Kugelschreiber gehabt hätte, ihr Stil wäre ein anderer gewesen.

Also waren ihre Visionen von Gott materielle Visionen ihres Schreibens.

Schreiben ist eine Hand, die sich über ein Papier, ein Pergament oder eine Tastatur bewegt.

Eine Hand, die müde wird.

Je nach Papier, Hand, Stift, Feder, Computer oder Schreibmaschine schreibt man das eine oder andere. Weil die Literatur, wie alles, Materie ist. Die Literatur sind von Papier aufgenommene Wörter. Eine physische Anstrengung. Schweiß. Kein Geist. Die Materie sollte nicht länger gering geschätzt werden.

Moses schrieb zehn Gebote, weil er keine Lust hatte, mehr in den Stein zu meißeln. Er schwitzte, er war erschöpft. Es hätten fünfzehn oder fünfundzwanzig sein können, dass es zehn wurden, war den schwierigen und leidigen materiellen Bedingungen des Schreibens auf Stein geschuldet. Die ganze westliche Geschichte bezieht sich auf den Idealismus, niemand hat versucht, die Dinge auf eine andere Weise zu betrachten; vor allem auf eine schlichtere Weise, eine, die der Materie Rechnung trägt und den vergänglichen Wirklichkeiten.

Ich interessiere mich für diese Frau, für diese Heilige. Viele Leute mögen sie »Mutter« nennen wollen. Sie mag die Mutter aller sein: Was bedeutet das? Könnte sie meine tote Mutter sein? Der Tod ist überall, und die Mütter sind es ebenfalls. Die Leute beten zur heiligen Teresa. Sie inspiriert zu Hingabe, und in diesem Sinne scheint sie ein unvergänglicher Geist. Ist dieser Geist besser als der Geist meiner Mutter? Es gibt Leute, die in diesem Augenblick zu ihr beten, die ihr ihren Schmerz offenbaren, ihr Unglück und Hilfe erbitten. Und diese Leute glauben, dass es jemanden auf der anderen Seite gibt, dass die Heilige ihnen zuhört, und dabei hört niemand zu, und das ist wunderbar: Millionen von Wörtern, die im schwarzen Loch unserer Hirnwände verschwinden. Ist es dasselbe, mit meiner toten Mutter zu sprechen? Es ist nicht dasselbe. Meine Mutter ist da. Weil ich sie bin.

Diese Frau, an deren fünfhundertsten Geburtstag nun erinnert wird, ist tot. Sie ist eine Tote mit einer außerordentlichen Erfahrung. Die Toten sind nicht alle gleich: Es gibt ein Dienstalter unter den Toten. Diese Frau rief den lieben langen Tag die Liebe an. Ich glaube, sie war verliebt. Und sie lebte in diesem Land. Ich schaue mir ihre Biografie an: Sie wurde am 28. März 1515 geboren, das ist, als wäre sie niemals zur Welt gekommen. Unmöglich, dass jenes Jahr in diesem 2015 etwas bedeutet. Es gibt Dokumente und literarische Werke und Malerei und Kirchen und Burgen, die zeigen, dass es im Rahmen dieser Zahlen 1515 Leute gegeben haben muss. Sie wird vor fünfhundert Jahren an einem ungastlichen Ort namens Gotarrendura geboren, man gibt ihr den Namen Teresa de Cepeda. Etwas Blödsinniges fällt mir ein: Damals, 1515, gab es weder Real Madrid noch den FC Barcelona, zwei gewichtige Systeme, die beide eine enorme Anziehungskraft auf die Spanier ausüben. Vielleicht ist das gar nicht blödsinnig. Sie gründete Klöster, und das als Frau. Wenn sie heute leben würde, würde sie Platten aufnehmen und wäre auf Titelseiten zu sehen. Oder hätte Fußballvereine gegründet. Ich selbst bin die heilige Teresa: Uns eint der Schmerz. Und ein Streben, das sie Gott nannte und ich X nenne. Sie hatte zumindest einen Namen für ihr Streben, für ihr großes Begehren. Ich habe keinen Namen dafür.

Niemand weiß, wie die heilige Teresa wirklich ausgesehen hat. Niemand hatte ihr Gesicht fotografieren können. Die Gesichter meines toten Vaters und meiner toten Mutter dagegen sind fotografiert worden.

Ich muss diese Fotos zerreißen, damit mein Vater und meine Mutter der heiligen Teresa gleichen.

Wenn Real Madrid und der FC Barcelona verschwänden, würde sich Spanien in ein schwarzes Loch verwandeln. Die Gewichtigkeit Spaniens misst sich an zwei Fußballclubs.

22

Meine Mutter mochte immer gutes Eau de Toilette und mein Vater ebenfalls; sie haben den Gefallen daran an mich weitergegeben, was im Grunde der Wunsch ist, sich vor dem fleischlichen Verfall zu bewahren. Schlechter Geruch erschreckt uns nicht, weil es schlechter Geruch ist (es gibt keinen schlechten Geruch), sondern weil es das sein wird, was wir ausdünsten, wenn unser Fleisch zu verwesen beginnt.

Vor ein paar Tagen war ich in Barbastro, dem Städtchen, in dem meine Eltern lebten und starben. Ich dachte an den Zusammenhang zwischen Taten und Tatsachen, zwischen Worten und Tatsachen, die zu meiner Scheidung geführt hatten. Dass meine Mutter nicht von meiner Scheidung erfuhr, ist kein Zufall. Es war, als wäre eine urzeitliche Bestie mit ihrer Pranke durch mein Leben gefahren. Ein Diplodocus. Ein Tyrannosaurus. Ein Velociraptor. Ein Spinosaurus. Ein Gallimimus. Lecks in einem menschlichen Obdach, das schon immer da war. Taten eines falschen Apostels, die Unmöglichkeit, dass die Taten wieder rückgängig gemacht werden, was die Unmöglichkeit, in Frieden zu leben, zur Folge hat.

Meine Scheidung brachte mich an Orte der menschlichen Seele, von denen ich niemals gedacht hätte, dass sie existierten. Sie brachte mich dazu, die Geschichte neu zu schreiben, die Entdeckung Amerikas neu zu bewerten oder die industrielle Revolution neu zu beurteilen; sie verbrannte die Vergangenheit oder erhöhte sie, um sie in ein Schafott zu verwandeln, auf dem jeden Tag eine Erinnerung geköpft wurde.

Ich wurde mir bewusst, dass es sich lohnt zu leben, auch wenn es nur darum ging zu schweigen. Es fiel mir schwer, mit Leuten zu sprechen, die meine Eltern nicht gekannt hatten, das heißt mit der Mehrheit der Leute, mit denen ich zu tun hatte; die Leute, die meine Eltern nicht gekannt hatten, verdunkelten mir das Gemüt.

Ich sah Heiterkeit im Schrecken.

Wenn das Leben einen die Vermählung von Schrecken und Heiterkeit sehen lässt, ist man bereit für das Ganze.

Schrecken bedeutet, den Korpus der Welt zu sehen.

23

Wie oft kam ich als Siebzehnjähriger nach Hause und achtete nicht auf die Anwesenheit meines Vaters, ich wusste nicht, ob mein Vater da war oder nicht. Ich hatte viel zu tun, das dachte ich zumindest, und dazu gehörte nicht, meinen Vater zu betrachten. Und jetzt tut es mir leid, dass ich das Leben meines Vaters nicht intensiver betrachtet habe. Oder sein Leben nicht wenigstens gesehen habe.

Das Leben meines Vaters sehen, das hätte ich jeden Tag ausgiebig machen sollen.

24

Nach meiner Scheidung kaufte ich mir eine kleine Wohnung. Ich nenne sie Apartment, dabei ist die Idee eines »Apartments« in Spanien albern. Hier gibt es nur Wohnungen. Es gibt große Wohnungen und kleine Wohnungen, und das war's. Die Idee eines Apartments geht von einer Finesse aus, die es in der spanischen Wohnungskultur nicht gibt. Mein Vater hat dieses Apartment, das ich mir gekauft habe, nie gesehen. Er starb neun Jahre zuvor, das ist eine lange Zeit, eine sehr lange Zeit. Er sah das Zuhause meiner Einsamkeit nicht. Das heißt, er sah meine bedeutungsvolle Gegenwart nicht. Das heißt, er weiß nicht, in was ich mich verwandelt habe. Das heißt, sein Sohn ist tot – der Sohn, den er kannte – und an seiner Stelle gibt es einen Mann, von dem niemand weiß, wo er herkommt, ein Unbekannter. Was hätte er von dem Apartment gehalten? Wahrscheinlich hätte er davon nichts mitbekommen. Weil er in den letzten Jahren seines Lebens nichts mehr mitbekam. Er streifte durchs Leben in der Hoffnung auf was auch immer, niemand wusste es. Er beschwerte sich sehr selten, wenn, dann nicht wegen seiner Krankheit, sondern wegen kleiner Widrigkeiten des Alltags. Er schien sich an nichts zu erinnern. Wie immer sprach er weder von seinem Vater noch von seiner Mutter. Er sprach nicht über sein Leben. Mein Vater schien durch Spontanzeugung entstanden zu sein. Bei meiner Mutter war es dasselbe. Meine Mutter hatte weder Vergangenheit noch Gegenwart, noch Zukunft. Es war, als hätten sie einen Pakt geschlossen. Wann besiegelten sie ihn? Fassten ihn in Worte?

Meine Mutter sprach nicht über die Vergangenheit. Sie wusste nicht, dass die Vergangenheit existierte. Meine Mutter verstand die Zeit nicht. Sie kannte keine historischen Kategorien. Das war eines der wenigen Kunststücke meiner Mutter; als ob sie eine Art historisches Schamgefühl ausgebildet hätte. Ob sie sich ihrer Eltern schämte? Meine Mutter dachte niemals über ihr Leben nach; sie handelte aus Instinkt, einem Instinkt, der Frustration barg. Manchmal sagte sie, wenn sie sich auf ihre Mutter bezog, »Mama«, anders als üblich zog sie das Wort lang. Diese Art, »Mama« auszusprechen, war typisch für die bodenständige Diktion der Dörfer des Somontano de Barbastro. In ihrer Jugend war meine Mutter fröhlich und sie wünschte sich, dass es so bleibt. Ich erinnere mich, dass meine Eltern, als ich noch sehr klein war, so gut wie jedes Wochenende ausgingen. Sie gingen wohl mit Freunden essen. Ich beziehe mich auf Mitte bis Ende der Sechzigerjahre. Meine Tante Reme passte auf mich auf. Manchmal schaffe ich es sogar, mir die Restaurants vorzustellen, in die sie gegangen sind. Ich stelle mir weiße Tischdecken vor, als Nachtisch *Flan*, Sekt, der in breiten Gläsern serviert wird, den sogenannten Sektschalen, die nicht mehr benutzt werden. Heute benutzt man Sektflöten. Warum werden keine Schalen mehr benutzt, um Sekt zu servieren? Warum werden jetzt Sektflöten benutzt? Ich nehme an, das hat mit einer Vorstellung davon zu tun, was vermeintlich gerade »fein« ist. Die Sektschale kennt man auch als Pompadour-Glas. Und dann gibt es noch ein Glas dazwischen, zwischen Pompadour und Flöte, das sogenannte Tulpenglas. Meine Eltern tranken in den Sechzigerjahren des sich immer weiter entfernenden zwanzigsten Jahrhunderts Sekt aus einem Pompadour-Glas, dem verschwundenen Pompadour-Glas, einem Sinnbild für *Fiesta* und Fröhlichkeit.

Ich werde es immer bereuen, sie eingeäschert zu haben.

25

Seitdem ich keinen Alkohol mehr trinke, bin ich einem Mann wiederbegegnet, den ich nicht kannte. Manchmal zerkratze ich mir die Hände, zwicke ich mir in die Finger, um die Langeweile und die Leere auszuhalten. Alles geschieht langsam, wenn man nicht trinkt. Trinken ist Tempo, und Tempo ist der Feind der Leere.

Mit einer Scheidung tritt die Schuld auf den Plan, das Schuldgefühl ist eine erhabene Übung, es ist erhaben auf einem ebenen Grund. Zu leben bedeutet, Erhabenes zu erschaffen, das durch den Tod und die Zeit schließlich wieder verflacht. Eines der erhabenen Dinge des Lebens ist die Entdeckung, dass es keine zwei gleichen Menschen gibt. Daraus entsteht der Wunsch fremdzugehen. Jede Frau ist anders. Das greift die platonische Liebe an. Ich würde nicht sagen, dass Sex in meinem Alter nicht wichtig wäre, aber es ist plötzlich so, als würde man beim Sex eine Dimension entdecken, die nicht körperlich, nicht nur lüstern ist. Das ist Eros, eine Ausrichtung des Geistes auf das Begehren der Besonderheit desjenigen, den man liebt. Diese Neigung führt einen zu Schönheit. Man schreitet von der Wollust zur Schönheit über einen von vielen belaubten Bäumen gesäumten Weg, und diese Bäume sind die Jahre, die eigenen gelebten Jahre.

Deshalb kämpften in meinem Leben, wie auch in so vielen anderen Leben, die platonische Liebe und das Fremdgehen gegeneinander. Und das schadet immer. Am Ende wird eine Scheidung im Kapitalismus allerdings immer auf einen Kampf, wie das Geld verteilt wird, reduziert. Weil das Geld machtvoller als das Leben und der Tod und die Liebe ist.

Das Geld ist die Sprache Gottes.

Das Geld ist die Poesie der Geschichte.

Das Geld ist der Humor der Götter.

Die Wahrheit ist das Interessanteste an der Literatur. All das zu sagen, was uns während unseres Lebens passiert ist. Nicht das Leben zu erzählen, sondern die Wahrheit. Die Wahrheit ist ein Standpunkt, der unverzüglich aus sich selbst heraus strahlt. Die Mehrheit der Menschen lebt und stirbt, ohne die Wahrheit erfahren zu haben. Das Komische der *conditio humana* ist, dass sie die Wahrheit nicht braucht. Die Wahrheit ist Dekor, ein moralischer Dekor.

Man kann ohne die Wahrheit leben, die Wahrheit ist nämlich eine der renommiertesten Formen der Eitelkeit.

26

Manchmal meine ich, nicht geschieden, sondern verwitwet zu sein. Ich glaube, dass es schlimmer wäre, verwitwet zu sein. Wenn man sich scheiden lässt, wird die eigene Vergangenheit zu etwas, das sich nur schwer wiederherstellen lässt oder sich erinnern oder bestimmen oder besitzen lässt; um diese Vergangenheit wiederherzustellen, muss man an Dokumente ran: Fotos, Briefe, Zeugnisse, Papiere. Das ist wie das Ende einer historischen Periode. Nur die Historiker könnten dabei helfen, die Erinnerung zu wahren. Und die Historiker sind faul, sie schlafen, sie arbeiten nicht gerne. Sie sonnen sich gerne.

Vielleicht ist die Schuld eine Art Dauerzustand. Vielleicht sehen die großen Schuldigen in ihrer Schuld etwas, das bleibt. Irgendwann einmal dachte ich, dass Gott oder der Zufall es hoffentlich so einrichtet, dass ich vor meiner Ex-Frau sterbe. Bei Trennungen ist die Zeit, die man gemeinsam verbracht hat, das Wesentliche. Eine Trennung nach zwei Jahren des Zusammenlebens kann zum Beispiel harmlos sein. Eine Trennung nach dreißig Jahren des Zusammenlebens ist eine ganze historische Epoche. Das ist wie die Renaissance oder die Aufklärung oder die Romantik. Der Schriftsteller Alejandro Gándara sagte mir neulich, dass es fünf Jahre braucht, um eine Trennung zu verwinden. Ich glaube, er hatte recht: fünf Jahre.

Besonders schmerzte mich der Verlust der Zärtlichkeit. In meinem Kopf sind Sätze, die sie voller Wärme sagte. Da wusste ich, dass der Tod einer Beziehung in Wahrheit der Tod einer geheimen Sprache ist. Eine Beziehung, die stirbt, ist der Ursprung einer toten Sprache. Das schrieb der Autor Jordi Carrión auf Facebook:

»Jedes Paar, das sich verliebt, sich trifft, zusammenlebt und sich liebt, erschafft eine Sprache, die nur ihm gehört. Diese private Sprache voller Neologismen, Beugungen, Wortfelder und Ableitungen hat lediglich zwei Sprecher. Sie stirbt, wenn sie sich trennen. Sie ist tot, wenn beide neue Partner finden, neue Sprachen erfinden, den Schmerz überwinden, der auf jeden Tod folgt. Es gibt unzählige tote Sprachen.«

Meine Eltern hatten ebenfalls eine Sprache. Ich kann mich kaum daran erinnern, dass mein Vater meine Mutter beim Namen nannte. Wie er ihren Namen aussprach, wie er die Art, wie er ihn sagte, veränderte. An etwas sehr Schönes erinnere ich mich genau: Mein Vater erfand eine Form des Pfeifens. Dieses Pfeifen war ein geheimer Ton, den nur mein Vater und meine Mutter kannten. Eine Losung. Ich kann diesen Ton nachmachen, ich erinnere mich weder wo noch wann ich ihn lernte, noch wo mein Vater ihn herhatte. Mit diesem Pfeifen verständigten sie sich, wenn sie sich in einer Straße suchten oder in einem Geschäft oder in einer Menschenmenge; und vor allem, wenn Anfang September die Kirmes in Barbastro stattfand und die Leute die Straßen verstopften, wenn die Riesen und die großköpfigen Pappfiguren und die Prunkwagen und die Musikanten unterwegs waren. Ich hatte eine fürchterliche Angst vor den Riesen. Wenn mein Vater meine Mutter aus dem Blick verlor, stimmte er diesen Ton an und meine Mutter wusste, dass er in der Nähe war. Sie waren jung damals. Und sie fanden sich, indem sie sich an diesem Ton orientierten.

Nie wieder habe ich diese Art des Pfeifens oder etwas Ähnliches gehört.

27

Ich erinnere mich, dass ich, als ich sechs oder sieben Jahre alt war, nachts schreckliche Angst hatte und nicht einschlafen konnte und anfing zu weinen. Meine Mutter legte sich dann zu mir ins Bett und schlief bei mir, oder sie blieb in meinem Bett und ich schlief bei meinem Vater. Unerklärlicherweise betete ich vor dem Einschlafen. Eine Mischung aus Aberglauben, kindlichen Ängsten und Einfluss religiöser Erziehung. Heute weiß ich, dass diese Gebete die Geister der Toten, die das unschuldige Herz eines Kindes begehrten, in die Flucht schlugen. Ich weiß auch, dass ich immer ein Kind geblieben bin, mit dem Egoismus der Kinder obendrein. Die Kinder, die gezwungen werden, erwachsen zu sein, werden unschuldig bleiben. Wenn ich ins Bett ging und wusste, dass mein Vater an meiner Seite war, fühlte ich mich beschützt und mein gesamter Organismus entspannte sich und Frieden, Ruhe und Seligkeit überkamen mich und ich schlief ein.

Ich war sieben oder acht Jahre alt und ich schlief weiterhin an der Seite meines Vaters. Das heißt an der Seite eines Toten. Jetzt bin ich über fünfzig und jedes Mal, wenn ich ins Bett gehe, liegt dieser Tote da.

Er geht nicht.

Die Vergangenheit eines jedweden Mannes oder einer jedweden Frau über fünfzig wird zu einem Rätsel. Es ist unmöglich, es zu lösen. Das Einzige, was man machen kann, ist, sich in das Rätsel zu verlieben.

28

Mein toter Vater schläft an meiner Seite und sagt zu mir: »Komm, komm schon.« Die Toten sind allein, sie möchten, dass man mit ihnen geht. Aber wohin? Der Ort, wo sie sind, existiert nicht. Die Toten wissen nicht, wo sie sind. Sie wissen nicht, wie der Ort heißt, wo sie sind. Aber der Kadaver meines Vaters ist alles, was ich bewahre oder besitze auf dieser Welt. Er ist bei mir. Sein Kadaver steuert die großen Verwüstungen meines Lebens; sein Kadaver herrscht in meinem Kadaver; in der Düsternis meines Kadavers atmet die Düsternis des seinen heftig; sein Kadaver regelt das Licht meines Kadavers; sein Kadaver ist ein Meister, der meinen Kadaver die verwirrende Fröhlichkeit lehrt, aus dem Kadaver heraus weiter zu existieren, olympische Klasse, Meisterligaklasse, Champions League, Klasse von Gefühlen ohne Zeit und ohne Geschichte, von toten Gefühlen, die auch ohne Verpflichtung bleiben.

Ich mache irgendetwas und schon taucht mein Vater auf, durch einen Geruch, ein Bild, durch was auch immer. Dann schlägt mein Herz höher und ich fühle mich schuldig.

Er hat mir gerade die Hand gereicht, als wäre ich ein verlorenes Kind.

29

Möglicherweise sind meine Eltern Engel oder ihr Tod machte sie in meinen Augen zu Engeln. Weil durch ihren Tod allem, was ich sie tun sah, als sie noch lebten, etwas Wundertätiges anhaftete. Erst mit dem Tod meiner Mutter wurde das so, schloss sich dieser Kreis.

Das Christentum setzt auf einen nicht enden wollenden Austausch zwischen einem Vater und seinem Sohn. Die einzige Form belastbarer Wahrheit, die darin zu finden ist: die Beziehung zwischen einem Vater und einem Sohn; weil der Vater seinen Nachwuchs ruft, und daraus folgt das Leben.

Das Ritual der Monarchien ist dasselbe: ein Vater und ein Sohn. Das Ritual der Gesellschaften des einundzwanzigsten Jahrhunderts ist dasselbe: Väter und Söhne. Es gibt nichts anderes. Alles verschwindet außer diesem Geheimnis, dem Geheimnis des Willens zu sein, des Wollens, dass es etwas von mir Verschiedenes gibt: In diesem Geheimnis sind Vaterschaft und Mutterschaft begründet.

30

Möglicherweise waren meine Eltern nicht real. Es gibt immer weniger Leute, die bezeugen können, dass sie real waren. Ihre Kadaver existieren nicht, weil sie vom Feuer der modernen spanischen Krematorien verschlungen wurden; und weil der Kadaver nicht existiert, ist kaum vorstellbar, dass die Toten auferstehen oder dass den Skeletten Engelsflügel wachsen; die Verbrennung ist unumkehrbar, eine Exhumierung des Kadavers ist ausgeschlossen.

Aber noch gibt es Menschen, die sie gekannt haben, Menschen, die Zeugnis ablegen können. Vor einigen Monaten sagte eine über siebzig Jahre alte Frau zu mir: »Deine Eltern waren das hübscheste Paar von ganz Barbastro, sie waren legendär.« Ja, ich ahnte es. Sie waren in den Sechzigerjahren berühmt. Es stimmt, sie waren hübsch. Mein Vater war ein großer und hübscher Mann. Und meine Mutter war in ihren jungen Jahren eine blonde Schönheit. Als ich ein Kind war, wusste ich das, ich wusste es. Deshalb wollte ich, dass sie mit mir spazieren gehen. Ich wollte, dass die Leute sehen, dass ich ihr Sohn war. Wenn meine Onkel und Tanten mit mir spazieren gingen, litt ich, weil ich sie nicht so hübsch fand. Ich glaube, das war das erste Mal, dass sich in mir ein gesellschaftlicher Dünkel regte, der Dünkel, einen begehrten Besitz zur Schau zu tragen. Ich wollte, dass die anderen mich beneideten, dass sie mich respektierten, mir schmeichelten, weil meine Eltern etwas Besonderes waren. Ich glaube, ich habe ein Gefühl wiedergefunden, das tief in meiner Erinnerung vergraben war, weil dieser eitle Wunsch, dass die Leute mich an der Hand meiner Eltern sehen, vor langer Zeit verschwunden ist. Als ich mich daran erinnert habe, hat mich das betroffen und erschrocken gemacht. Es ist so, als würde ein Geologe plötzlich der Entstehung der Erde vor Millionen von Jahren beiwohnen und feststellen, dass dies überhaupt keine Bedeutung hat. Nicht die Banalität des Bösen, wie Hannah Arendt sagte, sondern die Banalität der Materie und der Erinnerung.

Sie waren hübsch. Die beiden waren hübsch. Aus diesem Grund schreibe ich dieses Buch, weil ich sie sehe.

Ich sehe sie damals, als sie hübsch waren, und ich sehe sie jetzt, wo sie tot sind.

Dass meine Eltern so hübsch waren, ist das Beste, was mir im Leben passiert ist.

31

Alle menschlichen Wesen sind zu Beginn des Lebens fröhlich. Diese Fröhlichkeit ist Inbegriff der Jugend, der Zeit, wo man am wenigsten die Auslöschung ahnt. Ich sehe diesen Mann in der Mitte des Fotos, er ist auf seine Hände konzentriert, elegant, die Zeit steht, die Existenz ist eingefroren, ein Moment visuellen Hochgenusses:

Es sieht aus, als hätte er eine Zigarette in der Hand, und er wirkt versunken, weit weg von den Gesprächen um ihn herum. Er ist von Männern und Frauen umgeben. Alle jene, die auf diesem Foto zu sehen sind, sind bereits gestorben, sie waren – einer nach dem anderen – Protagonisten eines Todeskampfes im Krankenhaus oder eines plötzlichen Todes und einer Beerdigung, alle sind beweint worden, einige mehr, andere weniger. Aber alle kannten meinen Vater, bevor er einer wurde; sie konnten in aller Ruhe mit ihm reden, sie konnten ein Geheimnis mit ihm teilen, das mir immer verborgen bleiben wird; sie kannten das Geheimnis, all jene, die auf diesem Foto beerdigt sind. Sie sahen ihn, sie hatten mit ihm zu tun. Ich konnte meinen Vater erst kennenlernen, als er schon mein Vater war. Wenn ich ihn kennengelernt hätte, bevor er es wurde, hätte ich die mangelnde Notwendigkeit meiner selbst kennengelernt; ich hätte eine Welt ohne mich kennengelernt. Man hat mehr von der Welt, wenn man nicht in ihr ist. Nähren die Engel sich von diesem Genuss?

Es stirbt sich leichter, wenn niemand weiß, dass man lebt, man belastet niemanden mit der Schwere des Todes, mit Papieren, Weinen und Beerdigung, mit Schuld und Dämonen. Diejenigen, die nicht wussten, dass sie lebten, sterben leichter. Das Leben ist entweder sozial oder nur Natur, und in der Natur existiert der Tod nicht.

Der Tod ist eine Frivolität der Kultur und der Zivilisation.

All jene, die auf diesem Foto eingefangen wurden, waren sich nicht im Klaren darüber, dass sie sterben würden. Kein Lebender weiß das, bevor er stirbt. Außer er hat einen Toten gesehen.

Ich weiß nicht, wann das Foto gemacht wurde, ich nehme an, Ende der Fünfzigerjahre; es ist durch Zufall in meine Hände gelangt; es gehörte zu einer privaten Fotosammlung; ich hatte es nicht, mein Bruder hat es mir gegeben, der es wiederum von dem Besitzer dieser Fotosammlung erhalten hatte. Mein Vater schien keinen Wert darauf gelegt zu haben, es aufzubewahren, er erinnerte sich gar nicht daran; es ist ein Foto des Vaters, bevor er Vater wurde; es ist das Foto eines Mannes, der weder Kinder noch Ehefrau, noch Wurzeln hat; es ist das Foto eines Mannes, der nichts mit mir zu tun hat; er hatte es nicht dazu bestimmt, dass ich es sah, er sagte niemals: »Ich werde dieses Foto für die kommenden Jahre aufbewahren, vielleicht für meine Söhne, sollte ich welche haben, was ich nicht glaube«; er ist ein Junggeselle: Er hat keine eigene Familie. Deshalb weiß ich nicht, wer dieser Mann ist, niemand wird es je mehr wissen.

Da es auf diesem Foto nichts gibt, was auf eine Familie hinweist, sind wir beide frei. Väter und Söhne werden immer nach dem Ende des verwandtschaftlichen Verhältnisses suchen, der Auflösung dieser Verkettung; es ist die Suche nach Freiheit, und schließlich hebt der Tod sämtliche familiären Bezüge auf, die ganze Schwere der Blutsverwandtschaft, auch wenn es innerhalb dieser Bande sehr viel Liebe gibt. Das Foto des Vaters vor dem Vater verweist auf einen erfüllten Moment, an dem ich nicht da bin, und es macht mich sehr froh, nicht da zu sein. Weil dieser Mann, ganz mit seinen Händen beschäftigt, in seinem Zweireiher, mit dem Einstecktuch in der Brusttasche, mich noch nicht sucht, sein Leben verläuft ohne mich.

Er sieht auf dem Foto wie ein Einzelgänger aus und trotzdem beherrscht er die Szene. Und was macht er? Er allein wusste es in diesem Moment; was er machte, wusste allein er in diesem Moment; und was wünschte er sich damals? Was konnte ihn in diesem Moment wirklich glücklich machen?

Der Vater vor dem Vater ist eine Macht, die der Welt die Ankunft eines Sohnes verkündet, die sein Erscheinen verkündet, aber noch ist er nicht da, und das ist das Wunderbare: Noch ist er nicht da und somit beinhaltet das Foto die Möglichkeit, dass er niemals kommt. Und das ist eine Möglichkeit von ausgesprochen großer Schönheit.

Wäre eine Welt vorstellbar, in der es den eigenen Vater gibt, aber einen selbst nicht, in der er nicht einmal um einen weiß?

Das größte Geheimnis eines Mannes ist das Leben jenes anderen Mannes, der ihn in die Welt gebracht hat.

Dieses Foto wurde gemacht, als ich noch entbehrlich war. Aus diesem Grund liebe ich dieses Foto, weil es mein Geheimnis in sich trägt: Ich bin nicht, und mein Vater ist ein Mann, der weder heiraten noch Kinder haben will. Er stellt es sich nicht vor. Er hört Sprüche darüber, die typischen Sprüche, »Wer dich wohl an die Angel kriegt« oder »Und du, wann heiratest du«, aber sie sind ihm egal. Er ist der Herrscher der Kneipe. Das ist die Kneipe des Lebens, er steht mittendrin.

Und ich bin nicht dort und ich entspanne mich.

Ich versuche, zu dem Frieden, nicht zu sein, zurückzufinden.

32

Jahre nach dem Foto in der Kneipe fand er eine Frau und ich wurde geboren. Mein Vater musste den Grund meiner Existenz kennen, weil ich sein Sohn bin (ich bin weiterhin sein Sohn, auch wenn er nicht mehr lebt), und er nahm ihn mit in das Reich der Toten. Wir beide liebten die Berge: diese verlorenen Pyrenäendörfer in Huesca, Sinnbild eines zurückgebliebenen und unwirtlichen Spanien, wobei die Verlorenheit dieser Dörfer unsere eigene Verlorenheit milderte. Der Schnee, die hohen Berge, die riesigen Bäume, die rätselhafte Sonne, die Flüsse in den Tälern, die Berge immer an derselben Stelle, eine unerschütterliche Stille, die Gleichgültigkeit der Natur, das liebten wir. Wir liebten die Unbeweglichkeit der Berge. Ihr »Dastehen«. Die Berge sind nicht, sie stehen da. Auch unser Leben war ein »Dastehen«. Die Existenz meines Vaters war das Geltendmachen eines »Dastehens« über einem »Sein«.

Wir standen zusammen da; und daher rührt alles, dass wir zusammen dastanden. Ich habe mit meinem Vater dreiundvierzig Jahre meines Lebens verbracht. Seit einem Jahrzehnt ist er nicht mehr bei mir, und das ist das größte Problem meines Lebens: das Jahrzehnt, das ich lebe, ohne meinen Vater zu betrachten.

Christus bat ständig darum, von seinem Vater betrachtet zu werden. Dass die Geschichte von Jesus Christus ein Bestseller war, hebt meine eigene Geschichte nicht auf. Alles, was er im Leben tat, wurde von seinem Vater gesehen. Wenn sein Vater sein Leben nicht sah, war das Leben von Christus falsch. Der Vater verleiht allem Sinn und Bedeutung, Gewerbegebieten, Autobahnen, Flughäfen, Einkaufszentren, Parkhäusern, Umgehungsstraßen, Zufahrtsstraßen, Wohnsiedlungen, Hotelzimmern, allem, was die falsche Welt, in der wir leben, ausmacht.

Möglicherweise ist der einzige menschenwürdige Raum eine romanische Kirche oder das Zuhause: was dasselbe ist.

Alles konzentriert sich auf einen Namen, eine Ortsbezeichnung: *Ordesa,* weil mein Vater das Pyrenäental Ordesa wirklich verehrte und weil es in Ordesa einen berühmten und wunderschönen Berg namens Monte Perdido, Verlorener Berg, gibt.

Mein Vater starb nicht, mein Vater verlor sich, machte sich davon. Er wurde zu einem Monte Perdido.

Er verschwand. Es war ein Akt des Verschwindens. Ich erinnere mich sehr genau daran: Er wollte sich davonmachen. Eine Flucht.

Er flüchtete vor der Wirklichkeit.

Er fand eine Tür und ging.

33

Der Tisch, auf dem ich schreibe, ist voller Staub; da er aus Glas ist, erzeugt der Staub seinen Widerschein, sein Bild im Licht. Es ist, als würden sich ebenfalls die Dinge in dieser Wohnung mit dem Staub vermählen. Es findet sich ebenfalls sichtbarer Staub an den goldenen Kanten des Toasters. An solchen Stellen kann ich ihm den Garaus machen: ihn zerstören, ihn beseitigen. Weder kann ich noch weiß ich, wie ich diesen ganzen Staub wischen soll, und das frustriert mich und bringt mich auf neurotische Gedanken über Armut. Es findet sich sogar im Handtuchheizkörper im Bad Staub, hier mischen sich Hitze und Staub, wie in einer Zweckehe, wie bei diesen Königsehen im sechzehnten Jahrhundert, die die westliche Zivilisation begründeten.

Ich werde mich niemals daran gewöhnen, arm zu sein. Ich nenne die Hilflosigkeit Armut. Ich habe Armut und Hilflosigkeit verwechselt: Sie haben dasselbe Gesicht. Aber die Armut ist ein moralischer Status, ein Bewusstsein für die Dinge, eine Art unnützer Ehrlichkeit. Eine Verweigerung, sich an der Plünderung der Welt zu beteiligen, das ist für mich Armut. Vielleicht nicht aus Gutherzigkeit oder aus ethischen Gründen oder wegen eines höheren Ideals, sondern aus Unfähigkeit zu plündern.

Weder mein Vater noch ich haben die Welt geplündert. Wir waren in dieser Hinsicht Brüder irgendeines unbekannten Bettelordens.

34

Ich trinke schon seit Langem nicht mehr.

Ich dachte, dass ich es nicht schaffen würde, aber ich habe es geschafft. Es gibt Momente, in denen ich unglaubliche Lust habe, ein Bier, ein sehr kaltes Glas Weißwein zu trinken. Zu trinken brachte mich langsam um, ich suchte darin geradezu zwanghaft das Ende. Ich tat etwas dagegen. Jetzt leide ich weiterhin, aber ich trinke nicht.

Ich trank außerordentlich viel. Ich wurde zweimal ins Krankenhaus eingeliefert. Ich fiel mitten auf der Straße hin und die Polizei kam.

Jeder Alkoholiker kommt an den Punkt, an dem er sich entscheiden muss, ob er weiter trinkt oder weiter lebt. Und entweder liebt man das eigene Leben, so schal und elend es sein mag, und kommt da heraus, oder eben nicht und man stirbt. Der Tod findet sich im Ja zum Alkohol und im Nein zum Alkohol. Wer viel getrunken hat, weiß, dass der Alkohol ein Werkzeug ist, das das Vorhängeschloss der Welt kaputt macht.

Man durchschaut das natürlich alles besser, wenn man da herausgekommen ist.

Trinken war wichtiger als leben, es war das Paradies.

Trinken machte die Welt besser, und das wird immer so sein.

Ich erinnere mich an den Tag nach meiner Scheidung, als ich bei einer Bank einen Kredit für mein Apartment aufnahm. Ich erinnere mich, dass sie mich fragten, ob ich gesund sei, und ich sagte Ja. Als ich aus der Bank kam, ich hatte den Kredit, ging ich in eine Kneipe neben der Bankfiliale. Es war halb zwei oder zwei Uhr mittags. Ich trank ohne Unterlass in dieser Kneipe. Ich trank Wein.

Ich fühlte mich großartig. Ich verließ die Kneipe und ging direkt hinter der Bankfiliale vorbei und kippte dort auf einem Platz um. Ohnmächtig neben meinem gewährten Kredit. Die Polizei kam, um mich von dort wegzubringen, weil es immer jemanden gibt, der sie ruft. Ich wachte im Krankenhaus auf. Das Erste, was ich mich fragte, als ich in einem Notfallbett wieder zu Bewusstsein kam, war, ob sie mir den Kredit kündigen würden, ob die von der Bank gesehen hätten, dass ich vollkommen betrunken ohnmächtig geworden war. Das war der Gipfel. Es hatte durchaus etwas Komisches, trug meinen seltsamen Stempel, das war meine beständige Komödie, das Erbe meiner Mutter; weil meine Mutter solche Dinge machte.

Meine tote Mutter ist bei meinem maßlosen Theater, bei meiner Komödie dabei. Ich weiß nicht, ob meine beiden Söhne mich so sehr lieben werden, wie ich meine Eltern geliebt habe. Dieser flüchtige, absurde Zweifel bleibt, während ich durch Zaragoza streife. Meine Mutter liebte diese Stadt, weil ich damals in der Nähe eines Einkaufszentrums lebte. Und wie ich mochte meine Mutter Geschäfte sehr. Sie liebte Parfümerien. Wir hatten mehr als einen heftigen Streit. Sie ging in eine Parfümerie dieses Einkaufszentrums und kaufte sich dreihundert Euro teure Cremes, die dann mein Bruder und ich bezahlen mussten. Meine Mutter verstand es nicht: Wozu hatte sie ihre Söhne großgezogen, wenn sie sich nicht diese Cremes kaufen konnte? Und im Grunde hatte sie recht. Wir hatten es nicht aus der unteren Mittelschicht herausgeschafft, wir waren höchstens vielleicht etwas näher an die Mittelschicht herangerückt.

Manchmal denke ich, dass es besser wäre, vollkommen arm zu sein. Wenn man aus der Unterschicht kommt, hat man nämlich noch Hoffnung. Ein Bettler zu sein heißt, der Hoffnung die Tür vor der Nase zuzuschlagen. Und das hat durchaus was.

Als ich erwachte, war ich immer noch betrunken. Ich war in der Notfallambulanz der Quirón-Klinik, dort, wo die Polizei mich hingebracht hatte. Ich war verzweifelt und ich hatte einen Filmriss. Ich wusste nicht, was passiert war; das Einzige, was mir Sorgen machte, war, ob der Geschäftsführer der Bank, der mir einen Kredit mit einer Laufzeit von dreißig Jahren gewährt hatte, mich gesehen hatte, als ich zwei Stunden nach Unterschreiben des Vertrags mitten auf der Straße besoffen zusammengebrochen war. Ich schätzte, nein. Ich glaube, ich hatte den Kreditvertrag kurz vor zwei unterschrieben, und ich war gegen ungefähr Viertel nach vier ohnmächtig geworden, aber in den Banken arbeiten sie lange, und es war möglich, dass sie an diesem Tag spät gegangen waren. Ich verstieg mich in Spekulationen darüber, wann die Bankangestellten Schluss gemacht hatten. Die leitende Ärztin der Notfallambulanz behandelte mich mit Geringschätzung. Ich war nicht krank, sondern ein widerlicher Betrunkener. Sie wollte, dass ich so schnell wie möglich ging, aber ich konnte mich nicht auf den Beinen halten. Noch immer übergab ich mich. Ich betrachtete mein Erbrochenes, es war nichts als Wein. Die Krankenschwester sagte mir, dass ich einen Liter Wein ausgespien hätte. Ich überlegte, ob ich ihn noch einmal trinken sollte, weil es auferstandener oder lebendiger oder richtiger Wein war, ein guter, wiederverwertbarer Wein, als wäre er aus einer Flasche und nicht aus meinem Magen. Die leitende Ärztin ärgerte sich über mich, weil ich nicht ging. Sie sagte, ich wäre zu laut und würde die übrigen Patienten stören, um mich herum gab es eine Menge alter Leute. Ich sagte dieser Frau, dass die Weltgesundheitsbehörde Alkoholismus als Krankheit einstufe, und deshalb sollte man mich auch als Kranken und nicht als Perversen, als elenden Säufer behandeln. Sie sagte, ich sollte gehen, dass ich nichts hätte, dass ich nicht krank sei.

Ich versuchte, mich aufzusetzen, aber mir wurde wieder schlecht und dieses Mal erbrach ich mich nicht über der Schüssel, sondern über einer alten Frau, die neben mir lag. Die Ärztin beschimpfte mich. Ich sagte, dass sie schuld sei. Ich wollte mich schriftlich beschweren. Die ganze Notfallabteilung ekelte sich vor mir. Alle wandten sich ab. So geht man in Spanien mit Alkoholikern um. Ich entschuldigte mich bei der alten Frau und bemerkte dann, dass sie nicht reagierte. Die Frau war tot. »Bemühen Sie sich nicht, sie hört Sie nicht mehr«, sagte die Krankenschwester. »Gehen Sie, jetzt schaffen Sie es.«

Ich ging nach Hause und nahm drei Tranxilium 15, ich fühlte mich beklommen, verzweifelt, verängstigt, innerlich wie tot, und ich schlief ein. Ich wachte um drei mit einer unbeschreiblichen Panik auf und nahm weitere drei Tranxilium 15, und ich schlief wieder ein.

Am 9. Juni 2014 hörte ich auf zu trinken.

35

Um mit dem Trinken aufzuhören, muss man den Ort wechseln. Das Gute und das Schlechte sind eine der am besten konstruierten Fiktionen unserer Zivilisation. Das Gute gibt es nicht, das Schlechte auch nicht. Ich dachte an den Anarchismus des Herzens, wo das Gute und das Schlechte sich auflösen und wo das Leben wieder eigenschaftslos wird. Deshalb stieg ich in mein Auto und fuhr in die Berge. Ich fuhr über den Puerto de Somport nach Frankreich. Die französischen Dörfer sind in der Zeit stehen geblieben. Jeder, der einmal durch Urdos, Bedous und Lescun gefahren ist, weiß, dass diese Orte noch genauso sind wie vor fünfzig Jahren. Wie ausgestorben waren diese Pyrenäentäler, die Flüsse voller Schmelzwasser, es war ja Juni.

Ich ging in Lescun in eine Kneipe und sah, dass die Leute Bier tranken.

Ich ging in mein Hotel de Canfranc und sah, dass die Leute Wein tranken.

Und ich trank Milchkaffee und Sprudelwasser. Ich betrachtete das Sprudelwasser, die Bläschen im Glas. Wenn man nicht trinkt, sind die Tage länger, die Gedanken wiegen schwerer, die Orte werden stabiler, man vergisst nichts in den Hotelzimmern, schrammt nicht mit dem Auto irgendwo lang, macht die Scheinwerfer beim Einparken nicht kaputt, das Handy fällt einem nicht in die Kloschüssel, man verwechselt keine Leute.

Ich ging in den Wald. Ich spürte erneut das Leben. Ich fuhr bis nach Ordesa, und ich betrachtete eine Weile die Berge. Ich sah die Fehler meines Lebens ganz klar und ich verzieh mir alles, was ich mir verzeihen konnte, und doch nicht alles. Ich brauchte noch Zeit.

36

Alt zu werden ist unsere Zukunft. Wir tarnen das mit Worten wie »Würde«, »Gelassenheit«, »Ehrlichkeit«, »Weisheit«, aber jeder Alte würde auf diese Worte verzichten, wenn man ihm dafür fünf Jahre oder sogar nur fünf Monate schenken würde. Meine Mutter hat es nie akzeptiert, alt zu werden. Ich weiß nicht, wie ich im Alter sein werde, und es interessiert mich auch nicht besonders. Wahrscheinlich sterbe ich, bevor ich senil werde. Man stirbt immer, wir alle sterben am Ende. Die Gescheiterten dieser Erde, die Armen und die Analphabeten, sie alle rächen sich damit an jenen, die nach Erfolg, Macht, Wissen, Kultur und Weisheit streben.

Alt zu werden macht alle gleich.

Und es ist interessant, diesem Schauspiel zuzusehen: Es hat weder einen moralischen und noch viel weniger einen religiösen Inhalt, es ist ein überraschendes Schauspiel, sehr anregend und sehr faszinierend. Die Welt und die Natur vernichten die Raubtiere, die sie unvorsichtigerweise geschaffen haben. Die Gegenwart hüllt uns ein, diese ungeheuerliche Fähigkeit der Gegenwart, die uns glauben macht, dass das Leben ewig sei. Wir müssen diese Anstrengungen der Gegenwart schätzen lernen, ihren großen zivilisatorischen Eifer. *Das* haben wir. Wir haben noch mehr: Mandeln, ich liebe Mandeln. Und noch etwas noch Beunruhigenderes: das Olivenöl. Das Olivenöl bringt mich dazu, mich vor der Leidenschaftlichkeit der Gegenwart zu verneigen.

Nur die Materie zählt.

Damit will ich sagen, dass ich mich jedes Mal, wenn mir das Gespenst meiner Mutter in den Sinn kommt, an Olivenöl erinnere.

Möglicherweise hatte diese organische Materie den größten

Bezug zum Körper meiner Mutter. Meine Mutter kochte immer. Wenn sie immer kochte, woran dachte sie wohl? An Mehl, an Brot, an Eier, an Gemüse, an Salat, an Fleisch, an Reis, an Soßen, an Fisch?

Nein.

An Olivenöl.

Meine Mutter war ihr Leben lang immer von Olivenöl umgeben.

Ohne es jemals auszusprechen, gab meine Mutter diese geheime Verehrung des Olivenöls an mich weiter. Ich glaube, dass das Olivenöl ein Wurmloch ist, ein Zeitsprung, der mich direkt zu meiner nächsten Verwandten bringt, die mich ansieht und weiß, wer ich bin. Sie weiß, dass ich Liebe brauche. Liebe von jemandem aus meiner Sippe.

Ich weiß nicht, warum ich das Altwerden der Menschen derart verachtet habe.

Wenn ich ein alter, hinfälliger Mann bin, werde ich mir wünschen, gemocht zu werden, und dann wird sich jemand an diese meine Worte erinnern. Aber eine Sache sind meiner Meinung nach die Worte in einem Buch und die andere Sache die Worte, die das Leben schreibt.

Es sind zwei verschiedene Wahrheiten, aber beide stimmen: die des Buches und die des Lebens.

Und zusammen bilden sie eine Lüge.

37

Meine Mutter gab der Welt einen Namen, alles, was nicht von meiner Mutter mit Namen benannt wurde, machte mir Angst.

Mein Vater schuf die Welt, alles, was nicht von meinem Vater gebilligt wurde, schien mir unsicher und leer.

Weil ich ihre Stimmen niemals mehr hören werde, weigere ich mich manchmal, Spanisch zu verstehen, als wäre durch ihre Tode die spanische Sprache gestorben und jetzt nur noch eine tote Sprache wie das Latein.

Ich verstehe kein Spanisch mehr, weil das Spanisch meiner Eltern nicht mehr auf der Welt zu hören ist.

Es ist eine Form von Trauer.

38

Ich nehme eine Espidifen gegen die Kopfschmerzen. Natürlich glaube ich, dass meine Kopfschmerzen ein Symptom für einen Hirntumor sind, der sich langsam in meinem Körper ausbreitet, ein tödlicher Tumor, den ich nie kennenlernen werde, ein Tumor, der wie ein Fels oder ein Meteorit ist, in dem meine ganze Vergangenheit und mein ganzes Leben verdichtet sind, ein Tumor, der, einmal untersucht, analysiert und erforscht, bestimmte Vorfälle und Taten aus meinem Leben offenbaren könnte, ein Tumor, in dem Gesichter menschlicher Wesen zu sehen wären, Gesichter meiner Familie, von Freunden, Arbeitskollegen, Feinden, von Unbekannten, denen ich begegnet bin, Städte, ohne jeglichen Sinn gelebte Dinge, ein Tumor, in den dieses Buch passt, das ich gerade schreibe, ein Tumor, der ein großartiges künstlerisches Werk wäre, entstanden aus der eigenen Fleischlichkeit und dem eigenen Geist, der jenseits dessen, dass er einen schließlich tötet, einem die freudige Überraschung beschert, dass er alles ist, was man gesucht, begehrt und geschrieben hat, ein Tumor, der die Iberische Halbinsel als anderes Land ist, das nicht Spanien heißt, als ob es um die Schöpfung eines Alternativplans der Geschichte ginge, ein Tumor, der würdig ist, dass man ihn bewundert und liebt, und hier bin ich nun, in der Hoffnung, dass der Tumor sich zeige und einen Raum mit neuen Erzählungen über mein Leben hervorbringe, in denen natürlich der Moment enthalten ist, in dem ich an eine weiße Tür klopfe, es ist die Tür des leitenden Arztes der Neurologie eines Madrider Krankenhauses, und im Hintergrund sieht man einen Mann sitzen, die Hände auf dem Tisch, und dieser Mann sagt, was passieren wird, und der Tumor beinhaltet die

Worte dieses Mannes, Worte, die ganz präzise von ihm, dem Tumor selbst, sprechen, und genau diese Worte verleihen dieser bakteriellen oder viralen (das ist dasselbe) Masse externes Leben, das mich töten wird, und in diesem Tumor findet sich die Szene, dass ich in einer Ecke auf dem Bett sitze, darüber nachdenke, was der Neurologe in Bezug auf diese schwarze Wulst gesagt hat, in der sich diese Szene befindet, und ebenfalls findet sich in dem Tumor die Szene, in der sich der Tumor weiterhin in meinem Kopf festkrallt, er aber nichts mehr hat, wovon er sich ernähren kann, und nun ist er derjenige, der den Schrecken des eigenen Verschwindens erfahren muss, weil er das Haus, von dem er sich ernährte, gerade verlassen hat.

In der Hypochondrie liegt Schönheit, weil jeder Mensch, sobald er die Hälfte seines Lebens hinter sich hat, seine Zeit damit verbringt (vielleicht abends vor dem Einschlafen oder beim Benutzen öffentlicher Verkehrsmittel oder im Wartezimmer beim Arzt), darüber nachzudenken, welche Art von Krankheit ihn aus dem Leben reißen wird. Er simuliert oder erfindet Geschichten über den eigenen Tod, die von Krebs bis Herzinfarkt reichen, die vom plötzlichen Tod bis zu endloser Greisenhaftigkeit reichen.

Niemand weiß, wie er sterben wird, und unsere Furcht davor ist reine Melancholie; und die Tradition der Melancholie müsste wieder aufleben. Ein Wort, das nicht mehr benutzt wird. Die Melancholie wird heute Zwangsstörung genannt. Meine Mutter war melancholisch, ihr ganzes Leben lang hat sie alles durch die rosafarbene Brille einer melancholischen Störung gesehen.

Meine Mutter starb, ohne zu wissen, dass sie starb. Sie weiß nicht, dass sie tot ist. Nur ich weiß es.

Sie weiß es nicht.

39

Wenn ich fahre, scheint er an meiner Seite zu sein. Ich höre das Klicken des Sicherheitsgurts auf der Beifahrerseite. Ich liebe es, durch Madrid zu fahren. Wir waren nie zusammen in Madrid. Ich weiß, dass es ihm gefallen hätte, mit mir in Madrid zu sein. Wenn mein Vater von den Toten zurückkehren würde und sich neben mich setzen könnte: Wir würden den ganzen Tag durch Madrid fahren.

Meinem Vater gefiel die Stadt Madrid. Er sprach sehr oft von ihr, deshalb liebe ich Madrid. Seinetwegen.

Wir würden nicht miteinander sprechen, wenn er zurückkäme und mein Beifahrer wäre.

Mein Vater würde höchstens sagen: »Achtung, da kommt jemand von links« oder »Das ist eine Einbahnstraße« oder »Hast du gesehen, wie dieser Verrückte dich rechts überholt hat, ohne den Blinker zu setzen« oder »Du fährst sehr gut, schönes Wetter heute« oder »Ich hatte einen Freund in Madrid, ein Schneider, aber er wird schon tot sein, er hieß Rufino«.

Rufino, ja, wenn ich nur wüsste, wo er wohnt. Wir könnten zu seiner Madrider Wohnung fahren und um politisches Asyl bitten, um nicht zu sterben, um nicht allein zu sein.

40

Ich war beim Bügeln meiner Wäsche, auch von ein paar Hemden. Mein Vater besaß viele Anzüge, ich weiß nicht, wo sie geblieben sind. Er bewahrte seine Anzüge in einem roten Schrank auf, der irgendwo vermodert sein wird. Warum war jener Schrank rot? Sicherlich war das eine Idee meiner Mutter, ihrem Dekorationswahn geschuldet. Aber der Tag, an dem sie entschied, ihn in dieser Farbe zu streichen, muss ein glücklicher Tag gewesen sein.

Ich weiß nicht, wo alte Möbel landen. Auch weiß ich nicht, was aus den Anzügen meines Vaters geworden ist. Mein Vater liebte seine Anzüge. Sie waren sein Lebenswerk. Manchmal öffnete ich den roten Schrank und sah hinein: eine Reihe von Anzügen, die eine Reihe von mächtigen Männern heraufbeschwor: alle auf einem Bügel, alle perfekt gebügelt: ich würde eines der mir noch verbleibenden Jahre dafür geben, um jene Anzüge noch einmal zu sehen: Sie waren die sichtbare Essenz meines Vaters: Sie waren seine Form von gesellschaftlicher Sichtbarkeit: Sie waren die Form, wie er in die Welt trat: Sie waren der Glanz im Leben meines Vaters: seine Jugend, seine Reife, seine Gleichgültigkeit: seine Herrschaft über alle Dinge: über alle Spezies: sein Rang in der Natur.

Mein Vater betrachtete seine Anzüge bedächtig und akribisch, ich spreche von den Sechzigern und Siebzigern. Während der Franco-Zeit kam die untere Mittelschicht in den Besitz eines Anzugs, das heißt eines weißen Hemdes mit Schlips, einer Hose aus Tergal und einem Sakko.

41

Ende der Sechzigerjahre fuhr mein Vater mit uns während der Ferien in eine Pension in ein Städtchen in den Bergen. Das Städtchen hieß Jaca. Er kannte diese Pension durch seine Arbeit als Handelsvertreter. Er sagte, man esse dort sehr gut. Er freute sich darauf, mit uns dahin zu fahren. Dort mit seiner Familie zu sein, mit den Seinen an dem Ort zu sein, wo er normalerweise alleine war. Uns seine Entdeckung zu schenken.

Das machte er: Er bot uns eine Entdeckung dar, einen Sieg.

Es stimmte, dass man gut aß, sie machten ein unfassbar gutes Omelett, mit einem Geschmack, wie ich ihn bei keinem anderen Omelett jemals mehr erlebt habe. Ich war damals sieben Jahre alt, das heißt, es muss etwa 1970 gewesen sein. Das Bild, das ich von diesen Jahren habe, ist auf bizarre Weise verzerrt: Ich sehe Dinge, die glänzen, ich sehe gelben Staub, große, altertümliche Möbel, die sich verflüssigt haben, unwirkliche Körper, frische, aber verloren gegangene Gerüche. Früher waren die Gerüche besser, glaube ich; nicht besser, vielleicht natürlicher. Der Essraum in der Pension hatte etwas von neunzehntem Jahrhundert, zumindest erinnere ich mich so daran.

Die Tischdecken waren strahlend weiß und aus gutem Stoff. Die Treppen, die zu den Zimmern führten, waren aus Holz. Die Türen der Zimmer waren hoch. Die Betten machten mir Angst. Zum Abendessen gab es als Dessert einen hervorragenden hausgemachten *Flan*. Ich durfte in die Küche gehen. Ich war noch niemals in der Küche eines Restaurants gewesen und ich war überwältigt davon, wie groß sie war und wie viele Pfannen und wie viele Töpfe es dort gab und wie viele Menschen dort arbeiteten.

Wir spazierten durch Jaca, eine sehr schöne Stadt, fand ich, aber sie hatte keinen Strand. Ich konnte nicht verstehen, warum sie keinen Strand hatte, wo wir doch in Ferien waren. Meine Mutter ging mit mir in das öffentliche Schwimmbad. Dort brachten sie mir Schwimmen bei, und dort schluckte ich viel Wasser. In jenen Jahren boomten die öffentlichen Schwimmbäder. Alle Orte mit mehr als zehntausend Bewohnern emanzipierten sich von den Flüssen.

Spanien verwandelte sich in Gemeinden, die öffentliche Schwimmbäder bauten. Und wir vergaßen die Flüsse, die zu Müllkippen verkamen.

Die Pension wurde vor vielen Jahren geschlossen. Ich weiß nicht, was aus diesen schneeweißen Tischdecken geworden ist, noch aus den Pfannen, noch aus den Betten, noch aus den Möbeln, noch aus den Rohrleitungen, noch aus den Bettlaken.

Auch die Dinge sterben.

Der Tod der Dinge wiegt schwer. Weil er das Verschwinden der Materie bedeutet, der belanglosen Materie, die uns begleitete und da war, während sich das Leben vollzog.

42

Ich mache Dinge beim Versuch, sie zu öffnen, kaputt. Ich glaube, dass der Teufel selbst solche nur schwer zu öffnenden Behälter erfindet.

Also versuche ich, mich unverzüglich aller Dinge zu entledigen, indem ich sie in den Mülleimer befördere. So sehe ich sie nicht. Mein Kampf besteht darin, mir die Dinge aus dem Gesichtsfeld zu schaffen. Und der Mülleimer ist der beste Platz; der Mülleimer ist mein Verbündeter; deshalb mag ich es, wenn er groß ist; auch Papierkörbe gefallen mir; es sind Orte, um sich von all dem zu befreien, was einen daran hindert, ohne Beeinträchtigung in die Luft oder den Raum zu blicken.

Ich mag es, wenn der Mülleimer bis oben voll ist.

Ich mag es, mich der Dinge zu entledigen, der Gläser, Blechdosen, Plastik, allem darin.

Ich schaue mir in den Supermärkten immer die Angebote für Mülleimer an. Ich mag es, in die Mülltüte einen Knoten zu machen, einen festen, damit der Abfall, der Unrat nicht entwischen kann.

43

Bügeleisen sind geheimnisvoll. Ich schaue mir noch einmal das Bügeleisen an. Mein Vater bügelte, weil er wollte, dass seine Anzüge eine bestimmte Form hatten. Es ist ungewöhnlich, dass jemand weiß, wie teuer ein Bügeleisen ist, vor allem Männer wissen das nicht. Ich habe sehr spät gelernt zu bügeln. Jetzt kann ich es ein bisschen, ich mag es, die Falten aus den Hemden und den Hosen zu beseitigen. Unterwäsche bügele ich nicht, weil die niemand sieht. Wir pflegen die Dinge, die in der Dunkelheit leben, nicht. Ich bügele meine Unterhosen nicht. Nicht alle Menschen bügeln ihre Wäsche. Jetzt frage ich die Leute immer, ob sie bügeln. Die Leute wissen nicht, warum ich eine solche Frage stelle. Zu bügeln ist schwer, vor allem Hemden. Jeans dagegen sind ziemlich leicht zu bügeln.

Und bügeln entspannt.

Man gestaltet die Wäsche, die steif daliegende Wäsche wird heiß gemacht und sie erhält Form, Sichtbarkeit und Ordnung; das Chaos der wilden Falten, mit der die Wäsche aus der Waschmaschine kommt, geht über zu Ebenen und Flachland bis hin zu einer Wahrheit; und man denkt daran, dass sich der eigene Körper dort hineinbegeben wird und es ihm dort gut gehen wird und dass es einen Sinn haben und sogar Liebe geben wird.

Ich habe meinen Vater niemals in einem zerknitterten Hemd gesehen. Niemals. Niemals in seinem Leben hat er eine Jeans getragen. Alles gut gebügelt, immer.

44

Ich will schnell ankommen. Ich fahre von Madrid nach Zaragoza. Ich kenne die Strecke gut. Ein Teil Spaniens ist zu durchqueren, mit einer rötlichen, wüstenartigen Landschaft, großen Brücken, Werken anonymer Ingenieurskunst. Wer schuf das alles? Diese Autobahn, diese Brücken. Ich brauche drei Stunden von Madrid nach Zaragoza. Ich fahre direkt zum Hipercor einkaufen, ich werde meinen Söhnen etwas zu essen machen. Ich kaufe gute Lebensmittel, aber ich bin nervös, meine Nerven sind zum Zerreißen gespannt wie die Stahlseile der anonymen Brücken, die ich mit meinem Auto überquert habe.

Ich stehe an der Metzgertheke an, ich kaufe teures Zeugs. Eine alte Frau kauft dreihundert Gramm Bellota-Schinken, und ich betrachte ihr ausdrucksloses Gesicht.

Die Verkäuferin schneidet den Schinken, und ich betrachte den schwarzen Huf der Keule.

45

Sie sind bereits zwei Unbekannte.

Ich habe für sie gekocht. Ich habe versucht, sie zu umarmen, aber am Ende ist es ein verunglücktes Ritual. Ich weiß nicht, wohin ich das Gesicht halten soll, wohin die Arme. Sie sind einfach größer geworden.

Umarmungen sind nicht notwendig, mein Vater und ich haben uns nie umarmt. Aber ich bestehe darauf, ich bestehe darauf, dass wir uns angewöhnen, uns zu umarmen und zu küssen. Und ich werde es schaffen. Ich bin schon nah dran. Als mein ältester Sohn geboren wurde, musste er wegen einer Pylorusstenose operiert werden. Er war fünfzehn Tage alt. Er erbrach alles, was er zu sich nahm. Er war nur Haut und Knochen. Ich litt die ganze Nacht. Seine Mutter, meine Ex-Frau, weinte, in mir erzeugte dieses Weinen eine schmerzhafte Zärtlichkeit, weil ich ihr Weinen verstand. Sie sagte »armer Junge« und diese beiden Worte schien nicht sie zu sagen, sondern ein Sturm von Ahnen, die durch ihren Mund sprachen. Ich dachte an Pergolesi, an *Stabat Mater.* Diese beiden Worte, »armer Junge«, erhoben sich aus der Nacht der Zeiten, aus der Nacht der Mutterschaft. Ich weiß nicht, was mich mehr schmerzte, ob es die Zärtlichkeit einer Mutter war oder die Gefahr, in der sich mein Sohn befand, oder vielleicht kam auch beides zusammen, das eine vergrößerte das andere und beides wurde zu einem gewaltigen Fluss aus Liebe und aus Zärtlichkeit und aus Angst. Aber mein Vater rief mich am nächsten Tag nicht an. Das ist kein Vorwurf, ich weiß allzu gut, dass er ihn liebte. Es ist kein Vorwurf, es ist unerklärlich.

Ich bringe keine Umarmungen zustande, es ist, als ob sich unsere Körper nicht im Raum fänden.

Vielleicht kannte mein Vater das. Er wusste, dass Umarmungen nicht gehen. Deshalb rief er nicht an, um zu fragen, ob sein Enkel noch lebt. Alles ging gut, die Operation verlief gut und zwei Tage später wurde er entlassen.

46

Ich brate das Fleisch in der Pfanne, ich habe ein Vermögen für dieses Filetsteak bezahlt, mich erschreckt, wie teuer es ist, und mich erschreckt, dass es ihnen nicht schmecken könnte. Die Wohnung ist schmutzig und unordentlich. Der Drucker funktioniert nicht.

Vivaldi, der Kleine, ist sehr schmal, aber ich mag das. Brahms, der Ältere, spricht schon über Politik, Meinungsverschiedenheiten lässt er kaum zu. Als ob ich Energie darauf verschwenden würde, mit ihm über Politik zu diskutieren, wo ich ihn doch nur versorgen will und möchte, dass er glücklich ist. Ich habe meinen Söhnen diese Namen gegeben. Ruhmvolle Namen aus der Musikgeschichte. Alle geliebten Wesen werden auf die Namen großer Komponisten getauft werden.

Weil ich verfügt habe, dass der Körper meines Vaters verbrannt wird, habe ich keinen Ort, wo ich hingehen kann, um bei ihm zu sein, also habe ich mir einen geschaffen: diesen Computerbildschirm.

Die Toten zu verbrennen, ist ein Fehler. Sie nicht zu verbrennen, ist ebenfalls ein Fehler.

Der Computerbildschirm ist jener Ort, wo sich der Kadaver jetzt befindet. Der Bildschirm wird in die Jahre kommen, bald werde ich mir einen anderen Computer kaufen müssen. Die Dinge haben keinen Bestand so wie früher, als ein Kühlschrank oder ein Fernseher oder ein Bügeleisen oder ein Backofen dreißig Jahre hielten, und das ist ein Geheimnis der Materie; die Leute beerdigen die alten Haushaltsgeräte nicht, aber es gibt Leute auf dieser Welt, die mehr Zeit an der Seite eines Fernsehers oder eines

Kühlschranks verbracht haben als an der Seite eines menschlichen Wesens.

In allem lag Schönheit.

47

Vivaldi erzählt mir fast nichts aus seinem Leben. Ich versuche, über die Schule zu sprechen. Valdi, in Kurzform, macht in einem Jahr Abitur. Valdi ahnt, dass das öffentliche Bildungswesen in Spanien absurd und schlecht ist.

Ich toaste das Brot, ich habe ein hervorragendes Olivenöl gekauft, was dazu führt, dass ich an meine Mutter denke, deren Blut und deren Körper und deren Seele Olivenöl waren.

Was denkt Valdi? Er ist so rätselhaft; er lässt so weniges von sich an die Oberfläche; er bastelt sich gerade eine Identität, er ist siebzehn Jahre alt und beginnt zu leben. Bra, Valdi und ich sprechen wenig. Meine Rolle ist einfach die, Essen zu kochen. Meine Scheidungsanwältin sagte, dass aus diesen beiden Jungs Großes würde. Gute Jungs, und das stimmt.

Es sind gute Jungs. Sie beachten mich nicht besonders, wahrscheinlich so sehr, wie ich meine Eltern beachtet habe. Gute Jungs, ja, besser noch, gute Musiker. Sie sind Musikgeschichte. In ihrer Zeit große Komponisten. Was für ein Komponist war ich für meinen Vater? Mein Vater mochte Musik nicht besonders. Meine Mutter dagegen schon. Sie mochte Julio Iglesias sehr. Wenn Julio im Fernsehen sang, kam meine Mutter gelaufen, um ihn zu hören. Seine Lieder gingen ihr ans Herz. Ich freute mich über den internationalen Erfolg von Julio Iglesias, weil er der Lieblingssänger meiner Mutter war.

Ich glaube, eigentlich war sie in Julio Iglesias verliebt, er war für sie ein Symbol für ein Leben in Saus und Braus, das sie niemals haben würde.

Dass sie niemals gehabt hatte.

48

Lange Zeit hatte mich meine Gehaltsabrechnung ruhiggestellt. Sehr lange Zeit: mehr als zwei Jahrzehnte. Ich erinnere mich, dass ich am 10. September 2014 um halb acht morgens aufwachte. Ich hatte um halb neun einen Termin mit meinen Vorgesetzten. Ich würde um meine Kündigung bitten, gehen. Ich hatte dreiundzwanzig Jahre lang an weiterführenden Schulen unterrichtet, ich konnte nicht mehr.

Ich wusste nicht, wie viele Lebensjahre mir wohl noch blieben, ich wollte einfach nicht mehr so versklavt leben. Ich dachte, dass mir nicht mehr viele Jahre blieben, und die wollte ich damit verbringen, über meine Toten nachzudenken, komme, was wolle, selbst wenn ich betteln gehen müsste.

Jetzt würde ich von der Hand in den Mund leben. Ich erinnere mich, dass meine Kollegen mich ansahen, als wäre ich ein verwirrter Selbstmörder. Auf Wiedersehen, Gehaltsabrechnung. Und ich wurde wiedergeboren und mir wurde bewusst, dass ich niemals frei gearbeitet hatte. Ich war begeistert. Ich war stolz auf mich.

Ich kehrte in meine Wohnung zurück und sah eine ganze Weile aus dem Fenster: Das Leben kam zurück, ein Leben, das nicht jede Stunde in eine Gehaltsabrechnung, einen Arbeitslohn, voraussichtliche Rentenbezüge verwandelt werden musste. Meine Stunden waren nichts mehr wert. Sie waren nur Leben, Leben ohne Arbeitsrecht.

Spazieren zu gehen, in die Wolken zu schauen, zu lesen, zu sitzen, in absoluter Stille zu verharren, das hatte ich gewonnen.

Und am nächsten Tag stand ich schon nicht mehr früh auf. Ich hatte aufgehört, an einer weiterführenden Schule zu unterrichten. Ich denke jetzt, dass diese Arbeit nicht so anständig war, wie ich das damals angenommen hatte, sondern auch nur einer der Jobs war, die entfremden, vielleicht war die Entfremdung hier weniger offensichtlich. Die Entfremdung durch die Arbeit versteckt sich, aber sie ist da, wie im neunzehnten Jahrhundert. Grundschulen, weiterführende Schulen, Krankenhäuser, Universitäten, Gefängnisse, Kasernen, riesige Bürogebäude, Polizeiwachen, das Abgeordnetenhaus, Ambulanzen, Einkaufszentren, Kirchen, Pfarrzentren, Klöster, Banken, Botschaften, internationale Unternehmenszentralen, Zeitungsredaktionen, Kinos, Stierkampfarenen, Fußballstadien, all diese Orte, an denen das nationale Leben gefeiert wird, was sind sie? Es sind die Orte, wo die Wirklichkeit entsteht, der Gemeinschaftssinn, Geschichtssinn, wo der Mythos gefeiert wird, dass wir eine Kultur sind. All jene Jungen und Mädchen, die ich unterrichtet habe, was wird aus ihnen geworden sein? Einige werden vielleicht nicht mehr leben. Und auch jene Arbeitskollegen, die mit mir gemeinsam unterrichtet haben, werden sterben. Ihre Gesichter verschwinden aus meiner Erinnerung. Alle verschwinden im Nebel. Ich erinnere mich vage an einen Vers des englischen Dichters T. S. Eliot, der beschreibt, dass die großen Männer in den Nebel der Leere treten. Einige Kollegen starben kurz nach der Pensionierung. Das ist eine Strafe des Zufalls. Der Zufall bestraft die Rechner, diejenigen, die die Zeit bis zur Pensionierung berechnet haben. In den Schulen gibt es keine Erinnerung an jene Körper. Die weiterführenden Schulen in Spanien waren langweilige Gebäude mit Baumängeln, mit belanglosen Fluren, mit im Winter kalten Klassenzimmern, in denen es bereits im Frühjahr sehr heiß wurde. Die Kreiden, die Tafeln, das Lehrerzimmer, die Fotokopierer, das Klingeln am Ende der Schulstunde, der Kaffee mit den Kollegen, die minderwertigen, schlecht gemachten Tapas, die schmutzigen Kneipen.

Und alles löst sich auf. In den Fluren der Schulen gab es keine

Fotos der pensionierten Lehrer. Es gab keine Erinnerung, weil es nichts zu erinnern gab. Und jene Kollegen wurden wahnsinnig angesichts der Mittelmäßigkeit und Geringschätzung und demütigten und verachteten ihre Schüler. Jene Kinder waren gedemütigt und gekränkt – durch diese mittelmäßigen und vom Leben frustrierten Lehrer. Nicht alle waren so. Es gab Lehrer, die das Leben liebten und versuchten, diese Liebe an ihre Schüler weiterzugeben. Das ist das Einzige, was ein Lehrer machen sollte: seinen Schülern beibringen, das Leben zu lieben und es zu verstehen, das Leben vom Geist her zu verstehen, von einem fröhlichen Geist her; er muss ihnen die Bedeutung der Wörter beibringen, nicht die Geschichte von Worthülsen, sondern was die Wörter wirklich bedeuten; damit sie lernen, die Wörter so zu benutzen, als wären es Kugeln, die Kugeln eines legendären Revolverhelden.

Verliebte Kugeln.

Aber ich sah nicht, dass sie das machten.

Die Lehrer waren sehr viel gestörter als ihre Schüler. Ich hörte, wie sie in den Zeugniskonferenzen über die Schüler schimpften, sie dafür bestraften, wie sie waren, wie sie sie voller Sadismus durchfallen ließen, weil sie die Macht dazu hatten. Ah, der Sadismus des Unterrichtens. Die Schüler sind jung und unerfahren. Die spanischen Lehrer ereifern sich, weil ihre Schüler das oder das nicht wissen. Beispielsweise nicht wissen, wer Juan Ramón Jiménez war oder wie sie Integrale berechnen sollen oder was die chemische Formel für Kohlendioxid ist oder solche Dinge. Den Lehrern ist nicht bewusst, dass das, was ihnen wichtig erscheint, nur eine Konvention ist, ein kulturelles Gerüst, eine kollektive Übereinkunft, die ihre Schüler ganz einfach nicht interessiert. Die Kinder geraten angesichts dieser tristen Konventionen nicht gerade in Verzückung. Sie nehmen sie wahr, wie Außerirdische das tun würden. Niemand würde einen Außerirdischen dafür verurteilen, dass er nicht weiß, was uns wichtig ist, und unseren Aberglauben im Hinblick auf die Geschichte, die Wissenschaft und die Kunst nicht kennt. Fünfzehnjährige sind von einem anderen Stern, sie sind bereits woanders.

Von ihnen habe ich gelernt, was Freiheitsgefühl ist.

Ich erinnere mich, dass ich beobachtete, wie diese wahnsinnigen Lehrer die Jugendlichen zerstörten. Sie nahmen sie auseinander. Es gefiel ihnen, sie durchfallen zu lassen. Ich habe niemanden durchfallen lassen. Ich konnte niemanden durchfallen lassen. Vielleicht habe ich anfangs doch ein paar Kinder durchfallen lassen, weil sie keine Sätze bestimmen konnten. Anfangs schon, wenn man frisch von der Universität kommend wie ein Papagei den Unsinn nachplappert, den man dort lernt. Die Relativsätze waren mir die liebsten: Sie waren geschmeidig, es gab Bäume und Blumen und Himmel in diesen Nebensätzen. Ich sah mir mit meinen Schülern die Relativsätze an. Ich erinnere mich an diesen:

Ich habe das Buch gelesen, das du mir gestern geliehen hast.

Eigentlich wollte ich ihn nicht analysieren. Wir sahen uns den Satz an der Tafel an. Was für ein Buch mag das sein? Wer war wohl der Empfänger der Leihgabe? Lohnte es sich, das Buch zu lesen? Wäre es nicht besser gewesen, sie hätten dir etwas anderes als ein Buch geliehen?

Wir lachten uns tot bei der Bestimmung von Akkusativobjekten in Sätzen wie diesen:

Juan zündete das Auto an.

Wer zum Teufel war Juan? War es ein gutes Auto? Warum ein Auto anzünden? Der Gipfel war, den Satz im Passiv zu bilden, weil man auf diese Weise im Spanischen überprüfen kann, dass das »Auto« im Ursprungssatz das verdammte Akkusativobjekt ist:

Das Auto wurde von Juan angezündet.

Wenn der Ursprungssatz Sinn machen sollte, musste das Scheißauto im Akkusativ stehen. Wir dachten darüber nach, meine Schüler und ich, wem das Auto wohl gehört hatte, das Juan angezündet hatte. Ich dachte an mein Auto, daran, dass ich Juan umbringen würde, wenn er mein Auto anzünden würde.

Das Akkusativobjekt war der Proletarier der Syntax, es musste alles ausbaden, es musste das Verhalten des Verbs ausbaden.

Auch ich bin sehr oft ein Objekt gewesen, immer dem Verb ausgesetzt, der Tyrannei des Verbs, das ist der Lauf der Geschichte.

Ich erklärte die Syntax marxistisch. Ein komischer Marxismus, aber wenigstens lachten wir uns kaputt. Ich bin ungerecht: Die einzigen Verbündeten, die die gesellschaftlich benachteiligten Spanier haben, sind die Lehrer. Ich hatte wunderbare Freunde dort. Es gab exzellente Lehrer, aber das Bildungssystem liegt darnieder: Das ist es, was ich eigentlich sagen wollte, dass das Bildungssystem nicht mehr funktioniert, weil es sich nicht weiterentwickelt hat.

Ich erinnere mich in diesem Moment an all das und es ist Nacht, eine Nacht, die sich ins Morgengrauen stürzt, und ich fühle mich irgendwie euphorisch und ich denke an eine Flasche Whisky, die in der Küche steht.

Ich kann nicht wieder anfangen zu trinken.

49

Im Sommer stand meine Mutter früh auf, um Obst zu essen. Es ist, als würde ich sie vor mir sehen.

»Jetzt schmeckt es am besten«, sagte sie.

Sie aß San-Juan-Birnen, Aprikosen, Kirschen und Wassermelone.

Sie liebte Sommerfrüchte.

Sie stand früh auf, um die Kühle des Morgens zu spüren, in jener Wohnung in Barbastro, in der es in den Sommern sehr heiß und in den Wintern sehr kalt war, weil sie schlecht isoliert war, weil sie schlecht gemacht war. Wo werden die Bauarbeiter sein, die sie gebaut haben? Sie werden tot sein. Und trotzdem kann ich sie noch hören, ihre Stimmen hören, während sie arbeiten, während sie Wände hochziehen, während sie Zement gießen, während sie auf den Gerüsten stehen und schwarze Zigaretten rauchen.

Sie ist vierzig Sommer früh aufgestanden, um die Frische des Morgens zu genießen. Diese Sommermorgen gehörten ihr. Um Viertel nach sieben morgens war die schönste Zeit. Sie stand für die Heiterkeit der Sommer, jene Morgen, als ich erst zehn oder zwölf Jahre alt war und noch nicht die Verheerungen der Schlaflosigkeit kannte und mit ihr um sieben Uhr aufstehen und mich dann bis neun Uhr noch einmal hinlegen konnte.

Und da ist die Stimme wieder und sagt: »Schließ einen Pakt mit mir, möchtest du sie weiterhin sehen? Möchtest du sie aus der Gegenwart, in der du gerade bist, sehen? Ach, Kamerad, diese großen Zeitströme, all das, was geht, du bist ein Experte für Dinge geworden, die verloren gehen, du verbringst dein Leben damit, an deine tote Mutter, an deinen toten Vater zu denken, als ob du keinen anderen Raum menschlicher Erfahrung betreten wolltest, du möchtest es nicht, weil die Wahrheit eben unter den Toten lebt, und sie strahlt dabei, sie ist weder traurig noch klagend oder pathetisch, sondern sogar ausgesprochen heiter, wie ein Schlusssatz voller Jubel, der Lobgesänge, Sonnen, Bäume und Sommerfrüchte einschließt, viele Sommerfrüchte, in die deine Mutter in diesem Moment beißt, sieh sie an, da ist sie, es ist der 24. Juni 1971 und sie beißt gerade in eine Scheibe Wassermelone und es ist Viertel nach sieben morgens und du bist überzeugt, dass der Tod nicht existiert, dass nur die Unsterblichkeit existiert und der Sommerhit, du erlebst die empörende Vergänglichkeit von allem, weil alles vergänglich ist, und das erträgst du nicht.«

Ja, der Sommerhit hat sich mir seit Ende der Sechzigerjahre eingeprägt.

Meine Mutter liebte den Sommerhit und Chips. Wie glücklich wir damals waren.

Die Chipstüten der Marke Matutano gibt es nicht mehr; ich glaube, sie heißen inzwischen anders. Mein Vater hat immer nach dieser Marke gefragt, wenn wir in einer Kneipe waren.

»Chips von Matutano bitte«, sagte er zu der Bedienung und lächelte.

50

Ich stoße auf ein Foto von Mitte der Siebziger. Wir waren Kinder im Schnee, die auf die Anweisungen eines Skilehrers lauschend, mit der Kälte im Gesicht, zu lernen versuchten, die Abhänge der erstarrten Berge hinunterzugleiten. In unserer Skikleidung, die einfach war. Ich trug eine Regenjacke.

Die Regenjacke war gelb. Die reichen Leute trugen Anoraks, die Regenjacken waren für einfachere Leute. Ich bin so wütend darüber, dass ich keinen Anorak wie die Reichen habe.

Ein Kind im Schnee in einer gelben Regenjacke.

Von jenen Leuten, die wir der Eröffnung einer Liftstation namens Cerler im Jahre 1972 beiwohnten, sind manche älter geworden und viele andere sind gestorben.

Die Liftstation Cerler wurde in dem gleichnamigen Städtchen in den Pyrenäen gebaut, in der Provinz Huesca, einer in Spanien und auf der Welt sowieso unbekannten Provinz. Wir bestaunten jene grünen Sessellifte, die jenseits der hohen Kiefern und schwarzer Felswände hinter den hohen Bergen verschwanden. Und den heftigen Schnee, der auf die Strommasten fiel, die Elektrizität, die Skifahrer mit ihrer modernen Ausrüstung, die neusten Fiberglasski, die automatischen Bindungen, die Hotels, den entstehenden Tourismus, die Autos, die am Fuß der Berge parkten, die gerade erfundenen Skihalter auf den Autodächern. Die Tage der Holzskier waren gezählt.

Es entwickelte sich eine Industrie.

Alles wurde besser auf der Welt; die Idee, dass es besser wird, ist ein Motor der Geschichte, eine universelle Freude. Dieses Es-wird-besser wurde im letzten Viertel des zwanzigsten Jahrhunderts zu einem Versprechen von Glück und Reichtum. Und es stimmte, alles wurde besser: Die Autos wurden besser, die Kommunikation wurde besser, die soziale Gerechtigkeit wurde besser, das Schulwesen wurde besser, die Medizin, die Universität, die Zentralheizung in den Wohnungen setzte sich durch, die Diskotheken wurden besser, die Kneipen, der spanische Wein und die Technologie der Abfahrtskier.

Es würde keine Knochenbrüche mehr geben, tönten die Skilehrer, aber es gab weiterhin kaputte Beine. Das In-Erscheinung-Treten der automatischen Bindungen wird in keiner Kirche gefeiert, und trotzdem erinnere ich mich an diese erstaunliche Begebenheit, diesen Fortschritt.

Und selbst heute noch, mit den weltbesten hoch entwickelten Bindungen, gibt es weiterhin Brüche, weil der Schnee und die Berge mit kaputten Knochen bezahlt werden. Jene legendären Namen der aufkommenden Produzenten von Skibindungen in den Siebzigerjahren: Marker, Look, Tyrolia, Salomon. Die Bindung hat bei den alpinen Skiern die überaus wichtige Aufgabe, den Fuß des Skiläufers auf dem Ski zu halten. In den Bindungen befand sich eine Art mystischer Antrieb: Sie ließen einen nicht hinfallen, durch sie war man mit dem Berg verbunden, sie hielten einen am Berg, in einem Tanz mit den Bergen.

Die Bindungen stützten. Sie gaben Halt, Sicherheit. Sie hielten einen auf den Beinen, verhinderten, dass man in den Abgrund fiel.

Lange noch fuhr ich zum Skilaufen hoch nach Cerler, aber seit einiger Zeit nicht mehr. Ich kann es mir nicht leisten. Skilaufen bleibt etwas für die Reichen.

Ich schaue mich im Spiegel in den Toiletten der Cafeteria der Skistation von Cerler an, auf eintausendachthundert Metern Höhe, und sehe meinen Vater.

»Hallo, Papa, ich laufe immer noch Ski, wie damals, als ich noch Kind war.«

Die Sonne scheint am Heiligabend über Cerler.

Wir fuhren mit deinem Seat 1430 zum Skifahren.

Du hast einen Skiträger darauf befestigt. Wie teuer war er?

Bald schon sahen wir, wie ein Luxushotel am Fuß der Pisten entstand. Es hieß und heißt Hotel Monte Alba, aber dort haben wir niemals gewohnt.

Dann lief es schlecht bei dir und wir fuhren nicht mehr zum Skilaufen nach Cerler.

Ich nehme den Schnee in die Hand und ich nehme deine Asche. Und so wird es immer sein, bis alles verblasst und die Berge sich auflösen.

Ich fuhr weiterhin zum Skilaufen, aber es war nicht mehr wie in meiner Kindheit. Ich fuhr immer seltener, es wurde immer teurer. Ich musste ein halbes Jahr sparen, um zwei Tage Ski zu fahren. Außerdem mag mein Körper sich nicht mehr derart anstrengen.

51

Sie heirateten am ersten Januar 1960.

Mir sind sehr wenige materielle Dinge von ihnen geblieben, wenig materieller Ballast, wie etwa Fotos. Fotos gibt es nur sehr wenige. Einer von beiden hatte jedwede Spur ihres Lebens beseitigt, alles, was in die Zukunft wies, vielleicht war es kein Vorsatz. Keiner der beiden hat an meine Zukunft gedacht, in der ich mich jetzt an sie erinnere, in der ich alleine bin.

Ich fand dieses Foto:

Ich habe es noch nie zuvor gesehen. Meine Mutter versteckte es. Das Lustige ist, dass ich dachte, ich hätte jeden Winkel in der Wohnung meiner Mutter gekannt, der Wohnung, in der ich aufgewachsen war. Ich dachte, alle Kisten zu kennen, aber natürlich war dem nicht so. Meine Mutter versteckte Fotos, von denen nicht einmal mein Vater wusste, dass sie existierten. Dass meine Eltern so wenig über ihr eigenes Leben wussten, ist mir ein Rätsel. Noch rätselhafter ist, dass ich derjenige bin, der nun, wo sie tot sind, versucht zu erfahren, wer sie waren. Dass sie ihrem eigenen Leben so wenig Beachtung schenkten, erscheint mir eine Kunst.

Sie waren zwei Rimbauds, meine Eltern: Sie mochten die Erinnerung nicht, sie dachten nicht an sich selbst. Sie waren unbesonnen, aber sie zeugten mich, und sie schickten mich zur Schule und ich lernte zu schreiben und jetzt schreibe ich ihre Leben; da waren sie nachlässig, sie hätten mich inmitten des revolutionärsten und radikalsten und endgültigsten Analphabetismus aussetzen sollen.

Die Tatsache, dass ich niemals mehr mit ihnen sprechen kann, scheint mir das spektakulärste Ereignis des Universums zu sein, eine unverständliche Tatsache, vom selben Format wie das Mysterium des Ursprungs intelligenten Lebens. Dass sie gestorben sind, macht mich schlaflos. Alles ist unwirklich oder ungenau oder rutschig oder dunstig, seit sie fort sind.

Fotos präzisieren die Wirklichkeit; Fotos sind Teufelswerk. Die Christenheit würde alles für ein Foto von Jesus Christus geben. Wenn wir ein Foto von Jesus Christus hätten, würden wir wieder an die Auferstehung der Toten glauben.

Sie hielten ihre Hochzeit geheim, ich weiß nicht, warum, und ich werde es auch nie erfahren. Ich weiß aus einem Stammbuch, das ebenfalls geheim gehalten wurde, dass sie am ersten Januar 1960 heirateten. Ich weiß nicht, wie die Menschen 1960 waren. Ich könnte Dokumentationen oder Filme aus der Zeit sehen. Ich sehe keinerlei Verbindung zwischen meiner heutigen Person und dem Foto meiner tanzenden Eltern.

Es muss ein großartiger Abend gewesen sein.

Von der Hochzeit meiner Eltern am ersten Januar 1960 existiert auf dem ganzen Planeten Erde nicht ein einziges Foto. Wurden Fotos gemacht? Alle bewahren Fotos ihrer Hochzeit auf. Meine

Eltern nicht. Hätte es irgendein Foto gegeben, meine Mutter hätte es zerrissen. Warum? Aus Gründen des Stils, weil die beiden Stil hatten.

Niemand, der auf dieser Hochzeit war, wandelt noch auf der Erde; alle sind unter der Erde.

Ihre Hochzeitsreise machten sie in das französische Städtchen Lourdes. Sie erzählten mir kaum etwas über diese Reise. Mein Vater hatte bereits seinen Seat 600. Ich stelle mir diese Reise häufig vor. Sie mussten über die Grenze; sie sind wohl über Portalet gefahren, auch wenn es Winter war – der Winter 1960 –, der Pass wird zugeschneit gewesen sein. Ich weiß nicht, wie mein Vater mit einem Seat 600 über den Pass kam. Wenn ich mit dem Auto über die französischen Bergstraßen fahre, die nach Lourdes führen, denke ich immer daran.

»Hier sind sie langgefahren«, sage ich.

Ich sage es zu niemandem.

Niemals kann ich diese Schatten berühren. Diese Geister. Wo haben sie wohl gewohnt? Das hätte ich meinen Vater gefragt und kann es nicht. Es scheint albern, man sagt: »Ah, das muss ich meinen Vater fragen, er wird es wissen.« Aber Tatsache ist, dass der eigene Vater seit neun Jahren tot ist. Also werde ich niemals wissen, wo sie in dieser merkwürdigen Stadt Lourdes gewohnt haben. Es ist eine Stadt voller Versehrter, Wunder, Jungfrauen und Heiliger, und es ist gleichzeitig eine Stadt mit einer üppigen Vegetation, sie ist sehr grün, voller Bäume.

Warum sind sie dorthin auf Hochzeitsreise gefahren?

Sie hätten nach Barcelona fahren können. Oder nach Madrid. Oder nach San Sebastián. Nach Paris, unmöglich, sie hatten kein Geld. Welch seltsame Wahl, die mir niemand mehr erklären kann. Jeder, der in dieser Stadt gewesen ist, wird sagen, dass es ein unvergesslicher, messianischer, feierlicher, esoterischer, verrückter Ort ist. Warum fragte ich nicht, als es noch ging, warum sie diese Stadt, in der die Jungfrau Maria achtzehn Mal der Schäferin Bernadette

Soubirous erschienen war, für ihre Hochzeitsreise ausgesucht hatten? Die Antwort ist klar: Ich fragte nicht, als es noch ging, weil ich dachte, dass ich sie irgendwann einmal fragen würde, als würden sie immer da sein. Vielleicht war es mir unangenehm, sie nach dieser Reise zu fragen, schließlich war es eine sehr persönliche Frage. Auf jeden Fall ist klar, dass, wenn man jemanden etwas fragen muss, man es gleich machen sollte.

Man sollte nicht auf morgen warten, weil das Morgen den Toten gehört.

Wenn ich noch einmal eine Gelegenheit hätte, würde ich es trotzdem nicht schaffen, sie irgendetwas zu dieser Hochzeitsreise zu fragen. Ich fragte damals nicht, weil ich wusste, dass sie nicht darüber sprechen wollten.

Ich kann mir denken, warum sie nicht darüber sprechen wollten. Das Wort »Ehe« gefiel ihnen nicht, tatsächlich war es das. Es ging schlichtweg um ein Bauchgefühl.

52

Der erste Januar wurde zu einem wichtigen Datum in unserer Familie, in meiner Kindheit, aber meine Eltern schafften es nie, zu sagen, warum. Mein Vater sagte: »Das ist unser Namenstag«, und das war die einzige Erklärung. Am ersten Januar feierten wir den Namenstag von Manuel, weil wir beide so hießen. Es machte mich froh und hatte etwas Magisches, dass mein zweiter Sohn, Valdi, an einem ersten Januar geboren wurde. Da gibt es nun dreihundertfünfundsechzig Tage im Kalender und Valdi wurde an dem Tag geboren, an dem seine Großeltern geheiratet hatten. War das Zufall? Wenn Zufall Liebe ist, dann war es so.

Am ersten Januar kamen immer Freunde meiner Eltern zu Besuch, damals um 1965, 1966, 1967, bis Mitte und fast Ende der Siebzigerjahre. Danach veränderte sich etwas. Sie hatten andere Freunde. In den Achtzigerjahren kam auch eine andere Art Freunde. Ich spürte, dass diese Veränderungen nicht gut waren. Ab Anfang der Neunziger kamen keine Freunde mehr, wir feierten nur noch in der engen Familie.

Ich war an diesem Tag sehr glücklich, ich wusste nicht genau, was gefeiert wurde. Mein Vater war am ersten Januar immer glücklich. Ich denke über die Freunde nach, die ihn dreißig Jahre lang besuchen kamen.

Und dann kamen sie nicht mehr.

Und die schiefen Wände dieser Wohnung, die mit viel Glück renoviert werden wird, sind die einzigen Zeugen.

Was wurde aus Ramiro Cruz, der der Erste war, der 1968 angerufen hatte? Was wurde aus Esteban Santos? Was aus Armando Cancer? Was aus José María Gabás? Was aus Ernesto Gil? Sie starben.

Ich lernte die Namen der Freunde meines Vaters auswendig, weil sie in meinem kindlichen Hirn alle Helden waren. Wenn sie Freunde meines Vaters waren, waren sie wie er. Deshalb waren sie die besten Männer der Welt.

Sie wählten diese Nummer: 310439. Weil es damals noch keine Vorwahl gab, sie wurde erst später eingeführt.

Er mochte es sehr, wenn ihn Ernesto Gil anrief, weil er Bürgermeister von Barbastro war. Er mochte es, dass ihn der Bürgermeister anrief, um ihm alles Gute zum neuen Jahr zu wünschen und ihm zum Namenstag zu gratulieren.

Ich erinnere mich daran, wie mein Vater, noch im Bademantel, das Telefon abnahm. Sie riefen früh an. Ich fand diese Anrufe beunruhigend, sie hatten sowohl etwas Feierliches als auch etwas Geheimnisvolles.

Meine Ehe verband mich auf rationale oder soziale oder deduktive oder kohärente Weise mit meinen Eltern, aber nach meiner Scheidung, die mit dem Tod meiner Mutter, der letzten Zeugin, zusammenfiel, löste sich die neue Beziehung zu dem Leben meiner Eltern wieder. Meine Scheidung gab der Beziehung zu meinen toten Eltern erneut eine neue Richtung. Es entwickelte sich eine gespensterhafte Beziehung, voller Rätsel und Scharfsichtigkeit.

Die Geister kamen. Mein Vater kommt am häufigsten, er legt sich an meine Seite und berührt meine Hand.

Und da ist er schon, zu Asche verkohlt.

»Warum hast du mich verbrennen lassen, mein Sohn?«

Auch ich werde bald ein toter Vater sein und sie werden mich verbrennen lassen. Und Valdi und Bra werden in mir einen Toten sehen.

Es stimmt nicht, dass die Toten irgendwie traurig oder entmutigt oder depressiv sind; nein, die Toten sind die Unbilden der Vergangenheit, die mit einem verliebten Geheul in die Gegenwart drängen.

Ich glaube an die Toten, weil sie mich sehr viel mehr liebten als die Lebenden heute.

Sie sagten niemals, was am ersten Januar passiert war. Sie sagten niemals: »An dem Tag haben wir geheiratet.« Als ich es durch Zufall herausfand, durch das Stammbuch, war ich wie gebannt. Alles war auf einmal klar.

53

Der Name meines Vaters findet sich immer noch im Internet, auf einer alten Webseite für Handelsvertreter. Wird irgendwer je diese Seite aufrufen? Die Seite lässt sich nicht so einfach ganz löschen, es werden Jahrzehnte, wenn nicht Jahrhunderte vergehen, bis das möglich ist. Irgendeine Firma oder eine Einzelperson könnte anrufen und ihn engagieren wollen. Zehn Jahre nach seinem Tod werden seine Dienste als Handelsvertreter immer noch im Internet angeboten. Das Internet setzt auf die Unsterblichkeit, es ist der größte menschenmögliche Wetteinsatz auf die Unsterblichkeit. Manchmal gehe ich auf diese Seite und schaue mir den Namen meines Vaters sowie die dort stehende Telefonnummer an.

Jemand müsste sie tilgen. Oder noch besser: jemand müsste meine Mobilnummer dazuschreiben, damit, wenn auf der Festnetznummer niemand zu erreichen ist, ich angerufen werde und der Anruf nicht verloren geht.

Damit dieser Anruf nicht verloren geht, der sich hoffnungsvoll an einen Lebenden richtet, der aber tot ist. Damit diese Hoffnung nicht aufgegeben wird.

Wie oft wähle ich diese Nummer: 974310439. Diese Nummer ist eine Liturgie.

Wie oft habe ich überlegt, mir diese Nummer in den Arm tätowieren zu lassen, und ich werde es bestimmt tun.

Ich möchte nicht sterben, ohne dass die Nummer auf meinen Arm tätowiert ist, damit der Tod sie verschlingt.

Diese Nummer: 974310439.

54

Es macht mir nichts aus, das Leben meines Vaters auszubreiten. Auch wenn in Spanien niemand irgendetwas ausbreiten will. Es täte uns sehr gut, ohne irgendeine Fiktion, jenseits von Romanen, über unsere Familien zu schreiben. Nur das erzählen, was passiert ist, oder was wir dachten, was passiert sei. Die Leute verheimlichen das Leben ihrer Eltern. Wenn ich jemanden kennenlerne, frage ich die Person immer nach ihren Eltern, das heißt nach dem Willen, der diesen jemand in die Welt gebracht hat.

Ich mag das sehr, wenn Freunde mir das Leben ihrer Eltern erzählen. Dann bin ich plötzlich ganz Ohr. Ich kann sie sehen. Ich kann diese Eltern sehen, die für ihre Kinder kämpfen.

Dieser Kampf ist das Schönste überhaupt. Mein Gott, wie schön das ist.

55

Eines Tages im Sommer des Jahres 2003 wollten die Ärzte mit meiner Mutter und mir sprechen.

Sie wollten nicht, dass mein Vater dabei ist.

Der Arzt wies auf zwei Stühle, damit wir uns setzten. Er sagte uns ohne Umschweife, dass mein Vater einen sehr aggressiven Darmkrebs habe und dass wir uns damit abfinden sollten. Der Arzt war Onkologe und man merkte ihm an, dass er diese Momente geübt hatte, die Momente, in denen er die Nachricht des nahenden Todes überbringen musste, diese Momente der Auflösung von allem. Mich beeindruckte dieses Verhalten, weil dieser Mann es gewissermaßen genoss, nicht auf eine unmoralische Weise, es machte ihm keinen Spaß, über den Tod in seiner ganzen Schlagkraft oder die Katastrophe zu sprechen, sondern weil er dachte, dass er seine Arbeit gut machte. Es war, als hätte er ein Wörterlabor für die Verbreitung von unabänderlichen Tatsachen in seinem Kopf. Und als hätte er jede Form von Tests gemacht, als hätte er mit jeder Art von Wörtern experimentiert. Er hatte die Formulierungen für das Unabänderliche im Kopf, aber er war kein Dichter, er war ein Verirrter mehr in dieser Welt von unzähligen Wesen, die sich umsonst verausgabten.

Mein Vater starb zwei Jahre und ein paar Monate, nachdem der Arzt diesen bescheuerten Spruch von sich gegeben hatte. Obwohl ich glaube, dass mein Vater starb, weil ihm die Prophezeiung jenes Onkologen eine interessante Einlassung schien und um ihn nicht ganz blöd dastehen zu lassen, aus Respekt vor der Arbeit dieses Kerls.

Die Dummheit dieses Onkologen schien meinem Vater wenig einladend, um mit dessen Hilfe diese Welt zu verlassen.

Ich glaube nicht an die Ärzte, aber schon an die Wörter. Ich glaube nicht, dass die Ärzte wirklich wissen, was wir sind, weil sie die Welt der Wörter nicht kennen. Aber ich glaube an Drogen. Die moderne Wissenschaft hat den Ärzten das Systematisieren und Verschreiben von Drogen übertragen. Die Ärzte taugen etwas, wenn sie Drogen verabreichen. Das heißt, wenn sie verabreichen, was tötet. Drogen kommen in der Natur vor, sie waren schon immer da. Sie lassen uns sie nicht nach Belieben nehmen.

Es war einen Moment still und dann sah ich den Onkologen wieder an. Meine Mutter fragte ihn irgendetwas, und mir tat plötzlich der Onkologe mehr leid als mein Vater.

Das Leben dieses Mannes schien mir deprimierender als die Nachricht über die Krankheit meines Vaters.

56

Wir sagten nie etwas zu meinem Vater, noch fragte er. Mein Vater entschied sich, seine Krankheit zu verachten. Ich glaube, es war eine mystische Haltung. Er beschränkte sich darauf, zu schweigen.

Sie operierten ihn mehrfach und er schwieg. Es war, als wäre es ihm egal, dass sie in seinen Körper eindrangen, um stumpf, einem ungenauen Protokoll folgend, ihre Aufgaben zu erledigen. Es war ihm egal, dass die Chirurgen seine inneren Organe begutachteten und damit ihr mit den Gewerkschaften und der Verwaltung bis ins kleinste Detail ausgehandeltes Soll erfüllten.

Während die Mediziner ihr monatliches Gehalt bezogen, starb mein Vater. Der Tod meines Vaters war weniger befremdlich als die Gehaltsabrechnung dieser unbedeutenden Wesen.

57

Er mochte es fernzusehen. Er hat unzählige Stunden vor dem Fernseher verbracht. Ich habe gesehen, wie sich die Technologie der Fernseher entwickelt hat. In den Sechzigern oder Siebzigern des letzten Jahrhunderts einen Fernseher zu kaufen war ein transzendentaler Akt, es machte froh und ängstlich.

Ich erinnere mich an den ersten Fernseher bei uns zu Hause. Als ich klein war, sah mein Vater mit Hingabe das Ratespiel der Sechzigerjahre, *Un, dos, tres … responda otra vez*. Mein Vater liebte diese Sendung, bei der die Teilnehmer nach dem Spruch »Eins, zwei, drei … deine Antwort« auf unvorhersehbare Fragen antworten mussten.

Mein Vater antwortete mit den Teilnehmern und meistens gewann er.

Er hätte an diesen Ratespielen teilnehmen können.

Er machte es nicht.

Er dachte wohl, dass er dann den Bus nehmen müsste, er mochte keine Busse, auch keine Züge. Nur sein Auto mochte er, weil sein Auto eine Erweiterung seines Selbst war. Sein Auto war er. Deshalb parkte er es in den heißen Sommern im Schatten, weil mein Vater nicht gerne in der Sonne war.

Ich hasste dieses Ratespiel, es kam immer freitags, da waren wir wenigstens alle entspannt. Am nächsten Tag war keine Schule.

Ich verstehe nicht, wie dir diese Sendung gefallen konnte, sie war schrecklich, du hättest wissen können, dass sie mir überhaupt nicht gefiel, diese dummen Fragen, das einzig Gute war, dass alle Kandidaten sterben würden und alle Moderatoren und alle Produzenten und die Assistentinnen dieser Kacksendung, du kannst dir nicht einmal vorstellen, wie sehr ich angesichts dieser Geschmacklosigkeit im Fernsehen litt, und dann du, wie du gemeinsam mit diesen auf ein gelbes Lächeln reduzierten Menschen antwortetest. Dort wurde ein unterentwickeltes Spanien zur Schau gestellt. Dein Sohn befand sich aber schon auf einer anderen Stufe der spanischen Geschichte. Glücklicherweise ist das alles inzwischen vorbei. Die Moderatoren sind tot, fast alle sind inzwischen tot. All jene, deren Gesichter das Fernsehen eingesperrt hatte, hat der Tod entlastet und geläutert: Komiker, Sänger, Moderatoren, all diese so typisch spanischen Gesichter. Weil in Spanien nur der Tod das Vulgäre zu besiegen vermag. Ich kann mir Fotos dieser Teilnehmer vorstellen, die in vermeintlich teuren Rahmen an den Wänden ihrer Wohnungen hängen; Fotos, die die Väter an die Söhne weiterreichen, das sind Mama und Papa bei *Un, dos, tres… responda otra vez,* Mama und Papa waren 1977 bei Kiko Ledgard eingeladen. Erinnert sich jemand an Kiko Ledgard?

Wo ist Kiko Ledgard wohl beerdigt, jener legendäre Moderator des spanischen Fernsehens der Siebzigerjahre? Hatte er Kinder? Erinnern sich seine Kinder an ihn? Mein Vater und ich schauten ihn jeden Freitag. Das heißt, eigentlich habe ich geschaut, wie mein Vater ihn geschaut hat. Ich erinnere mich, dass Kiko Ledgard abergläubisch war und deshalb mehrere Uhren an beiden Handgelenken trug.

Irgendwo werden diese Armbanduhren sein, sie taugten was.

Trotz allem, Papa, gehe ich jetzt auf etwas, das YouTube heißt, und suche diese spanischen Fernsehprogramme der Siebzigerjahre und ich sehe sie mir mit einem Gefühl von Nostalgie und einer unbeschreiblichen Liebe an, weil es deine Programme waren. Es stimmt nicht, dass ich diese Programme gehasst habe, ich wollte nur, dass du mich an der Hand nimmst und wir draußen spazieren gehen, dass du mit mir zusammen bist und nicht mit ihnen, mit den Moderatoren des spanischen Fernsehens, mit denen ich jetzt zusammen bin, auf einem Computerbildschirm, süchtig nach nostalgischen Gefühlen, süchtig nach dir, süchtig nach YouTube. Süchtig nach Vergangenheit.

Ich träume davon, wie du, Mama und ich in festlicher Garderobe, Markenkleidung, mit polierten Schuhen in dem besten Pariser Restaurant mit Blick auf die Seine empfangen werden.

Ich träume, dass wir lachen und Champagner trinken und Kaviar und *escargots* essen und dass Mama sich eine Zigarre mit einem goldenen Dupont-Feuerzeug anmacht, das du ihr gerade geschenkt hast.

Ich träume, dass wir reich wären.

Ich träume, dass du Witze auf Französisch erzählst, ich träume, dass 1974 ist und dass uns die Welt gehört.

Ich träume, dass wir nie fernsahen.

Ich träume, dass wir immer auf Reisen waren, eine Nacht in Paris, eine andere in New York, ein paar Tage in Moskau, andere in Buenos Aires oder in Rom oder in Lissabon.

Ich träume, dass wir die Welt beherrschen.

Ich träume von Abendessen zu dritt in den besten Restaurants der Welt. Und wir erzählen uns in allen Sprachen Witze: auf Russisch, auf Englisch, auf Italienisch, auf Portugiesisch.

Ich träume, dass du dir eine Villa in der Nähe von Lissabon kaufst.

Ich träume, dass wir drei auf den Atlantik schauen.

Weil ich weiß, wie sehr du das Leben liebtest.

58

Die Jahre vergingen und schon Ende der Neunzigerjahre wurde mein Vater süchtig nach Kochsendungen. Er verbrachte Stunden damit, zuzuschauen, wie die Köche im Fernsehen *buñuelos* oder *bacalao* oder Paella machten. Er zog sich seinen sehr eleganten grünen Bademantel an, einen Seidenbademantel, setzte sich die Brille auf und machte es sich vor dem Fernseher bequem, um sich Kochsendungen anzusehen.

Mein Vater schien ein Engel: ein heiterer Engel, der die gastronomische Organisation der Wirklichkeit betrachtete.

Er schien ein Abgesandter mit der Mission, das Essen mit seinem Blick zu heiligen.

Eine Dramaturgie hatten die Sendungen nicht, es ging lediglich darum, wie man etwa Forelle mallorquinischer Art zubereitet. Ich glaube, was ihn eigentlich faszinierte, war die geografische Zuordnung der Rezepte der spanischen Küche. Dass jedes Gericht je nach Gegend zubereitet wurde. Im Grunde stellte er sich wohl vor, auf Mallorca zu leben oder in Bilbao oder in Madrid und eine Forelle zu essen, einen Stockfisch oder einen Eintopf. Er kochte selbst und wusste, wie man all diese Gerichte zubereitete, was er mochte, war, anderen dabei zuzusehen, wie sie kochten.

Es gefiel ihm, die Freude desjenigen zu sehen, der kocht. Weil jemand, der kocht, eine Zukunft entwirft. Alles wird sein, alles steht für die Nachwelt bereit, auch wenn es sich bei dieser Nachwelt um die nächste Viertelstunde handelt.

59

Eines Tages hörte er auf, sich um sein Auto zu kümmern, ein alter Seat Málaga. Er hat sich immer wie besessen um sein Auto gesorgt, es gepflegt, damit es immer in einem perfekten Zustand war. Er ließ es in einer Garage stehen und fuhr nicht mehr. Ich war derjenige, der nach dem Auto sah, es war voller Staub.

Ich sagte zu ihm: »Papá, das Auto ist voller Staub.«

Er sah mich an, das schien ihn zu treffen.

»Es war ein gutes Auto, mach damit, was du willst«, sagte er.

Als er sich nicht mehr um sein Auto kümmerte, wusste ich, dass mein Vater bald sterben würde; ich wusste, dass das sein Ende war.

Es war einer der traurigsten Momente meines Lebens, mein Vater verabschiedete sich mittels seines Autos.

Anstatt mir zu sagen: »Wir müssen reden, es ist aus«, sagte er: »Es war ein gutes Auto.« Mein Gott, wie schön. Wo auch immer der Geist meines Vaters herkam, er hatte etwas Feines, Überraschendes, arglos Originelles.

Er hatte Stil.

Ich setzte mich in der Küche auf einen Stuhl und sah ihn an. Ich wurde sehr nervös. Ich hatte sehr große Angst. Im ganzen Universum wusste nur ich, was diese Worte »Mach mit ihm, was du willst« bedeuteten.

Er sagte mir damit etwas Verheerendes: »Mach mit mir, was du willst, ich fühle deine Liebe nicht.«

Ich fühle deine Liebe nicht.

Ich habe dich nicht genug geliebt und du mich auch nicht.

Wir waren gleichermaßen verdammt.

60

Ich sah nach seinem Auto. Das ganze Auto atmete den Geist meines Vaters. Seine großen Hände auf dem Lenkrad, seine Brille, der leere Kofferraum, die Decke im Kofferraum, um den Kofferraum vor was auch immer zu schützen (und natürlich hat mein Auto auch eine Decke im Kofferraum, um den Kofferraum vor was auch immer zu schützen), das Handschuhfach mit den ordentlich sortierten Papieren. Mein Vater war sich der mystischen Verbindung der spanischen unteren Mittelschicht zu den Autos, die diese untere Mittelschicht hatte erwerben können, bewusst.

Es war eine industrielle und politische Mystik: eine althergebrachte Verbrüderung von Metall und Farbe mit Fleisch und Blut.

Seine Art, aus dieser Welt zu scheiden, scheint mir höchste Kunst. Er ging mit bewundernswerter Diskretion.

Der Tod war ihm egal, er dachte nicht an ihn. Das Auto tat ihm leid. Es musste ihn erschreckt haben, dass das, womit er sich im Laufe seines Lebens ständig beschäftigt hatte – und was deshalb das Fundament und der Sinn dieses Lebens war –, ihm nicht mehr wichtig war. Das war ein radikaler Wandel.

Sie starben gleichzeitig, sein Auto und er.

Am Tag, als er sein Auto aufgab, zerriss es mir das Herz.

Ich wusste, was ihm das Auto bedeutete. Er fühlte sich damit ein wenig in der Welt verwurzelt, es war sein Eigentum. Die Seele meines Vaters kam von sehr weit her aus der Zeit, aus der alten Planetennacht, Seele der Menschen ohne Wurzeln – egal ob lebende oder tote Menschen –, von dort kam die Seele meines Vaters; Seelen, die keine Wurzeln schlugen, Seelen von außerordentlicher Schönheit und außerordentlicher Flüchtigkeit.

Wir wurden für meinen Vater unsichtbar.

Meine Mutter bekam Panikattacken.

Sie hatte vor den letzten Phasen der Krankheit Angst.

Wir waren als Familie eine Katastrophe und gleichzeitig hatten wir etwas Originelles.

Wir gingen oder kamen aus den Krankenhäusern.

Wir sprachen nicht.

Ich verstehe nicht, was passierte. Ich glaube, dass ich sehr viel Verantwortung hatte. In mir war eine Unzufriedenheit, die mich daran hinderte, dass ich mich um all das kümmerte. Ich wurde in den Krankenhäusern depressiv. Ich ertrug das nicht. Mir ging es schlecht und das Leben meines Vaters ging zu Ende.

Wir gaben uns gegenseitig die Schuld dafür. Mein Vater meiner Mutter. Meine Mutter mir. Ich meinem Vater. Mein Vater mir. Meine Mutter mir und so weiter. Es war ein Chaos aus Unzufriedenheit und Beschuldigungen.

Wir hatten nicht eine Minute Ruhe.

61

Im Grunde ging in meiner Familie etwas Übernatürliches vor: Niemand sagte je: »Wir sind eine Familie.« Wir wussten nicht, was wir waren. Deshalb möchte ich jetzt an einen schrecklichen Heiligabend vor ungefähr einem halben Jahrhundert erinnern, es muss 1967 oder 1968 gewesen sein. Mein Vater regte sich fürchterlich über etwas auf, das mit der Zubereitung des Abendessens zu tun hatte, etwas, das nicht so war, wie er es mochte.

Er zerbrach die Teller.

Er hatte einen Wutanfall, er warf die Teller gegen die Wand, auf den Boden, wie im Film.

Wir gingen schlafen.

Es gab keinen Heiligabend, kein gar nichts. All das war im Gedächtnis meiner Familie gespeichert und hüllte uns in eine unaussprechliche Traurigkeit.

Er wählte den Heiligabend, um die Teller zu zertrümmern.

Ich wusste nicht, was passierte. Ich sah nur die Teller fliegen. Plötzlich waren die Teller nicht mehr auf dem Tisch.

Da dachte man, dass Heiligabend sei, verdammt, und dass das das Größte für eine Familie sei. Ich fragte niemals nach dieser Szene, und ich hätte es tun sollen, vielleicht hätte ich so etwas über meine Familie verstanden und auch über meine Zukunft.

Wie hätte ich nach dieser Szene fragen sollen, wo sie doch so bestürzend, so unbeschreiblich, so gespenstisch war, wo ich sie doch auslöschen wollte, sie ersetzen wollte, wo ich das doch fast schaffte, indem ich Tausende Tropfen Unglaubwürdigkeit dazugab, Tränen meiner Erschütterung, gleich jener anderen harten und schmutzigen Erschütterung, die ich wegen des Priesters

G. empfand, als ich in einen lichtdurchfluteten Klassenraum trat.

Wir alle wissen, dass alles, was wir als Kinder als Zeugen miterlebten, unser späteres Leben prägt. Aber das hat – meines Erachtens – keine soziologischen oder politischen Gründe, sondern es liegt uns im Blut; und in meinem Fall liegt es an der bedrückenden Erfahrung, dass unser Schicksal gesegnet ist, weil ein Schicksal zu haben ein Segen ist.

Die Mehrzahl der Menschen hat kein Schicksal.

Und es ist faszinierend, dass die Vergangenheit ein Schicksal in den Automatismus meiner Atmung gräbt. Weil die Mehrheit der Männer und Frauen keine Geschichte hat. Ihr Leben war ohne Geschichte. Und auch das ist schön. Und letzten Endes ist der Planet Erde ein riesiger Friedhof von Millionen von Menschen, die hier waren und keine Geschichte haben, und wenn man keine Geschichte hat, stellt sich die Frage, ob man überhaupt gelebt hat.

Die Jahreszeiten und die Jahrzehnte werden geordnet, die gebrochene Hand, den kranken Zahn bringt man in Ordnung, die Gebeine der Erhängten in Unordnung, und schließlich bleibt nur noch, an die *Abscheulichkeit* Gottes zu denken.

Ein abscheulicher Gott, und aus dessen Verdruss entstand die Odyssee der Menschen.

Ein Sohn sollte nicht dabei sein, wenn seine Mutter sich in ein kleines Mädchen verwandelt.

62

Ich glaube, dass meine Mutter an jenem unheilbringenden Heiligabend weinte. Meine Mutter, die sich, wenn Gewitter aufzogen, in der Vorratskammer in der Küche einsperrte. Meine Mutter, die Gewitter in Angst und Schrecken versetzten. Man öffnete die Vorratskammer in der Küche, die einem Sarg glich, und dort stand meine Mutter. Wo ist meine Mutter bei Gewitter? Meine Mutter verschwand. Meine Mutter flüchtete aus der Welt, wenn die Donner und die Blitze und ungeheuerlicher Regen in die Welt kamen.

Sie versteckte sich in der Vorratskammer in der Küche, und das war ihre Jugend: vor Gewitter zu flüchten.

Und ich dachte, es wäre ein Spiel, ich öffnete die Tür der Speisekammer und dort stand sie, starr, jung, wie eine Statue, gelähmt. Aber ihr junges Gesicht ist aus meiner Erinnerung verschwunden, und ich schaffe es nur noch, die gebrechliche Alte zu sehen, in die sie sich verwandelt hatte, mehr zu ihrem Schrecken als zu meinem. Sie war eine Zeugin, die für ihren eigenen Schrecken verantwortlich war. Deshalb hatte sie die Natur eines Engels; nur Engel schaffen es, sich den Schrecken der Gebrechlichkeit nicht zu verzeihen.

Die Gebrechlichkeit ist unverzeihlich. Sie ist *abscheulich* und bedeutet ein Scheitern. Es geht um das Bewusstsein der Gebrechlichkeit. Je bewusster man sich seiner Gebrechlichkeit ist, desto mehr nähert man sich der *Abscheulichkeit* Gottes an.

Meine Mutter war ein Engel. Sie sah ihre Gebrechlichkeit und wies sie zurück und wurde so zur Märtyrerin, aber in alldem zeigte sich nur ihre Verehrung für das Leben. Sie ertrug keine Spiegel und ich auch nicht. Die Spiegel sind für die Jungen. Wenn man die Schönheit achtet, ist das Altern nicht hinzunehmen.

In den Küchen der heutigen spanischen Wohnungen gibt es keine Speisekammern mehr. Aber ich habe einen wesentlichen Raum in der Wohnung meiner Eltern vergessen; einen Raum ohne Fenster, den sie »der Schrank« nannten. Er war am Ende des Flures. Man kam nicht so einfach hinein, weil die Tür klemmte. Darin standen die Koffer meines Vaters, die Koffer, in denen sich die Muster der Textilhersteller befanden, Stoffe, die er an die kleinen Läden in den Dörfern von Huesca, Teruel und Lérida verkaufte. Und andere Dinge, auch Kleidung, wurden dort aufbewahrt und geheimnisvolle Objekte. Meinem Bruder und mir war es verboten, hineinzugehen. Ich weiß, dass meine Mutter dort Dinge aufbewahrte, die mit der Vergangenheit zu tun hatten, Dinge, die sie sich nicht traute wegzuwerfen, obwohl sie sie im Laufe der Zeit doch alle wegwarf. Ich habe nie erfahren, was in dem Schrank war. Manchmal kam er in den Gesprächen vor, in Sätzen wie »Das wird im Schrank sein« oder »Das werden wir, wenn es passt, im Schrank aufbewahren«, aber es war ein seltsamer Raum, dreieckig, mit spitzen Winkeln, einer Tapete mit Sternen auf dunkelblauem Hintergrund, der aussah wie das Firmament. Ich glaube, dass mich die Tapete am meisten beunruhigte. Der Raum war tapeziert, weil die ganze Wohnung das einmal gewesen war. Meine Mutter gestaltete die Wände irgendwann anders, Putz, Farbe kamen auf die Wände, aber den Schrank ließ sie, wie er seit 1960 immer schon gewesen war. So wurde der Schrank zur Zeitreise. Tapete an den Wänden kam aus der Mode. Der Schrank behielt seine tapezierten Wände: Sterne am Firmament und Koffer und Kleidung und unsichtbare Dinge. Und manchmal stand meine Mutter darin, wenn sie sich bei Gewitter versteckte, entweder im Schrank oder in der Vorratskammer; ich glaube, ihr gefiel die Vorratskammer viel besser, weil der Schrank ein gefährlicher Ort war; in ihm war eine dunkle Kraft; ich liebte den Schrank, dort verdichtete sich die Bedeutung meiner Eltern. Die Zeit der Tapeten ging vorbei. Jene Wände mit Tapeten in allen möglichen Farben waren gar nicht so schlecht.

Meine Mutter verwandelte sich in ein Kind und versteckte sich bei Gewitter. Nicht nur im Schrank und in der Vorratskammer, sondern auch unter dem Bett. Ich erlebte als Kind, wie sich die eigene Mutter auf magische Weise in Zeit und Raum auflöste. Plötzlich war meine Mutter nicht mehr da. Und ich fing an, sie in der Wohnung zu suchen, während sich die Sommergewitter über den Himmel ausbreiteten und das Firmament in Tausende Lichtsplitter zerbarst. Und dann wurden wir ein Junge und ein Mädchen mit einer rätselhaften und geradezu unheimlichen Verwandtschaft. Komm, komm, versteck dich hier mit deiner Mamá, gib deiner Mamá die Hand, die Welt ist schlecht.

63

Unser Elend war gerechtfertigt.

Das dachte ich immer.

Unser Elend war Avantgarde.

Möglicherweise war es ein genetisch bedingtes Elend, als wüssten wir nicht zu leben. Mein Vater hatte gute Zeiten.

Als er bei einer der ersten demokratischen Stadtratswahlen, die es in Spanien gab, Ratsmitglied wurde, hatte er eine gute Zeit. Mein Vater genoss es. Er war gut gelaunt. Das war Anfang der Achtzigerjahre. Ich lebte und arbeitete in Zaragoza. Manchmal kam er mich in Zaragoza besuchen, aber wir waren weiterhin arm. Mein Vater konnte nicht gut mit Geld umgehen. Wir hatten immer wenig Geld. Mit zwanzig erhielt ich einen Literaturpreis. Und das Geld für jenen Preis behielt meine Mutter ein, sie hat es komplett durchgebracht. Das war 1982, zwanzigtausend Peseten. Sie gab es aus, und sie hat mir nie gesagt, wofür. Sie kassierte das Geld, weil es als Postanweisung nach Hause und nicht nach Zaragoza geschickt worden war.

Ich glaube, sie verspielte es beim Bingo. Meine Mutter spielte Bingo. Ich erinnere mich, dass sie mich mit gerade mal achtzehn mit zum Bingo nahm.

Beide, mein Vater und meine Mutter, spielten Bingo. Manchmal gewannen sie. Sie spielten jeden Samstag. Ende der Siebzigerjahre wurde das Glücksspiel in Spanien erlaubt. Meine Mutter war verrückt nach Bingo. Ich erinnere mich, wie es war, wenn ihr nur eine Zahl fehlte, um »Bingo« zu rufen, sie bewegte dann die Karte wie abergläubisch, wandte sich an wen auch immer, stammelte seltsame Wörter, beschwor den Zufall, gab den Zahlen

Namen wie »das hübsche Mädchen«, und manchmal gewann sie schon.

Aber meistens verlor sie. Sie sagte: »Wir spielen fünf Karten und dann gehen wir.« Und die fünf Karten wurden zu fünfzig.

Es gab für sie keinerlei Mittel und Wege, zu Geld zu kommen. Und das ist, glaube ich, vererbbar. Auch ich bin arm. Ich weiß nicht, wo ich mein Haupt hinlegen soll, das Gute ist, dass gerade niemand weiß, wo er sein Haupt hinlegen soll. Und das kann eine Befreiung sein. Die jungen Menschen sollten ein zielloses Leben, Chaos, unstetes Arbeiten und Freiheit anstreben. Und die bequeme Armut, die moralisch entschärfte Armut, das heißt die Armut in Gesellschaft. Das ist eine gute Lösung: die Armut als kollektives Fundament; der gemeinschaftliche Nichtbesitz.

Das Problem der Armut ist, dass sie schließlich zu Elend wird, und das Elend ist ein moralischer Zustand.

Meine Mutter hielt die Langeweile nicht aus. Deshalb ging sie ins Schwimmbad oder an die Flüsse, deshalb ging sie zum Bingo, deshalb sonnte sie sich, deshalb rauchte sie.

Die Sonne und sie, fast dasselbe.

64

Ich sprach mit der Onkologin, die sich während der letzten Tage seines Lebens um meinen Vater kümmerte. Es war ein ärgerliches und brutales Gespräch. Die Ärztin war jung und gestresst. Mir schien sie Opfer einer prekären Arbeitssituation zu sein. Sicherlich verdiente sie wenig. Die Onkologen müssen sich um eine Vielzahl von Sterbenden kümmern und sollten dasselbe wie die Gynäkologen verdienen, die einen fröhlicheren Job haben, da sie Babys auf die Welt holen. Aus der Welt scheiden und auf die Welt kommen, es sollte in beiden Fällen dasselbe Gehalt sein.

Ich sagte dieser Frau, dass sie dafür sorgen solle, dass mein Vater in seinen letzten Stunden nicht litt. Sie verstand nicht wirklich, was ich ihr sagen wollte. Sie dachte, ich würde über Sterbehilfe oder etwas Ähnliches wie Tötung reden wollen. Das Ganze war ein riesiges Missverständnis. Sie wurde wütend auf mich; mir war diese Wut egal, ich hatte das Gefühl, gerade in einer Fiktion zu leben, einem Wahn, einem Theaterstück, das nicht von dieser Welt war. Aber ich versicherte mich, dass mein Vater nicht leiden würde. Ich hoffe, dass jemand für mich dasselbe macht: sich überzeugt, dass man mir Drogen gibt, mich mit Drogen vollpumpt. Einen ganzen Tag lang kämpfte er mit dem Tod. Ich sah, wie er kämpfte. Seine Atmung war wie ein Unwetter, ein Ozean voll rätselhaftem und lang gezogenem Stöhnen. Der Körper war ausgezehrt. Aber er tönte, sein Körper machte Musik. Die Füße hatten etwas Religiöses, sie waren wie die des gekreuzigten Christus in der spanischen Malerei des siebzehnten Jahrhunderts, verkrümmt, aber in einer hoffnungsvollen Haltung. Alles versuchte zu atmen. Und das war schlau. Mein Vater machte dröhnende, unheilvolle, furchtbare

Geräusche. Sein Schlund schien das Nest von Millionen gelben Vögeln zu sein, die die Wände der Luft durchbrachen. Mein Vater verwandelte sich in spanischen Barock. Damals verstand ich den spanischen Barock endlich, die strenge Kunst der Anbetung des Todes als vollendeter Ausdruck des Mysteriums des Lebens.

65

Mit Erreichen des Jugendalters mit seiner bedauernswerten Starrheit lehnte ich jedweden körperlichen Kontakt sowohl zu meiner Mutter als auch zu meinem Vater ab. Ich mochte sie nicht berühren, und zwar nicht, weil mir das nicht gefallen hätte, das war es nicht. Bei uns gab es diese Tradition einfach nicht. Wir machten das nicht. Ich gab ihnen mit Hängen und Würgen die gebotenen zwei Küsschen. Geschweige denn, dass ich meinen Vater berührte, als er starb. Ich habe bereits gesagt, dass wir eine seltsame Familie waren; »dysfunktional« würde man heute sagen. Ich glaube weder, dass das gut noch schlecht war.

Mein Vater war noch nicht einmal bei der Beerdigung seiner Mutter, meiner Großmutter, er rief noch nicht einmal an. Und meine Mutter machte es sich zur Aufgabe, die Beziehung meines Vaters zu seinen Brüdern zu zerstören, egal. Mein Vater sagte, dass meine Mutter seine Unterlagen verstecken würde. Meine Mutter räumte die Wohnung auf, indem sie sämtliche Papiere, die sie sah, wegwarf.

Ich erinnere mich, dass mein Vater seinen Kopf gegen ein Regal schlug, weil er die Kopie eines Vertrages über einen Verkauf, den er getätigt hatte, nicht fand. Sie schrien sich oft an, aber niemals beleidigten sie sich. Mein Vater beleidigte meine Mutter nie, niemals. Er regte sich einfach nur auf und war verzweifelt und schlug auf Sachen, Dinge ein, das war seine Wut. Seitdem sah ich mir das Regal, wenn ich daran vorbeiging, immer ganz genau an: die Stelle, gegen die mein Vater den Kopf geschlagen hatte. Am Tag, als ich nach dem Tod meiner Mutter die Wohnung ausräumte, betrachtete ich natürlich die Seitenwand des Regals und fuhr zärtlich ein letztes Mal darüber. Es war noch nicht einmal aus Holz, sondern aus Furnier oder Melamin. Ich dachte immer, das Regal sei aus Holz gewesen, aber nein, das war es gar nicht.

Ich hatte dieses Geschrei vergessen. Ich war klein, sehr klein, fast winzig, aber mein zart erblühender Verstand formte eine klitzekleine Frage: Warum konnte meine Mutter nicht die Finger von den Unterlagen meines Vaters lassen?

Meine Mutter war blind, das ist der einzige Grund. Es war allerdings eine ererbte Blindheit. Meine Mutter verstand die Bedeutung von Papieren nicht. Sie schmiss alles weg. Sie bewahrte nichts auf. Auch meine Comics warf sie weg. Bei meinem Vater waren es die Papiere. Sie kaufte mir einen Comic und eine Woche später war er verschwunden. Aber wenn du ihn doch gelesen hast, wozu brauchst du ihn noch, sagte sie. Sie wollte auch die Bücher wegschmeißen, aber sie stellte fest, dass sie nicht genug Figürchen und Nippes hatte, um sie in die Regale zu stellen, und entschied sich deshalb, ihnen eine Chance zu geben. So wurden die Bücher gerettet.

Aber das ist kein Vorwurf. Die Leute sind, wie sie sind, Schluss, aus. Und wenn alle tot sind, ist alles egal, weil alle Toten große Männer und Frauen waren; der Tod verhilft ihnen zu Würde und Anmut.

Weil das gesellschaftliche Leben und das Familienleben und das Arbeitsleben und das Gefühlsleben egal sind, sie sind eine Erfindung, die im Angesicht des Todes offenbar wird. Deshalb schreibe ich so. Weil es in jedwedem Leben eine Unmenge von Fehlern gibt, die ebendieses Leben ausmachten. Die Fehler wiederholen sich ein ums andere Mal. Die Untreue wiederholt sich. Der Betrug wiederholt sich. Die Lüge wiederholt sich. Und nirgendwo werden die Wiederholungen erfasst. Zu erzählen, was passiert ist, ist gut, das ist eine gute Arbeit. Zu versuchen zu erzählen, was passiert ist, ist natürlich. Vielleicht greift mich deshalb das Betrachten von Familienfotos innerlich so sehr an; weil das Foto für das steht, was wir im Sonnenlicht sahen; was in der Sonne war und wie sehr das Licht die Leben der Männer und Frauen gestaltet hat; deshalb ist die Fotografie so verstörend, sie ist das Verstörendste, was es gibt: Wir waren in der Lage, Licht in ein Papier zu bringen; meine Eltern wurden vom Sonnenlicht erleuchtet und dieses Licht besteht auf diesem Papier fort, in diesen verblichenen Porträts.

Das Licht, das verdammt war, aus der Sonne herabzusteigen, und hier im Leben gegen die menschlichen Körper kämpfte.

Die Fotos meiner Eltern bestätigen unmissverständlich, dass sie einmal am Leben waren. Diese ferne Erinnerung an sie ist wichtiger als der gegenwärtige Kapitalismus, als das weltweite Anhäufen von Reichtum.

66

Meine Mutter mochte es nie, jemandem zwei Wangenküsse oder auch nur die Hand zu geben. Sie mochte niemanden berühren. Ich glaube, dass ich das geerbt habe. Was, genau betrachtet, auch ein genetischer Auftrag ist, etwas, das einen vor Infektionen schützt, die andere übertragen könnten.

Als mein Vater starb, gaben ihm einige Verwandte und Freunde – viele waren es nicht – einen Kuss auf die Stirn.

Ich machte es nicht.

Meine Mutter auch nicht.

In diesem Moment wusste ich, dass meine Söhne das bei mir ebenfalls nicht machen würden. Diese sich fortsetzende Gefühlskälte, wenn es darum geht, den Körper unserer Erzeuger zu berühren, woher kommt sie? Ist diese Kälte, diese Asepsis, etwas zutiefst Unmenschliches oder Angst oder Feigheit oder Egoismus? Es ist eine genetische Disposition. Meine Eltern haben den Tod ihrer Eltern – meiner Großeltern – vollkommen ignoriert, so, wie meine Söhne meinen Tod vollkommen ignorieren werden. Und mir erscheint das originell.

Etwas daran macht uns besonders.

Eine Art vornehmer Zurückhaltung.

Ich habe den Körper meines toten Vaters nicht berührt.

Ich habe nie seinen Tumor gesehen, niemals haben sie ihn mir gezeigt, niemals haben sie mir angeboten, jenes Stückchen Fleisch zu sehen, das ihn umbringen würde.

Ich hätte ihn gerne in der Hand gehabt, diesen Tumor in der Hand gehabt.

Was ist ein Krebsgeschwür?

Ein müder Wind, die Geschichte verpesteter Luft, Sauereien im Essen, das heißt andere ungeheurere Geschwüre, von verarbeiteten Kühen und Schweinen und Hühnern und Forellen und Lämmern und Schwertfischen und Kaninchen und Rindern.

Als Erwachsener blieb ich auf Abstand zum Körper meiner Eltern, ich berührte sie nicht, nur die gebotenen Küsse, die uns so nervös machten. Es waren Küsse, in denen ein Monstrum tobte, ich fühlte mich auf eine sehr urtümliche Weise unbehaglich.

In welchem Alter hört man auf, an der Hand der Mutter oder des Vaters zu gehen?

67

Ich erinnere mich mit Zärtlichkeit daran, dass meine Mutter, auch kurz vor ihrem Tod noch, rot lackierte Fingernägel hatte; das rührte mich.

Ich betrachtete ihre alte Hand mit den Fingernägeln aus dem Friseursalon, die immer noch einen Sinn für Schönheit und für Erinnerungsvermögen bekundete. Ich fand die Eitelkeit meiner alten Mutter apart und liebenswert. Sie wollte zeigen, dass sie Stil hatte, und das erschien mir wunderbar. Ihre lackierten Fingernägel waren ein Geschenk. Aber trotzdem nahm ich nie freiwillig ihre Hand, nur wenn ich ihr beim Gehen helfen musste, dann nahm ich natürlich ihre Hand.

Ich war dankbar für diesen Zwang, weil er mir erlaubte, ihre Hand zu nehmen, ohne die Scham, die Reserviertheit, den Abstand aufgeben zu müssen. Ich nahm ihre Hand aus freiwilligem Zwang, nicht weil ich wollte.

Und ich nahm nicht die Hand meines sterbenden Vaters. Niemand zeigte mir, wie man das macht. Ich empfand Panik, es machte mir Angst, eine Angst, die meine Einsamkeit traf. Die Angst vor einer Hand, die die große Einsamkeit, in der ich lebe, offenbarte.

68

Der Krebs fraß ihn auf, aber niemals sprach er den Namen seiner Krankheit aus. Niemals redete er von Krebs oder vom Tod. Niemals hörte ich aus seinem Mund das Wort »Krebs«. Wie sonderbar, dass er niemals dieses Wort sagte.

Er fragte nicht, sagte nichts.

Er war ein Anarchist durch und durch.

Er sprach niemals darüber, woran oder an wen er dachte, während er starb.

Dieses Geheimnis nahm er mit sich.

Er sagte nicht einmal Gute Nacht.

69

Er verschwand langsam, sein Leben verschwand und sein Reden verschwand, es wurde still. Kann ein Mann sich in Stille verwandeln? Mein Vater, der jetzt Stille ist, war schon vorher Stille; als hätte er gewusst, dass er Stille sein würde, er entschied sich, Stille zu sein, bevor die Stille kam, er verpasste auf diese Weise der Stille einen Denkzettel, seine Stille ging aus der Musik hervor.

Er hatte mit seinem Körper einen geheimen und müden Pakt geschlossen, daraus entstand Musik. Die Musik von Johann Sebastian Bach, das war mein Vater.

70

Ich weiß, dass die Medizin der Zukunft den Sterbenden ausgedehnte und komplexe Gespräche mit den Tumoren, die sie töten werden, erlauben wird, sofern die Medizin einen entscheidenden Schritt tut, der heute fast unvorstellbar scheint: sofern die Medizin sich dessen bewusst wird, dass der Körper ein Tempel ist, ein spirituelles, kosmisches Gebilde, sofern die Medizin endlich klug wird. Noch ist die Medizin nicht klug, noch ist sie nur praktisch, es werden einfach Tatsachen festgestellt. Sie muss die immaterielle Schönheit und Vielgestaltigkeit eines Krebsgeschwürs zur Kenntnis nehmen, weil es in einem Krebsgeschwür ebenfalls einen Lebenswillen gibt, der von dem Körper desjenigen stammt, der ihn in sich trägt.

Das ist der Grund, warum mein Vater die Stille wählte. Es gab nichts zu sagen. Die Medizin war leer, die Religion hatte nie existiert, und er hatte bereits sein Auto aufgegeben. Die menschlichen Wesen waren bereits unsichtbar, er hatte uns nichts zu sagen.

Er sagte nichts zu mir.

Er sagte nicht »Auf Wiedersehen« zu mir.

Er sagte nicht »Ich liebe dich« zu mir.

Er sagte nicht »Ich habe dich geliebt« zu mir.

Er schwieg.

Und in dieser Stille lagen alle Worte. Als wäre das ein metaphysischer Bumerang, glühten in seiner Stille die auf die Tapete gemalten Sterne des Schrankzimmers. Ich war damals derjenige, der in dem Krankenhauszimmer, in dem mein Vater lag, einen Ort suchte, an dem ich mich verstecken konnte, und dieser Ort war das Schrankzimmer mit seiner Sternentapete.

Der Schrank war unser Aleph, das Aleph der unteren Mittelschicht Spaniens, die nach dem Krieg entstanden war. Die Schrankzimmer waren unsere erdachten Zufluchtsorte.

71

Mein Vater sagte mir niemals, dass er mich liebte, meine Mutter auch nicht. Und ich sehe darin Schönheit. Ich sah sie immer, insoweit, als dass ich mir erfinden musste, dass meine Eltern mich liebten.

Vielleicht liebten sie mich nicht und dieses Buch ist die Fiktion eines leidenden Mannes. Mehr als leidend, verängstigt. In dem Sinne, dass es nicht schmerzt, sondern eher verängstigt oder erschreckt, nicht geliebt zu werden.

Schließlich denkt man, dass es dafür, dass sie einen nicht lieben, einen wichtigen Grund gibt, der rechtfertigt, dass sie einen nicht lieben.

Wenn sie dich nicht lieben, ist das deine Schuld.

Als ich heiratete und eine eigene Familie gründete, hörten sie auf, mich so zu lieben, wie sie mich geliebt hatten. Und sie liebten mich immer weniger. Wir kämpften nicht mehr auf derselben Seite ums Überleben.

72

Mein Vater rief mich niemals an und meine Mutter ständig, aber sie rief mich an, um sich zu beruhigen. Ich erkannte ihre Nummer, 974310439, auf dem Handydisplay. Sie war paranoid, es war dieselbe Art Paranoia, die dazu führt, dass ich Bra und Valdi anrufe und sie nicht rangehen. Meine selige Mutter neigte zu Paranoia: Ende der Sechzigerjahre hatte sie jedes Mal, wenn mein Vater arbeiten musste, große Angst, weil Arbeiten im Falle meines Vaters hieß, dass er reiste. Sie fürchtete, dass er einen Autounfall hatte. So wurde das Telefon zu einer Art Orakel. Ein Anruf erschreckte sie. Meine Mutter hasste die langen Reisen, vor allem, wenn mein Vater in Teruel verkaufen musste, das war die weiteste Reise. Er war die ganze Woche über weg, schlief in Gasthäusern und verkaufte katalanische Stoffe an die Schneider jener Dörfer in Teruel. Vielleicht wurde mein Vater während dieser fünftägigen Reisen zu einem anderen Mann. Hoffentlich war es so. Ich werde es niemals wissen, weil er mir nie etwas erzählte und weil er niemals »ich liebe dich« sagte.

Niemals erzählte er mir etwas, das länger als eine Minute gedauert hätte. Wenn ich das nur auch könnte.

73

Am Tag nach dem Tod meines Vaters, das heißt am 18. Dezember 2005, bat mich die Onkologin zum Gespräch. Ich betrat ihr Dienstzimmer. Sie saß auf einem Stuhl und schaute auf den Computerbildschirm. Es war ein herausgeputzter Morgen, Weihnachten stand vor der Tür. Sie bat mich um Entschuldigung. Sie sagte, sie glaube, dass sie am Tag vor dem Hinscheiden meines Vaters unfreundlich zu mir gewesen sei. Sie benutzte das Wort »Hinscheiden«, ein Wort, das ich hasse. Ich sagte: »Ein Wort, das der Tod und ich hassen.« Ich hörte mir ihre Entschuldigung an. Sie redete, schien dabei aber weit weg zu sein, als wäre sie ebenfalls tot oder hingeschieden. Die Macht des Todes meines Vaters tötete sie, zwang sie ebenfalls nieder, als wäre mein Vater ein Mörder.

Ich glaube, ich habe nur Auf Wiedersehen zu der Onkologin gesagt, die noch am Leben sein wird und sicherlich in irgendeinem spanischen Provinzkrankenhaus arbeitet, inzwischen fest mit mehreren Dutzend Toten verbandelt, die ihr nicht mehr von der Seite weichen werden.

Was für schreckliche Geschenke wir an diesem Weihnachten 2005 kauften. Die Fernsehwerbung, die Onkologin, die mir etwas sagte, ohne dass ich es hörte, mein toter Vater, meine Mutter, die einen Bellota-Schinken kaufen wollte, weil meine Mutter kopflos war, sie verstand nichts, sie wusste nicht, was passiert war, sie wollte Weihnachtseinkäufe machen, als wäre nichts geschehen, und im Grunde war es so, meine Mutter verstand nicht, dass sie plötzlich auf die paar Kleinigkeiten verzichten sollte, die sie ein wenig glücklich machten, die paar Dinge, die sie an Weihnachten kaufte.

Je ärmer man in Spanien ist, desto mehr liebt man Weihnachten.

74

»Wie kommst du auf die Idee, einen Bellota-Schinken kaufen zu wollen? Mein Vater ist gerade gestorben, wir sollten ihn betrauern.«

»Dein Vater mochte Bellota-Schinken«, sagte meine Mutter; und das stimmte. Mein Vater liebte ihn, und immer wenn ich Bellota-Schinken esse, erinnere ich mich an ihn, daran, wie sehr er ihn mochte.

»Armer Mann, jetzt wird er ihn nicht mehr essen können«, sagte meine Mutter.

Noch viele Male würde meine Mutter meinen toten Vater so in Erinnerung rufen: »der Mann« oder »armer Mann«. Sie sah ihn auf seine anthropologische Essenz reduziert: ein Mann. Nicht ihr Ehemann, sondern »der Mann«. Sie sagte nie »mein Mann«. Ich war fasziniert.

All das, was so schwierig zu erklären ist, war so bedeutungslos: diese Frau, die mich um Verzeihung bat, mein Vater, der der Welt entflohen war, die billige Weihnachtsdekoration in den Fluren des Krankenhauses, der Kaffeeautomat, die Pflegehelfer, die die Alten von hier nach dort bewegten, als machten sie mit ihnen einen Bettentanz, das erschreckte Gesicht der Alten, diese schmerzverzerrten, angsterfüllten, verlassenen und apathischen Gesichter. Vielleicht ist es besser, es nicht so weit kommen zu lassen. Die Gesichter der Alten sind die Gesichter derjenigen, die die Jungen um Barmherzigkeit bitten. Und ich trank währenddessen Kaffee: Jener Kaffee kostete fünfzig Cent. Ich betrank mich an dem Krankenhausautomatenkaffee. Ich mochte es, die kleinen Plastikbecher in einen riesigen Mülleimer zu werfen. Ich mochte es, die Welt mit

Müll zu verseuchen, das ist der Luxus der Armen. Das machen die Armen: Müll wegwerfen.

Unsere Körper sind Müll.

Das Ende meines Vaters ist voller Trugbilder und Wahrheit.

75

Man rief mich morgens um drei auf dem Handy an. Es war der Rechtsmediziner. Er sagte, ich hätte den Herzschrittmacher meines Vaters nicht angegeben. Als müsste ich so etwas angeben. Was für ein Vollidiot, als sei er der Totenschreiber. Ich wusste nicht, dass es ein Totenregister gab, ich dachte, es gäbe lediglich das Grundbuch.

Mit einem Herzschrittmacher ist eine Einäscherung nicht möglich, sagte er verärgert.

Ich müsste ein Formular unterzeichnen, dass ich die Entnahme des Herzschrittmachers aus dem Körper meines Vaters genehmigte. Dann müssten sie eine Autopsie machen, das heißt, das wären dreihundert Euro mehr.

Wenn jemand im Kapitalismus bei welchem Handel auch immer zu Erklärungen ansetzt, bedeutet das, dass es ein Problem gibt, will sagen, dass die Rechnung höher ausfällt. Der Handel mit den Toten erfüllt mit Scham, aber die Toten machen Arbeit, und die Arbeit muss bezahlt werden. Das Problem ist der Preis. Die Fähigkeit des Kapitalismus, jedwede Handlung in eine bestimmte Geldmenge, einen Preis zu verwandeln, ist verblüffend. Die Verwandlung von allem, was es gibt, in einen Preis zeugt von Poesie, weil Poesie Präzisierung ist, wie der Kapitalismus. Poesie und Kapitalismus sind dasselbe.

Am nächsten Tag unterschrieb ich die Genehmigung. Ich bat darum, den Herzschrittmacher behalten zu dürfen, aber niemand hörte mir zu. Sie dachten, ich hätte vor Schmerz den Verstand verloren. Aber ich hätte es gemocht, etwas zu haben, das im Körper, im Fleisch meines Vaters gewesen war. Ich stelle mir vor, wie sie den Herzschrittmacher waschen oder reinigen oder desinfizieren und ihn jemand anderem einsetzen. Oder vielleicht wuschen sie ihn auch nicht und setzten ihn einfach so ein, mit organischen Resten meines Vaters, die an dem Plastik klebten. Sicherlich hält dieser Herzschrittmacher weiterhin das Herz irgendeines anderen armen Teufels in Gang, der glücklich und zufrieden mit dieser Batterie intus durchs Leben schreiten wird.

Die Batterie, die in der Nacht der Welt von Körper zu Körper wandert.

Anschließend war mein Vater allgegenwärtig, als ob die Elektrizität jenes Herzschrittmachers das verschwundene Blut reaktivieren würde. Ich spüre diese Gegenwart sogar heute noch.

Mein Vater wurde Elektrizität und Wolke und Vogel und Lied und Orange und Mandarine und Wassermelone und Baum und Autobahn und Erde und Wasser.

Und ich sehe immer ihn, wenn ich mich sehen will.

Seine lauten Lachsalven, die auf die Welt fielen.

Seine Lust, die Welt in Staub und Asche zu verwandeln. So sind die Gespenster: Kräfte und Formen des Lebens vor unserem, ein vollendetes, makelloses Leben.

Mein Vater ist wie ein Turm voller Kadaver. Ich spüre ihn häufig hinter mir, wenn ich mich im Spiegel betrachte.

Das bist du jetzt, sagt mein Vater, und dann folgt große Stille.

Er sagt nur vier Wörter.

Du bist jetzt »der Mann« oder, besser noch, der »arme Mann«.

Das bist du jetzt.

Von seinem Tod wandere ich zu meinem, hoffe auf meinen. Der Tod meines Vaters ruft meinen herbei. Und wenn mein Tod kommt, werde ich ihn nicht sehen können. Als ich den Todeskampf meines Vaters sah, empfand ich Schrecken. Dieser Todeskampf sog mich ein. Er trug mich hinfort. War das mein Vater, der in jenem Krankenhaus starb?

Sein Körper zerbrach.

Er schien ein anderer Mann zu sein.
Er schien ein Held zu sein, er schien eine Legende zu sein.
Er schien ein Gott zu sein.

76

Ich habe weitergemacht, wie ich konnte, Papi. Ich weiß, dass du immer an meiner Seite sein wirst, schau dir den unfassbaren Trümmerhaufen von Wohnung, in dem ich lebe, an, schau dir mein Apartment in der Avenida de Ranillas an: Das Papier stapelt sich, der Staub überzieht die Tische, die Wäsche hat einen seltsamen Geruch, die Böden sind schmutzig, der Küchentisch ist nicht abgeräumt, das Bett ist weder gemacht noch frisch bezogen; und das andere Bett, das für meine Söhne gedacht ist, die nie zum Schlafen bleiben (ich würde das auch nicht tun), liegt voller Wäsche und voller Papiere. Der Wäschehaufen mit dem säuerlichen Geruch, der Staub, der in die Wäsche dringt, die Wäsche, die immer schmutzig scheint, obwohl sie sauber ist. Auch ich finde meine Papiere nicht wieder und ich erinnere mich an deine Anfälle und deine Verzweiflung, wie du den Kopf gegen die Wände schlägst, wie du meine Mutter beschuldigst, die Kopien und die Rechnungen wegzuwerfen, und darauf wollte ich hinaus, weil wenn ich meine Unterlagen nicht finde, liegt das daran, dass ich keine Ordnung halten kann, und ich habe gedacht, dass es dir genauso ging, dass in Wahrheit niemand irgendwelche Unterlagen wegwarf. Du warst derjenige, der sie unter einem Stapel vergrub, weil du nicht in der Lage warst, die Post und alles andere zu erledigen. Wir werden es nie wissen.

Nie.

77

Nach der Scheidung behielt ich den Schrank, der im Abstellraum unserer alten Wohnung gestanden hatte, und nun riecht meine Wäsche nach säuerlicher Feuchtigkeit. Es ist erschreckend, wenn die eigene frisch gewaschene Wäsche gammelig riecht. Das kommt von dem Schrank, der zwölf Jahre in dem Abstellraum gestanden hatte.

Wer weiß schon, wie das ist, den ganzen Tag nach vergorenem Schrank zu riechen. Kein Geld zu haben, um sich einen neuen Schrank zu kaufen, nach dreiundzwanzig Jahren Arbeit voller Gekreische, voller »Ruhe jetzt«.

Dreiundzwanzig Jahre lang Heranwachsende unterrichten. Und ich habe keinen Schrank. Keinen elenden Schrank für meine Wäsche, damit sie anständig riecht.

Und mein Vater sagt zu mir: »Ich hatte es dir gesagt, dass du nicht heiraten und noch warten sollst, dass du zu jung bist, dass du noch nicht bereit bist, ich hatte es dir vor langer Zeit gesagt, aber du hast nicht auf mich gehört.«

Heute redest du aber viel, sage ich zu meinem Vater.

Vor mir steht das Gespenst der Armut.

Es war historisch gesehen niemals einfach, sauber zu riechen.

Wenn man sauber riecht, liegt das daran, dass andere schmutzig sind, das sollte man nicht vergessen.

78

Ich habe, nach langen Überlegungen, einen Schreibtischstuhl im Hipercor gekauft und Bra hat ihn zusammengebaut. Ich bin unfähig, irgendwas zusammenzubauen. Ich verstehe die Gebrauchsanleitungen nie. Ich rege mich auf, kriege einen Wutanfall und am Ende schmeiße ich alles aus dem Fenster. Ich habe versucht, mit dem großen Vivaldi ein Gespräch zu führen. Ich habe von der Zukunft geredet, darüber, dass er Entscheidungen treffen müsste. Er hat eine Zukunft, ich nicht.

Ich habe mich daran erinnert, als ich eine hatte, als ich eine Zukunft hatte.

Das ist das herrlichste Gefühl im Leben, wenn noch nichts angefangen hat. Wenn der Vorhang sich noch nicht gehoben hat, dieser Moment.

Ich weiß, dass es Menschen gibt, die ich nie wiedersehen werde, Menschen, die wichtig in meinem Leben waren und die ich nie mehr sehen werde, nicht weil sie gestorben wären, sondern weil das Leben sozialen, kulturellen Gesetzen folgt oder so, im Grunde sind es politische Gesetze, vorzeitliche Gesetze, Gesetze, die dazu beigetragen haben, dass sich das, was wir Zivilisation nennen, entwickeln konnte.

So funktionieren wir menschlichen Wesen: Es gibt Personen, mit denen wir, obwohl sie noch leben, niemals mehr etwas zu tun haben, die auf diese Weise denselben Status wie die Toten erlangen.

Es gibt etwas, das noch mehr schmerzt: zu wissen, dass man an einen Lebenden denkt, als wäre er tot. Mir ging das so mit meiner Tante Reme: Ich besuchte sie nie. Ich konnte sie nicht besuchen;

ich fühlte mich schuldig. Wenn ich sie besucht hätte, hätte ich mich schuldig gefühlt; wenn ich sie nicht besuchte, ebenfalls; aber es war bequemer, sie nicht zu besuchen. Als sie starb, hatte ich gerade in Madrid eine Affäre mit einer Frau begonnen. Ich hätte zu der Beerdigung gehen können, ich hatte Zeit. Ich hätte einen Zug nehmen können. Aber ich hatte mich an diesem Tag mit dieser Frau verabredet, und diese Frau gefiel mir sehr, ich war hin und weg, und dieser Abend sollte der entscheidende sein. In Gedanken sagte ich das meiner Tante Reme. Ich sagte ihr, dass ich wegen einer Liebesgeschichte nicht zu ihrem Begräbnis kommen könnte und dass ein Toter die Liebe respektieren müsse. Ich glaube, dass sie das verstand. Weder erscheint sie mir nachts, noch wirft sie mir vor, dass ich nicht bei ihrer Beerdigung war. Ich glaube, dass sie verstand, was mit mir los war. Ich glaube, sie verstand, dass ich in einer Krise steckte und Zeit brauchen würde, um da rauszukommen, und ich brauchte Zeit, um da rauszukommen.

Heute wäre ich zu ihrer Beerdigung gegangen.

Die Menschen entwickeln sich; was gestern wichtig war, ist es heute nicht mehr. Ich ging nicht zu dieser Beerdigung, und während ich mit dieser Frau zusammen war, dachte ich an die Beerdigung meiner Tante Reme. Ich setzte an dem Abend alle Hebel in Bewegung, um mit dieser Frau ins Bett zu gehen; weil wenn ich mit ihr ins Bett ginge, hätte es einen Sinn gehabt, dass ich nicht zur Beerdigung meiner Tante gefahren war. All diese Gedanken gingen mir tatsächlich durch den Kopf, eine tadellose Argumentationskette, einer unwiderlegbaren Logik folgend. Sie waren falsch, das weiß ich jetzt, und zeigten einen Mangel an Mitgefühl. Damals schien mir das nicht so.

Ja, ich war sehr verrückt, obwohl, genauer betrachtet, kann es sein, dass ich nicht so verrückt war. Damals trank ich, natürlich. Ich trank und verbrachte die Stunden damit, über die leuchtenden Hügel des Paradieses der Trinker zu wandeln. Für jemanden, der trinkt, ist Sex lediglich eine Ergänzung, eine Beigabe zum

Alkohol, vielleicht die beste Beigabe, aber lediglich Beigabe. Reisen, aufs Meer schauen, lachen, essen, in die nackten Körper von Frauen eindringen, all das passiert zusätzlich. Das Wichtigste ist der Alkohol, der perfekte Zustand, die glückliche Hand, die ein Glas ergreift.

Und jetzt nutzt mir das, was ich damals tat, einfach nichts mehr.

Als ich mit dieser Frau zusammen war, dachte ich an den Leichnam meiner Tante; es war entsetzlich, weil ich mich verstellen musste und ich mich schuldig fühlte, mir dröhnte der Kopf. Wenn diese Frau meine Tante gekannt hätte, hätte ich mich nicht so schuldig gefühlt. Ich fühlte mich schuldig, weil ich mich fremd fühlte. Meine Geliebte war für meine Familie eine Unbekannte, das war das Problem. Diese Art von Not habe ich oft erlebt. Für alles brauchte ich die Zustimmung meiner Mutter. Später übertrug ich die Verantwortung auf meine Ex-Frau. Es wäre wirklich die Höhe gewesen, meine Mutter oder meine Ex-Frau anzurufen, um sie um Erlaubnis zu fragen. Aber wenn sie mir die Erlaubnis gegeben hätten, hätte mich das beruhigt.

Ich suchte die Gegenwart meiner Mutter überall; ich war weiterhin Kind: Ich hatte sehr viel Angst. Um wessen Gegenwart ging es? Ich nenne das große Geheimnis des Lebens Mutter. Mutter ist der lebende Tod. Ich nenne das Sein Mutter. Ich bin eine schlichte Seele. Wenn meine Mutter nicht da war, war die Welt feindlich. Deshalb trank ich so viel und ging immer wieder fremd. Noch heute weiß ich nicht, was ich suchte. Ich würde einen ganzen Tross von Psychotherapeuten brauchen, um zu wissen, was ich wollte.

Jedenfalls war ich nicht bei der Beerdigung meiner Tante, ein weiteres Nichterscheinen in der Liste von Abwesenheiten oder des Fernbleibens bei den Beerdigungen in meiner Familie. Wenn man nicht zu der Beerdigung von jemandem geht, der in der eigenen Kindheit wichtig war, peinigt das Kind, das man war, den Erwachsenen, der man ist, und stellt sich mit verstörtem Gesicht vor einen und verlangt nach einer Erklärung; es sagt einem, dass es nicht schlafen kann, dass es den verdammten Kreislauf menschlicher Erfahrung nicht schließen kann.

Hoffentlich geht es allen gut.

79

Als ich während meiner Trennung begann, eine Wohnung zu suchen, fand ich nichts. Ich traf auf vollkommen Verrückte, die unmögliche Apartments verkauften, die unbewohnbar und fern jeder architektonischen Logik waren. Ich musste unbedingt etwas finden. In dieser Zeit lebte ich einige Wochen lang in einem Hotel. Ich trank den ganzen Tag und kriegte nichts mit. Das Hotel war ganz ordentlich, es kostete fünfunddreißig Euro am Tag. Ich hatte ein Zimmer mit Terrasse, in der Altstadt von Zaragoza. Ich nahm mir eine Flasche Gin und ein paar Biere mit aufs Zimmer, und als die Flaschen fast leer waren, hatte ich Lust zu telefonieren. Ich rief Freunde, Freundinnen, Bekannte an. Am nächsten Tag erinnerte ich mich an nichts. Ich schämte mich zutiefst. Ich war im Begriff, alles zu verlieren. Und meine Mutter war schon tot: Wir kamen mit unserer Lust zu telefonieren nicht zusammen; als sie sie hatte, hatte ich sie nicht; als ich wollte, lebte sie bereits nicht mehr. Es ist eine Gemeinheit, dass meine Mutter mich nie so gesprächig erlebte, mit solcher Lust zu telefonieren.

Es ist schon komisch: Meine Mutter und ich waren uns in einer Sache überhaupt nicht einig. Und zwar in Hinblick auf das Telefon. Heute könnten wir Stunde um Stunde telefonieren. Wir verpassten uns sozusagen mit der Lust zu telefonieren, und das meine ich fast nicht ironisch.

Als sie sprechen wollte, war ich nicht da. Als ich sprechen wollte, war sie tot.

Da dieses Hotel in einer Gegend mit schäbigen Kneipen und Nachtclubs lag, ging ich gegen ein Uhr nachts aus dem Haus und lief einfach durch die Calle de San Pablo, die Calle de Predicadores, die Calle de Casta Álvarez und setzte mich in irgendeine Kneipe, die fast alle von Ausländern betrieben wurden. Immer waren dort Prostituierte und Nachtschwärmer. Ich wollte nur meine Biere trinken. Jeder dort blieb absolut für sich, es fühlte sich vollkommen unwirklich an. In einer dieser Nächte traf ich dort den Ex-Boxweltmeister im Leichtgewicht, Perico Fernández, der von Kneipe zu Kneipe zog, durch diese engen, dunklen und schmutzigen Straßen, dort, wo Zaragoza eine wie mumifizierte Stadt der Vergangenheit ist. Wir sprachen ein wenig und ich lud ihn auf ein Bier ein. Ich war wie immer betrunken. Aber ihn so zu sehen, derart ausgemergelt, derart fertig, mit einem von Schlägen und Alzheimer zermatschten Hirn, löste bei mir ein starkes Gefühl von Mitleid aus und auch von Zärtlichkeit. Mitleid und Zärtlichkeit gleichzeitig. Perico war ein weiterer verlassener Mann, ohne Familie, zerstört, unterwegs von Kneipe zu Kneipe, eine bleierne Stille um sich verbreitend. Er stand dort an der Theke, die Kneipe war schmutzig, das Bier wurde in benutzten Gläsern ausgeschenkt. Wir machten ein Foto von uns. Ich habe das Foto noch. Wir sehen darauf wie zwei Engel aus. Er hatte keine Familie, obwohl Perico Fernández drei Frauen und fünf Söhne hatte. Wo waren seine fünf Söhne und seine drei Frauen in dieser Nacht? Sie hatten ihn natürlich verlassen. Noch hing ein Lächeln in seinem kaputten Gesicht, ein sanftes, gefasstes, gleichgültiges Lächeln. Perico wuchs in einem Waisenhaus auf. Ein Satz von ihm wurde berühmt: »Wenn meine Mutter mich nicht geliebt hat, warum hat sie mich dann gekriegt?« Er kannte seine Mutter nicht. Ein unbekannter Bauch hatte ihn 1952 geboren. Ein großes Rätsel.

In einer anderen Nacht sah ich ihn in einer anderen schmutzigen Kneipe, die frittierten Kebab und Fritten machte, die ganze Theke war voller Reste. Es ging ihm besser. In seinen Augen stand die Geschichte seines Lebens geschrieben. Er schien so verletzlich und verlassen wie ein verlorenes Kind. Seine Beeinträchtigungen waren jetzt deutlich zu sehen. Er sagte mir, dass er Weltmeister gewesen sei, und ich sagte ihm, in meinem Alkoholrausch, dass auch ich Weltmeister sei. Er lachte, er fand das lustig. Ein gutes Lächeln, weil er ein gutes Herz hatte, diese seltene Gutherzigkeit von einfachen Leuten, die in die Welt fallen und das tun, was sie tun können. Er war ein Junge vom Land, mit diesem Akzent der Leute aus Aragón, der bei Perico bis in die zartesten Laute reichte, und er besaß eine grundsätzliche Lebensklugheit und einen ausgeprägten Sinn für Humor. Er war ein Original, ein Sohn Aragóns. Sein Leben erzählte er, als wäre es eine Komödie. Ich erinnerte mich, wie er 1974 Weltmeister wurde, ich weiß es noch, weil ich hörte, wie jemand es voller Freude meinem Vater erzählte. Damals war Perico ein König. Ganz Spanien war seine Braut. Anfang der Siebzigerjahre wurde Perico von allen verehrt. Und in denselben Jahren hatte ich meinen Vater, der mich verehrte. Jene Zeit war für uns beide ein Triumph.

Und da standen wir beide nun im Jahr 2014, Weltmeister alle beide. Ich würde mich retten, auch wenn ich das in diesen Nächten noch nicht wusste, aber er nicht. Er würde sich nicht retten. Er starb kurze Zeit später, es stand in der Zeitung.

Die Menschen mit Familie sterben genauso wie die Menschen ohne Familie, dachte ich.

Vielleicht wusste Perico das.

80

Ich sah Wohnungen, die ein echter Scheiß waren. Aber ich fand eine in einer Straße, deren Name mir ein Zeichen schien. Mein Vater hieß Arnillas mit zweitem Nachnamen. Und das Apartment, das ich gefunden hatte, befand sich in der Avenida de Ranillas, direkt am Ebro.

Ich dachte, dass mein Vater zu mir sprach und mir eine Nachricht schickte. Ich war wie Jesus Christus, der ebenfalls von seinem Vater Zeichen erhalten hatte. Ich weiß nicht, was am Leben von Jesus Christus so besonders gewesen sein soll, nur weil er sich so oft mit seinem Vater unterhalten hatte. Das ist doch normal. In der Regel sprechen Väter mit ihren Söhnen. Vielleicht war der Vater von Jesus von Nazareth auch interessanter, zerstörerischer, poetischer, oder Jesus wusste einfach, wie er ihn, dank der Literatur, spannender machen konnte.

Und so hatte ich schließlich dieses Apartment, das mich an den zweiten Nachnamen meines Vaters erinnerte. Wenn es dunkel wird, werden die Schäden in diesem Apartment sichtbar. Eine Schraube an den Rollolamellen ist herausgefallen und eine Art Isolierung (ich weiß, dass sie einen bestimmten Namen hat, ich müsste es im Wörterbuch nachsehen, weil alles einen Namen hat, manchmal kennen wir ihn nur nicht) hat sich von dem Fenster gelöst. Niemand hat in diesem Apartment etwas gut gemacht. Dieses Apartment erinnert mich an mein Leben.

Ich warte darauf, dass Valdi kommt. Er ist noch kurz mit Freunden draußen.

81

Meinem Vater war es im August immer sehr heiß. In seinen letzten Lebensjahren kaufte er sich eine tragbare Klimaanlage. Das Gerät war nicht besonders toll, aber es kühlte ein Zimmer, besser gesagt, ein halbes Zimmer, nicht das ganze. Es war laut. Ein Rohr musste aus dem Fenster geführt werden. Deshalb beauftragten sie jemanden, der ihnen in das Fenster im Wohnzimmer ein Loch ins Glas schnitt. Ich fragte nie, wer ihnen dieses perfekte Loch, durch das das Rohr der Klimaanlage führte, gemacht hatte. Das Glas war noch das Originalglas von 1959.

Als meine Mutter starb, musste jemand dieses überflüssige Gerät entfernen. Mein Bruder beauftragte ein paar Typen, die sich um Wohnungsauflösungen kümmerten. Ich erinnere mich an den Kühlschrank und die Waschmaschine.

Ich kann mich nicht an die Spülmaschine erinnern, weil meine Mutter nie eine Spülmaschine hatte. Ich nahm das Schild mit, das an der Wohnungstür mit dem Namen meines Vaters hing; es war eines dieser Schilder, die die Leute an den Wohnungstüren anbrachten, eine Gewohnheit aus der Nachkriegszeit, die sich bis Ende der Sechziger und Anfang der Siebziger fortsetzte; sie kam von den selbstständigen Berufen, von Ärzten und Anwälten, und war von Berufstätigen mit sehr viel weniger Renommee übernommen worden, vielleicht kündigte sich damit bereits die Demokratie an, oder es war nur Hochstapelei. Es war nicht schwer, dieses Schild loszuschrauben, ich dachte, es wäre nicht so einfach. Vielleicht hatte das etwas zu bedeuten, es war seltsam, dass ich in der Lage war, diese handwerkliche Tätigkeit zu Ende zu bringen, weil eigentlich immer alles, was ich in der Hand habe, kaputtgeht.

Dieses Schild muss an die fünfzig Jahre alt sein. Ich habe es an der Tür meines Apartments in der Avenida de Ranillas angebracht, schließlich trage ich denselben Namen wie mein Vater, es wird wohl die Jahre, die mir zum Leben bleiben, halten. Vielleicht dachte der ecuadorianische Hausmeister, das Schild sei gerade erst angefertigt worden, dass es neu sei. Die Idee, dass der Hausmeister das denken könnte, erschreckte mich. Sie entsetzte mich sogar.

82

Das Schild mit dem Namen meines Vaters hat etwas Trauriges, weil der Hintergrund schwarz ist, es ist aus Plexiglas, einem revolutionären Material der Sechziger. Es hat eine Menge Jahre auf dem Buckel. Der Wohlstand, für den es stand, hatte sich nicht eingestellt, es war dort gestrandet, wie ein schwarzer Wal, in der Mitte der Tür; eigentlich standen diese Schilder für Erfolg, Aufschwung; erzählten davon, dass die Familie, die hinter dieser Tür lebte, es geschafft hatte, zu Wohlstand gekommen war. Das meines Vaters, das jetzt meins ist, stand für nichts. Es war eine Schönschriftübung auf dem Türholz. Deshalb mein Entsetzen, deshalb macht mich das Leben meines Vaters so fassungslos.

Ich betrachte es, wenn ich nach Hause komme. Es macht mir Angst und es grämt mich, es zu sehen. Ich verspüre Sehnsucht und Wärme. Es ist das einsamste Ding der Welt. Dieses Schild scheint eine homerische Reise durch die Zeit hinter sich zu haben. Wir sind nicht in der Lage, uns vorzustellen, was letztendlich mit den Menschen und den Objekten passiert. Mein Vater hätte sich niemals vorstellen können, dass dieses Schild, das er bei wem auch immer beauftragt hatte (ich habe keine Ahnung, wer sie wohl herstellt), in dem Apartment seines geschiedenen Sohnes enden würde, in einer Straße, die so wie sein zweiter Nachname heißt. Es macht keinen Sinn, dass dieses Schild da ist, wo es jetzt ist, aber diese Sinnlosigkeit ist wunderbar.

Ich umgebe mich mit billigen Wunderdingen. Sie sind zwar billig, haben aber trotzdem übernatürliche Kräfte. Als ob das Übernatürliche die Bescheidenheit wählte, um sich zu zeigen. Oder als ob das Übernatürliche und die Bescheidenheit dasselbe wären.

Keine vornehmen oder angesagten Wunderdinge, nur die Wunderdinge, die aus der spanischen unteren Mittelschicht der Sechzigerjahre stammen. Sie sind sehr schön und der Spiegel meiner Seele.

83

Bald wird Weihnachten sein. Mein Vater mochte Weihnachten sehr, als ich ein Kind war. Er kaufte den Baum, *turrón* und viele Lose der Weihnachtslotterie. Er kaufte einen richtigen Baum, ein Holzfäller auf dem Marktplatz in Barbastro verkaufte sie in unterschiedlichen Größen. Er kaufte eine Tanne, die bis zur Decke reichte. Er liebte Weihnachten einfach. Am Morgen des 22. Dezembers überprüfte er, ob seine Zehntellose oder Beteiligungen gewonnen hatten. Immer am 22. Dezember machte mein Vater ab zehn Uhr morgens den Fernseher an und notierte sich in seiner geschwungenen, geneigten Schrift die Gewinnnummern, die die Schüler von San Ildefonso sangen.

Er bekam nie etwas, außer einer Steuerrückzahlung. Es machte mich trotzdem froh zu sehen, wie er die Zahlen in ein Notizbuch schrieb, diese mit so viel Sorgfalt gemalten Zahlen. Der Strich auf seiner verschnörkelten Fünf sah aus wie eine Kappe, die sich himmelwärts neigt. Auch seine Vier und seine Sieben hatten etwas Barockes und Stilisiertes. Ich mochte es, meinen Vater so konzentriert, derart feierlich gestimmt zu sehen. Und später pfiff er, weil es gutes Essen gab. Ich glaube, er war zutiefst glücklich. Er fühlte sich beschenkt, war fröhlich, voller Pläne.

Die Schrift des eigenen Vaters ist immer wichtig. Keine andere Schrift auf der Welt zählt. Ich unterschreibe fast genauso wie mein Vater. Selbst meine Unterschrift verweist auf ihn. Ich sah so oft, wie er unterschrieb, mit großen, eleganten Buchstaben, wie er den Namen schwungvoll unterstrich, das ganze Gebilde hatte etwas Überirdisches.

Warum unterschrieb er so, obwohl er nicht reich war?

Seine Unterschrift schien die eines spanischen Granden. Die Unterschrift eines Herzogs, eines Marquis.

Sie war edel, opulent. Meine Unterschrift ist sehr ähnlich, aber weniger geschwungen, sie ist schlichter, ärmlicher.

Ich verliebte mich in die Unterschrift meines Vaters. Seine Liebe zu seinem eigenen Namen war eindrucksvoll. Er fand sich selbst großartig, brillant, er war voller Stolz. Der Stolz meines Vaters war kosmisch.

84

Auch ich mag Weihnachten, das habe ich von ihm geerbt. Was passierte also an jenem Abend, als er sich derart aufregte und einen Wutanfall hatte und die Teller zerbrach? Es war in der Tat ein Wutanfall gewesen. Vielleicht wollte er eigentlich uns den Kopf einschlagen und nahm dann doch lieber die Teller. Oder er war es leid, eine Familie zu haben, und wollte wieder der hübsche siebenundzwanzigjährige Mann mit dem zweireihigen Anzug sein, frei und ungebunden, jener Mann, der am Tresen einer Kneipe fotografiert worden war, am alten, marmornen Tresen einer Kneipe, während er versunken seine Hände betrachtet.

Als ich fünf oder sechs Jahre alt oder jünger war, kaufte mein Vater eine Krippe. Ich weiß nicht genau, wie alt ich war. Er kaufte sie in einem Schreibwarenhandel in Barbastro, deren Besitzer bereits gestorben sind, und ich bin der Einzige, der sich an ihr Geschäft erinnert. Er war stolz auf seine Krippe. Und er bezahlte viel dafür. Es muss 1966 gewesen sein. Ich habe seine Miene vor Augen, als er die Figuren hineinstellte. Sie erinnerten an den für Valladolid typischen Barock. Es waren keine kleinen Figuren. Sie maßen mindestens eine Handbreit oder vielleicht ein wenig mehr. Vor allem Ochse und Esel gefielen mir sehr.

Die Figuren zerbrachen.

Meine Mutter bewahrte sie im Schrank auf, aber wohl nicht besonders gut, sonst wären sie ja nicht zerbrochen. Ich glaube, dass sie meiner Mutter kaputtgegangen waren; erst war der Esel kaputt. Der Kopf ging ab. Meiner Mutter fielen die Dinge einfach aus der Hand, sie wusste nicht, wie sie etwas halten sollte, alles drohte herunterzufallen, kaputtzugehen. Sie war ungeschickt. Mein Vater klebte den Kopf. Aber der Esel war versehrt. Dann ging der Ochse kaputt. Dann der heilige Josef. Dem heiligen Josef fiel eine Hand ab. Mit jedem Weihnachten wurde der Schaden größer. Die Hirten gingen kaputt. Die Kamele ebenfalls. Die Jungfrau und das Jesuskind blieben unversehrt. Aber eine Krippe mit zwei heilen Figuren war unsinnig, irgendwie ketzerisch. Eine Gemeinschaft von Krüppeln.

Schließlich hatten wir keine Krippe mehr und mein Vater wollte keine neue mehr kaufen, weil ihm die Begeisterung dafür abhandengekommen war und weil die Zeiten inzwischen schlecht und mein Bruder und ich älter geworden waren. Meine Mutter hätte besser auf die Krippe aufpassen sollen. Aber sie verstand den Sinn dieser Figuren nicht. Das war das Beeindruckendste und gleichzeitig das Ärgerlichste an meiner Mutter: Alles schien ihr egal, alles schien ihr unbedeutend, alles schien ihr Müll zu sein und konnte weggeworfen werden. Wie auch immer, sie hätte nicht für die Aufbewahrung der Krippe zuständig sein dürfen. Sie verstand nicht, wer das Jesuskind war noch was die Heiligen Drei Könige dort machten. All das ergab für sie keinen Sinn. Es war ein naturgegebener Atheismus. Ihr Atheismus war wunderbar, weil er angeboren war. Sie vernichtete diese Krippe. Sie vernichtete auch andere Dinge, von mir vernichtete sie alle Comics, sie warf sie alle weg. Sie ließ mir nicht einen.

Sie war ein alles zerstörender Orkan.

85

Als ich zwölf Jahre alt war, schenkten sie mir einen Kofferplattenspieler; darauf hörte ich meine ersten Platten; ich ahnte zum ersten Mal, dass die Musik mich heilen würde, ich spürte ihre heilende Kraft; deshalb habe ich meine Söhne Vivaldi und Brahms genannt. Alle Namen sollten Namen von Musikern sein. Gerade wird mir eine Sache klar: Ihnen, meinen Eltern, habe ich keine Namen gegeben, keine großen Namen aus der Geschichte der Musik. Vielleicht sollte mein Vater Gregorian heißen und meine Mutter Euterpe. Ich sollte für jede Person, die ich liebte, den Namen eines berühmten Komponisten finden, um so die Geschichte meines Lebens mit Musik zu erfüllen.

Ich sah, wie sie den Plattenspieler kauften. Ich hatte ihn mir zu Weihnachten gewünscht; ich sah, wie sie in das Geschäft gingen, es war Zufall, dass ich dort vorbeiging, durch jene Straße, in der sich das Elektrofachgeschäft befand. Ich denke, das war 1974. Es kann sein, dass ich mich an das Bild, wie sie in dieses Geschäft gehen, nicht ganz richtig erinnere. Mein Vater trug einen Regenmantel. Warum gingen sie in dieses Geschäft? Mir hüpfte das Herz vor Freude. Ich wusste, warum sie in dieses Geschäft gingen: wegen meines Geschenks. Warum trug er einen Regenmantel, um einen Plattenspieler zu kaufen? Hatte ich ihn mir zu Weihnachten gewünscht oder weil ich ein gutes Zeugnis hatte? Ich weiß es nicht. Ich sehe nur ein Bild: die beiden, wie sie in dieses Geschäft gehen. Aber jetzt zweifle ich an dem Regenmantel.

86

Mein Vater starb mit fünfundsiebzig Jahren, werde ich älter als mein Vater? Ich bin überzeugt, dass ich nicht so lange leben werde oder vielleicht genauso lange: fünfundsiebzig Jahre. Aber nein, ich glaube, dass ich vorher sterbe.

Es erscheint mir unhöflich, länger als mein Vater zu leben. Unredlich. Blasphemie. Ein kosmischer Fehler. Wenn man länger als der eigene Vater lebt, ist man kein Sohn mehr.

Und wenn man kein Sohn mehr ist, ist man nichts.

Mein Vater war sich bewusst, was ihm mit dem Essen passierte, dass er zu viel aß und dick wurde. Seine Beziehung zum Essen wurde ungesund. Er aß gerne und lebte gerne. Aber wer viel isst, hat sich entschieden zu sterben, auch wenn das nicht so scheint; er lässt schlussendlich zu, dass die Organe zerstört werden, dass die Därme, die Bauchspeicheldrüse, die Leber, der Magen, der Mastdarm, der Grimmdarm überanstrengt werden. Alle wiegen zu viel. Wir haben uns daran gewöhnt, Leute, die sieben Kilo zu viel wiegen, als normal anzusehen, und uns fallen nur noch die Leute auf, die zwanzig oder fünfundzwanzig oder vierzig oder sechzig Kilo zu viel wiegen. Fast alle sind dick. Schon zwei Kilo zu viel sind verhängnisvoll. Dass zu hungern auch eine gute Seite hat, haben wir vergessen.

Heute ist es sehr angenehm draußen. Ein perfekter Tag für eine einfache Frage. Um darüber nachzudenken, wie sehr mein Vater und meine Mutter mich wirklich liebten.

Diese Liebe wird immer da sein.

Warum liebtet ihr mich so?

Stimmt es, dass ihr mich liebtet, oder bilde ich mir das ein?

Wenn ich mir eure Liebe erfinde, ist das schön. Wenn sie wahr war, ist es das auch. Weil ich mich auf eine Reise begeben muss, um diese Liebe ans Licht zu bringen. Die langsamste Reise der Welt und die wunderbarste.

87

Vor einigen Tagen brachte sich der berühmte Schauspieler und Komiker Robin Williams um, mit dreiundsechzig Jahren. Das heißt, mein Vater lebte zwölf Jahre länger als er. Robin erhängte sich an einem Gürtel. Das war nicht nötig, Kamerad, du musstest dich nicht umbringen. Mein Vater, der nichts hatte, lebte zwölf Jahre länger als du. Zwölf Jahre sind eine Ewigkeit. Du warst reich, Robin, und wolltest sterben. Mein Vater war arm, und der Tod hat ihn gesucht.

Das ist nicht gerecht.

Du hättest uns dein Geld vererben können, die besten Onkologen hätten meinem Vater das Leben retten können, jenes, das du nicht wolltest. Und mein Vater wäre jetzt bei mir. Er wäre vierundachtzig Jahre alt. Es gibt Vierundachtzigjährige, denen es sehr gut geht. Wenn mein Vater dein Geld gehabt hätte, hätte er sich gerettet.

Man muss sich nicht umbringen.

Den Tod gibt es sowieso als Dreingabe. Man muss sich nicht um ihn bemühen. Er wird frei Haus geliefert. Man braucht sich für diesen Weg an keinen bestimmten Ort zu begeben. Sie kommen zu dir nach Hause. Es ist bequem. Sie bieten dir einen guten Service. Das ist nicht ironisch gemeint, es ist einfach so.

Wir ziehen durch die Welt und dann gehen wir. Wir überlassen die Welt anderen, die kommen und tun, was sie können. Die Städte haben länger Bestand als wir, obwohl sie sich natürlich verwandeln, verändern oder sogar verschwinden. Mein Großvater mütterlicherseits brachte sich ebenfalls um, genau wie Robin Williams. Vielleicht sind die Hoffnungslosigkeit und die Leere und der moralische Ekel, die zum Selbstmord führen, die schlimmste Krankheit der Welt.

Das ist das Gesicht meiner Großmutter, an ihrer Seite einer ihrer Söhne, der eine Torte in den Händen hält.

Ein Blick, der großes Leid, einen schrecklichen Schmerz offenbart. Auf jeden Fall lassen sich in den Augen dieser Frau meine und die meiner Mutter erahnen. Als dieses Foto entstand, hatte sich ihr Ehemann bereits umgebracht und ihr ältester Sohn war gestorben. Deshalb dieser Schrecken: Sie hat keinen Mann, keinen Erstgeborenen. Sie denkt, dass es ihre Schuld ist.

Diese Frau sah, wie einer ihrer Söhne bei einem tragischen Verkehrsunfall starb, der dazu führte, dass ihr Ehemann verrückt wurde und sich 1957 mit einem Jagdgewehr erschoss. Ich weiß das Jahr nicht genau, ich schätze es. Es kann auch 1955 oder 1951 gewesen sein, ich weiß es nicht. In den Fünfzigerjahren gab es sehr viele Verkehrsunfälle. Diese Angaben habe ich, soweit es mir möglich war, rekonstruiert, weil niemand darüber sprach, und nun sind alle tot. Es gibt keine Möglichkeit, Angaben und Daten zu überprüfen, alle haben sich davongemacht. Es ist, als hätten sie zu mir gesagt: »Erfinde alles, wir sind weg, mach mit deiner Vergangenheit, was du willst, es ist egal, wir leben ja nicht mehr.«

Die Augen meiner Großmutter zeugen von Jahrhunderten spanischer bäuerlicher Existenz, von müden Händen, vom Geruch nach Schweiß, von schlechter Rasur, von verfluchter Sommerhitze, von Tieren, die neben deinem Mund atmen, von Geistlichen, die die Messe lesen, mehr Geistlichen, die die Messe lesen, noch einmal siebenhundert Millionen Geistlichen, die die Messe lesen. Der große Feind Gottes in Spanien war nicht die Kommunistische Partei, sondern die katholische Kirche.

Siebenhundert Millionen Geistliche, die die Messe lesen.

Ihr Ehemann starb.

Ihr Sohn ebenso, sogar vorher, und ihre Augen stellen den Sinn des Lebens in Abrede, der nichts anderes ist als der Sinn der Erde, einer namenlosen Erde, weil ein guter Ruf, Ruhm, Prestige, Reichtum, Erfolg, Ehre, militärische und ökonomische Stärke und Universalität nur zwei Städten Spaniens zu eigen ist: Madrid und Barcelona.

Die anderen Städte und Dörfer waren verlassene Provinzen, leere Orte.

Sie, meine namenlose Großmutter (ich werde sie Cecilia nennen, zu Ehren der heiligen Cäcilia, von Gregor dem Dreizehnten 1594 zur Patronin der Musik ernannt), ist Tochter eines vergessenen Landstrichs, der Tierras de Somontano, und ich erwähne diese Gegenden und diese Dörfer jetzt, weil ich die Universität besucht habe, das heißt dank des Diktators Francisco Franco Bahamonde, der den Grundstein dafür legte, dass die Enkel von Cecilia lesen und schreiben können, der den Grundstein für die spanische Mittelschicht legte, der die politische Erneuerung Spaniens um mehrere Jahrzehnte verzögerte, weil er ignorant und einfältig war.

Ich schreibe, weil mir die Geistlichen das Schreiben beigebracht haben.

Siebenhundert Millionen Geistliche.

Das ist die große Ironie des Lebens der Armen in Spanien: Sie verdanken den Geistlichen mehr als der spanischen Arbeiterpartei. In Spanien ist die Ironie immer ein Kunstwerk.

88

Bei Cecilia wurde Krebs diagnostiziert. Meine Mutter mied sie, weil sie dachte, dass der Krebs ansteckend sein könnte. Für mich war sie deshalb eine nahezu Unbekannte. Ich erinnere mich kaum an sie, nur wegen des Fotos, aber ihre Augen sind heute meine. »Nicht drangehen«, sagte meine Mutter zu mir. Wenn man das zu einem Kind sagt, glaubt es, dass die Großmutter irgendwie ansteckend sei, ein leidendes Nagetier, eine Steilküste mit schwarzen Steinen im Abgrund. Meine Mutter sagte das nicht aus Bösartigkeit, sondern aus Verzweiflung. Die war immer im Herzen meiner Mutter und in meinem; sie wollte mich sicher vor dem Krebs wissen, weil ich das war, was sie voller Verzweiflung liebte. Allein die Vorstellung, dass mir etwas passieren könnte, war ihr unerträglich. Es war eine althergebrachte, trauernde, klaustrophobische, aufsaugende und erbitterte Liebe.

Meine Mutter sprach mit ihrer Schwester Reme und mit meinem Vater über den unausweichlichen Tod von Cecilia; ich hörte diese Gespräche; sie trafen Vorbereitungen; schätzten den Stand der Dinge ein, und all das war bedeutend für mich, weil ich der König aller Dinge war, und ich war die Freude, die das bevorstehende Verschwinden von Cecilia ausglich. Ich war die Hoffnung und die Zukunft und Cecilia war der Abschied. Wir glichen einander aus, wir standen in Beziehung zueinander, damit ihr Abschied einen Sinn hatte, war meine Zukunft notwendig und umgekehrt.

Trotz der fünfundvierzig Jahre, die vergangen sind, stelle ich mir in Erinnerung an diese Gespräche hinter dem Rücken von Cecilia etwas vor, von dem ich nicht wusste, dass es in meinem

Kopf ist: Die Grenzen des Erinnerungsvermögens sind fließend. Ich sehe neue Dinge, indem ich alte Szenen sehe, als wären sie neu.

Die vergoldeten Wasserhähne mit der sichtbaren Kupferrohrleitung in dem alten Haus meiner Tante Reme und die todkranke Cecilia, die ein Glas Wasser trinkt.

89

Ich versuche, an die glücklichen Momente in Cecilias Leben zu denken. Vielleicht der Tag, an dem ihre Söhne geboren wurden. Wie wäre ihre Stimme? Diese Stimme ist nirgendwo abrufbar. Wie wäre sie als junger Mensch? In den Bahnhöfen oder Flughäfen könnte man die eigenen Großeltern treffen und würde sie nicht erkennen. Unsere Toten fallen nicht auf, weil sie anonym sind, sie sind keine Ikonen oder Berühmtheiten. Wenn sich unsere Toten aus ihren Gräbern erheben, werden sie Unbekannte sein. Nur einige berühmte Tote wie Elvis Presley, Adolf Hitler, Marilyn Monroe, Che Guevara würden erkannt, wenn sie auferstünden.

Ich würde meine Großväter nicht wiedererkennen, wenn sie zurückkämen, weil ich sie nie gesehen habe, als sie noch lebten, und ich weder ein armseliges Foto von ihnen habe, noch wurde von ihnen erzählt. Nun suche ich sie zwischen den Toten, und meine Hand ist voller Asche und Exkremente und das sind die Embleme und die Wappen der Arbeiterklasse weltweit: Asche und Exkremente. Und Vergessen.

Eine solche Verwandtschaft existiert nicht.

Die Familie existiert nicht.

Hier gibt es nichts, die Vergeblichkeit, »meine Großväter« zu sagen. Ich weiß nicht, wer sie waren. Ich weiß nicht, was für ein Leben sie führten, ob sie groß oder klein waren, ob sie braune oder blonde Haare hatten, ich weiß nichts. Ich weiß nicht einmal den Namen. Ich weiß nicht, wer mein Großvater väterlicherseits war. Von meinem Großvater mütterlicherseits weiß ich noch weniger. Nicht einmal das Todesdatum kenne ich. Und ich werde es niemals wissen, da ich niemanden fragen kann.

Was mache ich in der Nacht der Welt, wenn ich die erste Nacht meiner Welt nicht kenne?

90

Meine Mutter sagte zu mir: »Nicht drangehen.« Cecilia hatte unter ihrer schwarzen Kleidung seitlich am Körper einen Krebs. Ich stellte mir den Krebs als etwas Weißes vor, das sich unter der schwarzen Kleidung von Cecilia versteckte, der Krebs wie eine weiße Ratte, die die Arme der Menschen fraß. Wir sprachen nie über den Krebs von Cecilia. Sie ist tot, aber vielleicht ist ihr Weg der Läuterung erst mit meinem Tod abgeschlossen. Ich kann auch an meinen Tod denken.

Wie viel mir wohl noch bleibt?

Die Leute denken nicht daran, weil es nicht gedacht werden kann, es gibt dort keinen Inhalt, es gibt nichts, vor allen Dingen kein gesellschaftliches Entgegenkommen.

Aber es wartet eine Zahl: fünf Jahre, drei Tage, sechs Monate, dreißig Jahre, drei Stunden.

Es gibt eine Zahl, die darauf wartet, sich zu erfüllen.

Und diese Zahl wird sich erfüllen. Weil wir alle diese Zahl in uns tragen. Das scheint eine beißende Ironie Gottes zu sein. Die Freude an den Zahlen. Mein Vater lebte fünfundsiebzig Jahre. Die Zahlen sagen sehr viel über das Leben. Die Leute rechnen, wenn sie fragen, wie alt ein gerade Verstorbener ist.

Mit weniger als zwanzig Jahren zu sterben ist fast kein Sterben, weil man noch kein Leben hatte.

Mit weniger als fünfzig Jahren zu sterben, ist traurig.

Mein Vater wählte eine mysteriöse Zahl: 75.

Das ist keine große Zahl, aber auch keine kleine. Es scheint eine Grenze zu sein. Es scheint eine gute Zahl zu sein. Es scheint eine esoterische Zahl zu sein. Sie ist wie ein Schlussstrich. Man geht, bevor man hinfällig wird, kurz davor. Aber nicht zu lang davor.

Die Nacht, in der er starb, dachte ich an diese Zahl und versuchte herauszufinden, ob mein Vater mir mittels dieser Zahl etwas sagen wollte.

In all meinen Internet-Passwörtern findet sich die 75.

Diese Zahl hat etwas Perfektes. Er hätte perfekt zehn Jahre länger leben können oder sogar fünfzehn.

Aber er hätte auch mit fünfundsechzig, achtundsechzig oder dreiundsiebzig sterben können.

Er wählte eine geheimnisvolle Zahl voller Botschaften, mit einem Sturzbach von Botschaften, eine Sinfonie von Symbolen.

91

Ich spaziere mit Cecilia durch eine Straße. Sie ist unter Schleiern verdeckt und nicht zu sehen. Wir gehen auf eine Kirche zu. Wir betreten die Kirche. Kerzen brennen und Cecilia sagt zu mir: »Ich bin deine Großmutter.« Ich möchte mich erinnern, dass sie das sagte, aber tatsächlich sagte sie nichts. Sie sagte nicht ein Wort. Die Liebesbekundung ist ein Traum meines Jetzt. Und ich betrachte sie, und ich sehe nur Schleier aus Eisen, Gefängnisse mit den Toten, über die die noch lebenden Kinder nicht sprechen, Mauern, Särge.

Als sie begraben wurde, am Tag ihres Begräbnisses, kamen ihre Kinder zusammen, das muss 1967 oder 1968 gewesen sein. Vielleicht war es auch 1969 oder 1970 oder 1966, ich weiß es nicht. Ich kann nur vermuten, niemand sagte mir das Datum, niemand sprach jemals mehr über ihr Todesdatum. Sie kamen zusammen, um darüber zu reden, wie sie das wenige, das geblieben war, verteilen sollten. Ich stelle mir vor, dass es ihr gefallen hätte, am Tag, als sie beerdigt wurde, alle zusammen zu sehen. Ich sehe ihre Kinder, wie sie um einen großen Tisch herumsitzen, es kostete sie Mühe, sie mussten miteinander reden. Und dann, als der Tag der Beerdigung vorbei war, vergaßen sie sie.

Meine Mutter sprach fast nie von ihr. Auch wenn ich mir vorstelle, dass sie sie im Herzen trug. Ich weiß es nicht. Wenn sie sie im Herzen trug, dann still.

O geisterhafte Cecilia, es ist nicht so, dass deine Kinder dich nicht geliebt hätten, aber du hattest dich in eine irritierende und unangenehme Erinnerung verwandelt. Sie waren nicht darauf vorbereitet, mit Verstand an die Verstorbenen zu denken. Niemand war darauf vorbereitet, weil man in einem derart armen Spanien lebte, dass nicht einmal genug da war, um die Erinnerung wachzuhalten. Es war ein rückständiges Land, aber warum war es das so sehr, nicht einmal die Historiker wissen das.

Nicht ein Historiker hat den Schimmer einer Ahnung davon. Sie nennen es das Geheimnis Spaniens.

Du kamst in den Gesprächen nicht vor. Ich weiß nichts über dich, weil sie mir nichts erzählten. Sie vergaßen dich auf erbärmliche Weise. Aber du musstest gelebt haben und dir mussten Dinge passiert sein.

Wenn du sehr selten in Gesprächen vorkamst, warst du wie ein ferner Schatten, nicht fassbar, aber eins deiner Kinder liebte dich sehr.

Es war Alberto, der Jüngste.

Er schon, er erwähnte dich, mit der Stimme des im Stich Gelassenen.

Alberto würde ich Monteverdi nennen, weil er das verdient, und es könnte auch sein wirklicher Name sein, er, der noch nicht auf dem Berg geblüht hat, er, der sich auf einem vergessenen Berg verlief und niemals reifte, niemals erblühte.

92

Monteverdi war derjenige, der sich an dich erinnerte. Er war derjenige, der alleine blieb, derjenige, der keine Familie gründete, derjenige, der keine Wurzeln schlug und sich dir anvertraute und dich Liebe suchend um Beistand bat.

Er nannte mitten in einem Gespräch mit deinen Kindern, seinen Geschwistern, deinen Namen und er blieb allein, verlassen, niemand anderes setzte die Erinnerung an dich fort; ich nahm mit dem Unverständnis eines Kindes von sieben Jahren wahr, wie nachdrücklich Monteverdi »Mama« sagte, außerdem betonte er nicht die letzte Silbe, sondern jämmerlicherweise die erste, meine Ohren registrierten diese Eigenart, die von einer elementaren Verlassenheit zeugte und deine Abwesenheit verstärkte, weil dein Name nicht »Mamá« wie der meiner Mutter war.

Monteverdi suchte dich weiterhin unter den Abwesenden, er war unter den Geschwistern der Einzige, der das tat.

Die anderen waren zu Vätern und Müttern geworden und ließen dich unter den Verstorbenen bereits in Frieden ruhen.

Aber Monteverdi sagte: »Wisst ihr noch, was Mama uns immer gesagt hat?« Und ich sehe dich jetzt, Cecilia, wie du deine Kinder umsorgst, und denjenigen, der dich am meisten brauchte, Monteverdi.

Eure Familie sah ich nie.

Ich sehe sie jetzt, unter den Toten. Zu wissen, dass diese Familie irgendwann einmal lebte, reicht mir. Zu wissen, dass ich sie nicht erfinde, reicht mir. Irgendwann einmal muss es diese Familie gegeben haben und sie muss eine vollständige, ehrwürdige, geeinte, starke, fröhliche Familie gewesen sein.

Weil der Unterschied zwischen Lebenden und Toten Flüssigkeiten und schnelle Bewegungen von Sonnenaufgang und -untergang betrifft, mit dem Licht und damit zu tun hat, wie es über die Köpfe der Menschen hinwegzieht.

Monteverdi wusste, dass du die einzige Person warst, die ihn liebte. Und er wandte sich an dich wie ein Kind, das von Menschen verfolgt wird, die ihn nie liebten. Aber du starbst und ließest Monteverdi alleine. Ich weiß nicht einmal, wie alt du warst, als du starbst, ich weiß nicht, ob du neunzig oder sechzig warst. Ich weiß auch nicht, wie alt dein Ehemann, mein Großvater, war, als er sich umbrachte.

Cecilia, ich wusste nichts über dich, ich weiß noch nicht einmal, wie du geheißen hast, deshalb habe ich dir den Namen der Patronin der Musik gegeben. Weil niemand deinen Vornamen aussprach.

Biologisch betrachtet warst du meine Großmutter und jetzt bist du vielleicht mein liebstes Gespenst.

93

Niemand erwähnte dich außer meinem Onkel Monteverdi.

Aber es gibt jemand, der noch abwesender war als du, jemand, der niemals genannt wurde. Er schien der Heilige Geist. Als hätte Cecilia ihre sieben Kinder durch göttliches Zutun empfangen und nicht durch Zutun ihres Ehemannes. Du, Cecilia, du wurdest erwähnt und ich sah dich lebend. Er war ein schwarzes Loch. Meine Mutter war die Tochter vom Heiligen Geist und dir, Cecilia. Die fünf lebenden Brüder meiner Mutter hatten ebenfalls Niemand als Vater.

Der Unnennbare, aber wieso.

Wer war dieser Mann? Er lebte, und er lebte unter der Sonne, so wie ich jetzt.

Wenn er Kinder gezeugt hatte, musste er gelebt haben.

Ich glaube nicht an den Heiligen Geist als Samenspender.

Mein Großvater hatte weder das Gesicht eines Lebenden noch das eines Toten. Er war niemals im Leben gesehen worden und hatte deshalb auch keinen Tod. Man kann nicht an Tote denken, die man nicht als Lebende gesehen hat.

Wir verloren die Erinnerung, weil ihr die Scham wähltet, das Schamgefühl. Ihr schämtet euch für den Selbstmord deines Ehemanns und des Vaters deiner Kinder. Und anstelle von Verständnis und Toleranz wähltet ihr das radikale Vergessen. Auf Wiedersehen, Erinnerung, wo sie doch so günstig zu haben ist. Die Erinnerung, die nur mit dem Feuer des Blutes aufrechterhalten wird. Die Erinnerung, die kostenlos ist. Auf die Erinnerung entfallen keine Steuern. Der Staat nimmt von seinen Bürgern nichts für die Erinnerung; oder vielleicht macht er es doch.

Weil die Erinnerung tödlich sein kann. Viele, viele Jahre später sah ich, wie die Leute unbequeme Personen totschwiegen. Wir erinnern uns nur an das, was uns passt, nur ich nicht, der ich mich an alles erinnern will. Oder wir erinnern uns an das, was sich aufgrund von Konventionen durchgesetzt hat, erinnert zu werden, nur ich nicht. Ich denke nicht daran, nicht mehr »nur ich nicht« zu sagen, auch wenn es eitel oder aufgesetzt klingen mag. Aus meiner Erinnerung entsteht eine schreckliche Weltanschauung, das weiß ich, aber sie scheint mir wahr zu sein. Man kann der Katastrophe nicht entkommen, sie ist der tragende Pfeiler der Literatur, von ihr geht die Schlechtigkeit und der Ursprung all der Dinge, die gewesen sind, aus.

94

Auf diesem einzigen Foto von Cecilia, das ich habe, ist ein Jugendlicher, fast noch ein Kind, zu sehen, und er hält eine Torte in den Händen, man sieht wenig von der Torte auf dem Foto, nur eine Ecke, wer würde diese Torte essen, die man fast nicht sieht? Wonach würde eine Torte damals schmecken?

Das Kind war Alberto, mein Monteverdi.

Das Leben hatte ihn noch nicht gezeichnet. Es würde ihn später zeichnen. Einige Jahre später wurde bei Monteverdi Tuberkulose diagnostiziert, das war Ende der Fünfzigerjahre, ich nehme an 57 oder 58, so ungefähr.

Jetzt, während ich schreibe, ist Monteverdi ebenfalls tot.

Ich war nicht bei Monteverdis Beerdigung, so wie immer.

Es ist nicht einfach, das Maß an Verwahrlosung zu beschreiben, das Monteverdi in den letzten Jahren seines Lebens erreicht hatte. Monteverdi starb 2014. Ich glaube, er wurde 1940 geboren. Niemand weiß das. Niemandem war es wichtig.

Zum Beispiel duschte Monteverdi nicht. Er wusch sich nicht. Er irrte in Barbastro umher, er zog ohne festes Ziel durch die ganze Stadt. Man sah ihn in den Kneipen, in den Geschäften, auf den Plätzen. Monteverdi strotzte scheinbar immer nur so vor Freude. Es gibt eine Szene aus meiner Kindheit, in der Monteverdi mich mit einem Messer verfolgt. Es war ein richtiges Messer und er hätte mich fast umgebracht. Monteverdi verfolgte mich mit einem Messer. Er hatte Wutanfälle oder Anfälle von Wahnsinn. Auch das Sexualleben von Monteverdi ist ein Rätsel. Wir waren alle wahnsinnig, eine Familie von Geistesgestörten. Ich weiß nicht, ob Monteverdi litt, ich denke, ja. Sein Leben war einfach. Er hatte keine Arbeit. Aufgrund seiner Tuberkulose war er für den Arbeitsmarkt der Mitte der Sechzigerjahre nicht zu gebrauchen.

Der Wahnsinn in unserer Familie war auch eine Weihnacht. Eine Liturgie der Verbrüderung.

Wir waren in den Kellern der Welt sehr glücklich. Weil Monteverdi immer ein Raubtierlächeln im Gesicht trug. Seine Einfalt wurde zu einer Lanze, einer scharfen Spitze; das ist bei jenen Wesen so, bei denen sich das Naturhafte am Ende nicht in Unschuld verwandelt, sondern das Naturhafte oder Einfache zu einer Deformation wird, einer Anomalie oder einem geistigen Krampf. Monteverdi war sonderbar, schlicht, aber er hatte keine Herzensgüte. Es gab nur Finsternis, einfach nur Finsternis, schlichtweg Finsternis.

Der große Monteverdi machte nichts in seinem Leben. Er bekam schließlich eine Rente von umgerechnet zweihundert Euro. Mein Vater schenkte ihm in den Siebzigerjahren abgelegte Anzüge. Sodass diese Anzüge an zwei verschiedenen Körpern durch Barbastro spazierten. Mein Vater trug Anzüge, weil er Handelsvertreter war. Jeder, der einen Anzug trägt, macht etwas her und Anzüge machen alle gleich, das ist ihr Geheimnis, vor allem in den Sechzigerjahren des zwanzigsten Jahrhunderts.

Dieses Geheimnis verliert sich inzwischen immer mehr.

Monteverdi trug sehr auffällige, bunte Krawatten. Und zu allem Überfluss trug Monteverdi die Haare lang.

Er sah aus wie Jesus Christ Superstar mit Krawatte und Sonnenbrille. Weil Monte eine Sonnenbrille trug, eine Sonnenbrille wie die von Paul Newman in dem Film *Die Farbe des Geldes*. Eine Sonnenbrille aus dem Sonderangebot, am Ende der Welt gekauft.

Seine Sprache hatte etwas Übergriffiges, sie war voller umgangssprachlicher Wendungen, die immer um Freundschaft oder die Gunst des Gesprächspartners warben; seine Art zu sprechen war wahnhaft bis zärtlich, und von der Zärtlichkeit führte sie in den Abgrund.

Monte stand am Abgrund.

95

Ich trinke seit Langem nicht mehr.

In Spanien besteht die Hilfe für einen trockenen Alkoholiker darin, ihm zu ermöglichen, dass er wieder anfängt zu trinken. Ich glaube, dass es in Spanien keine Vergebung der Sünden gibt.

Daher kommt es, dass in Spanien letztendlich niemand vom Alkohol wegkommt, daher die Erwartung, die ein trockener Alkoholiker in Spanien weckt: Mal sehen, wann er fällt, mal sehen, wann er wieder anfängt zu trinken.

Das wird lustig, ihn wieder fallen zu sehen.

Und diesmal wird er nicht wieder aufstehen.

Und wir applaudieren. Und wir sagen: »Das war abzusehen.«

Das ist das Geheimnis Spaniens, mit dem sich Historiker befassen und mit dem sich wohlmeinende Leute befassen und mit dem sich intelligente Schriftsteller befassen und mit dem sich ehrbare Intellektuelle befassen: die Menschen fallen zu sehen, das finden wir großartig.

Wir sind nicht nett miteinander. Woanders scheinen wir nett zu sein, aber zu Hause gehen wir mit dem Messer aufeinander los. Das ist wie ein Atavismus: Der Spanier will, dass alle Spanier sterben, damit er alleine auf der Iberischen Halbinsel ist, um nach Madrid fahren zu können, ohne dass jemand dort ist, um nach Sevilla fahren zu können, ohne dass jemand dort ist, um nach Barcelona fahren zu können, ohne dass jemand dort ist.

Und ich verstehe das, weil ich von hier bin.

Wenn alle anderen Spanier tot sind, wird der letzte Spanier glücklich sein.

96

Als ich klein war, stellte ich mir vor, dass meine Eltern nicht meine Eltern sind, sondern dass ich adoptiert bin. Das ist eine traurige Vorstellung, sie kappt die Verbindung und treibt einen an den kalten Hof der Sterne, die nachts am Himmel zu sehen sind, man erstarrt willenlos; adoptiert zu sein war pervers, dein Ursprung war etwas Kriminelles, eine Burg voller Leichen, die unter den Augen aller verwesen; in meiner Kindheit war adoptiert zu sein ein Stigma; meine Mutter erzählte mir von den Kindern in Barbastro, die adoptiert waren; sie enthüllte mir die moralische Krankheit, die Sätzen wie »dieser Junge aus deiner Klasse ist adoptiert« zugrunde lag, und dieser Junge verwandelte sich in willenloses Fleisch mit zufälliger Seele, aber das war schön, weil es dort ein Geheimnis gab.

Wenn man adoptiert ist, bedeutet das, dass einen die eigenen Eltern keine fünf Minuten in diesem Leben geliebt haben. Andere liebten einen, die von der Gesellschaft erfundenen Eltern, aber nicht die von der Natur vorgesehenen, das ist die reine Wahrheit.

Was würde ich sofort dafür geben, noch einmal diese Unschuld zu spüren. Ich hatte riesiges Mitleid mit den adoptierten Kindern, es zerriss mir das Herz. Ich hätte sie liebend gern aufgenommen. Sie meinen Eltern gegeben. Sie waren das grausamste Sinnbild für Verlassenheit. All das spielte sich in meinem Kopf ab, weil diese Kinder eigentlich glücklich waren.

97

Meine Mutter kaufte damals in den Sechzigern und Siebzigern immer Hofhühner. Eine Frau aus irgendeinem nahe gelegenen Dorf brachte sie ihr. Sie brachte sie ihr lebend. Meine Mutter tötete sie mithilfe ihrer Schwester Reme, die sehr erfahren und sehr geschickt war. Reme kam zu uns, um die Hühner zu töten. Sie nahm das Messer und schnitt ihnen den Hals auf, beim Zusehen empfand ich einen gewissen Ekel, aber keine Angst. Dann kochten sie das tote Tier, ich erinnere mich an Szenen in der Küche mit viel Dampf, mit Federn, Blut und Messern. Ich erinnere mich an den aufgeschnittenen Hals des Huhns und an den Dunst.

Ekel, ja, Widerwille, weil es nach Blut und nach Federn roch und die Küche ganz dunstig war. Und in welchem Moment entsteht der andere Ekel, der Ekel, in das Badezimmer zu gehen, in dem mein Vater ist, in welchem Moment entsteht das Tabu? Das kleine Kind will immer mit dem Vater zusammen sein, selbst wenn der Vater auf dem Klo sitzt. Es ekelt sich nicht. Es empfindet keine Abscheu. Es fühlt weder physischen noch psychischen Widerwillen. Weil der Ekel ein Tabu der Zivilisation ist. Der Ekel vor den Exkrementen des Vaters entsteht im Moment der Unabhängigkeit, der sozialen Emanzipation des Sohnes. Die Söhne sind erst in der Lage zu gehen, wenn sie Abscheu vor den Gerüchen des Vaters empfinden. Ich erinnere mich, gesehen zu haben, wie mein Vater urinierte und wie fasziniert und erschreckt ich von seinem Geschlecht war. Das sind Szenen der Vergangenheit und die Vergangenheit hat immer weniger Bedeutung.

Ich erinnere mich, dass jemand mir, als ich ein Kind war, die Geschichte eines Vaters erzählte, der sich während des Spanischen

Bürgerkriegs hatte gefangen nehmen lassen, um das Leben seines Sohnes zu retten. Der Sohn kam frei und der Vater wurde erschossen. Deshalb ist die Vaterschaft so wichtig, weil sie den Zweifel beseitigt, man zweifelt nie. Immer würde man sein Leben für den eigenen Sohn geben. Alles andere auf der Welt ist Verwirrung, Zögern, Ratlosigkeit, Egoismus, Unentschiedenheit, Unsicherheit, mangelnde Größe. Dieser Vater wurde erschossen, aber sein Sohn blieb am Leben.

Eine Kugel zu kassieren, die für jemand anderen bestimmt ist, ohne dass das einem etwas ausmacht, das ist das Größte, was einem das Leben bieten kann.

Eine Kugel zu kassieren, die für den eigenen Sohn bestimmt ist, ist geradezu ein Mysterium, es gibt kein größeres Mysterium auf der Welt als dieses. Das Licht der Sonne erlischt angesichts dieses Mysteriums. Er wird nicht spüren, wie ihm die Kugel ins Fleisch schneidet, er wird den Verlust seiner Zukunft nicht spüren, den Verlust der Dinge, die er noch machen wollte, er wird nicht an sich denken, weil er nicht mehr sein wird, sondern nur noch selige Hingabe für seinen Sohn sein wird, der am Leben bleiben wird, der leben wird.

Das eigene Leben für jemanden zu opfern ist in keinem Kodex der Natur vorgesehen. Es ist ein freiwilliger Verzicht, der das Universum durcheinanderbringt.

Die Vaterschaft und die Mutterschaft sind die einzigen Sicherheiten.

Darüber hinaus gibt es fast nichts.

98

Ich glaube, es war 1970, als die Schwimmbäder der Kooperative eröffnet wurden und wir aufhörten, zum Vero zu gehen, einem kleinen Fluss, der durch Barbastro fließt.

Ich erinnere mich an das Schwimmen im Vero und im Cinca. Damals schwamm man noch in den Flüssen, die voller Schlamm und Libellen und Steine und Äste waren. Und wenig Wasser führten.

Als sich Anfang der Sechziger die öffentlichen Schwimmbäder in Spanien etablierten, war meine Mutter sehr froh. Sie war den ganzen Tag im Schwimmbad, ein Schwimmbad, in dem es eine Umkleide gab, was der letzte Schrei war, und in dem es außerdem Getränkeautomaten gab, wo man ein Fünf-Peseten-Stück einwarf und zuschauen konnte, wie eines der damals aktuellen Erfrischungsgetränke wie Mirinda, das aus irgendwelchen Gründen verschwunden ist, automatisch herauskam; und außerdem gab es jemanden am Eingang, der genau aufpasste, dass diejenigen, die das Schwimmbad betraten, ihren Ausweis dabeihatten, und ich erinnere mich an das Gesicht jenes Mannes, dessen Kadaver mich in diesem Moment streift, ein hässlicher, glatzköpfiger Mann, ins Nichts gebeugt, mit dunklen Augen, krankem Gesicht, ein alter Mann, aus der Perspektive von 1970, der sich dreimal das Foto im Schwimmbadausweis ansah, um sicherzugehen, dass niemand ihn betrog, und um seine Arbeit gut zu machen, der nicht verstehen konnte, dass die Leute badeten, der nicht verstehen konnte, dass die Frauen sich Bikinis anzogen und sich sonnen wollten und eine Mirinda tranken, noch dass es so etwas wie einen Sommerhit gab; ein Mann, der nicht an die Sonne glaubte.

Diese Schwimmbäder gibt es nicht mehr, sie verschwanden Mitte der Achtziger. An derselben Stelle stehen heute Wohnhäuser, wo die Kinder derjenigen, die dort schwammen, die Kinder der toten Schwimmbadgäste, leben, dem Wohlstand Spaniens zu Diensten, wenn man davon ausgeht, dass die Provinz Huesca in Spanien liegt.

Mein Vater diente dem Wohlstand Spaniens, indem er dafür sorgte, dass etliche Spanier in den Sechzigern einen Maßanzug besaßen. Für mich ist das Heldentum.

Einen Orden haben sie ihm dafür nicht verliehen, keine Zeremonie unter dem Vorsitz des spanischen Königs und des Premierministers und des Ministerpräsidenten von Aragón und des Generalobersts des IV. Wehrbereichs und des Erzbischofs von Zaragoza.

Nein, sie haben ihm keinen verliehen.

Aus welchen frommen Gründen auch immer haben sie es nicht getan.

Mir werden sie auch keinen verleihen, aber nicht aus denselben Gründen, aus anderen Gründen, ganz anderen Gründen, aber ebenfalls frommen Gründen.

Mein Vater und ich rächten uns für all das: er mittels seiner Frau; ich mittels meiner Mutter.

Meine Mutter wusste nicht, dass Barbastro ein Städtchen in der Autonomen Gemeinschaft namens Aragón war, noch dass Aragón ein Gebiet ist, das zu Spanien gehört, noch dass Spanien im Süden von Europa liegt. Und sie wusste es nicht, nicht weil sie dumm gewesen wäre.

Sondern aus purer Gleichgültigkeit.

99

Ich erinnere mich nicht, dass meinem Vater Fahnen gefallen hätten. Und meine Mutter wusste nicht einmal, dass Spanien eine Fahne hatte. Meine Mutter hatte keinen Begriff von dem politischen Leben auf der Erde. Es interessierte sie nicht. Es diente nicht der Befriedigung ihrer Wünsche. Meine Mutter war so urtümlich wie ein Fluss, ein Berg oder ein Baum. Ich glaube, dass mein Vater niemals das Wort »Fahne« für irgendetwas benutzte. Es gibt spanische Wörter, die meine Eltern niemals verwendeten. Trotzdem ist mein Leben ohne Spanien nicht denkbar, weil ich auf eine bestimmte Art Spanien liebe. Eigentlich liebe ich das Land wegen meines Vaters, weil er dort lebte, nur deshalb. Weil ich alles liebe, was mit meinem Vater zu tun hatte. Wenn mein Vater Portugiese gewesen wäre, hätte ich Portugal geliebt. Ich glaube nicht, dass ihm jemals zuteilgeworden wäre, Franzose oder Brite oder Nordamerikaner zu sein.

Mein Vater lebte immer in Spanien. Er war immer dort, außer während seines Militärdienstes, den er in Afrika absolvierte, in der Stadt Melilla. Als ich vor ein paar Jahren einmal in Melilla war, meldete sich die Stimme plötzlich: »Hier war er mit zwanzig, hier, genau hier, das ganze Leben noch vor sich; als er hier war, wusste er nicht, was der Tod ist, noch wusste er, dass du sechzig Jahre später in diese Stadt kommen würdest, um ihn zu suchen; sechzig Jahre später und noch immer gibt es Spuren in der Luft von Melilla; du kannst ihn noch sehen, er lächelt, dieses gutherzige Lächeln, das er hatte und das Bra geerbt hat und es nicht weiß; weder Bra noch er wissen es, nur du weißt es und vielleicht ist das die bedeutendste Einsicht, zu der du gelangen konntest, und jetzt lächle, lächle, weil er hier war.«

100

Es gibt Tote, die einfach so gestorben sind, und Tote, deren Tod von den Lebenden gutgeheißen wurde: Tote, die als große Männer verherrlicht wurden, und Tote, die als perverse Männer verherrlicht wurden, aber sind sie einmal tot, ist jedwede Beschreibung oder Beurteilung oder moralische Sondierung obsolet, das Fleisch aller verwest; die Verwesung des Fleisches ist das moralisch Gute oder Böse, das einen toten Körper auszeichnete, egal. Aber wenn die Lebenden denjenigen, der stirbt, lieben, wird er ruhiger sterben, und das ist das Wichtigste.

Danach gibt es nichts.

Der Perverse verwest auf die gleiche Weise wie der Gutherzige.

Ich weiß nicht, ob den aasfressenden Insekten der Unterschied zwischen dem Guten und dem Bösen auffällt; es wäre schrecklich, wenn es ihnen nicht auffiele, es wäre schrecklich, wenn der gelbliche Schaum und das zu Seife verwandelte Fett eines gutherzigen Leichnams genauso wären wie jene eines bösartigen Leichnams; wenn das Gute und das Böse nicht unterschiedlich verwesten; wenn das Gute und das Böse in derselben Pestilenz enden würden, in denselben Larven und Pilzen.

Vielleicht war es deshalb doch gut, sie zu verbrennen, glaube ich aber nicht.

101

Mein Vater und ich gehen Hand in Hand über den Friedhof von Barbastro. Es ist ein 1. November, vielleicht 1968 oder 1969 oder 1970. Mein Vater bleibt vor einer Mauer mit Grabnischen stehen. Er schaut zu den Nischen weiter oben, sie sind beschädigt und namenlos.

Er spricht mich an, er sagt: »In einer von denen liegt dein Großvater.« Ich schaue, sehe aber nur zwei oder drei namenlose Nischen, bröckelig, rissig, verwittert, gesprungen, als wären sie aus Sandstein, grau, fern, ohne dass sie zugeordnet werden könnten, ich sehe nur schmutzigen und feuchten Sand. Ich schaue zu meinem Vater und bitte ihn mit meinem Blick, genauer zu sein, er soll mir sagen, welche Nische es ist. Er weiß es nicht. Es beunruhigt ihn nicht, es nicht zu wissen.

Es scheint, als hätte mein Vater keinen Vater gehabt.

Es ist seltsam.

Ich glaube, dass er niemals wieder von seinem Vater sprach. Geheimes Terrain, verbotenes Terrain. Mein Vater schien ein Agent der CIA zu sein.

Ich hätte gerne gewusst, in welchem Jahr mein Großvater väterlicherseits gestorben war. Ich glaube, dass es ein Zeichen von Schwäche war, Unbedachtheit, dass mein Vater mir die ungefähre Stelle zeigte, wo mein Großvater ruhte. Warum verwehrte mir mein Vater jegliche Einsicht in das Leben meines Großvaters? Es gab keine Zeit, um darüber zu reden; wir dachten nicht, dass alles so schnell zu Ende gehen würde. Mein Vater vergaß seinen Vater. Ich weiß nicht, was passiert war, aber irgendetwas war geschehen. Ich glaube, dass die Erinnerung eine bürgerliche Kunst ist, und darin war mein Vater zutiefst antibürgerlich. Das ist der Fluchtpunkt im Leben meines Vaters. Er zog sich wie ein Bourgeois an, trug aber etwas Subversives in sich, eine gutherzige Form moralischer Anarchie, die dazu führte, dass er seine Ahnen vergaß. Vielleicht dachte er jeden Tag an seinen Vater, nur dass er mir das nicht sagte. Er dachte, dass es besser sei, wenn ich es nicht wüsste, weil ich es nicht verstehen würde. Im Grunde wusste ich nie, wer mein Vater war. Er war das bescheidenste, geheimnisvollste, stillste und eleganteste Wesen, das ich jemals kennengelernt habe. Wer war er? Indem er mir nicht sagte, wer er war, hat mein Vater mich zu diesem Buch angestiftet.

Der Sarg bietet dem Leichnam keinen ruhigen Verbleib. Es herrscht frenetische Geschäftigkeit in der Kiste, die Materie wird einer industriellen Umwandlung unterzogen. Der Sarg ist eine Fabrik. Ein Industrieschiff, in dem die Materie nach unten wütet, in die Tiefe, weil alles unter der Oberfläche stattfindet mit dem Ziel, weiter nach innen zu kommen, wie auf der Suche nach dem Kern des Planeten. Sie ist nicht zu sehen, aber ich nehme diese ganze Geschäftigkeit wahr: die Freude des Leichnams, dem durch eklige Wesen hervorgerufene Funken von Leben entweichen. Aber das Leben ist niemals eklig, auch wenn es in einem Drecksloch beginnt, auch der Stall von Bethlehem war ein Drecksloch.

Etwas schmilzt und etwas wird gehalten in der Welt des Sarges, es gibt Bewusstsein und Essenz; und ich verhinderte all das, als ich die Verbrennung der Leichen meiner Erzeuger veranlasste und auf diese Weise meine eigene Verbrennung veranlasste, weil die höchste Lebensform der Kadaver des Lebens ist, und ich vermochte nicht, das zu sehen.

Ich vermochte, nicht zu sehen.

Die Knochenreste sind Form, Stütze und Glanz derjenigen, die wir auf der Erde, an der Oberfläche bleiben.

Weil sich in dem Skelett Ehrgeiz und Entfaltung und Empörung zeigen. Und ich vermochte, das nicht zu sehen. Und es gibt eine Gemeinschaft, weil die Skelette auf den Friedhöfen einander Nachbarn sind und in dieser Nachbarschaft atmet noch eine Form von Hoffnung.

Die Hoffnung, euch wiederzusehen, Papá, Mamá.

Ich bin nur das: Hoffnung, euch wiederzusehen.

102

Meinem Vater ging es auch manchmal so, er hatte keine Lust mehr. Wie auch ich. Es gab einen Moment, da lohnte es sich nicht mehr, auf Verkaufsreise zu gehen, er musste den Sprit zahlen, die Gasthäuser und das Essen und verkaufte dabei wenig. Es war die Mühe nicht wert. Er verkaufte wenig Stoffe und ich verkaufe wenige Bücher, wir sind derselbe Mann. Die fixe Idee, dass wir derselbe Mann sind, hatte ich schon vor seinem Tod.

Mein Vater war selbstständig, er musste seine Kosten selber tragen. Und die Provision, die er aus dem Verkauf einbehielt, war weniger als das, was er bezahlen musste. Sein »Warum auf Reisen gehen« wurde bei mir zu einem »Warum schreiben«.

So ist es, wenn man keine Lust mehr hat, etwas zu machen.

Deshalb entschied er sich, den grünen Morgenmantel anzuziehen und den Köchen im Fernsehen zuzusehen. Alles, was meinem Vater passierte, fand in meinem Leben eine haargenaue Entsprechung. Wir leben dasselbe Leben in unterschiedlichen Kontexten, aber es ist dasselbe Leben. Und in dieser Gemeinsamkeit kann sich eine geheime Nachricht oder geheime Ironie verbergen. Wer schickt die Nachricht? Die soziale und kulturelle Umgebung verändert sich, aber wir sind dieselben. Manchmal tötet dieser Grad der Übereinstimmung die Zeit, schmilzt sie, macht sie flüssig und unberechenbar, und die beiden Leben werden gleich. Ich möchte auch gar nicht jemand anderes als mein Vater sein, es macht mir Angst, eine eigene Identität besitzen zu können.

Ich bin lieber mein Vater.

Als ich die großen und starken Übereinstimmungen zwischen dem Leben meines Vaters und meinem entdecke, bin ich nicht nur erstaunt, sondern erschrecke auch, aber gleichzeitig fühle ich mich sicher, in dem Glauben, dass dieser Wiederholung eine höhere Ordnung und ein bestimmter Code zugrunde liegen.

Das ganze Leben lang schreiben, wie mein Vater. Ich, Gedichte und Romane; er, Duplikate von Aufträgen der spanischen Schneider.

Mein Vater war Reisender, Handelsreisender. Das bin ich mehr oder weniger auch. Ich schreibe, er schrieb. Es ist egal, was wir schreiben. Wir machen dasselbe. Er nannte seine literarischen Werke »Aufträge und Duplikate«. Ich sehe ihn vor mir: Er setzte sich an den Esszimmertisch und nahm seinen Parker-Kugelschreiber (den ihm die Firma geschenkt hatte) heraus und schrieb alles mit fast kindlicher Sorgfalt in seiner vortrefflichen und barocken Handschrift auf. Mein Vater erschloss mir das Wort »Schönschreiber«. Er sagte mir, was es bedeutete. Es hat sich mir ins Gedächtnis gebrannt: Schönschreiber. Der Tisch wackelte und er musste etwas unter ein Bein legen, damit seine Schrift nicht beeinträchtigt wurde. Ich glaube, dass mein Vater niemals einen Tisch hatte, auf dem er richtig schreiben konnte.

Die Schrift war wichtig. Die Duplikate waren gelb. Das Leben wird gelb. Sogar die Morgendämmerung ist gelb.

103

Mein Vater brachte mir nicht bei, ihn zu lieben. Er nahm mich bei der Hand, als ich ein Kind war, und wir gingen auf die Straße. Es fragte ihn auch niemand, ob er Vater sein wollte, ob er die Entscheidung, Vater zu sein, wirklich freiwillig und ohne Zwang getroffen hatte.

Mein Vater schrieb seine Duplikate, er notierte, was er an die Schneider in den Provinzen von Huesca, Lérida und Teruel verkauft hatte: Schneider, die Maßanzüge für Männer schneiderten, die längst tot sind und vielleicht in diesen Anzügen beerdigt wurden; auch die Schneider sind tot und keiner ihrer Söhne erbte das Geschäft, weil es kein Geschäft zu vererben gab.

Er wusste nicht, wie er mir beibringen konnte, ihn zu lieben, aber wie sollte das auch gehen.

Mehrfach bekam er eine Urkunde, weil er als Vertreter am meisten verkauft hatte. Ich erhielt bei jenem Habenichtse-Studium in Zaragoza eine Auszeichnung, ein Studium, dessen Ziel darin bestand, vier Sätze über Lope de Vega auswendig zu lernen sowie ein paar Fertigkeiten, um Relativsätze zu analysieren: ein schmaler Karriereerfolg. Was mein Vater gemacht hatte und was ich machte, war dasselbe. Die Rückständigkeit setzte sich fort, sie hatte sich ein wenig getarnt, aber es gab sie weiterhin.

Die Reichen waren weiterhin die anderen.

Niemals wir.

Für uns gab es nichts zu holen, das ist Spanien für uns, für vierundvierzig Millionen Spanier: zu sehen, wie eine Million Spanier sich bedient, und man selbst hat nichts.

104

Gelb ist ein visueller Zustand der Seele. Gelb ist die Farbe, die von der Vergangenheit erzählt, vom Verschwinden zweier Familien, von der Not, die der moralische Raum ist, in die die Armut führt, vom Übel, die eigenen Söhne nicht zu sehen, vom Fall Spaniens in die spanischen Miasmen, von den Autos, von den Autobahnen, von den Erinnerungen, von den Städten, in denen ich lebte, von den Hotels, in denen ich schlief, von all dem erzählt das Gelb.

»Gelb«, »*amarillo*« ist auf Spanisch ein klangvolles Wort.

»Not«, »*penuria*« ist ein weiteres wichtiges Wort.

»Not« und »Gelb« sind zwei Wörter, die zusammenleben, Rücken an Rücken.

Ich hatte einen Traum: Ich kam in die Wohnung meiner Eltern, in einer künftigen Zeit. Es war die Zukunft. Und meine Eltern hatten ein nicht bestimmbares Alter, waren aber eher alt. In meinem Traum lebten die beiden, aber in einer Zeit in der Zukunft, vielleicht 2030 oder 2050, in einem fernen Jahr.

Das letzte Mal, dass ich sie sah, waren sie tot, sie waren nicht zur selben Zeit tot, sondern durch die Zeit getrennt tot, zehn Jahre war mein Vater schon tot, während meine Mutter noch lebte.

Ich dachte sehr oft an diese Veränderung, diese vitale Entwicklung, die mein Vater als Toter in der Einsamkeit durchmachte, seine Erfahrung als vor dem Leben Geflüchteter, seine Wohnung unter den Toten, seine Arbeit unter den Toten, während meine Mutter unter den Lebenden weilte. So, als wäre er nach Amerika ausgewandert und würde ein Vermögen machen und sich eine Zukunft aufbauen.

Ich weiß, was meine Mutter machte, als mein Vater tot war,

aber ich weiß nicht, was mein Vater machte, als meine Mutter noch lebte.

Neun Jahre lang waren sie beide jeder für sich.

Sie telefonierten nicht miteinander.

Neun Jahre sind eine lange Zeit.

Jetzt werden sie sich viel zu erzählen haben.

Die Mehrheit der Menschen kommt nur einmal mit etwas wirklich Bereicherndem in Berührung, mit etwas Materiellem, das ihnen gratis überlassen wird, und zwar am Todestag, auch wenn es den Tod einer geliebten Person betrifft.

Der Tod ist im Grunde fast ein ökonomischer Gewinn, weil die Natur einen endlich frei lässt, es gibt weder etwas zu tun noch zu arbeiten, keine Anstrengungen, kein Gehalt, keinen Erfolg, kein Scheitern; man muss keine Einkommensteuerklärung mehr machen noch sich Kontoauszüge anschauen, noch die Stromrechnung prüfen. Der Tod ist in diesem Sinne die Utopie der Anarchie.

Ich kam in eine Wohnung mit großen Zimmern. Ich erinnere mich, dass ich im Traum nicht recht wusste, wie die Wohnung aufgeteilt war, ich vertat mich mit den Zimmern. Ich sah, dass mein Vater in der Küche war und eine Fischsuppe vorbereitete. Im wirklichen Leben und in der Vergangenheit des wirklichen Lebens, als mein Vater noch lebte, machte er in der Tat eine gute Fischsuppe. Es war eine Bouillabaisse; er wusste, wie man sie machte. Er sah mich an, wie man jemanden ansieht, den man nicht kennt. Er sah mich ein paar Sekunden an und dann machte er mit der Suppe weiter. Es drang viel Licht durch die riesigen Fenster dieser überraschenden Wohnung, in der meine Eltern jetzt lebten. Ich zweifelte, dass er mich gesehen hatte. Es war, als wäre ich ein Schatten; ich, der ich lebe. Und als wäre er real; er, der tot ist. Ich kam näher und sah, mit wie viel Eifer er sich der Zubereitung der Suppe widmete. Ich war fasziniert von der Gewissenhaftigkeit, mit der er die Suppe kochte, als hätte er sich in einen dieser Fernsehköche, deren Sendungen ihm so gut gefielen, verwandelt.

Ich nahm wahr, dass mein Vater in der Zukunft fleißig sein würde, wie er das auch in der Vergangenheit gewesen war, aber in der Zukunft wäre sein Fleiß nicht mit Enttäuschung und Angst verbunden, das war der Unterschied, der mich begeisterte und glücklich machte.

Ich entdeckte ein weiteres Zimmer, das ein Schlafzimmer war. Ich ging davon aus, dass es das Schlafzimmer meiner Eltern war, mit einem Ehebett; es gab jedoch mehrere Einzelbetten. Meine Mutter erschien und meine Mutter hatte weitere Söhne, aber das schmerzte nicht. Ich schaffte es nicht, die Gesichter dieser anderen Söhne zu sehen, dieser Wesen, dieser Brüder, die in dieser zerfließenden Zukunft lebten. Ich schaffte es auch nicht, meine Mutter genau zu sehen, aber sie war da, als wäre sie über den ganzen Raum verteilt, als wäre ihr Geist in der Luft verstreut oder ausgesät. Ich schaffte es nicht, die Dimensionen des Schlafzimmers auszumachen, auch wenn ich die Betten sehr deutlich vor Augen hatte. Viele Menschen lebten dort. Warum lebten in der Zukunft so viele Menschen in der Wohnung meiner Eltern, wo doch in der Wohnung meiner Eltern in der Vergangenheit nur mein Bruder und ich lebten?

Es war ein Traum, ja, aber es war nicht nur ein Traum. Es war Balsam, Trost, weil unser Verstand weise ist, als würde in unserem Verstand jemand leben, der mehr ist als wir; manchmal habe ich das Gefühl gehabt, als gäbe es hinter mir ein anderes Wesen, ein anderes Wesen, das am Tag meines Todes aus mir herauskommt. Ich habe oft an dieses Wesen gedacht und habe ihm schließlich einen Namen gegeben: »Der Maschinist«.

Es sind Träume, die den Freispruch suchen, damit mein Körper weiterleben kann, weil er sich freigesprochen fühlt. Der Maschinist weiß, dass ich mich schuldig fühle, er denkt, dass mein Unterbewusstsein mich verdammt, weil ich nicht in ihrer Nähe war, als sie alt wurden, weil ich aus Barbastro weggezogen bin, deshalb bietet er mir milde Träume, in denen meine Eltern weiterhin leben und ich nicht existiere. Meine Inexistenz in diesem Traum symbolisiert meine Verurteilung, aber es gefällt mir, nicht zu sein, und so wird, wenn ich verurteilt werde, meine Sehnsucht, nicht zu existieren, die Richter, die mich verurteilen sollen, irremachen, weil die Verurteilung das Ergebnis jedweden Urteils zu Familienangelegenheiten ist. Der Freispruch ist unbedeutend und zu vergessen.

Wir erinnern uns nur an die Verurteilungen.

Der Freispruch wird nicht erinnert, so sind wir Menschen.

Trotzdem, meine Schuld ist problematisch. Es ist das schwarze Loch aller Leben menschlicher Grenzgänger, jener, die wir zwischen dem Guten und dem Bösen standen.

Ich wachte mit einer gewissen Freude auf. Ich war froh, meine Eltern noch einmal gesehen zu haben, aber ich sah sie in einer künftigen Zeit, in der Zukunft, einer Zukunft ohne mich. Ich habe einen trügerischen Zeitstrahl gesehen, einen Alternativplan, meine Eltern gründeten eine andere Familie, zu der ich nicht gehörte, in der ich nicht existierte.

Ich fühlte mich nicht ausgeschlossen, ich fühlte mich nicht schlecht.

Allem wohnte eine unbeschreibliche Zärtlichkeit inne, als betrachtete ich eine zweite Chance; meine Eltern schienen mit anderen Kindern glücklich zu sein, und ich war nicht da, meine Abwesenheit verbesserte das Leben meiner Eltern, und das machte mich glücklich, ich hatte keine Angst zu verschwinden.

Ich hatte keine Angst zu verschwinden, und wenn es mit Stumpf und Stiel wäre.

Wäre ich ein böses Kind gewesen, dieser Makel wäre für immer ausgelöscht.

War ich ein böses Kind?

Wenn ja, dann aufgrund meiner Unfähigkeit, nicht weil ich es sein wollte.

Man kann ein unfähiges Kind sein.

Niemand ist darauf vorbereitet, Vater zu sein oder Sohn.

Ich hätte in der letzten Zeit mehr tun können, natürlich. Meine Söhne werden mir das heimzahlen, damit wäre die Rechnung beglichen. Hier bleibt nichts offen. Schuldenfrei. Die Schulden werden mit meinem eigenen Vergessen bezahlt.

So, wie der Traum sich auflöste, begann ich mich daran zu erinnern, wie das Schlafzimmer meiner Eltern in der Vergangenheit war, das heißt das Schlafzimmer, wie es wirklich war.

Niemals mehr werde ich dieses Schlafzimmer sehen. Ich muss eins ums andere die Dinge meiner Eltern nennen, die ich nicht mehr sehen werde.

Ich erinnere mich, dass ich immer sehr gerne das wirkliche Schlafzimmer meiner Eltern, wie es in der Vergangenheit war, betrachtet habe.

Ich habe also in einem Traum gesehen, wie meine Eltern in der Zukunft lebten.

Wie wird mein Tod in dreitausend Jahren sein? Die Toten bleiben, sie verändern sich, überdauern.

Der Tod eines Menschen geht und kommt in der Zeit. Alle Toten gehen und kommen. Sie machen andere Dinge als zu Lebzeiten.

Im Tod setzt sich eine frenetische Geschäftigkeit fort.

105

Ich war sechs Jahre alt und ging in das Schlafzimmer meiner Eltern. Ich dachte, es sei ein Raumschiff. Ich wiederhole mich, es ist immer dieselbe Litanei, dass es vollkommen unmöglich ist, dieses Schlafzimmer jemals wiederzusehen: die hell gestrichenen Wände, die Vorhänge, das Bett und die Bettwäsche, das Nachttischchen, ein Sessel, eine Lampe, ein Schrank. Ich sehe meine Erinnerung, während meine Erinnerung die Vergangenheit sieht.

Die Gegenwart, in der der Mensch lebt, verwandelt die Vergangenheit in ein Rätsel; trotzdem ist die Gegenwart kein Geheimnis, aber wenn sie zu Vergangenheit wird, dringt das Rätselhafte in sie ein, deshalb betrachte ich die Gegenwart durch eine Lupe, ein Mikroskop, in dem Versuch zu sehen, wie sich ihre Umwandlung vollzieht: Ein beendetes sonntägliches Essen mit Bra und Valdi zum Beispiel führt bei mir zu dem Wunsch zu wissen, wie meine Söhne sich an dieses Essen in dreißig Jahren erinnern werden. Und dann offenbart mir dieses Essen seine Geheimnisse, seine spirituelle Wucht, seine gelbe Bauchspeicheldrüse. Wie werden sie diese Sonntagsessen erinnern, wenn ich tot bin und mich in Ferne verwandelt habe?

Die Vergangenheit sind Möbel, Flure, Häuser, Wohnungen, Küchen, Betten, Teppiche, Hemden. Hemden, die die Toten trugen. Und Nachmittage, vor allem Sonntagnachmittage, wenn die menschliche Geschäftigkeit ausgesetzt ist und wir die Natur, die wesentlich ist, wieder in den Blick nehmen und wir die Luft sehen, die Brise, die leeren Stunden.

Der Tod verhindert die Fortsetzung des Altwerdens und, obwohl das unsinnig scheinen könnte, insofern, dass die Idee, ein

Toter habe Geburtstag, verwerflich wäre, die Lebenden verbuchen die Geburtstage der Toten, als wären sie abwesende Lebende; sodass die Bindungen fester werden und die Buchführung zwischen den Lebenden und den Toten ungewöhnliche Schnittstellen offenbart, die der Tatsache geschuldet sind, dass der Tod keinen Inhalt und dass das Leben ohne den Tod keinen Sinn hat.

Ich bezog mich dabei allerdings auf die uneitlen Toten, die Toten, die zu Lebzeiten nicht berühmt oder besonders waren.

Der Tod gibt dem Leben eines jeden Menschen eine unerwartete Bedeutung. Es wird nie wieder eine Nachricht geben. Die Bewegung friert ein. Der Tod zeichnet jene aus, die im Leben scheiterten, jene, die nicht auf den Titelseiten der Zeitungen, die nicht in den Fernsehnachrichten, auf Fotos vorkamen, die keine Berühmtheiten oder Ikonen waren.

Die zu Lebzeiten Berühmten und Gefeierten werden vom Tod mit unzeitgemäßen Fotos und Bewegtbildern, denen sie nicht entfliehen können, die sie gefangen halten, bestraft.

Sie sind in dem Leben, das sie geführt haben, gefangen.

Die anonymen Toten sind nicht der Lächerlichkeit des Laufs der Zeit preisgegeben. Sie waren auf keinem der Fotos, an die erinnert wird, zu sehen. Sie sind niemand, sie sind Wind, und der Wind macht sich nicht lächerlich.

Man sollte sich niemals fotografieren lassen.

106

Die Sonne dringt durch die großen Fenster meines Apartments in der Avenida de Ranillas, Nummer sechzehn, erste Treppe, fünftes Apartment, »B« wie »Barcelona; es trägt die Seele meiner Eltern in sich, er, mein Vater, hieß Bach und meine Mutter Wagner, weil ich schlussendlich zwei Namen aus der Musikgeschichte für sie fand. Ich habe sie bereits zu Musik gemacht, weil unsere Toten sich in Musik und Schönheit verwandeln sollten.

Ich kaufte mir endlich eine Spülmaschine, sie ist weiß, will heißen, es ist keine bestimmte Marke, aber sie funktioniert. Ich spüle nicht mehr. Sie kostete zweihundertfünfzig Euro.

Mutter Wagner, du hattest niemals eine Spülmaschine. Das sagte die Stimme, als wir deine Wohnung ausräumten: »Deine Mutter hatte ja gar keine Spülmaschine, warum hast du ihr keine gekauft?« Jeder hat heutzutage eine Spülmaschine. Du hättest sie seit Anfang oder Mitte der Neunzigerjahre haben können, ab da – nehme ich an – gab es in Spanien erschwingliche Spülmaschinen. Natürlich gab es sie auch davor, ich denke, seit Ende der Sechziger bis Anfang der Achtziger, aber vor allem in Kneipen und Restaurants und nicht in Privathaushalten. In den Privathaushalten in den Neunzigern. Aber du hast ungefähr fünfundzwanzig Jahre deines Lebens, und ohne dass es nötig gewesen wäre, mit Spülen vergeudet.

Ich erinnere mich an die Stapel Abwasch nach den Weihnachtsessen, die du alleine spültest; heute sehe ich diesen Abwasch, wo es zu spät ist, oder die Backbleche mit den festgebackenen Cannelloniresten, die man mit dem Topfreiniger bearbeiten musste, damit man sie abbekam; und diese Cannelloni mochte

Johann Sebastian so sehr; und es gab so viele Gerichte und Rezepte, die mit dir verschwanden; und auch die Fröhlichkeit dieser Gerichte kam abhanden; ich erinnere mich, dass wir dir nicht beim Spülen halfen, wenn überhaupt beim Abtrocknen, wir halfen dir überhaupt nicht.

Wir blieben am Tisch sitzen, als wären wir was Besseres. Und jetzt weiß ich, wie das ist.

Seit ich alleine bin, weiß ich, was das bedeutet, eine verdammte Küche sauber zu halten: Es ist eine ermüdende Arbeit, es ist Kunst, es ist etwas, das niemals aufhört, weil eine Küche nie sauber wird.

Man kann das ganze Leben darauf verwenden, die Küche sauber zu halten, so war das für viele Frauen. Sie lebten in der Küche, deshalb schaue ich mir meine Küche in Ranillas an und benutze sie, um mit Wagner, meiner Mutter, zu kommunizieren.

Wenn ich meine Küche streichle, streichle ich die Seele meiner Mutter. Wenn ich alle Küchen dieser Welt streichle, streichle ich Millionen versklavter Frauen, deren Namen ausgelöscht wurden und jetzt Musik sind. Die Musik meines aufgewühlten Herzens.

107

Ich mache meinen Einkauf bei der Lebensmittelkette Dia. Es gibt einen Dia um die Ecke von Ranillas.

Ich betrete den Laden, er ist voller Leute, Leute, deren Leben eine Katastrophe ist, Erben der Krise und der Arbeitslosigkeit und des Nichts. *Hola, compañeros*, kauft die namenlosen Joghurts, sie schmecken zwar nicht wie die von Danone, sind aber unendlich viel billiger. Ich liebe es, im Dia einzukaufen: Alles ist billig und einfach und offensichtlich und essbar, es passt zu meinem Leben. Alles ist billig, weil es fast abgelaufen ist. Wenn man sich das Verfallsdatum ansieht, wird deutlich, dass das einen großen Teil der Produkte betrifft. Die Kekse sind fast abgelaufen, der Fisch ist fast abgelaufen, deshalb gehen sie mit den Preisen runter, weil die Produkte etwas fast Leichenhaftes haben. Abgelaufene Kekse sind wie Leichen. Es macht Angst, abgelaufene Sachen zu essen, es ist, als würde man sich in den Ofen der Lebensmittelindustrie stürzen. Die Techniken, die die Verfallsdaten der Produkte zu überwachen haben, sind ebenfalls über die Zeit. Die Leute sind über die Zeit. Zu sterben heißt, über die Zeit zu sein, ich will damit sagen, dass wir das Konzept des Zu-Ende-Gehens auf alles, was uns umgibt, erweitert haben. Und so ist die Dimension oder die Bedeutung unseres Todes nicht so weit von der Dimension und der Bedeutung eines abgelaufenen Joghurts entfernt.

Das Verfallsdatum ist ein Datum der Trauer.

Die Toten haben kein Verfallsdatum; aber die Lebenden schon. Der Tod ist der Ort, wo der Verfall nicht mehr zählt.

Eine Literflasche Coca-Cola Zero kostet einen Euro: eine symbolische Gerechtigkeit, weil Flüssiges und Monetäres gleich berechnet wird. Die Leute, die in meinem Viertel um elf oder zwölf Uhr mittags im Dia einkaufen, sind Arbeitslose, Alte und Hausfrauen, Verrückte und Kranke. Alte, die das Geld in der Hand halten und sich eine Dose Orangenlimonade kaufen und eine Tüte Süßigkeiten und die Geldstücke auf die Theke werfen und die Kassiererin muss die schmutzigen Geldstücke zählen, voller Schweiß der dementen Alten, die eine Windel trägt und grauenhaft stinkt. Wenn diese Alte Englisch sprechen würde, wären wir in einer Filmszene des amerikanischen Realismus, voll rauer Poesie, aber in Spanien und Spanisch sprechend und dazu noch mit dem Akzent von Zaragoza, bleibt uns nichts: keine raue Poesie, keine Transzendenz, nichts Heldenhaftes, kein Nichts; uns bleibt lediglich die Exotik eines bescheidenen Menschenschlags. Aber das ist egal, das Beunruhigendste ist meine Neigung, mich mit dem Unglück zu verbrüdern: nicht Abhilfe zu schaffen, sondern es zu meinem zu machen, es ins Herz zu schließen. Ich schließe die Alte ins Herz und ich liebe sie. Und ich denke daran, dass diese Achtzigjährige einmal ein kleines Mädchen an der Seite einer jungen Mutter war. Daran denke ich, mit aller Kraft.

Ich war die ganze Woche über allein in meinem Apartment.

Kleine Ausflüge in die Küche, in das Schlafzimmer, in das Badezimmer, Rundgänge durch das Zimmer, in dem ich schreibe, den Fernseher anmachen. Die Küche betrachten, das Geschirr, das Besteck, die *cafetera.* Das ungemachte Bett im Schlafzimmer betrachten. Den Terminkalender betrachten. Mich auf das Sofa legen. Ich verbrüdere mich mit meiner Traurigkeit, als stamme sie von einer dritten Person, das ist auch etwas, was mich beunruhigt und was mich erdrückt, ich denke, dass ich verrückt werde.

Es ist die Verbrüderung mit allem, was schlecht lief; damit verbrüdere ich mich, mit allem Elend, mit allem Leid; und ich bin sogar in der Lage, mich mit etwas zu verbrüdern, das unendlich viel größer als das Elend ist: Ich verbrüdere mich mit der Verlassenheit der Männer, der Frauen, der Bäume, der Straßen, der Hunde, der Vögel, der Autos, der Straßenlampen.

108

Wenn es Morgen wird, schaue ich auf die Straße, noch fahren keine Autos. Die ganze Welt schläft. Ich habe keinen Zeitplan, ich kann zu Bett gehen, wann ich Lust habe, ich kann durchmachen, ich kann um drei Uhr morgens auf die Straße schauen; ich kann, wenn ich will, um vier Uhr morgens bei drei Grad unter null am Ebro entlangspazieren, aber ich mache es nie, weil ich denke, dass mich jemand sehen könnte, und das schreckt mich ab. Ich könnte um fünf Uhr morgens am Fluss entlangspazieren, aber ich habe Angst, dass mich das nervös machen, an meinen Nerven zerren würde. Ich könnte mir das Wasser des Ebro um sechs Uhr morgens ansehen, wenn die Dämmerung sich ankündigt.

Es fahren keine Autos durch die Avenida de Ranillas, Actur-Viertel, Stadt Zaragoza, Nordspanien.

Die Leute schlafen, aber ich nicht.

Ich habe Lust, mich davonzumachen.

Ich habe einen neuen Wischmopp gekauft.

Ich wische so gerne, dieser Moment, wenn plötzlich der Boden wieder glänzt und man einen Sieg, einen Triumph über den Schmutz und den Staub errungen hat. Das ist wie eine Läuterung. Ich wische den Boden wie jemand, der Seelen läutert. Vielleicht könnte ich meine inneren Organe reinigen: meinen Magen herausnehmen und ihn reinigen, meinen Darm herausnehmen und ihn reinigen.

Ja, ich habe Lust abzuhauen.

Ich werde ein paar Tage in Madrid sein, auch das gefällt mir sehr.

Ich mag Madrid, mit seinen Millionen Straßen und Umgehungsstraßen und Autobahnen und Vierteln, die ich nicht kenne. Ich muss endlich schlafen gehen. Ich schiebe den Zeitpunkt, ins Bett zu gehen, zu sehr raus. Früher hatte ich in dem Städtchen, in dem ich geboren wurde, Barbastro, einen Freund, der nicht vor fünf oder sechs Uhr morgens zu Bett ging.

Ich könnte ihn Giuseppe Verdi nennen.

Er war doppelt so alt wie ich, sogar fast dreimal so alt wie ich. Er sah sich nachts immer Filme an, in eine unbeschreibliche Freude versunken, auf faszinierende Weise von seinem Zeitvertreib berauscht; ich erinnere mich in diesem Moment an ihn, an seine langen Winternächte im Barbastro der Siebziger- und Achtzigerjahre; Nächte, die Verdi lesend verbrachte und, als die Videorekorder aufkamen, bis zum Morgengrauen Filme schauend. Wie gerne würde ich ihn wiedersehen und ihm sagen, dass ich ihn immer bewunderte und dass er in meinem Herzen ist, dass ich ihn im Herzen trage. Eigentlich war er ein Freund meines Vaters, so etwas wie ein abgetretener Freund, ein zugewiesener Ausbilder. Ein Freund meines Vaters, der schließlich auch mein Freund wurde.

Er war ein freier Mann, er lebte für seine beschaulichen Freuden. Mein Vater schätzte und mochte ihn sehr, obwohl sie sehr unterschiedlich waren. Mich wunderte, dass mein Vater und ich einen gemeinsamen Freund hatten. Einmal, ich war noch ein Kind, gab er mir einen Briefumschlag mit hundertfünfzig Peseten. Wir haben auch Jahre später, als ich älter war und wir inzwischen befreundet waren, nie darüber gesprochen. Ich sagte Verdi nie, dass er mir als Kind dieses Geschenk gemacht hatte, dieses abstrakte Geschenk, das mich beunruhigte, weil es wohl das erste Mal war, dass mir jemand Geld schenkte. Verdi war Single und starb sehr einsam und zu früh. Er hatte keinen guten Tod, auf jeden Fall mochte ich nicht, wie er gestorben war. Er hatte keinen Sinn mehr darin gesehen zu leben. Das Leben der Singles ist kurz. Wenn der Körper Jugendlichkeit und Kraft verliert, geben sich die

Singles auf. Vor allem die Männer. Und vor allem diese Generation von Männern, denen man nicht beigebracht hatte, wie man einen Haushalt führt: Männer, die nicht einmal wussten, wie man ein Bett macht. Am Ende wurden sie Opfer dieser Erziehung, die sie theoretisch auf ein privilegiertes Leben vorbereiten sollte.

Meine Freundschaft mit Verdi war besonders, weil sie sich auf jene meines Vaters mit Verdi gründete, es war, als hätte unsere Freundschaft eine Garantie, einen Rückhalt, eine unstrittige Gewähr, und ich fühlte mich sicher.

Als ich sechzehn oder siebzehn Jahre alt war, führte ich unzählige Gespräche mit Verdi. Ich hatte keine Freunde in meinem Alter, ich hatte nur Verdi. Später, mit der Zeit und dadurch, dass ich nach Zaragoza zog, entfernten wir uns voneinander, und schließlich starb Verdi. Und, wie immer, ging ich nicht zu seiner Beerdigung. Ich bin bei keiner Beerdigung von irgendwem gewesen, der mir wichtig war, vielleicht ist mir aber auch niemand im Leben wichtig gewesen. Ich schließe das nicht aus.

Verdi verlöscht bereits in meiner Erinnerung. Er ist bereits ein anonymer Toter. Es gibt im Internet keine Fotos von ihm. Ich habe per Google nach ihm gesucht, keine Spur. Nichts. Selbst von meinem Vater gibt es Einträge.

Bach, zwei Einträge im Internet.

Verdi, kein einziger.

Der Tod Verdis ging mir sehr nah, ich verstand seinen Tod nicht. Ich habe bei keinem den Tod verstanden. Verdi war sich des Lebens so sicher, er war so leidenschaftlich lebendig, dass sein Tod ihn in meinen Augen zu einem Lügner, einem Betrüger machte. Ich verurteile ihn nicht, ich preise ihn. Wenn ich nur die Diskrepanz zwischen lebendig sein und tot sein aufheben könnte, sie ist so wenig belastbar und unverhältnismäßig; darum geht es: um den unsinnigen und schuldhaften Übergang von vitaler Bewegung zum Rigor Mortis.

Es zerreißt mir das Herz, weil ich diese hinterlistige Bewegung, die von dem, was sich bewegt, ausgeht und auf das Unbewegliche und Stumme zielt, nicht verstehe.

Jeder, der Verdi gekannt hätte, würde das verstehen. Sein Tod hat im Grunde die leere Faust Gottes, die auf etwas einschlägt, offenbar gemacht. In Barbastro erinnert sich schon niemand mehr an ihn. Johann Sebastian lud ihn manchmal zum Essen zu uns nach Hause ein.

Und Wagner machte Cannelloni.

Diese Essen waren friedlich und zärtlich. Barbastro war ein glückstrahlendes Städtchen durch die Menschen, die dort lebten, vor allem in den Sechziger- und Siebzigerjahren. Es waren außergewöhnlich einnehmende Menschen.

Ich habe unzählige Stunden mit Verdi geredet. Wir haben uns zusammen Filme angesehen. Währenddessen ahnte keiner von uns beiden etwas von dieser Zukunft, von der aus ich heute schreibe.

Wenn wir etwas geahnt hätten, hätten wir uns eine Kugel gegeben oder wir hätten eine Regierung gestürzt; nicht nur eine, alle Regierungen dieser Welt.

Verdi war ein außergewöhnlicher Mensch und er war glücklich. Und die Momente, die wir zusammen verbrachten, werden niemals wiederkehren, das ist mein Problem. Das waren die Siebzigerjahre, als das Leben noch langsamer verlief und man dabei zuschauen konnte. Die Sommer waren ewig, die Abende unendlich lang, und die Flüsse waren noch nicht verseucht.

Der Monat Juni kam nach Barbastro wie ein Gott, der das Leben der Menschen erstrahlen ließ.

Es war das Paradies. Es war mein Paradies. Sie waren mein Paradies, mein Vater und meine Mutter, wie sehr liebte ich sie, wie glücklich waren wir, und wie sind wir abgestürzt. Wie wunderbar war unser Leben zusammen, und jetzt ist alles verloren. Und scheint unmöglich.

109

Ich treffe niemanden, ich verabrede mich nicht zum Abendessen oder Mittagessen, nicht einmal auf einen Kaffee, wenn ich hier bin, in dieser Stadt, in meiner Casa de Ranillas. Als müsste ich mich mir selbst widmen, als wäre das dringend notwendig, für mich und damit auch für sie, die von mir geliebten Menschen. Wer sind meine geliebten Menschen? Das Leben ist nicht komplex, das ist Betrug, Eitelkeit, mehr nicht. Es gibt nur die geliebten Menschen. Nur die Liebe.

Ich möchte niemanden treffen, weil ich mit mir bin, weil ich mit mir selbst verabredet bin, weil es mich sehr in Anspruch nimmt, mit mir zu sein. Es ist eine Sucht, mit mir selbst zu sein.

Ich sehe nur meine Söhne, und sie sehen mich nicht. Ich sehe, wer mich nicht sieht. Ich sehe ein Foto mit einem Kind mit der unteren Körperhälfte des Vaters. Das sind Johann Sebastian Bach und ich. Der Mund offen und der Schlüsselbund von Johann

Sebastian Bach und seine Schuhe. Ich erinnere mich, dass mir dieses Poloshirt gefiel, ich war schon als Kind eitel. Ich bin immer noch auf dieser Welt, aber Bach ist fort. Er war bereits auf dem Weg, als jemand dieses seltsame und gleichzeitig fröhliche Foto machte. Und dieses Weggehen dadurch versinnbildlichte, dass nur die Hälfte des Körpers zu sehen ist.

Millionen von Vätern und Söhnen marschieren durch die Straßen von Tausenden von Städten dieser Welt, ein großer Aufmarsch.

Die Wolken verstummen bei deinem Gang dem vollkommenen Vergessen entgegen.

110

Mein Apartment de Ranillas ist sonnig, es feiert das Erstaunen angesichts der Existenz der Sonne. Noch nie im Leben betrachtete ich die Sonne in ihrer ganzen Herrlichkeit wie an diesen Morgen in Ranillas. Ich habe darüber nachgedacht, weil ich mehr als die Sonne sehe.

Das Licht scheint zu kommunizieren, es ist, als bestünde es aus Wörtern.

Vor der Romanisierung muss es in diesem Land einen Sonnenkult gegeben haben, ich spüre es; Leute, denen dasselbe wie mir passiert ist: die Sonne kam ihretwegen.

Die Sonne kam mich besuchen.

Und die Sonne ist großzügig.

Sie gibt einem, worum man sie bittet.

Der Besuch der Sonne, die Sonne beschließt, einige Menschen zu besuchen, und sie zeigt sich vor ihnen nackt, sie zeigt, dass sie das Licht ist. Das Licht und die Sonne sind eine Familie, und ihr Sohn ist die Hitze.

Die Freundschaft der Sonne.

Ich bitte die Sonne um meine Toten, darum, dass sie ihre Körper erleuchte, und sie macht es. Die Sonne ist Gott. Der Sonnenkult ist mein Kult. Die Anbetung der Sonne ist die Anbetung des Sichtbaren. Und das Sichtbare ist das Leben. Dass wir leben, liegt daran, dass die Sonne unsere Körper mit Licht flutet, und nur im Licht sind wir wirklich und stofflich.

Das atemberaubende Licht dringt in mein Schlafzimmer, das ein bescheidenes Bad hat. Dort dusche ich. Ich habe Shampoo und Conditioner für die Haare.

Die Anstrengung zu duschen, daran denke ich; so vergehen die Jahre, die Anstrengung des Körpers, immer wieder dem Wasser ausgesetzt zu sein, das Bewusstsein von allem unter dem Wasser der Dusche, der Wasserverbrauch, um einen Körper zu waschen, der nichts mehr verdient, aber kein Körper verdient nichts.

Es gibt ein kleines Zimmer für Brahms und Vivaldi, aber sie schlafen nie dort. Dieses kleine Schlafzimmer, in dem sie niemals schlafen, in dem niemals irgendein Musikgenie schlafen wird, ist sehr schön. Ich gehe hinein, und es ist leer, und diese Leere scheint mir ein Lebewesen, ein Bruder.

Der leere Bruder. Der unsichtbare Musiker. Das Licht ist stark, es ist Wille. Es macht die menschliche Abwesenheit in diesem Zimmer sichtbar und führt dazu, dass sich diese Leere in eine schwarze Träne verwandelt, für meine Söhne, die nicht da sind.

Bra und Valdi entfernen sich aus meinem Leben, weil sie älter geworden sind, weil ich sie wenig sehe, weil die Menschen ausweichen. Wir weichen aus.

All das ist jungfräulich. Man verliebt sich in das bloße Licht, in die Tatsache, dass es existiert, auch wenn es sich nicht über ein geliebtes Wesen ergießt. Das ist das Licht in meinem Apartment de Ranillas.

Ich hätte niemals gedacht, dass ich mich einmal in das Licht versenken dürfte.

Der Tod aller Menschen führt in dieses Licht.

111

Mein Kühlschrank ist klein, aber das ist besser so. Ich werfe nichts weg. Bach hat mir beigebracht, nichts wegzuwerfen. Er bestand immer darauf, nichts wegzuwerfen. Das war seine stärkste politische Überzeugung: Wirf kein Essen weg. Und ich habe diese Gewissenhaftigkeit geerbt. Bach sprach von einem Krieg, deshalb sollte man kein Essen wegwerfen. Bach war in diesem Krieg, er war Kind in diesem Krieg, er war gerade sechs Jahre alt geworden, als er begann. Manchmal erzählte er etwas, sehr wenig nur, vielleicht interessierte ihn dieser Krieg nicht als historisches Ereignis, sondern als etwas, das einfach so passiert war.

Ich hänge die saubere Wäsche auf und später nehme ich sie nicht ab, ich lege sie nicht in die Schränke. Ich lasse sie über Wochen auf dem Ständer in der Wohnung. Ich mag es, sie dort hängen zu sehen, wie diese hingerichteten, gehenkten Straftäter, die im Mittelalter unter freiem Himmel baumelten.

Ich räume die Wohnung auf und putze sie, mit dem Gefühl eines Pubertierenden, das ich nicht zu verstehen versuche, vor allem, wo ich älter als fünfzig bin. Ich wische die Küche und stelle die Waschmaschine an, die OK heißt. Das ist die Marke.

Ein guter Name: OK.

Gestern sah ich in einem Einkaufszentrum andere Küchengeräte dieser unbekannten Marke. Es sind die billigsten Geräte auf dem Markt und sie machen dasselbe wie die teureren auf dem Markt, und das müsste die Leute hellhörig machen. Eine zweihundert Euro teure OK macht fast dasselbe wie eine zweitausend Euro teure AEG. Fast jeden Tag wiege ich mich, ich habe eine gute

Waage, die sehr genau ist. Für zwanzig Euro kann man sich eine hervorragende Waage kaufen.

Eine Waage misst die Fettmenge im Bauch, im Gesicht, in den Händen, in den Venen.

Der Darmkrebs führte dazu, dass mein Vater extrem dünn wurde, wir sahen seine Essenz.

Er selbst war erschrocken über seine Essenz.

Bach wog schließlich siebzig Kilo. Und er war einen Meter und achtzig Zentimeter groß. In seinen guten Zeiten hatte er bis zu neunzig Kilo gewogen.

In den letzten Wochen wog er weniger als siebzig Kilo.

Er fiel auf vierundsechzig.

Ich wollte wissen, wie viel er wiegt, aber ich wusste nicht, wen ich um Hilfe bitten sollte. Ich war kurz davor, meine Waage mit ins Krankenhaus zu nehmen, um ihn zu wiegen.

Der Krebs führte dazu, dass er genauso viel wog wie mit sechzehn Jahren. Er bewegte sich in der Zeit zurück.

Er kehrte zum Jahr 1946 zurück. Ich betrachtete seinen schlanken Körper und bat das Schicksal, dass seine Gedanken und seine Hoffnung und seine Wünsche ebenfalls die eines Sechzehnjährigen wären.

Die zerstörende Kraft der Krankheit führt einen auf den Ursprung zurück, macht, dass man in die Jugend reist.

112

Ich fahre heute mit meinem Auto nach Madrid.

Ich fahre gerne mit meinem Auto. Nehme die Autobahnen. Halte in den Kneipen und Restaurants an den Autobahnen, wo alle niemand sind. Dort gibt es Kellner mit nebulösen Lebensläufen, man schaue sie sich an.

Ja, man schaue sie sich an.

In der Regel halte ich an einem Restaurant an der Straße, wo es ein sehr anständiges Mittagessen für acht Euro gibt. Ein korpulenter Kellner bedient mich. Immer frage ich mich, wie er es schafft, mit diesem Gewicht acht Stunden zu arbeiten.

Noch ein Mensch, der eine Waage braucht.

Lange bevor man nach Madrid reinfährt, sieht man vier Hochhäuser. Noch fast siebzig Kilometer bis in die Hauptstadt von Spanien, aber die Hochhäuser sieht man schon. Madrid hat lediglich vier Wolkenkratzer. Das ist nicht viel. Die Nutznießer der übermäßig vielen Wolkenkratzer in den Städten sind nicht die Reichen, wie ein Großteil der traditionalistischen spanischen Linken glaubt, sondern ist im Wesentlichen die Arbeiterklasse: Der Kapitalismus ist ebenso komplex wie das Universum.

Wir glauben, dass wir viel über den Kapitalismus wissen, aber wir wissen nichts. Der Kapitalismus gründet sich auf der Vielfalt unserer Gier. Die menschliche Gier ist unbeschreiblich. Seit Jahrhunderten beschreiben wir die Gier, und wir fassen sie nie. Der primitive Kapitalismus ist letzten Endes eine Form von Kommunismus.

Unsere Herzen gieren. Die Leute möchten große Wohnungen in den besten Städten besitzen, und sie möchten Ferienhäuser am

Meer und pralles Leben, und der Kapitalismus küsst uns. Er küsst die Linken und er küsst die Rechten und sie sind auf diese Weise durch die Gier verbrüdert, die die Welt voranbringt und die dieses Buch voranbringt.

Die R-2 ist eine gespenstische Autobahn, weil es fast keine Autos auf ihr gibt, und es gibt keinen Transitverkehr, weil sie etwas kostet. Sie wurde gebaut, um die Schnellstraßen nach Madrid zu entlasten.

Die R-2 ist wunderschön, weil ihre Einsamkeit beeindruckt; sie ist von Ödnis umgeben, von namen- und hoffnungslosem Land. Es gibt sehr wenige Autos auf der R-2, weil die Leute nicht zahlen wollen, sie entscheiden sich für die Schnellstraße, die länger dauert und voller Ab- und Auffahrten von Nebenstraßen ist und voll verfluchter Hinweise auf Geschwindigkeitsbegrenzungen. Ich hasse diese Schilder, weil darauf 80 steht. Ein Kreis und darin die Zahl 80. Oder schlimmer noch: die Zahl 60, weil der Staat den alleinigen Anspruch auf die Geschwindigkeit erhebt, das heißt der König von Spanien, das heißt Beethoven.

In diesem Buch könnte Philipp der Sechste gut Beethoven sein, der König der Musikgeschichte. Die spanische Monarchie und davor der Franquismus wachten über das Leben meiner Eltern und sie erwiderten das schlicht mit Gleichgültigkeit, einer Gleichgültigkeit, die aus der Natur stammt: die Natur im Angesicht der Geschichte.

Spanien sagte meinen Eltern nichts. Weder das franquistische noch das monarchische.

Nichts.

Während des Franquismus waren sie wenigstens jung, wenigstens das. Ich mag es nicht, was Spanien meinen Eltern angetan hat. Die Rechte Spaniens, immer da, unerschütterlich.

Die Rechte Spaniens, ewiger als die Kathedrale von Burgos.

Ich mag es nicht, was Spanien meinen Eltern angetan hat, noch, was es mir antut. Gegen die Entfremdung meiner Eltern kann ich nichts mehr tun, weil sie sich nicht mehr rückgängig machen lässt. Das Einzige, was ich tun kann, ist, dafür zu sorgen, dass es bei mir nicht so weit kommt, aber es ist schon fast so weit. Dass es bei Bra und Valdi nicht so weit kommt, aber bei ihnen wird es ebenfalls so weit kommen. Diese Entfremdung, die sich, weil sie von meinen Eltern erlitten wurde, mit mir verbrüdert, und ich küsse sie schließlich, und ich möchte mit ihr fortgehen, weil ich mich in sie verliebt habe.

Verliebe dich in den, der dich erniedrigt.

Wenn ich diese Entfremdung berühre, berühre ich sie. Ihre Leben. Ihre süßen Leben.

Diese Leute, die in den Kabinen der Mautstellen an der R-2 arbeiten, wer sind sie? Musiker irgendeines Orchesters irgendeiner Kleinstadt der verschwundenen Sowjetunion. Ich mag es, ihre Hände zu berühren, wenn ich bezahle, Menschenfleisch zu berühren. Die R-2 ist eher günstig, sie kostet sechs Euro, auch ist sie nicht so lang. Ich würde gerne in diesen kleinen Kabinen arbeiten. Und ein ehrenhaftes Leben führen wie die Leute, die darin alt werden. Die Arbeiter der R-2 bauen in diesen kleinen Kabinen eine Welt: Sie haben ihre Coca-Cola, ihre Heizung, ihr Handy, ihr Sandwich, ihre bequeme Kleidung. Es sind nette Leute. Leute ohne Ansprüche. Sie haben Ehemänner und Ehefrauen und Kinder, die sie erwarten, wenn sie mit der Arbeit fertig sind.

Dass einen jemand irgendwo erwartet, ist der einzige Sinn des Lebens und das einzige Ziel.

Seit ich nicht mehr trinke, scheinen mir alle Menschen so nett.

Seit ich nicht mehr trinke, habe ich keine Ansprüche mehr.

Irgendwann einmal wird Beethoven die politische Kontrolle verlieren und Spanien wird wieder eine Republik werden, weil Spanien ein Land der Gegensätze ist, es ist unberechenbar. Und alle vierzig oder fünfzig Jahre trennt sich Spanien von sich selbst.

Irgendwann einmal wird eine Nachrichtensendung mit dem Kopf von Beethoven am Pranger eröffnen.

Aufgepasst, mein Freund, auch wenn du die Neunte Symphonie komponiert hast, in Spanien ist alles gefährdet.

113

Ich sehe mich gezwungen, in einer Welt zu überleben, die fordert, dass man etwas kann, wo ich doch nichts kann. Ich stelle mir vor, dass du auch nichts konntest, Papá. Aber ich glaube, wir hatten unsere Gründe. Wenn Bra und Valdi mich mit demselben Wort ansprechen, mit dem ich dich angesprochen habe, sehe ich den Ursprung des Lebens geklärt, jene unablässige Herausforderung für die Wissenschaft. Und wenn man das Christentum auf eine andere Weise betrachtet, auf eine einfachere und grundlegendere Weise und weder fromm noch weihevoll, kann es uns die unschuldige Beziehung von Vater und Sohn glauben machen.

Unsere Unfähigkeit, einen Platz in dieser Welt zu finden, Papá, Geld zu verdienen, damit sie uns irgendwo mit Achtung begegnen, ist eine Form von Güte.

Du wolltest nichts und ich auch nicht.

Als du fast keine Aufträge mehr hattest, Mitte der Siebziger, erinnere ich, dass ein Freund, ein Bankdirektor, sagte, dass du eine so gute Stelle wie er verdient hättest. Und er schlug der Bank vor, dich einzustellen.

Ich war damals ein Kind, als ich die Geschichte hörte, dass du als Angestellter in einer Bank arbeiten würdest, aber ich wusste sofort, dass dies niemals passieren würde.

Es wäre die Lösung für all unsere Probleme gewesen.

Die Leute fanden dich so stattlich, mit deinem Anzug, deiner Krawatte, mit deinem Verhalten, mit deinem Stil, dass sie sofort etwas für dich tun wollten.

Du warst Johann Sebastian Bach, ein berühmter Musiker.

Aber du taugtest nicht zu so etwas.

Mamá malte sich aus, dass sie dich tatsächlich zum Bankdirektor ernennen würden.

»Du kannst doch mit Leuten, und das ist das Wichtigste als Direktor, du hast ein gutes Auftreten, ich werde sofort mit dem Kreisdirektor sprechen«, sagte dein Freund und trank noch einen Anis.

Ja, er hätte mit jemandem reden können. Aber ich wusste, dass daraus niemals etwas würde. Ich war ein Kind, aber meine Vorstellung von der Welt war die eines Erwachsenen.

Die Geschichte, dass man dich zum Bankdirektor ernennen würde, hielt sich ein paar Monate, Monate voller unbegründeter familiärer Euphorie. Man ernannte dich zu keinem Direktor von irgendwas. Auch mich ernannte man zu keinem Direktor von irgendwas. Das war 1974 oder 1975. Die Aussicht auf diese Stelle erleuchtete unsere Wohnung, und Wagner wollte schon neue Möbel kaufen, ein neues Auto. Wie glücklich Wagner gewesen wäre, wenn wir mehr Geld gehabt hätten. Mögen diese Lackaffen, die behaupten, dass Geld nicht glücklich mache, vom Elend heimgesucht werden.

Bis vor vier Tagen dachte ich, dass das Spanien, das ich erwischt habe, besser ist als das deine, aber jetzt glaube ich nicht mehr, dass es wirklich einen Fortschritt gibt. Gut, wir haben Computer und Mobiltelefone, aber Bra und Valdi rufen fast nie zurück, und wenn sie es tun, sprechen wir dreißig Sekunden oder fünfzehn.

Das spanische Labyrinth, in dem du alt wurdest, ist dasselbe wie das, in dem ich alt werde. Die Werte sind dieselben. Und dann war da noch etwas in deinem Charakter begründet, was auf meinen überging, etwas vergleichbar einer resignierten Bescheidenheit, die sich in dem Moment einstellt, wenn man einen Platz in der Welt gefunden hat, in dem Moment, wenn man sagt: »Da bin ich also.«

Das Jahr 1980 ist genauso wie das Jahr 2015.

Alle Welt will siegen, es ist dasselbe. Der Erfolg und das Geld, es ist dasselbe. Du hast dich am Ende dem Fernsehen verschrieben. Ich habe mich dem Internetsurfen verschrieben, es ist dasselbe.

Technologische Entwicklung zeigt sich in unserer Art und Weise, zu schlafen oder zu sterben.

Weder dir noch mir war es bestimmt, glücklich zu sein, es gab etwas und es gibt etwas, das dazu führt, dass sich alles verdreht; es hat mit einer Form von Mitgefühl für die Welt und alle Armen und Unglücklichen der Erde zu tun. Deshalb konnten wir nicht, kann ich nicht glücklich sein. Wir würden gegen die gebotene Höflichkeit gegenüber all dem bestehenden Unglück auf diesem Planeten und im Universum verstoßen.

Papá, hast du diese immense Zerstörung des Universums bemerkt, diese unendliche Einsamkeit der Toten und dieses Licht, in das du dich verwandelt hast?

Es ist nicht zufällig, dass meine Fantasie dir als Spitznamen den Namen des berühmten Johann Sebastian Bach gegeben hat, weil das deine Musik dort zwischen den himmlischen Körpern ist. Weil du Geist warst, eine Familie gründetest, und die Familie ist die Gegenwart des Unverrückbaren. Du warst Gott, Musik Gottes. Du warst die Musik desjenigen, der bleibt. Jeder Mann oder jede Frau will eine Familie gründen.

Die Menschen sind Familiengründer.

114

Es ist Sommer und ich bin in Ranillas, und die Insekten fühlen sich vom Computerlicht angezogen. So viele Insekten ich auch töte, es hört nicht auf. Sie kommen wegen des Lichts der Lampe, unter der ich schreibe. Es sind abscheuliche Kreaturen. Komisch sind sie auch. Wenn ich sie auf den Tisch klatsche, hinterlässt das einen kleinen, klebrigen Fleck. Sie sind nur Schmutz mit winzigen Flügeln. Sie haben das Glück, dass ihre Existenz weder Leben noch Tod ist, sie scheinen pflanzlicher Natur zu sein. Sie wirbeln herum wie Wollmäuse mit Flügeln. Sie sind alle anders. Ich betrachte die Überreste verschiedener Insekten. Einige sind grün, andere braun, andere fast schwarz. Unterschiedliche Größen.

Sie haben keine Familie.

Sie sind keine Familie. Die Familie ist eine Form von Wohlstand. Spanien ist eine begrenzte Einheit von Familien und Frankreich ebenfalls.

Keines dieser Insekten, die ich getötet habe, ist mit einem anderen verwandt.

Sie sind keine Ehemänner, weder Ehefrauen noch Kinder, noch Eltern.

Sie haben keine soziale Struktur.

Sie sind nur fliegende Exkremente.

115

Die Casa de Ranillas ist voller Staub. Ständig und überall ist es schmutzig. Valdi beschwert sich, dass er keine Deckenlampe hat. Valdi kommt, wann er Lust hat. Er lächelt nicht. Die großen Komponisten der Musikgeschichte lächeln nicht. Das ist eine Katastrophe. Aber die Katastrophe gibt es nur in mir. Valdi sieht sie nicht, weil die Heranwachsenden niemanden sehen, sie sehen noch nicht einmal sich selbst. Sie haben im Grunde einen guten Deal mit dem Leben. Sie wissen nicht einmal, dass sie leben; sie lassen sich einfach treiben.

Vor ein paar Tagen erfuhr ich, dass die Stadtverwaltung den Namen meiner Straße geändert hat, sie heißt nicht mehr Avenida de Ranillas.

Bist du das, Johann Sebastian, schickst du mir aus dem Totenreich eine Nachricht? Bedeutet die Namensänderung der Straße, dass ich Zaragoza für immer verlassen muss? Dein zweiter Nachname war Arnillas. Deshalb wollte ich in dieser Straße wohnen, weil das dein Name war mit zwei vertauschten Buchstaben. Ich glaube, dass du mir etwas sagen willst.

Als ich erfuhr, dass die Stadtverwaltung den Namen meiner Straße geändert hatte, fühlte ich mich wie vor den Kopf gestoßen. Ich verfluchte denjenigen, der diese Entscheidung getroffen hatte. Ich hätte ihn erschlagen können, weil das eine Beleidigung meines Vaters war. Ich warf mich auf das Ranillas-Bett und wollte vor Wut heulen, aber es kam nicht eine traurige Träne; diese Unfähigkeit zu weinen, die Männer über fünfzig zerstört; es ist uns nicht mehr erlaubt zu weinen, uns fehlt es an Kalium und Mangan, der Tränenbrunnen ist vertrocknet. Anstatt zu weinen, ertrinken wir in Angst. Sie haben den Namen meiner Straße verändert, und dein Nachname und deine Person verschwinden einmal mehr.

Du hast mir überhaupt keine Nachricht geschickt. Sie haben einfach nur den Namen einer Straße ausgetauscht, wie sie Gehsteige, Straßenlaternen, Busse, Banken, Statuen, Grundstücke tauschen.

Es gab überhaupt keine Nachricht.

Alles geschah in meinem Kopf.

Nur in meinem Kopf.

116

Ich muss die Zunge zwischen die Zähne schieben, damit ich sie nicht aufeinanderpresse. Die Zunge zwischen dem Oberkiefer und dem Unterkiefer. Ich war beim Zahnarzt, weil mir ein Backenzahn wehtat.

»Das ist keine Karies«, sagte er, »das ist ein Trauma. Sie müssen versuchen, Ober- und Unterkiefer nicht aufeinanderzupressen. Das sind die Nerven, ein psychologisches Problem, Stress, Angst; wahrscheinlich passiert das, während Sie schlafen. Die beiden Kiefer stoßen aufeinander, knallen aufeinander.«

Er machte eine Bewegung. Er presste die Kiefer aufeinander.

Also schiebe ich die Zunge zwischen die beiden Kiefer. Ich zahlte dem Zahnarzt zweihundert Euro.

Zweihundert Euro für die Nerven, weil ich keine Karies habe. Ich messe dem Geld zu große Bedeutung zu, aus dem einfachen Grund, weil ich nur wenig habe. Ich wüsste gerne, ob ich, wenn ich viel Geld hätte, ihm derart große Bedeutung zumessen würde. Auf jeden Fall verinnerlichen die Leute den Wert des Geldes, ohne zu merken, dass das zerstört oder dass es einen entfremdet. Wir alle tappen in die Falle des Geldes. Und wir alle sehen letzten Endes Geld als das endgültige und richtige Maß aller Dinge. Es ist wie der letzte Schritt hin zur Objektivität. Geld kommt von einer Angst vor der Objektivität. Angst vor dem Unwiderruflichen. Geld ist Sicherheit; es zu verlieren, macht uns verrückt; keins zu verdienen, macht uns zu geistig Behinderten, zu Idioten; Geld ist die größte Wahrhaftigkeit, und das ist außerordentlich, hier verdichtet sich alles in höchstem Maße, hier wird alles bedeutend.

»Ich weiß nicht, vielleicht ist die Karies nur nicht sichtbar«, sagte ich.

»Nein, unmöglich. Ich hätte es gesehen. Hier ist keine Karies«, sagt er.

Ich kehre in meine Ranillas-Wohnung zurück, die nicht mehr so heißt, und ich sehe im Fernsehen Nachrichten über politische Korruption. Eine Aneinanderreihung von Anschuldigungen gegen Politiker: Amtsmissbrauch, Betrug, Bestechung, Geldwäsche, Vorteilsgewährung, Veruntreuung von öffentlichen Geldern, Zugehörigkeit zu einer kriminellen Vereinigung etc.

Die spanischen Politiker besiegeln ihren eigenen Untergang, sie werden zu absurden Opfern, sie denken an nichts anderes, als sich Häuser und Autos zu kaufen und Luxusreisen zu machen, und an Hotels mit sechs Sternen. Sie sind absolut leer.

Sie sind geblendet von Reichtum, der Anhäufung von Reichtum. Sie können nicht alles ausgeben, was sie anhäufen. Aber das ist ihnen egal, es geht ihnen um den Akt des Anhäufens. Es ist, wie sich auf einen Stuhl zu setzen und der unaufhaltsamen Vermehrung des Geldes auf den Bankkonten zuzusehen, vor allem in der Schweiz, dem neuen Eldorado.

Es ist ein arithmetisches Vergnügen, die Freude, Rechenaufgaben zu lösen. Und in dieser Hinsicht scheint es fast ein kindliches Spiel mit Plus- und Minusrechnen. Es ist ein Kampf gegen die Langeweile: Irgendetwas muss man im Leben tun, etwas, das objektivierbar ist. Sie sind sich nicht bewusst, dass sie stehlen. Alsbald werden sie entdeckt und dann sind sie in langen Prozessen gefangen, aus denen sie normalerweise gut herauskommen, obwohl ihr guter Ruf gelitten hat. Sie haben kein Bewusstsein für ihr Verbrechen, und vielleicht ist das das Interessanteste, dieses Ausschalten des Verstandes; als ob die Tatsache, in der sozialen Hierarchie ganz oben angelangt zu sein, davon begleitet sein müsste, über dem Urteil anderer zu stehen, keinen Spiegel vorgehalten zu bekommen, straffrei und von Stillschweigen umgeben zu sein.

Und plötzlich wird das Schweigen gebrochen und der Spiegel wird ihnen vorgehalten und sie werden der Korruption bezichtigt, und sie sehen in dieser Anklage nur Ungerechtigkeit und Undankbarkeit.

Man hört, wie ihr Fleisch verdirbt. Voller Ahnung, dass sie sich in verstimmte, gebrochene, rasende Wesen verwandeln, sobald sie im Gefängnis landen; auch wenn sie niemals lange im Gefängnis sind, vielleicht drei Tage oder drei Monate. Niemals zu viel Zeit, und alles wird vergessen. Das Vergessen spielt zugunsten aller menschlichen Taten, sowohl der guten als auch der schlechten.

Die politische Verderbtheit in Spanien führt dazu, dass ich das Verderben des Fleisches meiner Eltern und meines eigenen vergesse.

Die politische Verderbtheit hat eine soziale Funktion, eine kathartische Funktion, die strafausschließend sein müsste. Die Leute vergessen ihr eigenes Elend, wenn sie im Fernsehen einen angeklagten Politiker sehen. Die Verdorbenheit der Politiker lenkt von unserer eigenen moralischen Verderbtheit ab.

Ich sehe in den Nachrichten, wie einer dieser Politiker das Gefängnis verlässt und wie er von seinen Töchtern abgeholt wird.

Voller Freude haben seine Töchter ihn abgeholt. Trotz allem, seine Töchter waren da. Sie lieben ihn weiterhin, für sie ist er der Vater. Nichts und niemand kann das zerstören. Jemand wartet auf ihn. Sie werden ihm keine Vorwürfe machen. Sie werden keine Flappe ziehen. Sie werden nicht sagen: »Wir sind gekommen, weil uns nichts anderes übrig blieb.« Sie werden sich nicht beschweren. Sie werden ihn auf beide Wangen küssen und lächeln. Ich beneide diesen Mann. Auf mich würde niemand warten.

Als ich klein war, ging meine Mutter mit mir zum Zahnarzt: Ein Eckzahn kam über dem ersten Backenzahn heraus; mein Eckzahn hatte keinen Platz; er schob sich vor den Backenzahn. Ich bekam eine Klammer; der Zahnarzt sagte, wenn ich die Klammer nicht tragen würde, sähe ich als Erwachsener wie Graf Dracula aus. Mein Vater ging nicht zum Zahnarzt. Mein Vater hatte einen Goldzahn. Er wurde ihm eingesetzt, als er jung war.

Ich hatte den Goldzahn meines Vaters vergessen. In meiner Kindheit war der Mund meines Vaters erleuchtet wegen jenes Zahns, der mir geheimnisvoll schien und mir etwas Angst machte.

Für mich als Kind war mein Vater der Mann mit dem goldenen Lächeln. Für mich war sein Mund ein Geheimnis, das die heldenhafte und übernatürliche Herkunft meines Vaters bekräftigte.

Ob der Goldzahn schmolz, als der Leichnam meines Vaters verbrannt wurde? Bei welcher Temperatur schmilzt Gold? Ich müsste diese Zahl bei Wikipedia nachsehen, und was würde mir das nutzen, wenn ich sie herausbekäme? Nahm der Forensiker, der die Autopsie machte, um den Herzschrittmacher zu entfernen, den Goldzahn an sich? Verkaufte er ihn, was bekam er dafür? Verkaufte er beides zusammen, den Goldzahn und den Herzschrittmacher?

Mein Vater hatte ein Herz aus Gold.

117

Ich fahre im Zug und habe gerade meine Tasche aufgemacht, um zu sehen, was darin ist. Darin sind ein Necessaire, ein Kamm und ein paar Schlüssel. Ich erinnere mich daran, wie das Necessaire meines Vaters alt wurde. Niemals war mir in den letzten Jahren in den Sinn gekommen, ihm eins zu schenken. Sein Necessaire mit seinen Sachen darin, seinem Geheimnis, war abgenutzt, es fiel fast auseinander. Es war ein altmodisches Necessaire, eins von denen mit einem Fach für eine Handseife und einem anderen für den Rasierpinsel. Ich bin mir ziemlich sicher, dass er dieses Necessaire sein ganzes Leben lang mit sich herumgetragen hat. Mein Vater war den Objekten treu, es war seine Art, auch dem Unbelebten Höflichkeit zu bezeugen. Es hätte ihn also nicht besonders gefreut, wenn ich ihm eins geschenkt hätte. Ich habe gerochen, was sich in meiner Reisetasche befindet: Es war der Geruch der Einsamkeit. Ich nehme die Witterung meiner Zugehörigkeit auf, um etwas mehr über mich zu wissen und über die Person, die mich in die Welt gesetzt hat.

Es gibt nichts, was die Einsamkeit eines Menschen besser beschriebe als sein Necessaire. Ich erinnere mich an die Handtaschen meiner Mutter. Wie einsam sie sich in den letzten Jahren gefühlt haben musste. Wir bauen uns zwischen allen anderen einen steinigen Weg in Richtung Einsamkeit. Mein Vater sagte, dass ich meiner Mutter sehr ähnele. Ich fragte ihn nie, warum. Ich wollte ihm ähneln. Ich glaube, dass ich keinem von beiden ähnelte, das macht die Fortpflanzung so unergründlich, dass die Wesen, die daraus hervorgehen, so anders sind.

Kein Sohn ähnelt irgendjemandem, weder seinem Vater noch

seiner Mutter, noch seinen Onkeln, noch seinen Großeltern, niemandem; wir haben das nie verstanden.

Ein Sohn ist ein neues Wesen.

Und er ist allein.

Wir pflegen zu sagen, dass er seinem Vater ähnelt oder seiner Tante oder einer Großmutter, um das Unvermeidliche zu vermeiden: dass dieses Kind ein einsamer Mann oder eine ebenfalls einsame Frau werden wird.

Und einsam sterben wird.

Es ist unsere Art, die Zukunft zu beschwören.

118

Es ist Sommer 1970. Wir sind am Strand, in Cambrils. Ende Juli. Ich bin ein Kind und vom europäischen Tourismus begeistert. Wir wohnen in einem Hotel, das Don Juan heißt. Ich bin hingerissen von den Autos der Deutschen, der Schweizer, der Franzosen. Ich frage meinen Vater, was die Buchstaben CH bedeuten, die auf den Nummernschildern einiger dieser Autos von 1970 zu sehen sind. Mein Vater sagt zu mir: »Confederación Helvética.« Jahre später würde ich das verstehen, als ich in der Oberstufe Julius Cäsar übersetzte und in dem Text die Helvetier vorkamen.

Cambrils ist ein Fischerdorf in der Provinz Tarragona. Ein Taxifahrer aus Barbastro, der vor langer Zeit starb, erzählt meinem Vater vom Hotel Don Juan. Mir macht dieser Taxifahrer Angst, er hat immer eine Zigarre im Mund. Er ist groß, hat einen enormen Bauch, ist sehr braun und hat dicke, wulstige Lippen, die von seinem Gesicht abzustehen scheinen wie Hängelippen. Jedes Mal, wenn ich ihn in den Straßen von Barbastro sehe, denke ich daran: »Das ist der Mann, der meinem Vater von dem Hotel Don Juan erzählt hat.«

Ich dachte, dass Männer, die reisen, eine Konföderation bilden, eine Art Gesellschaft, in der untereinander wichtige Informationen ausgetauscht werden. Mein Vater war Vertreter und jener Mann war Taxifahrer, sie machten mehr oder minder dasselbe.

Die Männer, die auf den spanischen Straßen der Sechzigerjahre des letzten Jahrhunderts reisten, gründeten die Konföderation.

»Für fünfzig Peseten kann man hier sehr gut essen«, erzählten sie sich.

»Für sechzig Peseten kann man hier sehr gut schlafen, saubere

Laken und warme Zimmer, und du kriegst ein gutes Frühstück«, erzählten sie sich.

Das dachte ich.

Es war eine Art »Booking Punkt com« (eine Gesellschaft gegenseitiger Hilfe) von Leuten, die sich in jener Welt zu behaupten wussten.

Johann Sebastian ist glücklich, am Meer zu sein. Er hat sich mit dem Besitzer einer Strandbude angefreundet, der ihm vormittags eine *Tortilla de patata* macht. Ich sehe, wie er diese *Tortilla* isst, ich sehe sofort, fünfundvierzig Jahre später, die gelbe Farbe des Eies mit der Kartoffel gemischt. Eine gütige Sonne strahlt über ganz Spanien.

Mein Vater hat einen Seat 1430. Er steht im Schatten, unter einem verflixten Eukalyptus.

Die Lieder von Dúo Dinámico laufen, Lieder, die den spanischen Sommer lobpreisen und denen mein Vater lauscht, im Juli 1970 an einem Strand von Cambrils.

119

Ich habe diese Gabe von Wagner geerbt. Sie hatte sie ebenfalls, aber sie pflegte sie nicht. Sie sah die Toten. Wagner sah die Toten, aber sie beachtete sie nicht. So war sie. Ihre göttliche Gleichgültigkeit, so bewundernswert sie auch sein mochte, hinderte sie daran, all jenes zu sehen, das nicht der Befriedigung ihrer Bedürfnisse diente.

Ich bin in meinem Apartment de Ranillas, versunken in die Betrachtung der wenigen Dinge, die ich besitze: ein Bild, ein paar Bücher, der Fernseher, die Vorhänge, der Sessel. Auf eine Prellerei folgte die nächste, weil zu leben zu dem geworden ist: von einem Betrug zum nächsten Betrug zu schreiten, Betrügereien, die einem Lebenszeit rauben.

Wenn sie einen betrügen, heißt das, dass man lebt: Wenn sie aufhören, einen zu betrügen, bedeutet das nicht, dass an diesem Tag die Welt eine bessere geworden wäre, sondern es bedeutet, dass man tot ist.

Weder Wagner noch Johann Sebastian haben sich betrügen lassen. Sie empörten sich. Am Ende wurden die beiden berühmten Musiker zu Greisen, die gegen das System waren, das heißt zu Zwölftonmusikern, zu Musikern der Avantgarde, die argwöhnisch die Preise der Dinge in den Supermärkten studierten, zwei geheimnisvolle Rentner, die Angebote kauften.

Hinter diesen Anwürfen gegen das Leben steckt nichts: keine Unternehmen, keine Körperschaft, nicht einmal der Teufel steckt dahinter.

Nichts steckt dahinter.

Eine große Leere, der wir dienen.

Niemand erwartet mich irgendwo, und das habe ich in meinem Leben verstanden: Ich muss lernen, durch die Straßen, durch die Städte, wohin auch immer es mich verschlägt, in dem Wissen zu gehen, dass mich am Ende der Reise niemand erwartet.

Niemanden interessiert es, ob ich ankomme oder nicht ankomme.

Man geht dann anders.

So, wie jemand geht, sagt etwas darüber aus, ob derjenige erwartet oder von niemandem erwartet wird.

Alle Familien verlassen die Erde.

Eltern, Kinder, Großeltern, die Familien verabschieden sich.

Millionen Familienszenarien lösen sich in diesem Moment in Luft auf. Die jungen Eltern, die ihre Elternschaft ernst nehmen, rühren mich: Sie lieben ihre Kinder, aber ihre Kinder werden sie vergessen. Kinder, die von Eltern geliebt werden, an die sie sich, wenn sie älter sind, nicht erinnern können.

Mein Herz scheint ein schwarzer Baum voller gelber Vögel, die kreischen und mein Fleisch durchbohren, als wäre ich ein Märtyrer. Ich begreife das Martyrium: Das Martyrium bedeutet, sich das Fleisch abzureißen, um nackter zu sein; das Martyrium ist ein Wunsch nach entsetzlicher Nacktheit.

120

Mein Vater war ein leidenschaftlicher Kartenspieler. Ich glaube, dass er an die zwanzig Jahre jeden Tag spielte, den er nicht unterwegs war. Er lächelte, wenn er zu seinen Spielrunden ging. Seine Spielrunden begannen um drei Uhr nachmittags, daran hielt er sich ganz genau. Deshalb musste er um Punkt zwei zu Mittag essen, damit er um drei bei seiner Spielrunde war, die sich in einem sehr beliebten Ort von Barbastro traf, im Stierkampfclub, wo an der Wand ein ausgestopfter Stierkopf hing. Als Kind betrachtete ich den Kopf mit einer Mischung aus Grauen und Zärtlichkeit. Mein Vater war Meister in zwei Kartenspielen, was ihm am besten gefiel, war *Pumba*, danach kam *Guiñote*. Er spielte von drei bis sieben Uhr abends. Als ich noch sehr klein war, habe ich ihm manchmal beim Spielen zugesehen. Er geriet mit den anderen Spielern ständig aneinander. Er war streng und unnachgiebig und hatte immer recht. Sie spielten um den *Café* und ein Glas Cognac. Einen Torres 5, so hieß der Cognac.

Die Karten waren sein Paradies. Er spielte aus Freude am Zufall. Niemals um Geld.

Ich glaube, *Pumba* zu spielen machte ihn unendlich glücklich. Das müssen die Sommertage 1969 oder 1970 oder 1971 gewesen sein. Und um sieben kam er nach Hause, um meine Mutter auf einen Spaziergang abzuholen, und sie gingen in eine Kneipe etwas trinken und mit den Leuten reden.

In dieser Zeit führte mein Vater ein ausgesprochen glückliches Leben. Ich erinnere mich an seine Hemden. Ich erinnere mich an seinen Schlüsselanhänger und an die Uhr, die er trug. Eine Citizen, in einem Uhrengeschäft namens La Isla de Cuba gekauft, das von Mutter und Sohn geführt wurde. Meine Eltern waren mit dieser Mutter und diesem Sohn befreundet. Mutter und Sohn waren geheimnisvoll, so geheimnisvoll wie der Name ihres Uhrengeschäfts; und auch wenn ich es nicht beschwören könnte, ich glaube nicht, dass sie besonders viele Uhren verkauften. Eines Tages verschwanden sie aus Barbastro, als wären sie weggezaubert worden. Und mit ihnen löste sich ihr Uhrengeschäft in Luft auf, es beendete seine Zeit unter den Lebenden. Heute ist dort ein anderes Geschäft, und vor diesem und nachdem La Isla de Cuba geschlossen hatte, das muss so um 1980 gewesen sein, gab es viele andere. Die Geschäfte kommen und gehen, einige halten sich ein Jahr, andere hundert Jahre, andere drei Monate, andere sechs Jahre, niemand weiß es, und wo früher ein Uhrengeschäft war, ist jetzt eine Kneipe oder ein Schuhgeschäft oder eine Bäckerei oder einfach nur ein leeres Lokal. Ich liebte und verehrte die Uhr meines Vaters. Sie schien mir die Uhr eines Königs zu sein; daher stammt meine Begeisterung für Uhren, von der Liebe, die ich für die Citizen meines Vaters empfand. Ich betrachtete ihr Edelstahlarmband, das Zifferblatt, die Zeiger, die Schließe, wie wundervoll, unerreichbar mir das alles schien. Mein Vater war unerreichbar, das war er immer für mich.

Als Kind konnte ich nicht verstehen, warum er so gerne *Pumba* spielte, warum verbrachte er so viel Zeit mit Kartenspielen, ich dachte, dass er diese Zeit mir schuldete. Er war ein berühmter Spieler in Barbastro. Sehr gefürchtet, weil er immer gewann, und wenn er nicht gewann, gab er den anderen die Schuld.

Die anderen waren schuld, dieser Umstand war in meiner Kindheit entscheidend. Angesichts jedweden Ärgers oder sogar Unglücks gab mein Vater den anderen die Schuld, vor allem meiner Mutter. Ich weiß nicht, was ihn da ritt. Mein Vater gab meiner Mutter die Schuld an jedem Missgeschick und meine Mutter lernte irgendwann, die Tatsachen nach ihrem Belieben so zu verdrehen, dass ein einziges Gefühlschaos entstand, das uns sowohl verzweifelt als auch traurig zurückließ.

Mein Vater war in seinen Vierzigern oft wütend; von vierzig bis fünfzig war seine Zeit des Zorns. Später beruhigte er sich. Als er siebzig wurde, hatte er sich endgültig beruhigt. Irgendetwas war in dem Stierkampfclub, in den er ging, passiert. Er musste sich mit jemandem gestritten haben und ging nicht mehr hin.

Er tauschte den Club gegen eine kleine Kneipe, die Bar del Cine Argensola. Mir schien das ein schlechtes Zeichen. Das war der Anfang seines Niedergangs als *Pumba*-Spieler. Mitte der Achtziger hörte er auf, Karten zu spielen, und begann fernzusehen. Er sagte niemals, warum er aufgehört hatte, Karten zu spielen. Ein weiteres Rätsel, das ich nicht mehr lösen werde. Die Rätsel der Vergangenheit, die ich nicht mehr lösen werde, machen mir das Herz schwer. Ich denke, dass in ihnen wunderbare Dinge stecken, die für immer im Verborgenen bleiben werden.

Zwischen 1968 und 1974 war er der König des *Pumba*. Dann änderte sich alles, das Goldene Zeitalter war vorbei.

Ruhig und konzentriert betrachtete er seine Karten, er berechnete die Möglichkeiten, die Partie zu gewinnen, er saß in der Nähe des offenen Balkons im Stierkampfclub und über sein Gesicht strich die Juninachmittagsbrise, die Brisen von 1970, als die Welt noch gut und Frieden in seinem Herzen war und Fröhlichkeit in meinem. Er beäugte die Gesichter seiner Gegenspieler und versuchte, ihren Schwächen auf die Spur zu kommen, und dachte die möglichen Fehler seines Mitspielers mit. Er wollte perfekt sein, das wollte er immer bei allem sein, was für ihn gut zu laufen schien, und er machte es auf seine Art.

Ich glaube nicht, dass noch einer jener Spieler lebt, die mit meinem Vater zusammengesessen und sich mit ihm gestritten haben, dort im Stierkampfclub, dem Casino, wo auch Ballabende stattfanden. Es gab eine kleine Bühne für das Orchester. Mein Vater kaufte mir eine Coca-Cola und ich setzte mich, um zuzuschauen, wie er mit meiner Mutter tanzte, und später bekam ich eine *Croqueta*, aber ich mochte sie nicht.

Eines Tages brachten sie einen Flipper, einen *Pinball*, in den Stierkampfclub. Und mein Vater war schon bald geradezu besessen davon. Und ich auch, ich musste knapp acht Jahre alt gewesen sein.

Es war eine regelrechte Zeremonie.

Wir kamen samstagmorgens gegen zwölf in den Stierkampfclub. Mein Vater kaufte mir eine Coca-Cola und wir zwei fingen an zu flippern.

Wir waren sehr glücklich. Wenn mein Vater dran war, die Flipperhebel zu bedienen, bewegte er häufig den ganzen Automaten, was zu Wackelkontakten führte, wodurch sich der Automat automatisch abschaltete und die Kugel verloren ging.

Jene silberfarbenen Kugeln, die mein Vater mit den Flipperhebeln bis ganz nach oben in den Automaten schoss, bis ganz nach oben in die Welt und das Leben und er sah die Kugel steigen und ich stand auf einem Stuhl, weil ich noch sehr klein war.

Die Stühle haben sich mir ins Gedächtnis gebrannt, es ist, als würde ich sie in diesem Moment sehen, Stühle von 1970.

Mein Gott, wie sehr es meinem Vater gefiel, Flipper zu spielen. Uns beide faszinierte, wie die silberfarbene Kugel zurückrollte, die Farben, die Lichter, die Geräusche; auf ihr Auftreffen zu warten mit dem Finger auf dem Knopf. Mein Vater liebte es, wenn es eine Extrakugel gab.

Ich auch.

Wir beide liebten es zu spielen. Immer wenn wir in irgendeiner Kneipe einen Flipperautomaten sahen, steuerten er und ich darauf zu. Wir spielten stumm. Wir verständigten uns mit Gesten. Es war ein Ritus. Ein vierzigjähriger Mann mit seinem achtjährigen Sohn.

Ich glaube, das waren die innigsten Momente, die es je zwischen uns gab, als wir Flipper spielten.

Wir waren damals Vater und Sohn, in einer Art und Weise, wie wir es niemals wieder sein würden.

Wir spielten sehr gut.
Wir waren ein einziges Wesen, wir verschmolzen miteinander.
Wir waren Liebe.
Aber niemals redeten wir darüber, niemals sprachen wir es aus.
Niemals.

121

Ich hatte in der Nacht zuvor getrunken, ich wachte auf, als das Telefon auf dem Nachttisch klingelte, ich lag in einem Bett des Gran Hotel von Barbastro. Sie riefen mich von der Rezeption des Hotels an, weil mein Mobiltelefon ausgeschaltet war. Es war mein Bruder. Es war zehn Uhr morgens am 24. Mai 2014, Samstag.

»Deine Mutter ist tot.«

Er sagte nicht »Mamá ist tot«. Ich glaube, er war sehr präzise, als er »Deine Mutter ist tot« sagte und nicht »Mamá ist tot«.

Was für eine seltsame Familie waren wir doch. Ich stand auf, benommen, voller Angst, das Zuviel an Alkohol wütete noch in meinem labilen Blutkreislauf. Mit verschwommenem Blick betrachtete ich das Zimmer. Ich zog mich an und frühstückte. Ich ging in die Wohnung meiner Mutter, wo mein Bruder war.

Ich betrat das Schlafzimmer, und da war sie, tot. Sie lag auf dem Bett ausgestreckt, sie war im Schlaf gestorben, oder jedenfalls sagte das jemand.

Ich stand vor der Auflösung einer historischen Epoche. Mit ihr verschwand alles, und auch ich. Ich sah mich selbst, wie ich mich von mir verabschiedete.

Genau: das Ende eines historischen Zeitalters: leb wohl, Renaissance, oder leb wohl, Barock, oder leb wohl, Aufklärung oder Russische Revolution oder Bürgerkrieg oder Römisches Zeitalter oder jedwede Zivilisation, die erinnerungswürdig ist.

Eine Epoche endete. Eine Königin starb.

Dort lag die Königin, den Kopf auf dem Kissen. Sie redete nicht mehr. Ihr ungewohntes Schweigen schien ein Wunder.

Die Königin lebte sehr einsam, und weder mein Bruder noch

ich hatten sie oft besucht. Vor allem ich nicht, ich war nur höchst selten bei ihr. Mein Bruder sehr viel öfter. Er wusste sich um sie zu kümmern. Deshalb weiß ich genau, dass meine Söhne mich, im Sinne einer ausgleichenden Gerechtigkeit, ebenfalls nicht besuchen kommen werden, wenn ich mich in einen Greis verwandele, einen sterbenden Monarchen, dessen Tod ebenfalls eine historische Epoche beenden wird.

Seit einigen Jahren schlief meine Mutter in dem Zimmer, das mein Bruder und ich geteilt hatten. Ich fragte sie nie, warum sie von einem in das andere Zimmer gezogen war. Sie entschied, nicht mehr in dem Zimmer zu schlafen, das sie mit meinem Vater geteilt hatte. Ich weiß nicht, warum sie das machte. Und ich werde sterben, ohne es zu wissen. Aber es wird einen Grund dafür gegeben haben, und mit Sicherheit war es etwas Barbarisches.

Weil meine Mutter barbarisch war.

Es konnte sein, dass mein Vater ihr nachts erschienen war und dass meine Mutter vermutet hatte, dass das Gespenst meines Vaters in unserem Zimmer, dem Zimmer ihrer Söhne, nicht erscheinen würde, aus Respekt vor diesem Raum.

Das war sicherlich der Grund.

Ich hörte meine Eltern von meinem Zimmer aus, wenn sie spät kamen und schlafen gingen, weil sie sich vor dem Einschlafen unterhielten. Ich hörte sie durch die Wand sprechen, weil ich schon als Kind nicht gut schlafen konnte, eine kindliche Schlafstörung, voller Ängste und Furcht vor der Dunkelheit. Ich hörte die Geräusche des Aufzugs, die Schlüssel an der Tür, hörte, worüber sie sich unterhielten, bevor sie einschliefen. Sie sprachen ganz gelöst. Ich wurde sehr ruhig, wenn ich ihre Stimmen hörte. Sie sprachen über Leute, mit denen sie zusammen gewesen waren. Sie teilten sich einander mit, sie versuchten, eins zu sein, das war es. Sie bemühten sich voranzukommen, wie das alle Ehepaare tun, die es je auf der Welt gegeben hat. Die Ehe ist ein soziales Unternehmen gegenseitiger Hilfe. Es soll die Familie stark und wirtschaftlich erfolgreich machen. Darüber sprachen sie, sie verbündeten sich, es war eine Vereinigung ihrer Vermögen. Sie sprachen sanft, ich hörte alles. Sie beschrieben und werteten, was sie gesehen hatten. Sie redeten darüber, was ihre Freunde anhatten, wie es ihren Freunden erging und wie das Abendessen war, ob es ein leckeres Essen war, wie viel sie schließlich als Paar bezahlt hatten, ob eine Bemerkung von jemandem angebracht oder nicht angebracht gewesen war, sie redeten über das neue Auto, das sich der oder der kaufen würde, und was sie am nächsten Wochenende machen würden.

Sie redeten.

Sie versuchten, einander zu verstehen und zu akzeptieren, auf dass aus diesem Verständnis füreinander und dieser Akzeptanz die Ehe werde, das Gemeinsam-durch-das-Leben-Schreiten.

122

Meine Mutter war eine Pionierin des Sonnenbadens in Barbastro. Überall sonnte sie sich. Es machte Schule. Und sie bekehrte einige ihrer Freundinnen zu dieser Religion, deren Liturgie in etwas sehr Einfachem bestand: sich zu sonnen. Wenn es Juni wurde, ging sie mit ihren Freundinnen an den Fluss, um sich zu sonnen. Den ganzen Sommer lang verbrachte sie damit, sich zu sonnen. Sie wurde dann sehr dunkel, als wäre sie ein Mensch anderer Hautfarbe. Ihr gefiel es, wenn die Leute sagten: »Du bist schwarz wie ein Neger.« Sie sagten nicht: »Du bist so braun«; sie sagten: »Du bist schwarz wie ein Neger«; denn die Vergangenheit ist auch ein Ritus von Wörtern und eine Art, sie auszusprechen. Wenn die Leute Angst haben, betonen sie anders, haben eine andere Aussprache.

Meine Sehnsucht ist eine Sehnsucht nach einer bestimmten Art, Spanisch zu sprechen. Meine Sehnsucht ist eine Sehnsucht nach einer Welt ohne Angst.

Auch die Freundinnen meiner Mutter sind tot oder sterben bald. Schon sehr lange fragt mich niemand mehr nach meiner Mutter. Ich höre niemanden ihren Namen aussprechen. Ich höre ihre Stimme nicht. Ich erinnere mich nicht an ihre Stimme. Wenn ich noch einmal ihre Stimme hören würde, vielleicht könnte ich dann daran glauben, dass das Leben schön ist.

Ich nehme gerade die einstige Hitze von 1969 wahr und meine Mutter, die sich in dem Garten des Hauses einer ihrer Freundinnen sonnte, jünger als sie und alleinstehend. Sie hieß Almudena und lebte bei ihren Eltern. Sie hatte einen Garten mit schönen Bäumen. Mit Grünpflanzen und Blumen. Und mittendrin meine Mutter und Almudena, die sich sonnten, und ich war bei ihnen.

Almudena war Lehrerin und korrigierte Arbeiten, während sie sich sonnte. Dieses Haus mit Garten gibt es nicht mehr: Es hatte eine große Küche, und man ging durch die Küche in den Garten, und der Garten war lichtdurchflutet, weitläufig und ruhig und durch eine Mauer geschützt, sodass man sich ungestört sonnen konnte. Mir erschien es wie das Paradies. Mein Vater kaufte mir ein Fahrrad der Marke Orbea und ich lernte in diesem Garten, auf zwei Rädern das Gleichgewicht zu halten. Ich fiel hin und schürfte mir die Beine auf. Almudena und meine Mutter verfolgten meine Fortschritte mit dem Orbea. Einmal fuhr ich gegen einen Baum und zerbrach einen Blumentopf. Warum erinnere ich mich so gut an dieses Haus? Es war eingeschossig, es hatte ein altmodisches Wohnzimmer, und die Küche war groß und so schön und ruhig.

Ich mochte Almudena, weil sie sehr hübsch war, ich fühlte mich sehr von ihr angezogen und träumte von ihr. Sie war wunderschön. Es ärgerte mich, dass sie mich wie ein Kind behandelte oder mich ignorierte. Das traf mich in meiner kleinen Eitelkeit. Und sie musste damals unglaublich jung gewesen sein; ich nehme an, zweiundzwanzig oder dreiundzwanzig Jahre, wenn überhaupt. Meine Mutter hatte junge Freundinnen, und das machte mich zu einem Privilegierten. Almudena unterrichtete mich in Mathematik, sie brachte mir bei zu dividieren, ich hatte keine Ahnung, was dieses Dividieren war, ich wollte sie nur anschauen. Ich schaute sie an, wenn sie mich am Colegio de los Escolapios unterrichtete, und ich schaute sie an, wenn sie sich mit meiner Mutter im Bikini sonnte. Alle fanden, dass sie sehr hübsch sei. Die Jungen aus meiner Klasse sagten: »Wie hübsch die Señorita ist.« Und ich enthielt ihnen mein Geheimnis vor, mein Privileg, das Geschenk, sie fast nackt beim Sonnenbaden sehen zu können. Mich quälten diese seltsamen Rechenarten. Dividieren erschien mir unendlich kompliziert. Es waren Gesetze, man musste die Gesetze, die die Welt beherrschten, lernen: die Gesetze des Dividierens, Multiplizierens, des Addierens und des Subtrahierens.

Almudenas Gesicht hat sich mir ins Gedächtnis eingebrannt. Sie wird nicht älter, sie hat sich nicht verändert, sie bleibt gleich, steht in der Zeit still, von der Sonne und meinem Blut erleuchtet.

Almudenas Mutter hatte jede Menge Blumen im Garten. Die drei unterhielten sich über Blumen, ich verstand nicht, was man über Blumen reden konnte. Aber was sie am meisten machten, war, sich ihre Körper mit Sonnencreme, die neu und modern war, einzuschmieren und Bier mit Schaum zu trinken und zu rauchen. Und sie tranken einen ganzen Krug und lachten und waren glücklich. Die Marke Nivea, das runde blaue Glas mit der kalten weißen Creme herrschte über die Sommer. Und ich saß dort und sah mir den Sonnenuntergang auf den Bäumen und auf den Blumen und auf den Fahrrädern an. Der Sonnenuntergang kann das einzig Wichtige sein. Damals lernte ich, den Monat Juni zu lieben. Meine Mutter brachte mir bei, diesen so besonderen Monat zu lieben; jener Garten feierte den Monat Juni, weil Juni die Ankündigung des Sommers ist, die Sonne scheint schon stark, aber es ist, anders als im Sommer, noch alles im Werden begriffen. Mit dem Monat Juli kommt es zu Blutungen, wenn auch noch unsichtbar. August ist der Monat, in dem sich die Sepsis des Sommers zeigt, seine Wunde, er kriecht durch die Luft, über die Gesichter der Menschen, über die Zweige der mitleidlosen Bäume und stirbt.

Der Tod des Sommers war schrecklich. Meiner Mutter erschien das Ende des Sommers als tragischer Umstand, als Sakrileg. Wer wagte es, den Sommer zu töten? Sie hasste es, wenn das Wetter schlecht wurde. Sie glaubte an die Sonne. Sie war eine Ketzerin, sie war den Riten der Sonne ergeben. Sie war vom Licht und davon, sich zu sonnen, besessen. Die Sonne und zu leben waren dasselbe für sie. Sie liebte den Sommer. Sie liebte es, wenn es spät, sehr spät dunkel wurde. Nur die Gegenwart der Sonne schien ihr würdig, beachtet zu werden; sie war sich dessen nicht bewusst, aber in ihrer Liebe zur Sonne und zum Sommer wurde ein uraltes Erbe offenbar, das Erbe der mediterranen Kultur. Ich habe kein anderes derart mediterranes Wesen wie meine Mutter kennengelernt. Sie liebte das Mittelmeer, und das Kantabrische Meer und der Atlantik gefielen ihr überhaupt nicht. Ich wusste, dass das Mittelmeer ein besonderes Meer war, durch die Liebe, die ihm meine Mutter entgegenbrachte.

Am Mittelmeer zu sein war für sie das Paradies.

Das Mittelmeer war ihre einzige Heimat.

123

Ich komme noch einmal auf den Morgen des 24. Mai 2014 zurück. Ich betrachtete das Zimmer, in dem mein Bruder und ich als Kinder schliefen. Mein Blick geht von den Wänden über den Schrank bis zum toten Gesicht meiner Mutter. Das Kopfende des Bettes war blau. Meine Mutter hatte die Kopfenden blau streichen lassen. Der Schrank war ebenfalls blau.

Ich machte den Schrank auf und schaffte es nicht, mich daran zu erinnern, wie er innen ausgesehen hatte: Als Kind und Jugendlicher war das mein Schrank gewesen. Aber ich erinnerte mich nicht, dort meine Kleidung aufbewahrt zu haben. Vom Schrank schaute ich erneut Richtung Bett. Die Frau, die meine Mutter gepflegt hatte, war gerade gekommen. Sie war etwa fünfundvierzig Jahre alt. Eine gute Frau, mit einem großen Herz, eine Bulgarin. Sie weinte um meine Mutter. Wir wussten nicht genau, wie sie hieß. Sie hatte einen bulgarischen Namen, wir nannten sie Ani. Aber ich glaube, sie hieß eigentlich anders. Wir hatten ihren bulgarischen Namen irgendwie verspanischt und sie mochte ihn. Sie war blond, groß und dick, mit einem entspannt-fröhlichen Gesicht. Sie sprach immer noch nicht gut Spanisch. Meine Mutter mochte sie sehr. Es verblüffte mich, sie weinen zu sehen. Ani war sehr aufgewühlt und ihr Weinen war echt. Warum weinte sie, wo es doch nicht um ihre Mutter ging? Warum weinte sie, wo ich doch hätte weinen müssen und es nicht tat? Wollte meine Mutter mich durch das Weinen von Ani daran erinnern, dass ich sie nicht so liebte, wie sie sich gewünscht hätte, dass ich sie liebe? Das dachte ich. Ich dachte, dass meine tote Mutter weiterhin mit mir reden würde. Ich dachte, dass wir jetzt anders miteinander reden würden.

Ich beneidete Ani, die wusste, wie man um jemanden weint, der nicht die eigene Mutter ist. Ich weiß nicht, wie man weint, nicht einmal eine Träne, aber wäre meine Leidensfähigkeit in Tränen messbar, stünde ganz Spanien unter Wasser und die Spanier würden unweigerlich ertrinken. Die Iberische Halbinsel würde überschwemmt werden und die vier Wolkenkratzer, die Madrid besitzt, würden in den Fluten versinken.

Demnach existierte die Güte. Dort war sie, um mir zu sagen, wie wenig es sie in meinem Leben gibt.

Und Ani nahm die Hand meiner Mutter. Ich betrachtete die beiden Hände, eine lebende und eine tote. Und die tote Hand sah aus, als habe sie ihren Frieden gefunden, und die lebende Hand griff, indem sie die tote sanft berührte, den Tod an. Als existierte der Tod nicht.

Erneut betrachtete ich das Zimmer. Also war meine Mutter in dem Zimmer gestorben, in dem ihre beiden Söhne, die Pfeiler ihrer Existenz, aufgewachsen waren und schon seit langer Zeit nicht mehr schliefen. Ich betrachtete das Zimmer, auf der Suche nach einer Tür in der Luft. Sie hätte sie blau streichen lassen, weil sie dachte, dass das die Farbe ihrer Söhne sei. Sie starb in unserem Schlafzimmer, und darin lag eine weitere, mächtige Botschaft. Sie hatte dort Zuflucht gesucht, in unserem Zimmer, das sich vor meinen Augen in einen heiligen Raum, ein Grab, verwandelte.

Wir waren viele Jahre lang blaufarben. Alle Söhne und Töchter sind bis zum achtzehnten Lebensjahr blaufarben. Mit der Zeit jedoch wird alles gelb.

Die blauen Kinder werden gelbe Kinder.

Noch war das Blau da. Das Blau kam für einige Sekunden zurück und besiegte die Farbe Gelb. Die beiden alten Betten, in denen ihre Sprösslinge geschlafen hatten, schienen zwei Boote zu sein, die vom Leben in den Tod glitten, Betten, die mir als Kind unzerstörbar schienen; und dieses Blau am Fußende des Bettes, an den Füßen und am Kopfteil erstrahlte derart, dass es mich blendete.

Ich sah, wie gut sie gestrichen waren. Dass diese Farbe fünfzig Jahre gehalten hatte. Ihre Robustheit war eigenartig. Es gab weder einen Kratzer noch den winzigsten Abplatzer. Warum sah alles wie frisch gestrichen aus, wo diese Betten ein halbes Jahrhundert alt waren?

Ich öffnete noch einmal den blauen Schrank, in dem Bewusstsein, dass es das letzte Mal sein würde, dass ich ihn öffnete, in dem Bewusstsein, dass ich diesen Schrank niemals wiedersehen würde. Und die Kriegsmaschinerie kam in Gang und die Artillerie und die Kavallerie und das Licht vergangener Tage strömte heraus und ich sah, wie ich mit dreizehn Jahren ein Hemd auswählte, mich im Spiegel betrachtete, darüber nachsinnend, ob ich es schaffen würde, ein Mädchen zu beeindrucken, das mir gefiel. Und ich schaute dahin, wo meine tote Mutter lag, und es wütete dort ein Sturm der Zeit und der Vernichtung, es war eine logische Folge, auf die ich nicht vorbereitet war.

Es war fast wie Sterben.

Es war das letzte Mal, dass ich dich sah, Mamá, und ich wusste, dass ich ab jetzt vollkommen alleine im Leben sein würde, so, wie du es warst, und ich hatte es nicht bemerkt und ich hatte es nicht bemerken wollen.

Du hast mich so verlassen, wie ich dich verlassen habe.

Ich verwandelte mich in dich und auf diese Weise würdest du überleben und den Tod besiegen.

Ich hätte Dutzende Fotos dieses Zimmers machen sollen. Ich hätte die ganze Wohnung fotografieren sollen, damit nichts verloren gehe. Eines Tages werde ich mich nicht mehr so genau an diese Wohnung erinnern können, in der wir uns so liebten, und wenn ich mich nicht mehr an sie erinnere, werde ich verrückt. Ich glaube an deine Passionen. Deine Passionen sind jetzt meine. Und deine Passionen waren es wert. Die Fotos fehlen mir. Aber deine Passionen, Mamá, deine Besessenheit zu leben, die hast du an mich weitergegeben. Sie brennen in meinem Herzen.

124

Der Bruder meiner toten Mutter, mein Onkel Alberto Vidal, stirbt am 11. März 2015 im Alter von 73 Jahren.

Meinen Onkel Alberto habe ich in diesem Buch Monteverdi genannt.

Monteverdi war eine kleine Berühmtheit in Barbastro, unserem Städtchen, seinem und meinem, auch wenn er in einem sehr viel kleineren Ort namens Ponzano geboren wurde, fast ein Dorf, wo auch meine Mutter zur Welt kam.

Sie beerdigen ihn dort, in Ponzano. Ich kann natürlich nicht zu dem Begräbnis gehen. Ich gehe zu keinem einzigen Begräbnis; das ist mein Leben gewesen: Begräbnisse vermeiden. Daher weiß ich nicht, wie die Grabstätte aussieht. Ich weiß nicht, ob dort Blumen sind. Ich weiß nichts.

In seiner Jugend, damals in den Fünfzigerjahren, wurde bei Monteverdi Tuberkulose diagnostiziert. Er kam in Logroño in ein Krankenhaus, ein desolater Nachkriegsbau. Dort sägten sie ihm einen Lungenflügel ab und schafften ihn nach Barbastro zurück. Als Kind hörte ich, »dass sie ihm einen Lungenflügel abgesägt hatten«. Ich hörte das Wort »absägen«. Zimmermänner sagen so etwas.

Er hatte einen Lungenflügel weniger.

Er war der jüngste von sieben Geschwistern.

Meine Tante Reme nahm ihn bei sich auf. Er lebte mehr als fünfzig Jahre bei ihr und ihrem Mann. Es ist die Geschichte einer Aufopferung, der Liebe meiner Tante zu ihrem Bruder. Es ist eine Geschichte von Güte. Und das alles mit nur einem Lungenflügel, mit weniger Luft zum Atmen, mit dieser wenigen, elenden Luft im Körper.

Meine Tante Reme starb, und er lebte noch ein paar weitere Jahre.

Mit einem Lungenflügel weniger zu leben ist irgendwie grandios und revolutionär.

Als ich ein Kind war, ließ meine Mutter mich an den Wochenenden bei meiner Tante Reme und dort lernte ich den bösartigen und sehr eigenen Charakter meines Onkels Alberto, des großen Monteverdi, kennen. Ich war sieben oder acht Jahre alt, als er mir damit drohte, mich mit einem Messer abzustechen. Es war ein gutes Messer. Ich sehe es jetzt, nach fünfundvierzig Jahren, vor mir, mit einer schrecklichen Klarheit und trotzdem nicht ohne Zärtlichkeit. Ich sehe es direkt vor mir, genauso, wie Michael Strogoff das Messer vor sich gesehen hatte. Ich kann mich an alle wichtigen Messer meines Lebens erinnern. Das war es. Sie hatten es so oft geschliffen, dass die Schneide ganz krumm war, es war sehr rostig und das Holz des Griffs war rissig. Es wurde gepriesen und dafür gerühmt, wie gut es schnitt. Es stammte aus der Familie meines Onkels, es war ein Erbstück, Ende des neunzehnten Jahrhunderts geschmiedet. Es war nicht rostfrei. Es war vollkommen schwarz, aber das Schwarz sah nicht schmutzig aus, sondern edel, kostbar. Sie machten auf dem Brot ein Kreuzzeichen und dann schnitt dieses Messer es in Scheiben, ein luftiges Brot mit weichem Inneren, ein großartiges Brot, das Brot Ende der Sechzigerjahre.

Er verfolgte mich mit diesem Messer durch die Wohnung meiner Tante; eine Wohnung mit einem sehr langen Flur, mit einem großen Fenster in der Mitte des Flures, das auf einen Lichthof wies. Eine Wohnung, die mir, wenn ich mich an sie erinnere, Tränen in die Augen treibt, weil mir jetzt klar wird, dass ich in dieser Wohnung glücklich war. Ich könnte jeden Zentimeter darin beschreiben. Ich könnte einen haargenauen Grundriss anfertigen. Sie hatte Charme. Sie war ein wenig düster und altertümlich, was mich neugierig machte. Sie war während des Spanischen Bürgerkriegs gebaut worden, 1937, aus den Ruinen nach den Bombardements. An derselben Stelle hatte allerdings vorher ein Bauernhaus gestanden. Die Geister der unfreien Bauern schienen sich dort zu zeigen, es gab überall Geister und diese Geister bemächtigten sich des Herzens meines Onkels.

»Dem schneid ich die Kehle durch«, schrie er.

Der Ehemann meiner Tante Reme stoppte meinen Onkel Alberto. Er hielt ihn fest, drehte ihm den Arm um und das Messer fiel zu Boden. Ich weiß, dass noch mehr passierte. Der Wahnsinn trieb dort Blüten, genau dort, wo ich mich befand.

Mein Onkel Monteverdi war ziemlich wahnsinnig. Und auch ich bin ziemlich wahnsinnig. Ich weiß, dass er mich mit dem Messer verfolgte und dass er fluchte. Er schiss auf Gott. Johann Sebastian fluchte niemals. Monteverdi schon und viel und heftig. Johann Sebastian tat das nie. Es gibt zwei Arten Männer: jene, die fluchen, und jene, die es nicht tun. Jene, die fluchen, sind in der Regel verzweifelt und leiden, als wären sie verdammt. Bei jenen, die nicht fluchen, ist es genauso.

Und es gibt zwei Arten Musik: jene, die lobpreist, und jene, die verdammt.

Es geht mir wie mit G., dem Priester, der mich befummelte: In meiner Erinnerung gibt es einen Kurzschluss. Es gibt eine Leerstelle, aus der mein Überlebenswille entspringt. Ich weiß, dass jenes Messer mich aufspießen wollte. Ich erinnere mich nicht genau, was der Auslöser war, es musste etwas damit zu tun gehabt haben, dass ich etwas wiederholte, das andere über ihn gesagt hatten, etwas über seine Unfähigkeit und Nichtsnutzigkeit. Ich sagte laut böse Wörter, die ich über ihn gehört hatte. Weil in den Familien die Wörter zählen, anders als in der Gesellschaft. Und er drehte durch und wollte mich umbringen, wo er doch einen seiner Brüder oder eine seiner Schwestern hätte umbringen müssen. Mein Onkel Mauricio, der Älteste (ich werde ihn Händel nennen), sagte, dass Monteverdi ein Nichtsnutz sei. Er hatte nicht viel Mitleid mit ihm. Es war ihm egal, dass er einen Lungenflügel weniger hatte. In jenen Städtchen in Huesca gab es uralte Feindschaften und Katastrophen.

Diese Städtchen, in die ich mich verliebte.

125

Auch Händel starb, und ich glaube, er war jünger als dreiundsiebzig, eher neunundsechzig, das Leben ist also doch eine Komödie. Ich glaube, dass ich laut einige Wörter wiederholte, die Händel geraunt hatte. Ich hatte Händel sagen gehört, dass Monteverdi erbärmlich sei, oder so ähnlich, und das wiederholte ich. Ich wusste nicht, was passieren würde. Ich verstand nichts. Wie andere Kinder vor mir auch schon, die eine Schande oder ein Familiengeheimnis preisgegeben hatten, ich war in ein Fettnäpfchen getreten. Ein verzweifelter Mann wollte mich mit einem Messer abstechen.

Monteverdi sprach nicht mit Händel.

Sie verstanden sich sehr schlecht.

Monte fand, dass Händel ihn hätte unterstützen müssen, er war doch sein älterer Bruder. Auch Händel litt viel in diesem Leben, ich glaube, er war schrecklich einsam. Ich erinnere mich an seinen Schnauzer und an seinen riesigen Kopf, der von einem extrem dünnen Körper getragen wurde. Ich erinnere mich, dass er viel rauchte, er rauchte drei Päckchen am Tag. Schwarzen Tabak. Ich weiß nicht, wo er hergekommen war. Ich glaube, dass wir ein Menschenschlag nah am Missing Link waren und sind, aber auch das ist ein Triumph des Lebens.

Händel wirkte wie ein Dämon mit dem sehr kurzen Haar, wie ein Soldat, und er war ein Kauz. Was Händel am liebsten tat, war, Wildschweine zu töten. Er war ein vollendeter Jäger. Einmal war ich mit ihm auf der Jagd. Wir saßen auf dem Ansitz und warteten darauf, dass das Wildschwein auftauchte. Es kam eins und er schoss ihm mit der Jagdflinte in den Kopf. Er rauchte, während er dabei zusah, wie es starb. Er ließ es dort tot liegen, damit die

Ratten es fraßen, damit die Ratten ein Festmahl hatten, weil es alt war, es war ein altes und krankes Wildschwein, mit zähem und krätzigem Fleisch, und wir fuhren mit dem Auto davon über Wege voller Wind, trockenem Staub und Kälte, in einer Nacht im November.

Und der Mond schien auf den Kadaver des Wildschweins und Händel fiel in ein sprödes Schweigen, und er begann zu rauchen und sah in die Ferne, diese Weite der Gegend von Somontano, eine Mischung aus Leere und der Kunde von der Schwärze und Hässlichkeit der Nacht, die wir alle sein werden.

Er wollte das Autoradio anstellen, aber es war kein Sender zu finden. Man hörte nur Rauschen.

126

Monteverdi schien ebenfalls ein Dämon zu sein, nur dass er eine Mähne hatte, und ein Kauz war er auch.

Die beiden waren richtige Brüder, aber vor allem waren sie sich in ihrer Kauzigkeit sehr ähnlich: der eine kurz geschoren, der andere mit Mähne.

Jetzt erinnere ich mich, beide hatten sie einen Schnauzer. Händel hatte einen winzigen und Monteverdi trug einen richtigen Schnurrbart.

Das alte Barbastro kannte Monteverdi gut. Die nachfolgenden Generationen nicht mehr.

Aber das alte Barbastro respektierte ihn und verstand ihn und liebte ihn. Es verstand ihn, weil Monteverdi im Grunde dieses Fleckchen Erde, diese Straßen, diese Plätze, diese Art, auf der Welt zu sein, versinnbildlichte.

Monteverdi redete viel und sprach hastig. Seine Begrüßungsformel war immer dieselbe: »Wie geht's, junger Mann?« Die Art, wie er die Frage stellte, hatte etwas Schrulliges, Märchenhaftes, die Aussprache schien auf einen geheimen Kult des Wahnsinns, der Verzettelung hinzudeuten. Ja, er stand für das Sichverzetteln. Wenn er anfing zu reden, folgten seine Sätze nicht einer auf den anderen, sondern einer stand auf dem anderen, die Sätze überlagerten sich: Es war ein verbales Spektakel, in dem etwas atmete, das nicht zum Reich der Lebenden gehörte. Auch ich rede seit Neuestem viel: Wir beide reden viel, um unserem Gesprächspartner keine Chance zu geben, uns zu verurteilen, um die Gedanken des Gesprächspartners zu besetzen und zu verhindern, dass er uns aus der Stille heraus betrachtet und bemerkt, dass wir meschugge und fertig sind. Woran haben wir die ganze Zeit gelitten, dass uns nur der Automatismus der Silben bleibt.

Die Tarnung des Geprügelten, ja, aber auch die Tarnung des Verliebten.

Vor einigen Jahren traf ich ihn auf der Straße und er zeigte mir sein Mobiltelefon, das er sich gekauft hatte. Wir tauschten unsere Telefonnummern aus.

Traurig betrachteten wir unsere Telefone.

Ich rief ihn nie an, warum hätte ich es auch tun sollen.

Er sah schlimm aus: Er trug alte Anzüge, geblümte Krawatten und roch schlecht. Am Ende seiner Tage stank er. Aber trotz seines fürchterlichen Aussehens hatte er etwas von einem Künstler.

Man konnte ihm nicht näher als drei Meter kommen.

Er duschte nie.

Sein Geruch war abstoßend. Die reinste Avantgarde. Sein Gestank war berühmt. Ganz Barbastro kannte die Spur seines bestialischen Geruchs.

Er lebte mit seinem vorzeitigen Geruch nach Tod in friedlicher Koexistenz.

Der danteske Geruch seines Körpers war seine Beatrice. Damit konnte er sich von den anderen unterscheiden. Und damit konnte er eine Festung rund um seinen Körper errichten, eine unüberwindbare Mauer, hinter der die Einsamkeit hermetisch abgeschottet war, als wäre sie ein Baby, das von der Mutter geschützt wird.

Seine Einsamkeit war sein Baby, sein einziges und geliebtes Kind.

Er beschützte sein Baby mit dem Gestank, wie es auch die Tiere tun, wie es das Stinktier tut, dessen Geruch zwei Meter Reichweite hat. Das war genauso weit, wie der Mief von Alberto Vidal reichte, zwei Meter. Dieser Mief war auch auf einer politischen Ebene eine Frechheit, er war eine politische Kraft, die verherrlichende Ablehnung jeglichen gesellschaftlichen Anstands. Er war eine Lobpreisung der Sterilität.

Er lebte mit seiner Schwester Reme und seinem Schwager Herminio zusammen. Ein guter Mann, jeder andere hätte sich beschwert.

Hätte ihn nicht geduldet.

Herminio tat das, er lebte sein ganzes Leben lang mit dem Bruder seiner Frau zusammen.

Immer ein Zimmer für Monteverdi.

Die drei zogen in ein altes Haus in der Calle de San Hipólito. Und sie mochten sich. Sie hatten ab und zu ihre Auseinandersetzungen, aber sie mochten sich und das sehr. Herminios Güte war biblisch. Er war wohl der beste Mann, den ich je in meinem Leben kennengelernt habe. Herminio liebte meine Tante Reme. Er verehrte sie. Sie waren ineinander verliebt, und das blieb so. Ich bemerkte dieses Wunder nicht. Ich bemerkte die großartigen Dinge, die ich in meiner Familie sah, nicht. Mir hätte diese Liebe auffallen müssen. Herminio verehrte seine Frau.

Dann wurde meine Cousine geboren. Damit waren sie zu viert, ein Ehemann und eine Ehefrau und eine Tochter und ein Schwager, die Jahrzehnte zusammenlebten. Ein Geheimnis. Weil Schönheit in diesem ungeplanten Zusammensein von vier Menschen lag. Wenn ich jetzt daran denke, kann ich es kaum fassen. Es will mir nicht in den Kopf, dass zwei Männer fünfzig Jahre zusammenleben, die nicht direkt miteinander verwandt sind. Wer wäre Herminio in der Geschichte der Musik? Pergolesi vielleicht, niemand Geringeres als der Schöpfer des *Stabat Mater.*

Das Zimmer meines Onkels Alberto war kalt und feucht und musste immer gut gelüftet werden, aber es hatte was. Ich ging nie hinein, es war mir verboten. Ich sah es manchmal, wenn dort gelüftet wurde. Es gab einen Schrank und ein einfaches Bett. Es gab einen Tisch. Ich glaube, das Beste war das Fenster. Die quadratische Form des Zimmers verlieh ihm einen religiösen Charakter. Was gäbe ich jetzt sofort dafür, noch einmal dieses verbotene Zimmer sehen zu dürfen. Es muss ein verlassenes Zimmer gewesen sein, in jenem Zustand, in dem sich die Verlassenheit verflüssigt und die Wände durchdringt, den Boden, die Möbel, die Luft. Diese Einsamkeit wird immer noch da sein, eingehüllt in diese vier Wände, wenn es sie noch geben sollte.

Er fand keine Arbeit. Er fand keine Ehefrau. Er hatte niemals eine Freundin. Niemand wusste, ob er Bekanntschaften hatte, aber die musste er gehabt haben. Er muss sich ab und zu verliebt haben. Wenn ich den Namen einer Frau kennen würde, in die er sich verliebt hatte, und wenn ich wüsste, dass sie noch lebte, würde ich sie anrufen, um mit ihr über ihn zu sprechen. Das wäre ein Wunder. Da er Tuberkulose hatte, hatte er immer seinen Teller, sein Glas und sein Besteck.

Ich war ein Kind und ich betrachtete seinen Teller und sein Glas und sein Besteck, als wäre es etwas Verbotenes, Schmutziges, Böses, Gefährliches.

Sein Teller machte mir Angst.

Sein Glas versetzte mich in Schrecken.

Sie waren das Unbekannte, der Abgrund.

Auch seine Serviette, immer mit einer Totenschleife.

Mein Vater schenkte ihm seine alten Anzüge.

Und in den alten Anzügen von Johann Sebastian spazierte mein Onkel Monteverdi durch Barbastro. Sie waren ihm zu groß, weil Johann Sebastian groß war, aber das war ihm egal. Er sah wie Cantinflas aus. Die armen Spanier in Anzügen, eine Legende. Monteverdi mochte es, so wie Cantinflas zu sprechen.

Mein Vater war tot, aber Monteverdi lief weiterhin in den zu großen Anzügen meines Vaters durch Barbastro.

Wenn ich ihn auf der Straße traf, musste ich an meinen Vater in den Siebzigerjahren denken, weil die Anzüge aus dieser Zeit waren; heute sind sie altmodisch, die Zweireiher, die in den Siebzigern getragen wurden, absolut niemand trägt sie mehr.

Alberto Vidal zog, in einen Zweireiher gewandet, als wäre er Al Capone, durch Barbastro. Er war immer überall. Er spazierte immer, in einem Städtchen, in dem niemand spazierte. Er schien allgegenwärtig.

Er erfand den Spaziergang.

Mein Onkel Alberto hatte seltsame Freunde, die starben oder verschwanden oder sich auslöschten oder niemals existierten. Ich kannte ein paar dieser Freunde; und ich hätte gerne gewusst, worin diese Freundschaften bestanden, ich glaube, dass sie derart unbeständig waren, dass sie zwangsläufig rein und gut, einfach, selbstverständlich sein mussten. Selbstverständliche Freundschaften, so stelle ich sie mir vor. Ich wusste nicht, wo diese Freunde wohnten. Ich erinnere mich an das Gesicht des einen, sein Gesicht erinnerte mich an das Fahrerhäuschen eines Pegaso-Lkw. Eine vergleichbare Inexistenz lässt sich nicht erzählen.

Anfang der Achtzigerjahre kaufte mein Onkel Herminio mit sehr viel Mühe eine kleine Wohnung in einer Genossenschaft außerhalb des Städtchens. Dahin zogen wieder nur die drei, weil meine Cousine ausgezogen war, um ihr eigenes Leben zu führen. Monteverdi hatte sein Zimmer in der neuen Wohnung. Er erhielt einen kleinen Job als Hausverwalter der Genossenschaft und immer erzählte er einem, wie gut er seine Arbeit machte und wie zufrieden die Nachbarn seien.

Er zog weiterhin alte Anzüge an, mit extravaganten Krawatten, wie ein Gangster. Man kann sehr arm sein und Anzug tragen. Ein Armer mit Stil, solche kannte ich viele in meiner Familie. Monteverdi dehnte das Leben der Anzüge meines Vaters bis an die Grenze zur Ewigkeit. Mein Vater war tot, aber seine Anzüge der Siebzigerjahre wirkten in den Straßen von Barbastro fort. Ich fand das wunderbar. Legendär geradezu.

Meine Tante starb und die beiden lebten dort, in der Wohnung, alleine weiter, zwei alte Männer, die in keinem direkten verwandtschaftlichen Verhältnis zueinander standen. Da waren Pergolesi und Monteverdi nun, sprachen über die Musik ihres Lebens, vermissten die Verbindung, die sie fünfzig Jahre lang geeint hatte: meine Tante Reme, die ich gerne Maria Callas nennen würde, weil es unglücklicherweise keine berühmten Frauen in der Musikgeschichte gibt. Ich glaube, es waren mehr als fünfzig Jahre. Vielleicht sechzig. Pergolesi und Monteverdi hatten eine politische Verwandtschaft namens Maria Callas, aber der Grund für diese Verwandtschaft war verschwunden. Jemand müsste eine anthropologische Abhandlung schreiben, die erklärt, was eine politische Verwandtschaft ist, wo sie herkommt, in welch dunklem Haus der Geschichte sie ersonnen wurde.

Und jetzt ist Alberto Vidal gestorben.

Der große Monteverdi ist tot.

Ich erinnere mich wieder daran, wie er mich mit dem Messer in der Hand durch diese Wohnung in der Calle de San Hipólito verfolgte, um mir die Kehle durchzuschneiden, die Kehle eines achtjährigen Jungen, jenes alte Messer mit dem Holzgriff, den die Gespenster des Krieges und des Hungers angenagt hatten.

Mach dir keine Sorgen, Alberto Vidal, in den Siebziger- und Achtzigerjahren hinterließest du Spuren in Barbastro. Spuren, die nur ich sah, aber das ist egal.

Und du wirst dich von den Toten erheben.

Vielleicht hättest du mir jenes Messer in den Hals gerammt. Ich wäre unter der Erde gelandet und du in der Garrotte.

Und auch wenn die Gesetze der Menschen solche Enden ahnden und bestrafen, sind sie nicht so schlecht: das Grab und eine durchgeschnittene Kehle. Von dort kommen wir, und diese neue historische Chance, die uns die Zeit bietet, diese Chance, jemand oder etwas zu sein, diese Chance, eine Arbeit zu haben und eine Rente und eine Sozialversicherung, immer lassen wir sie uns entgehen.

Wir kommen von den Bäumen, aus den Flüssen, von den Feldern, aus den Schluchten.

Unseres war immer der Stall, die Armut, der Gestank, die Entfremdung, die Krankheit und die Katastrophe.

Wir sind Komponisten einer Musik des Vergessens.

Uns ist egal, ob Gott existiert oder ob er nicht existiert.

Wenn Gott oder wer auch immer uns das Paradies anböte, würden wir es mit dir und mir darin in vier Tagen in einen Saustall verwandeln.

Und wenn Gott sich darüber ärgern würde, dass wir sein Paradies in eine Kloake verwandeln, was würde er tun? Uns erneut töten? Uns zurück in die Hölle schicken?

Oh, glaub mir, Alberto Vidal, wir sind die Strafe Gottes. Weil Gott zurückgekehrt ist, weil die Menschheit letzten Endes nichts Besseres gefunden hat. Also lach aus deinem Grab heraus, jetzt, wo der Frühling kommt, weil du kurz vor dem Frühling gestorben bist, was die große Zeit derjenigen ist, die wir immer hier waren, früher, weit vor Anbeginn der Geschichte.

Lach, Alberto Vidal, und wasch dir die Haare und leg Eau de Cologne auf.

Ja, du warst schmutzig, du hattest Stil.

Du warst alleine, du warst der einsamste Mensch des Universums.

Als Erwachsenen liebte dich niemand. Nicht einmal ich, dein Neffe. Als Kind liebte dich Cecilia, deine Mutter, von der du sprachst, ohne dass dich jemand hörte. Und das scheint mir schon eine übernatürliche Erfahrung zu sein, die Erfahrung dieser Wesen, die über diese Erde ziehen, ohne dass sie geliebt werden. Dem liegt eine schwierige und vergiftete Form von Freiheit zugrunde. Die Macht der chaotischen Materie wird vor der menschlichen Ordnung beschworen, weil die Materie alleine ist. Gelebt zu haben, ohne geliebt worden zu sein, ist kein Scheitern.

Es ist eine Gabe.

Eine blutige Gabe.

Man vermag, mehr zu sehen, kann den Sinn der Materie in Freiheit sehen. Menschen wollen, dass sich etwas erfüllt, damit nicht alles nur aus Zufall geschieht. Wir suchen nach einem

Willen. Wir wollen aus einem Grund hier sein. Wir wollen wenigstens ein Ziel im Leben erreichen. Aber die Existenz Gottes ist so sehr eine Lüge wie die Güte der Menschen untereinander.

Viele Menschen von heute denken, dass bereits darin ein Sinn läge, dass sie sich nützlich gemacht haben, anständig mit den Ihren umgegangen sind. Es hilft, um in einer gewissen Ruhe zu sterben. Aber dem liegt auch Leere zugrunde. Die Ehrlichkeit ist genauso ein ontologischer Betrug.

Es ist egal, ob man weiß, was das Wort »ontologisch« heißt, weil es nichts ist.

Diese dichte Leere ist wunderschön. Sie zu sehen, wie ich sie sehe. Wie du sie sahst, Monte.

Und, glaub mir, Monteverdi, dein Weg ist der Weg der Helden.

»Wie geht's, junger Mann?«

127

Wieder bin ich in meinem Apartment de Ranillas. Gut, die Straße heißt jetzt José Atarés, sie heißt nicht mehr Ranillas, aber ich werde sie wegen meines Vaters immer so nennen.

Wenn ich nicht da bin, wenn ich reise, kommen Bra und Valdi hierher und nutzen die Wohnung so, als sei ich verschollen. Der Status eines Verschollenen ist aber auch nicht der schlechteste.

Wenn ich hier bin, kommen sie mich selten besuchen.

Sie leben immer noch mit einer unverarbeiteten Trennung, deren moralische Ikonografie Opfer und Täter braucht. Sie erinnern sich nicht an meine Eltern, ihre Großeltern. Sie verstehen nicht, dass sie, die Großeltern, in diesem Apartment anwesend sind. Sie sehen sie nicht, und sie sind da. Sie wissen nicht, was es heißt, einsam und verzweifelt zu sein. Viele Menschen sterben, ohne zu wissen, was verzweifelt sein heißt. Die Mehrheit der Menschen, die ich in diesem Leben kennengelernt habe, weiß es nicht und wird es niemals wissen.

In einer Art verzweifeltem Überschwang kaufte ich bei Fotoprix billige Rahmen und hängte sie mit Fotos von meinen Eltern und mir und von Bra und Valdi an die Wände der Wohnung. Es sah lausig aus, aber mir gefiel es. Meine Mutter machte dasselbe. Auch sie kaufte billige Rahmen für die Fotos von Bra und Valdi, niemals für ihre.

Da ich mehr Fotos als Rahmen hatte, klebte ich die restlichen Fotos mit farbigem Klebeband an die Wand: Das sah nicht mal schlecht aus. Es passte zu meinem entstehenden neuen Zuhause. Bei meiner Trennung verlor ich mein Zuhause. Als meine Eltern starben, verlor ich mein Zuhause. Jetzt rekonstruiere ich diese

Orte mittels einer chaotischen Fotosammlung, indem ich Ranillas mit Fotos und auch ausgedruckten Schwarz-Weiß-Fotokopien tapeziere.

Ich werde den Schließzylinder austauschen, sage ich mir in einem Wutanfall, der zehn Minuten später vorbei ist. Dann würden sie merken, dass die Wohnung einen Wert hat, dass sie bewohnt ist. Aber ich mache es nicht, im Grunde genommen gefällt es mir, dass sie kommen, wenn ich nicht da bin.

Jeden Tag einsamer, auch ohne Söhne, und es passiert nichts. Das muss das Gesetz des Lebens sein. Ich wünschte, es würde mir nicht so viel ausmachen. Wenn es den beiden gut geht, ist es gleich. Das Leben ist dieses dunkle Zimmer. Es ist egal. Aber es ärgert mich, dass sie das Licht anlassen, wie beim letzten Mal, weil ich die Stromrechnung bezahlen muss. Ich: der Vater, der verließ und verlassen wurde. Der verschwundene Vater. Der untergetauchte Vater. Ich habe in der Wohnung meiner Eltern nicht das Licht angelassen.

Nein, ich habe das Licht nicht angelassen.

Zehn Minuten später habe ich alles vergessen.

Und so geht es immer weiter, ab und zu essen wir in diesem einfachen Apartment zusammen. Das Leben erwartet sie, und in vierzig Jahren werden sie nach mir suchen. Hoffentlich finden sie meine Liebe. Wenn ich sie nur bis zur letzten Minute der Ewigkeit beschützen könnte. Ich glaube, dass ich dazu in der Lage wäre. Ich werde immer an ihrer Seite sein. Ich werde sie immer lieben. So wie ich immer von meinem Vater geliebt wurde. Sie werden diese Zwanzig-Minuten-Essen suchen und sie werden dieses Apartment suchen und sie werden mein Gesicht suchen.

Und sie werden es nicht finden, weil ich tot sein werde. Aber ich werde über sie wachen, obwohl ich tot sein werde.

128

Ich habe Bra und Valdi von meiner letzten Reise Geschenke mitgebracht, sie haben sie gesehen, gesagt, dass sie ihnen sehr gefallen, und sie in meiner Wohnung vergessen.

Da liegen sie jetzt: unbelebt, missachtet, von zweifelhaftem Wert. Sie symbolisieren das Verschwinden eines Zuhauses. Und deshalb das Verschwinden der Liebe. Wir sagen niemals die ganze Wahrheit; wenn wir das täten, würden wir das Universum auseinanderreißen, das durch die Vernunft, das Erträgliche zusammenhält.

Was machen diese Geschenke auf dem Bett des kleinen Zimmers, in dem nie jemand schläft?

Ich werfe mich auf das Bett in dem großen Zimmer. Ich stehe vom Bett auf und gehe erneut in das kleine Zimmer, und ich schaue mir die Geschenke an, die ich meinen Söhnen mitgebracht habe, die auf dem kleinen Bett liegen, verlassen, wobei die Verlassenheit der Geschenke mit der Verlassenheit des kleinen Bettes verschmilzt und schließlich ihre Einsamkeiten zu einer Einsamkeit verschmelzen, die einem, wenn man sie sieht, das Herz zerreißt.

Dass sie die Geschenke vergessen haben, macht mich keineswegs traurig, eher erschreckt es mich, vielleicht weil ich das Stadium der Traurigkeit überwunden habe oder weil ich die Traurigkeit gegen den Schrecken eingetauscht habe und weil ich meine Söhne liebe und es mir egal ist, was sie mit mir und meinen Geschenken machen. Aber ein Vater hat auch einen Überlebenswillen, er ist schließlich ein Mensch. Die Geringschätzung meiner Geschenke könnte mich auch in Panik versetzen: Ich habe in meinem Leben mehr Panik gehabt, als dass ich traurig war. Weil die Panik aus einem Gefühl der Schuld entsteht und die Traurigkeit aus sich selbst heraus. Das heißt, sie haben die Geschenke hiergelassen, weil ich schuldig bin. Manchmal denke ich, dass meine Schuld größer ist als das Universum. Ich könnte, was die Ausdehnung betrifft, mit den schwarzen Löchern konkurrieren. Die Schuld ist eines der großen Rätsel; dabei meine ich nicht die Schuld, die ihren Ursprung in den Religionen hat, genauer gesagt, im Katholizismus, sondern eine althergebrachte Schuld, diese schwere Schuld, die sich aus der Verbindung mit der Welt und der Existenz ergibt, die Schuld Kafkas, die meine ich.

Die Schuld ist ein wirkungsvoller Mechanismus, um den materiellen Fortschritt und die Zivilisation voranzubringen, weil die Schuld ein »moralisches Gewebe« schafft, und die Moral und die Ethik tragen die Wirklichkeit und bewegen sie. Ohne die Schuld gäbe es weder Computer noch Weltraumflüge. Ohne die Schuld hätte es keinen Marxismus gegeben. Ohne die Schuld wäre unser Gehirn leer. Ohne die Schuld wären wir nur Ameisen.

Meine Mutter schenkte mir Eau de Cologne. Ich nahm es immer mit. Aber im Grunde wollte ich auch nicht, dass sie mir etwas schenkt. Sie war davon besessen, mir teure Duftwässer zu schenken, die sie sich nicht leisten konnte. Sie war von meinen Geburtstagen besessen. Es kann sein, dass die Tatsache, dass meine Söhne die Geschenke hierlassen, etwas damit zu tun hat, dass ich im Grunde nicht wollte, dass meine Mutter mir etwas schenkt. Je mehr Parallelen ich entdecke, desto heiliger sind das Leben und die Erinnerung.

Ich schaue mir die Fotos meiner Eltern in den Rahmen von Fotoprix an der Wand an. Es sind die einfachsten Rahmen, die es gibt. Fotoprix kann mit den Preisen der chinesischen Geschäfte gut mithalten. Die chinesischen Geschäfte haben weder Heizung noch Klimaanlage und Fotoprix schon. Alle Emigranten und Armen kaufen dort oder in den chinesischen Geschäften Rahmen, um die Gesichter ihrer Familienangehörigen und ihrer Liebsten darin aufzuhängen.

Der Handel mit billigen Rahmen für Familienfotos ist ein florierender Handel. Wenn man seine Erinnerungen und die Liebsten in Zwei-Euro-Rahmen rahmt, verwandelt man die Vergangenheit in winzige Zärtlichkeit.

129

Am 24. März 2015 explodierte ein Airbus der Fluggesellschaft Germanwings in den französischen Alpen. Einhundertfünfzig Personen starben. Die Fernsehkanäle des gesamten Planeten versuchten, diskret zu sein. Niemand wusste, wie das Fernsehen diskret sein konnte. Die Tragödien dauern ein paar Wochen. Nach und nach lösen sie sich in Luft auf. In ein paar Jahren werden diese Zeilen, die ich schreibe, bereits ferne Geschichte sein. Vielleicht schreibe ich sie deswegen, im Bewusstsein dessen, dass alles, was passiert, einen faden Beigeschmack hat. Wie nahmen die Passagiere des Germanwings-Airbus das Ende, die Zerstörung ihrer Körper wahr?

Wie starben sie, wurden sie zerquetscht oder verbrannt?

Den Tod zu verstehen ist so notwendig wie die Preisgabe aller technischen Details durch die Medien. Niemand spricht darüber, wie der Körper eines vierzehnjährigen Jungen zerstört wird, der bei neunhundert Stundenkilometern in die Verkleidung und das Feuer und das Plastik und das Eisen eines Airbus gepresst wird. Wie ist das? Brennen die inneren Organe, was nimmt das zentrale Nervensystem über die von der Hitze zerstörte Haut wahr? Wie bewertet die emotionale Intelligenz die Zerstörung des Körpers?

Wie ist das Leiden? Welchen Grad erreicht es?

Vierzehnjährige Kinder waren dabei.

Und was fühlt man? Was fühlt man wohl. Sicherlich denken sie drei Sekunden vor dem Ende an ihre Mütter und sicherlich schaffen sie es, sie zu sehen, und sie sehen ihre Wesenheit, das, was sie sind: Sie sind Liebe. Sie werden an ihre Mütter denken und ihre Mütter werden nicht an sie denken, weil sie erst Stunden später von dem Unfall erfahren werden, und in dem Moment, in dem ihre Kinder sterben, werden sie arbeiten oder einkaufen oder telefonieren oder Auto fahren. Weil die Telepathie Lüge ist, weil es nur hohle Worte sind, diese Legende, dass man sich auf übernatürlichem Weg von den Liebsten verabschieden kann, wenn der Tod einen auf fatale, tragische Weise durch einen Unfall ereilt.

In der Natur gibt es keine Liebe.

Gibt es den Sekundentod? Oh, die Mär vom schnellen und schmerzfreien Tod, den die Befürworter der Todesstrafe gerne hätten. Seid euch dessen gewiss: Es gibt keinen Sekundentod. Aus einem ganz einfachen Grund: weil das Leben zäh ist, das Leben ist immer zäh und robust. Das Leben geht nicht einfach so zu Ende. Immer stirbt man mit einem unbeschreiblichen, unerträglichen, unmenschlichen, ungebührlichen Schmerz. Weil das Leben das Ergebnis eines uralten Widerstands gegen die Feinde des Lebens ist.

Wenn man Vater ist, wie ich es bin, ist man Vater von allen Kindern der Welt, nicht nur der eigenen. So läuft diese Sache mit der Elternschaft.

Der Rest ist Politik.

Eben so liebe ich Bra und Valdi.

130

Ich kaufe Dinge in den Supermärkten, Dinge, von denen ich denke, dass ich sie brauche, aber später gebe ich sie zurück. Habe ich sie zurückgegeben, kaufe ich sie erneut. Das ist mir mit zwei kleinen Haushaltsgeräten so ergangen: einer Personenwaage und einem Toaster. Das Lustige ist, dass ich den Toaster benutzt habe. Ich bin alleine in meinem Apartment de Ranillas und denke an meine Mutter. Auch sie war bei dem, was sie kaufte, chaotisch: Ihre Verzweiflung übertrug sie auf die Haushaltsgeräte.

Ich erinnere mich, dass sie einmal ein elektrisches Messer kaufte. Das war Mitte der Siebziger, als sie gerade auf den Markt kamen. Die elektrischen Messer konnten sich nicht durchsetzen und wurden folglich nicht mehr hergestellt. Meine Mutter war besitzergreifend. Damals wollte sie nicht, dass ich heirate. Und wenige Monate vor ihrem Tod machte sie einen schicksalhaften Anruf in meinem früheren Zuhause. Und ich war nicht zu Hause. Und meine Mutter sagte zu meiner heutigen Ex-Frau, die das damals noch nicht war: »Das kann nicht sein, dass er noch nicht da ist, er ist um fünf gegangen.« Spätestens um sieben Uhr abends hätte ich zu Hause sein müssen.

Und es war zehn Uhr abends, als ich durch die Tür kam.

Aber das Verhängnisvollste war, dass meine Mutter anruft, während ich mit dem Fahrstuhl nach oben fahre, sodass ich, als ich die Wohnung betrete, noch die letzten Abschiedsworte zwischen meiner Mutter und meiner damaligen Frau höre. Das heißt, wenn ich drei Minuten vorher da gewesen wäre, hätte meine Mutter nicht das ausgelöst, was wahrscheinlich sowieso ausgelöst worden wäre, aber nicht damals und nicht ihretwegen.

Vor allem nicht ihretwegen. Das ist der Dreh- und Angelpunkt, das sagt alles.

Ich hätte darin lieber eine vielschichtige Schicksalswendung gesehen, dass nicht alles nur dem Zufall geschuldet war. Ich nehme an, dass wir das brauchen, den Glauben an das magische Denken, weil es den Menschen eigen ist, anzunehmen, dass es einen Willen und einen Sinn in allem sowie eine Kunst des Schicksals gibt. Wir begnügen uns nicht mit der Zufälligkeit. Wir wollen, dass die schrecklichen Ereignisse in unserem Leben eine übernatürliche Dimension haben. Wobei ich jetzt, wo eine gewisse Zeit vergangen ist, lediglich eine Ironie des Schicksals wahrnehme.

Wenn es darum geht, von unserem Leben zu erzählen, zu berichten, sind wiederum die schrecklichen Ereignisse im Rückblick die entscheidenden.

Ohne schreckliche Ereignisse, oder einfach nur Ereignisse, Vorkommnisse, ohne dass etwas passiert, hätte unser Leben weder Geschichte noch Rahmen, noch würde es existieren.

Meine Mutter hat es nie erfahren. Ich habe es ihr nicht erzählt. Ich habe ihr nicht gesagt, dass dieser Anruf mein Leben auf den Kopf gestellt hat. Ihr Anruf deckte einen Seitensprung auf. Natürlich war es lediglich eine Frage der Zeit, weil ich ständig fremdging, was mich zerstörte und mich in den Alkohol trieb. Und meine Ehe war am Ende, auch wenn ich das nicht akzeptieren wollte, weil ich Angst hatte und weil ich die katastrophalen Auswirkungen scheute.

Nach dem Anruf meiner Mutter ging ich in die Kneipe nach unten, zerstört, einen Kopf kürzer, und bestellte einen Gin Tonic, und als der zweite Gin Tonic kam, beruhigte ich mich langsam. So ist das mit dem Alkohol, wenn er ins Blut gelangt: Alles beginnt wieder zu strahlen. In der Kneipe unter meiner alten Wohnung sah ich in den Händen der Bedienung, die mir die Gin Tonics servierte, die Finger meiner Mutter. Und der dritte Gin Tonic bescherte mir eine vergiftete, unproduktive Fröhlichkeit.

Ich war dabei, das Labyrinth des Schicksals zu betreten, das die Gesichter der Menschen benutzt, um die eigene Kraft zu verwandeln, das vergnügt Gesichter vertauscht, das ein kleines Durcheinander der Wirklichkeit inszeniert. Ich dachte, dass ich niemals mehr jung sein würde. Ein Anruf meiner Mutter war schuld, dass ich das, was bis dato mein Zuhause gewesen war, verlassen musste. Ein Abendessen im Zorn und Bra kam zu mir in die Kneipe und sagte: »Papá, ich gehe mit dir«, aber später überlegte er es sich anders. Bras Worte rührten mich. Dieses »Papá, ich gehe mit dir« ist das Schönste, was ich je im Leben gehört habe. Ich werde es niemals vergessen. Darin lag eine unendliche Zärtlichkeit. Ich glaube, dass ich, wenn ich sterbe, diese wenigen Worte hören werde, die nicht in die Tat umgesetzt wurden, und das war besser so. Die Tatbestände sind auch nicht mehr klar.

Weil es die Vergangenheit nicht gibt, obwohl ich mich sehr gut an jene Energie erinnere, die der dritte Gin Tonic in mir freisetzte. Jetzt sehe ich schon überall Schönheit. Außerdem war es halb so wild. Es war das Übliche. Eine Geschichte, die Tausende Spanier oder Tausende Menschen erlebt haben. Obwohl es Spanier (viel eher Männer als Frauen) gibt, die sich nicht scheiden lassen, um nicht die ganzen Bücher oder das Apartment am Strand oder den Fernseher oder die frische Wäsche in der Schublade aufgeben zu müssen oder Ähnliches. Weil die Angst die seltsamsten Gesichter hat. Natürlich war ich meine Bücher los, und ich vermisse sie sehr. Aber es waren nur Bücher. Und die Bücher sind nicht das Leben, wenn überhaupt, eine Zierde und ein bisschen mehr als das.

131

Es hätte mir gefallen, wenn meine Mutter gewusst hätte, dass sie durch ihren Anruf meine Trennung beschleunigte. Es ist seltsam, dass sie, ohne das zu wissen, gestorben ist. Also kannte sie mich zu Lebzeiten nur in zwei Geisteszuständen: als Single, unter ihren Fittichen; verheiratet, unter den Fittichen einer anderen Frau, die sie auch war. Den dritten Zustand hat sie nicht mehr erlebt: geschieden, ohne Fittiche. Das heißt ohne sie. Wenn ich ihr Lebensmittelpunkt war und sie gleichzeitig diejenige war, die meinem Leben Halt gab, ähnelt dieser dritte Zustand jenem der letzten Wahrheit meiner Existenz, ein Zustand lärmender Freiheit, zittriger Verlassenheit, weil ich nicht ohne die anleitende Präsenz dieser Frau sein kann; die eine Göttin war, die mein Fleisch in ihrem Leib erzeugt hat; und nun erfährt sie lediglich als Geist von diesem Zustand.

Eine seit der Steinzeit immer und immer wieder geborene Göttin, das war meine Mutter.

Und schlussendlich ist sie nicht mehr da. Auch nicht in verwandelter Form. Vielleicht tat sie genau das, sie zeigte mir ihren vollkommenen Tod, nicht nur den Tod ihres Körpers, sondern auch den Tod in all seinen Ausprägungen, und lieferte mich so den Unbilden der Freiheit aus, sagte mir auf diese Weise: »Endlich bist du alleine, weil nur mein Tod dir die Freiheit zurückgeben kann, nach der du dich so gesehnt und die du so gefürchtet ha,st; mal sehen, wie viele Jahre du in dieser Welt ohne mich und meine Sinnbilder leben und überleben kannst, ohne mich und meine dichten Verzweigungen, meine Ausdehnungen, meine Verlängerungen in deine Frau, in deine Arbeit, in deine Söhne, in deine Wohnung, in deine Büchersammlung, in die Luft, die du atmest.«

Weil mein ganzes Leben das erweiterte Bild meiner Mutter gewesen ist. Sie hat über mich geherrscht. Mein ganzes Leben war freudianischer und matriarchalischer Feudalismus. Wenn mir als Kind etwas nicht glückte, war meine Mutter schuld. Wenn mir mit vierzig Jahren etwas nicht glückte, war meine Ex-Frau schuld, die eine Abgesandte meiner Mutter war. Vielleicht hatten deshalb meine Ehebrüche und meine Untreue mehr mit meiner Mutter als mit meiner Ex-Frau zu tun.

Meine Mutter beherrschte mein Leben und sie beherrschte es gut. Es ist alles egal. Die Verantwortung meiner Mutter als Herrscherin war nicht mein Glück, sondern bedeutete mein Überleben. Weil die Verantwortung des Matriarchats der Erhalt des Sprösslings ist. Darum ging es in ihrer Herrschaft. Ich hätte dank ihrer Herrschaft glücklich sein, aber mit vierzig Jahren sterben können. Nein, sie bestimmte, dass mein Leben weiterging, sie bestimmte meinen Fortbestand als lebendes Wesen: Das weiß ich jetzt, damals wusste ich es nicht; als dieser Anruf kam, wusste ich es nicht. Ich habe es erst später gewusst.

Uralte Hexe, die des Nachts über den Schutz ihres Sohnes sinnierte, die sich der Oxidation entgegenstellte, der Entropie, der Zerstörung des Fleisches ihres Sohnes, und die den Geist ihres Sohnes im lieblichen Licht des Matriarchats verdarb, vor Griechenland, vor der Geschichte, in der Vorgeschichte geformt, woher der Geist meiner Mutter stammte.

Es war Ironie, schreckliche Ironie: Sie rief an, um zu erfahren, ob es mir gut geht, und dieser Anruf verwandelte mein Leben in eine Hölle.

Sie rief um mein Wohl besorgt an und ihr Anruf brachte mir das Verderben.

Wenn wir uns noch einmal sehen könnten, was würden wir uns sagen? Ich müsste ihr alles, was seit ihrem Tod passiert ist, erzählen, und ich wüsste nicht, wo ich anfangen sollte. Wenn sie zurückkäme, müsste ich ihr erklären, dass es ihre Wohnung nicht mehr gibt und ihren Sohn auch nicht.

132

Die letzten Jahre meiner Mutter waren unselig, aber sie erleuchteten gleichzeitig auf eine unerwartete Weise unsere Leben. Ihre letzten Jahre lehrten mich viele Dinge. Und manchmal schafften wir es sogar, zusammen zu sein. Wir hatten den einen oder anderen ruhigen Moment, in dem wir Mutter und Sohn sein konnten, ohne anderweitig eingebunden zu sein. Vielleicht schafften wir es, Mutter und Sohn zu sein und dabei auszublenden, dass sie eigentlich eine Witwe und ich ein Mann ohne Vater war. Möglicherweise ließ uns der Tod meines Vaters niemals los, besiegten wir niemals die Dunkelheit, die uns seit seinem Fortgehen umfing. Möglicherweise schwächte sein Fortgehen die Verbindung von Mutter und Sohn. Möglicherweise war er die stärkste Energie unserer Leben.

Sie konnte nicht allein sein und rief tausendmal an, so, wie ich jetzt Valdi und Bra anrufe, und ich bin ihnen genauso egal wie sie mir damals, oder das denke ich zumindest, vielleicht aus einem Schuldgefühl heraus oder aus Angst, Nachrichten aus dem Jenseits zu erhalten.

Sie sagte es mir einmal: »Hoffentlich bist du deinen Söhnen so egal, wie ich dir egal bin.« Sie wusste, was sie da sagte, ich denke schon, dass sie es wusste. Sie hatte die Gabe, die verborgensten Gewissheiten zu formulieren.

Sie lag also richtig. Sie erriet Dinge. So war sie. Sie hatte die Gabe, Dinge zu erraten, aber es war ihr gleichgültig. Meine Mutter wusste, dass sie immer richtiglag, weil sie schließlich immer alles wusste, auch wenn ich nicht glaube, dass sie sich dessen auf eine rationale Weise bewusst war, dass sie alles wusste. Die Leute strengen sich ihr Leben lang an, etwas zu wissen, sie erbringen Opfer und arbeiten dafür, und meine Mutter wusste alles, weil Gott es ihr eingehaucht hatte.

Aber es passiert nichts. Ich glaube, durch mich ist die Spezies ein wenig besser geworden. Mein Vater hingegen rief mich nie an. Mein Vater telefonierte nicht, weil er sich beim Fernsehen bestens vergnügte, er sah sich seine moribunden Köche mit Rezepten für leichenhafte Rentner an, die Sorte Leute, die sich um zehn Uhr morgens vor den Fernseher setzt, etwas, womit auch ich in den letzten Monaten angefangen habe.

Am Ende ihres Lebens ertrug niemand mehr meine Mutter. Nicht einmal sie selbst. Sie war eine Art Schredder für alles, was ihren Weg kreuzte.

Der große Schredder, so war sie. Eine besondere Frau. Voll verrückter Liebe zum Leben, zu viel Liebe.

Sie irrte sich.

Sie war enttäuscht.

Sie begeisterte sich von Neuem.

Und dann machte sie den entscheidenden Anruf. Sie dachte, ihre Anrufe seien erfreulich. Es ist zum Totlachen.

Liebe Mutter, mit deiner perversen und verfluchten Besessenheit, mich ständig anzurufen, hast du mein Leben versenkt oder auf den Kopf gestellt: Noch weiß ich nicht, ob es ein Versenken oder Auf-den-Kopf-Stellen war, und das Lustige ist, dass es immer unwichtiger für mich wird, was es war. Was hättest du gedacht, wenn du es gewusst hättest? Vielleicht wusstest du es auch. Vielleicht wurde deine Hand, die das Telefon nahm, von einer unbekannten Kraft dazu ermutigt. Vielleicht wolltest du das tun. Vielleicht war das deine letzte Tat, an die sich die Welt erinnert.

Mein Leben ist von Intrigen geprägt, ich scheine sie anzuziehen. Die Leute sollten sich darüber im Klaren sein, dass es in ihren Leben Intrigen, Niedertracht, schmähliche Bündnisse gibt. Es gibt Taten, deren Sinn sich nicht erschließt. Meine Mutter starb mit meiner Ehe, der Tod meiner Mutter und der meiner Ehe verschmelzen zu einem einzigen Tod. Dahinter steckt eine Intrige. Ich kann mir diese Intrige ausmalen. Hinter diesem Komplott steckt eine blinde Absichtlichkeit, Manipulation und Entschiedenheit.

Aber wer steht hinter diesem Komplott?

Ohne Zweifel Gott selbst.

Wer sonst?

Der Zufall?

Nein.

Weder Gott noch der Zufall.

Es ist die Zeit.

133

Meine Mutter war ein Punk. Sie verwechselte die Ärzte. Sie veränderte je nach Lust und Laune ihr Geburtsdatum. Und sie ließ es sogar beim Amt ändern. Ich habe Dokumente meiner Mutter mit geänderten Daten. Im Personalausweis meiner Mutter steht als Geburtsjahr 1933. Aber im Familienbuch steht 1932 und in einer Geburtsurkunde ist 1934 angegeben. Auch die Tage variieren: In einem Dokument wird sie am 7. April geboren, in einem anderen am 2. Dezember, in einem weiteren am 22. Oktober. Ähnlich ist es mit ihrem zweiten Nachnamen. Sie selbst hat ihn geändert. Sie variierte die letzten Buchstaben. Ich wusste nie, wie der zweite Nachname meiner Mutter war. Manchmal war es Rin, manchmal Ris, dann Ríu oder Ríun.

Meine Mutter wollte überhaupt nicht irgendwie heißen. Sie glaubte, sie hätte keinen Namen. Sie wollte keinem Namen zugeordnet sein. Nicht weil sie darüber nachdachte, sondern aus Instinkt.

Immer der Instinkt, eine atavistische Gabe. Und das habe ich von ihr geerbt: den Instinkt, eine Art Prankenhieb, der einem erlaubt, den Ursprung der Dinge zu sehen.

Sie akzeptierte, weil ihr nichts anderes übrig blieb, den ersten Nachnamen, er war amtlich, aber mit dem zweiten machte sie, was ihr gerade in den Sinn kam. Sie zerstückelte ihn. Ihr Verstand lehnte es ab, die Dinge zu benennen. Sie hatte bei einigen Wörtern Schwierigkeiten, sie richtig auszusprechen, aber das lag nicht daran, dass es ihr an schulischer Grundbildung gemangelt hätte, sie war zumindest bis zum vierzehnten Lebensjahr zur Schule gegangen. Für sie waren die Wörter an sich nicht wichtig; das Wichtige waren die Dinge, die sich als Wörter verkleidet hatten. Die tatsächlichen Dinge waren ihr wichtig. Die Lautmasken der tatsächlichen Dinge waren ihr fremd und zu kompliziert.

Als in Spanien die Pflegeversicherung, die »Ley de dependencia«, verabschiedet wurde, ein Gesetz, das meine Mutter und ältere Menschen begünstigt, die auf Unterstützung angewiesen sind – meine Mutter benötigte wegen ihrer eingeschränkten Mobilität fremde Hilfe –, änderte sie den Namen und nannte es »Ley de independencia«. Diese Abwandlung hatte etwas Witziges und Ironisches, sie verwies auf das neunzehnte Jahrhundert, als Spanien es in dem berühmten Unabhängigkeitskrieg, der »Guerra de La Independencia«, schaffte, Napoleon zu vertreiben. Die Verwechslung von Begrifflichkeiten wies auf ironische Weise darauf hin, wie ungenau unser Wissen ist; es erinnerte mich daran, dass meine Schüler Quevedo mit Góngora oder Lope de Vega mit Galdós verwechselten. Das machte mich nicht etwa wütend, sondern es verblüffte mich, es zeigte mir einen neuen Standpunkt, von dem aus man die Dinge betrachten konnte, es zeigte mir eine unerwartete Leere der Kultur und der Wörter und der menschlichen Realität.

Nein, ich werde diese Fehler niemals beanstanden, weil es keine Fehler sind, sondern Gleichgültigkeit, mangelnde Motivation, eine andere Form von Verstand. Als ich bei irgendeinem Behördengang nach dem vollständigen Namen meiner Mutter gefragt wurde, machte ich also das, was sie gemacht hätte, ich sagte Ríu oder Rin, und es blieb bei dem, was derjenige, der mich gefragt hatte, verstanden hatte.

Bestimmt haben die Toten meine Mutter satt. Bestimmt hoffen sie, dass sie die Erste ist, die aufersteht.

Die Leute wissen nicht, wie viel Spaß es macht, das Geburtsdatum oder die Nachnamen zu ändern. Das ist weder ein Spiel, noch ist es unüberlegt, es ist eine Trotzhaltung den Menschengesetzen gegenüber. Es ist auch der Wunsch nach Aufruhr. Letztendlich beherrschte die Abneigung gegen die Gesetze der gesellschaftlichen Wirklichkeit den Blick meiner Mutter.

Diese Abneigung habe ich geerbt. Diese kleingeistigen Menschengesetze sind mir – wie meiner Mutter – egal. Alles, was die Zivilisation hervorgebracht hat, ist mir egal. Das ist keine Arroganz, im Gegenteil; noch ist es eine Lustlosigkeit, die sich auf Verachtung gründet; es ist eher Schmerz. Über den Schmerz, die Leere, den Mangel an Sinnhaftigkeit wird man gleichgültig.

Wie meiner Mutter ist mir nur die Verehrung der Sonne geblieben, jene, die jeden Morgen in das Apartment de Ranillas scheint und mir die Augen aufreißt.

Die Sonne macht uns blind für all das, was nicht Sonne ist. Eines Tages werden wir die Sonne wieder zusammen sehen.

Die Wahrheit ist in ständiger Veränderung begriffen, deshalb ist es so schwierig, sie zu sagen, sie aufzuzeigen. Sie ist immer auf der Flucht. Deshalb ist es wichtig, über ihre ständige Bewegung, ihre unregelmäßige und entfesselte Verwandlung nachzudenken.

Nein, Mamá, wir werden niemals mehr zusammen die Sonne sehen. Es werden Millionen Jahre vergehen und wir werden uns nicht sehen.

Jene Junisonne, die du so liebtest.

134

Endlich besucht mich jemand. Es ist Bra. Voller Begeisterung koche ich ihm etwas zum Abendessen. Wurst, Kartoffeln und Eier. Ich habe ihm eine gute Wurst gekauft, mit Pilzen drin, eine teure, besondere *salchicha*. Ich schäle Kartoffeln. Ich frittiere Kartoffeln in frischem Olivenöl. Ich hasse es, Olivenöl wiederzuverwenden, meine Mutter machte es nie. Bra war vier Tage lang mit seinen Freunden in den Bergen; bei mir ist er seit zwei Monaten nicht mehr gewesen. Aber gut, was soll's.

Er isst und schaut dabei fern.

Wir schauen fern.

Was täten wir ohne den Fernseher.

Als er zu Ende gegessen hat, frage ich ihn, ob er mit mir ins Kino gehen möchte. Es gäbe da einen guten Film. Er sagt, dass er keine Lust habe, dass er mit Freunden verabredet sei. Als er geht, frage ich ihn, ob ich ihn ein Stück begleiten könnte. Ich bin den ganzen Tag zu Hause, ich möchte mir die Beine vertreten.

Es ist ihm nicht recht.

Er sagt Nein, dass er alleine gehe.

Und ist fort.

Ich räume ab, stelle den Geschirrspüler an. Es macht mich froh zu wissen, dass ich mir schon einen Geschirrspüler leisten konnte und dass er gut funktioniert. Ich wische die Küche und setze mich vor den Fernseher. Ich entdecke in dem Zimmer mit dem Fernseher Brotkrümel auf dem Boden. Ich gehe erneut in die Küche und schaue mir den Geschirrspüler der Marke OK eine Weile an. Und ich denke, dass ich zum Glück den Geschirrspüler habe, er scheint die Lösung für alles zu sein. Er scheint eine Form bescheidener Offenbarung Gottes zu sein.

Sein Lärm begleitet mich.

Wagner hätte sich in ihren letzten Jahren von dem Lärm des Kühlschranks begleiten lassen, weil sie keinen Geschirrspüler hatte.

Johann Sebastian ließ sich in seinen letzten Jahren von dem Lärm des Fernsehers begleiten, ins Kino ging er nicht. Wie sollte er auch ins Kino gehen, wo er doch die Geschichte des Kinos war. Er war die Leinwand und die Gesichter der Schauspieler, auf der gelblichen Leinwand von der Zeit vertilgt.

Meine Mutter wusste sehr genau, dass sich alles wiederholte. Sie bereitete Abendessen und Mittagessen zu. Ich bereite Abendessen und Mittagessen zu. Meine sind natürlich schlechter, weil sie kochen konnte. Diese Rückkehr, diese Wiederkehr des Gleichen finde ich außerordentlich. Sie, meine Mutter, erscheint so mittels ihrer eigenen Voraussage. Sie kommt nicht, um mir zu sagen: »Deine Söhne behandeln dich so, wie du mich behandelt hast.« Nein, sie kommt nicht, um mir das zu sagen, sondern, dass sie einen Weg zurück zu mir gefunden hat. Sie kommt, um mir zu sagen: »Ich habe dich immer geliebt, ich bleibe hier.«

Und das ist das Wunder.

Das Wunder ist, dass sie schon zu Lebzeiten wusste, dass es diesen Weg geben wird, sie kannte ihn bereits.

Es ist der Weg der Hexerei, ein urtümlicher Weg.

Als sie mir vor einigen Jahren sagte: »Wenn du mich nicht besuchen kommst, werden deine Söhne dasselbe bei dir machen«, sagte sie mir eigentlich: »Wenn ich tot bin, werde ich auf diesem Weg zu dir zurückkehren, diesem Weg, der von üppigen Bäumen und dem Licht des Monats Juni gesäumt wird, mit dem Rauschen der Flüsse in der Nähe, wenn ich tot bin, werde ich weiterhin mittels unserer Einsamkeiten, deiner und meiner, an deiner Seite sein; der Weg, schau, ist ein Weg, ein sonniger Weg, der Weg der Toten.« Jedes Mal, wenn Bra und Valdi wieder nicht zum Abendessen vorbeikommen, kehrt Wagner über diesen Weg zurück, ganz tot, in ganz schlechtem Zustand, ganz Leiche, mit dem gelblichen Orchester der ewigen Wiederkehr des Gleichen.

Meine Mutter war eine Nietzsche-Frau. Deshalb heißt sie Wagner.

Wagner sagt zu mir: Auch du wirst diesen Weg gehen, erzähl Bra und Valdi von dem Weg, es ist Zeit, dass du ihnen gegenüber den Weg erwähnst. Das ist der berühmte Weg unserer Familie, der den Toten erlaubt, bei den Lebenden zu sein.

Ich werde es nicht tun, noch ist nicht die Zeit, ihnen den Weg zu zeigen, über den ich zurückkehren werde, wenn ich tot bin, sage ich zu meiner Mutter.

Wagner sagt zu mir: Es ist Zeit, weil du keine Zeit mehr hast.

Aber am nächsten Tag entscheidet sich Bra, bei mir zu übernachten, was bei mir große Freude auslöst, die bald darauf wieder vorbei ist. Da er schlecht gelaunt aufwacht. Ich gebe ihm einen Kuss, der ihm unangenehm ist oder vielmehr absurd erscheint.

Bra geht in die andere Wohnung, die Wohnung seiner Mutter, die auch meine ist, auch wenn ich keinerlei Ansprüche mehr auf sie erheben kann, weil dort sein Bett größer ist. Ich biete ihm Kaffee und Kekse an, er lehnt beides mit bitterer und verächtlicher Miene ab. Es ist ein »Sei still, sei endlich still, es reicht ja wohl, dass ich in diesem fürchterlichen Bett geschlafen habe«.

Wagner sagt: Er baut den Weg, es ist ein breiter, von Blumen gesäumter Weg, auf dem du zurückkehren wirst, um für immer an seiner Seite zu sein, so, wie du ihn jedes Mal gegangen bist, als du mich weder geküsst noch meine Hand genommen, noch mich besucht hast, es ist derselbe Weg, dieselbe Wiederkehr.

Die ewige Wiederkehr der zerfallenden Mutterschaft und Vaterschaft, die Wiederkehr des immer selben.

Ich betrachte eine Weile die abgelehnten Kekse. Wie ein Idiot betrachte ich eine Weile die Kekse. Ich hatte sie voller Begeisterung gekauft. Es sind die verlassensten Kekse des Planeten. Auch meine Mutter muss viele Male voller Begeisterung Dinge für mich gekauft haben, Dinge, die ich nicht zu sehen vermochte, die mir damals unbedeutend erschienen, und diese Bedeutungslosigkeit fliegt durch die Zeit, sie hat vierzig Jahre lang geschlafen, und jetzt taucht sie wieder auf und setzt sich an meine Seite. Meine Mutter spricht so zu mir, auf diese Art und Weise spricht das Gespenst meiner Mutter zu mir: Der wagnerianische Weg öffnet sich erneut vor mir.

Sie ersann ihn.

Meine Eltern verbrachten ihr Leben damit, verschlungene Wege zu mir zu planen, zu entwerfen, zu erfinden, um mich niemals alleine zu lassen, Wege von ihrem Tod in das Leben ihres Sohnes.

Ranillas und Arnillas war so ein Weg.

Meine Scheidung so ein Weg.

Meine Verzweiflung der Weg mit der meisten Sonne.

Es ist, als würde sich ein gelber, immer gelber Kreis schließen. Und der Sohn meines Sohnes wird die Dinge nicht wertschätzen können, die mein Sohn ihm voller Liebe schenken wird. Es ist ein Labyrinth, in dem wir jenseits des Verschwindens miteinander kommunizieren, mittels des Missverständnisses. Als wäre das Missverständnis eine mathematische Gleichung, die den Tod aufhebt.

Und Bra geht.

Er hat nicht einmal sein Bett gemacht.

Es ist zerwühlt.

Ich mache mich daran, sein Bett zu machen.

Auch das Bett ist verlassen.

135

Ich lebe am Fluss, da Ranillas am Ebro liegt. Menschen, die an Flüssen leben, leben länger. Ich steige in den Aufzug und fahre in das Parkhaus. Der Fahrstuhl hat einen typischen Geruch, es riecht nicht schlecht, es riecht steril, es ist ein Geruch nach industrieller Sauberkeit, aber es ist ein fremder Geruch, ein unpersönlicher Geruch, es riecht nach niemandem, keine Spur von einem menschlichen Wesen. Das Parkhaus liegt tiefer als der Fluss. Ich habe das Gefühl, ich würde tauchen. Mein Parkhaus ist untergetaucht; es ist ein U-Boot.

Als ich nach Ranillas zog, war ich der einzige Mensch in diesem Neubaublock, ein Block mit sechzehn Wohnungen; eine derart luxuriöse Wohnsituation hatte ich vorher noch nie in meinem Leben. Es war faszinierend, dass der Fahrstuhl immer auf meiner Etage stand, und es war faszinierend zu wissen, dass in den drei Etagen über mir und den vier Etagen unter mir niemand war. Aber das hatte auch etwas Erschreckendes.

Ich musste niemals auf den Aufzug warten. Wie viel Lebenszeit das kostet, auf Aufzüge zu warten. Viel Lebenszeit. Monate. Ich fühlte mich wie ein König, wie der Minister einer spanischen Regierung. Wenn ich einschlief, war mir bewusst, dass ich das inmitten eines leeren Gebäudes tat, als wäre ich ein Astronaut, der sich im unendlichen Raum ausruht, als wäre ich Christoph Kolumbus in der Neuen Welt. Ich glaube, dass all das mein Vater vorbereitete; er organisierte das; er wollte, dass mein Leben mit den verlorenen Gebäuden verschmilzt. Mein Vater organisierte das, weil er es gewesen sein musste, der mir mittels der fast gleichen Namen mitteilte, dass ich diese Straße wählen sollte, weil diese Straße er war.

Er musste es gewesen sein, sage ich mir. Er musste es gewesen sein, er war aus dem Reich der Toten gekommen und hatte mir einen Kuss zugeworfen.

Ich glaube, dass nur wenige Menschen auf dieser Welt einmal in den Genuss kommen, nicht auf einen Aufzug warten zu müssen: Nur wenige werden wissen, wie das ist; ich wusste es einige Monate lang.

Er war immer da, auf meiner Etage.

Dieses unmittelbare Hoch- und Runterfahren führte dazu, dass meine neue Wohnung etwas Mystisches für mich hatte. Weil der Aufzug immer im Erdgeschoss auf mich wartete, wenn ich von irgendwoher zurückkam. Nur ich benutzte ihn. Und er wusste das. Es gab auch keinen Lärm. Noch um drei Uhr nachts konnte ich bei voller Lautstärke Musik hören. Und das machte ich. Ich drehte den Lautstärkeregler meines Pioneer-Verstärkers so weit, wie meine Ohren es erlaubten.

Die Schönheit des Gebäudes bestand in seiner abstrakten Einsamkeit, eine Versinnbildlichung des Fortgehens meiner Eltern. Wie gut sie gegangen waren, wie sie Auf Wiedersehen gesagt hatten, ohne Auf Wiedersehen zu sagen. Wie gut ich sie aus dem Tod heraus sehen kann und von Ranillas aus; wie die elektrische Industrie ihre Leben vergegenwärtigt: der Siemens-Aufzug und der Pioneer-Verstärker.

136

Dann kamen nach und nach Nachbarn, weil die Wohnungen endlich verkauft wurden, da die Bauherrin und Eigentümerin der Immobilie sich gezwungen sah, die Preise dem Markt anzupassen. Die Preise wurden um mehr als vierzig Prozent gesenkt, deshalb konnte ich kaufen, ich war der Erste, der eine kaufte. Und das aus Zufall. Die Preissenkung fiel in die Zeit meiner Trennung, als ich dringend eine Wohnung brauchte. Innen waren die Wohnungen nicht fertiggestellt worden, deshalb gab es noch einiges zu tun. Ich verlegte nur einen Boden und machte das Bad. Ich verlegte ein Laminat, das mir jemand empfohlen hatte; ich hatte mich vorher über die unterschiedlichen Qualitäten informiert. Und einige rumänische Handwerker machten mir ein Badezimmer. Ich dachte, die Duschwand wäre zu niedrig und dass das Wasser darüberspritzen würde, aber am Ende war alles gut. Einige Tage lang recherchierte ich die Höhe von Duschwänden. Ich diskutierte mit den rumänischen Handwerkern über die ideale Höhe einer Duschwand. Wir betrachteten die Duschwand, als müssten wir sie enträtseln. Auch die rumänischen Handwerker waren für mich ein Rätsel, aber unter ihnen herrschte eine Kameradschaft, die ich bewunderte, weil ich mich sehr alleine fühlte. Einer von ihnen rauchte und warf die Stummel ins Klo; ich brachte das zur Sprache. Er ließ es sein, aber er nahm es mir übel. Sie aßen riesige belegte Brötchen.

Binnen vier Tagen richtete ich mich in meinem Apartment de Ranillas ein. Die Nachbarn machten viel mehr in ihren Wohnungen und bauten sich neue und moderne Küchen ein. Jedenfalls war es wunderbar, über drei Monate alleine in einem Wohnblock zu leben. Es schien, als wollte niemand dort leben. Ich hatte das Gefühl, in ein Raumschiff gezogen zu sein, das in den Tiefen des Weltraums kreist. Aber wenn man drei Monate lang alleine in einem Gebäude mit acht Etagen wohnt, lernt man die Sprache des Gebäudes, und es wird einem bewusst, dass diese Häuser leben. Die Geschichte des Gebäudes war auch eine Geschichte von Einsamkeit. Es war 2008 fertiggestellt worden, genau in der Zeit, als in Spanien die Immobilienblase platzte, sodass die Wohnungen nicht verkauft wurden, bis 2014 die Preise gesenkt wurden. Die Wohnungen, die Treppen, die Wände hatten sechs Jahre lang ganz alleine verbracht. Der Aufzug war traurig. Ich glaube, dass dieser Aufzug dankbar für meine Anwesenheit war. Ich dachte viel über all das nach. Ich erinnere mich, dass nichts funktionierte außer der Waschmaschine. Es handelte sich um eine neue Waschmaschine, eine intakte Corberó, die aber sechs Jahre lang unter freiem Himmel in einem Gang gestanden hatte, ohne dass sie auch nur einmal angeschlossen worden war. Diese jungfräuliche Waschmaschine hatte seltsamerweise noch nie in ihrem Leben etwas gewaschen. Das erste Mal, als ich sie an den Strom anschloss, dachte ich, sie würde nicht funktionieren. Die Person, die mir das Apartment verkaufte, sagte, dass sie nicht glaube, dass sie funktioniere. Aber sie funktionierte. Die Waschmaschine funktionierte, es war, als wäre sie auferstanden. Wie viele Jahre kann die Elektrik eines Haushaltsgerätes überdauern, ohne benutzt zu werden?

Die letzten Waschmaschinen meiner Mutter waren billige Marken. Meine Mutter hatte Vertrauen in diese anonymen Waschmaschinen, ich auch. Wenn sie noch gelebt hätte, hätten wir am Telefon über Waschmaschinen reden können, aber es war zu spät. Wir hätten auch zusammenleben können. Wenn Gott ihr ein Lebensjahr mehr geschenkt hätte, hätten wir zusammenleben können.

Die Vergangenheit lässt sich unmöglich umgestalten, vielleicht aber doch.

137

Ich versuche, dieses Apartment, in dem alles von zweifelhaftem Wert ist, aufzuwerten. Die Dinge gehen kaputt. Der Wasserhahn in der Küche ist nicht richtig installiert, und das Spülbecken ist ebenfalls nicht richtig installiert, was dazu führt, dass es leckt, sodass ich ständig mit dem Lappen irgendwo Wasser aufwischen muss. Ich habe einen Brausekopf für den Wasserhahn gekauft, ich hätte es mir sparen können.

Einige Nachbarn machten die Küche komplett neu und das Bad und die Türen und kauften sich hochwertige Haushaltsgeräte. Deshalb dauerte es so lange, bis sie einzogen. Das, was die Nachbarn machten, wurde zu einem Mantra, um mich daran zu erinnern, dass ich immer falschliege.

Sie werteten die Wohnungen auf und ich nicht. Ich hatte, verglichen mit meinen Nachbarn, ganz offensichtlich einen schändlichen Fehler begangen, und darin schien eine Wahrheit zu liegen, es zeigte, wo ich herkam und was mein Schicksal war. Schlechte geistige Verfasstheit, dachte ich.

Eine neue Küche installieren und das, was drin war, rausschmeißen, das hätte ich machen müssen. Bedauerlicherweise machte ich das nicht, weil ich kein Geld hatte.

Deshalb entschied ich mich für den Brausekopf, weil er vier Euro neunzig kostete.

Ich sehe jetzt durch meine Küche die Küche meiner Mutter in der Wohnung in Barbastro, mir wird bewusst, dass sie immer spülte, und ich weiß, dass in jener Küche sehr wichtige Dinge passierten, die ich mich nicht traue, ganz zu sehen, ich will sie nicht sehen, aber ich erinnere mich schließlich an eine Szene, in der meine Mutter auf dem Boden in der Küche liegt und weint, mehr kann ich nicht sehen. Ich will nur, dass es aufhört. Dass das Weinen aufhört und sie wieder aufsteht. Und meine Mutter windet sich auf dem Boden. Und mein Vater ist nicht da. Es war in der Küche, vielleicht 1967. Sie hatten gestritten. Mein Vater knallte die Tür zu und ging. Ich weiß nicht, worüber sie gestritten hatten. Ich nehme an, sie dachten, ich wäre zu klein, um diese Szene abzuspeichern, aber da irrten sich die beiden.

Ich erinnere mich, dass meine Mutter die Teller nur ganz kurz abspülte, ich dagegen halte sie lange unter das Wasser, um sämtliche Spülmittelreste zu beseitigen.

138

Ich bin mit meinem Sohn Valdi im Carrefour einkaufen gewesen. Nach den zwei Feiertagen ist der Carrefour voller Menschen oder eher voller Zombies. Ich habe nach etwas gesucht, was ich mit meinem Sohn Valdi machen könnte, das heißt, was wir zusammen machen könnten, und mir ist nichts anderes eingefallen, als mit ihm einkaufen zu gehen. Wenn ich mit Valdi oder mit Bra irgendwelche Besorgungen mache, habe ich das Gefühl, als wären wir in einer Zeit, bevor unsere Familie auseinanderbrach, und auch sie haben das Gefühl, aber wir wissen, dass das nur eine Illusion ist, die Illusion, dass die Vergangenheit zurückkommt. Eine Rückkehr in die Zeit vor der Trennung ist nicht möglich. Valdi, Bra und ich wissen, dass das unmöglich ist, aber das ist nicht nur erschreckend, sondern auch erhellend. Es gibt so viele erhellende Momente; mir fallen sie eher auf als ihnen.

In allem, was wir zu dritt machen, hallt das wider, was wir machten, als wir zu viert waren.

Das ist weder Nostalgie noch Reue, noch Schuld. Es ist etwas, das ich nicht benennen kann. Es ist Inspiration. Es ist Melancholie. Gute Melancholie.

Ich dachte, dass es nett wäre, zusammen einkaufen zu gehen, aber dieser Zombie-Auflauf hat bei mir einen Wutanfall ausgelöst. Ich hätte gerne seine Hand genommen, die Hand von Valdi. Ich erinnere mich daran, wie er vor etwa acht Jahren zum Gitarrenunterricht ging. Die Gitarre war größer als er. Ich erinnere mich, wie er vor sechs Jahren zum Tischtennis ging. Er spielte am Ende bei den nationalen Tischtennismeisterschaften. Valdi war derart unschuldig mit seinem Tischtennisschläger in der Hand. Valdi weiß es nicht, aber er trägt eine vorväterliche Güte in sich, eine Gabe, die aus einer Zeit vor der Geschichte stammt, und in dieser Gabe zeigen sich die größten Geheimnisse der Dinge. Die Güte Valdis ist wie der Monolith in dem Film *2001* von Stanley Kubrick.

Valdi rührt mich. Das hat er immer getan, seit seiner Geburt. Auch Johann Sebastian war von Valdi eingenommen, obwohl ihm die Vorstellung, Großvater zu sein, nicht besonders gefiel. Johann Sebastian nahm die Geburt von Bra und Valdi wenig euphorisch zur Kenntnis. Er wollte kein Großvater sein. Die Anrede gefiel ihm nicht. Im Grunde genommen gefiel ihm auch die Anrede als Vater nicht.

Er fand keine Schublade innerhalb der Familie, in der er sich wohlfühlte. Als Valdi ein Baby war, betrachtete Johann Sebastian ihn mit skeptischem Staunen: Wer ist der da? Woher kommt er? Valdi machte als Baby sehr kreative Geräusche mit der Zunge, die von Johann Sebastian gefeiert wurden. Diese klangvollen Sinnbilder gefielen ihm.

Sie waren wie untergegangene Schiffe aus dem Zweiten Weltkrieg: Baby Valdi und Großvater Johann Sebastian.

Mir zittern die Hände, als ich die Sachen nehme: eine Milchtüte, ein abgepacktes Hühnerteil, Kekse. Man weiß, wie die Menschen sind, wenn man sieht, was sie im Supermarkt kaufen. Es gab massenhaft Linsen. Ich mache die Dinge kaputt, wenn ich versuche, sie aus den Verpackungen zu nehmen. Bei meiner Mutter war es genauso. Sie hatte keine Geduld. Auch ich habe keine. Sie machte Dinge kaputt. Ich mache Dinge kaputt. Wir versuchen, eine Verpackung aufzumachen, und wir schaffen es nicht, und das erscheint uns ungerecht, was uns Angst und verbittert und wütend macht. Meine Mutter sagte, dass der Teufel für diese Dinge, an denen wir scheiterten, verantwortlich sei, ich meine, es hat mit Ungeduld und der Höhle, die wir niemals hätten verlassen sollen, zu tun.

»Teufel noch mal«, schrie meine Mutter.

Ich muss zwölf oder dreizehn gewesen sein, als ich ein Wörterbuch meines Vaters mit voller Wucht auf den Boden schleuderte. Ich war auf der Suche nach der Bedeutung eines Wortes und fand es nicht. Ich wurde wütend. Ich verstand nicht, wie dieses Wörterbuch funktionierte. Als es am Boden lag, verpasste ich ihm einen Tritt, wodurch der Buchrücken kaputtging. Nach einer Weile, als die Wut nachließ, öffnete ich das Buch erneut und sah, dass es ein Wörterbuch Spanisch-Französisch/Französisch-Spanisch war. Da empfand ich dem Buch gegenüber eine große Zärtlichkeit. Außerdem war es ein Buch meines Vaters. Ich versuchte, den Buchrücken des armen Wörterbuchs wieder heil zu machen.

Diese Blindheit habe ich von meiner Mutter geerbt.

Wir beide hatten es an den Nerven.

Weder konnte sie noch kann ich eine Tüte öffnen. Wir machen alles kaputt. Alles fällt uns aus der Hand. Meine Mutter riss die Milchtüten nicht auf, sie zerriss sie. Wir verstanden die alles bestimmenden mechanischen Gesetze nicht.

Ich kriege die Plastiktüten im Supermarkt nicht auf. Die Frau an der Kasse muss mir helfen.

Ich bereute, was ich im Carrefour in den Einkaufswagen gepackt hatte. Was ich genommen hatte, legte ich wieder weg, und Valdi sah das schreckliche Chaos, das im Kopf seines Vaters herrschte. Ich ließ eine Tafel Schokolade mit Orangengeschmack beim Blumenkohl liegen, weil ich plötzlich bereute, diese unnötige Tafel Schokolade ausgesucht zu haben. Es gab so viele Leute, dass wir mit den Einkaufswagen zusammenstießen. Ich sehe das Ende der Zivilisation kommen, das will ich damit sagen. Ich sehe, dass diese Welt untergehen wird. In mir begann eine unkontrollierbare Wut aufzusteigen, was dazu führte, dass ich mit noch mehr Wagen zusammenstieß. Ich wurde verrückt.

Ich war nervös.

Und ich fing an, die Sachen zu werfen.

Ich nahm ein Stück Käse und schleuderte es gegen einen gefrorenen Seehecht. Und ich öffnete eine Tüte mit gefrorenen Brötchen und sah sie voller Wut an. Das würde also mein Beitrag zur Revolution sein: ein privates Chaos in einen Supermarkt tragen; das heißt einem armen, zwanzigjährigen Tropf mit einem Sechshundert-Euro-Job, der die Ware einräumen muss, das Leben schwermachen.

Meine Mutter hat mir die Ungeduld und den Aberglauben geschenkt.

Mich machen die Hintergrundgeräusche des Lebens meiner Eltern, die von überallher kommen, verrückt.

Meine Mutter machte Verpackungen kaputt. Ihr fielen die Sachen aus der Hand. Unsere Ungeschicklichkeit war die Tochter der Hände, die zum ersten Mal benutzt wurden, und der ungelenken Finger der ersten Hominiden. Meine Mutter hielt es in den Supermärkten nicht aus. Sie verstand nicht, wie man eine Schlange bildete. Sie verstand die Ordnung in den Gängen im Supermarkt nicht. Sie mochte die Rebellion, die Wut, das Nichts. Ich auch.

139

Wir sind wieder in Ranillas. Valdi ist noch eine Weile hier gewesen und dann gegangen. Ich habe geduscht. Ich bin aus der Dusche getreten und habe mich mit einem roten Handtuch abgetrocknet. Und ich habe mich an das Badezimmer meiner Mutter erinnert. Wir hatten in jener alten Wohnung eine kleine Badewanne, meine Mutter wollte oder konnte sie nicht gegen eine neue austauschen. Es war eine gemauerte Alibi-Wanne, es war unmöglich, sich darin zu waschen. Meine Mutter badete uns einmal die Woche. Der Boiler funktionierte nie gut, er machte nicht genug Wasser warm, sodass meine Mutter das Wasser in Töpfen auf dem Herd erhitzte.

Der Boiler war ein Markenprodukt, er war von Orbegozo.

Wir badeten nicht wirklich, dafür gab es nicht genug Wasser. Es war fast lächerlich, es reichte nicht mal bis zu den Knöcheln. Meine Mutter trocknete uns mit einem riesigen roten Handtuch ab. Als sie starb, fand ich dieses Handtuch in einem Schrank, es hatte fast fünfzig Jahre überlebt. Ich war erstaunt zu sehen, dass es noch da war, ich wusste nicht, dass ein Handtuch derart alt werden konnte. Ich nahm es mit. Es war noch so gut erhalten … War es gute Qualität? Oder ein Wunder?

Es schien das Schweißtuch meiner Familie zu sein.

Mit den Jahren verkalkte der Warmwasserzulauf und verstopfte gänzlich. Ich lebte damals nicht mehr bei meinen Eltern.

Ich weiß nicht, wie sie zurechtkamen. Ich fragte sie auch nicht danach. Ich weiß nicht, wie sie duschten. Vielleicht machten sie es nicht. Vielleicht hatte Gott ihre müden Körper mit einem reinen Geruch versehen, dem Geruch jener, die bereits dorthin gelangt waren, wo nichts mehr verdirbt.

Jetzt halte ich dieses Handtuch in meinen nassen Händen. Ich betrachte es oft, ich versuche, es Dinge zu fragen, ja, dieses Handtuch Dinge zu fragen. Und es antwortet mir, das Handtuch spricht zu mir: »Du hättest sie fragen müssen, und du hattest genug Zeit dafür, aber ich weiß schon, dass du nicht wusstest, wie du es hättest anstellen sollen, du wusstest es nicht, du wusstest nicht, was Wörter waren.«

Ich trockne mich mit diesem Handtuch ab.

Es ist immer noch weich, der Stoff hat die Zartheit bewahrt, die er hatte, als meine Mutter das Handtuch zum ersten Mal für meinen Körper, den Körper eines sechsjährigen Jungen, benutzt hatte. Wir konnten wegen jener winzigen Wanne und des verkalkten Duschkopfs, aus dem nur ein Rinnsal floss, einige müde Wassertropfen, nicht duschen.

Niemand ahnt, wie sehr einen das prägen kann.

Meiner Mutter war das egal. Aber an was dachte sie, verdammt noch mal, als sie entschied, nichts dagegen zu tun?

Meine Mutter zerstörte die ursprüngliche Gestaltung ihrer Wohnung, die modern, freundlich und durchdacht war. Ohne Sinn und Verstand nahm sie Änderungen vor. Sie schuf ein riesiges Esszimmer, das niemand betreten durfte, es sollte stets in perfekter Ordnung sein.

Es war ihr Spleen.

Und gleichzeitig konnten wir nicht duschen.

Meine Mutter bewachte ein Zimmer und mein Vater bewachte ein Auto. Sie wollte ihre Freundinnen mit jenem Zimmer beeindrucken. Ihre Freundinnen, die alle geflohen waren. Meine Mutter hatte am Ende ihres Lebens nicht mehr viele Freundinnen. Ständig wechselte sie die Freundinnen.

In den letzten Jahren ihres Lebens hatte sie einige ungewöhnliche Freundinnen.

Weiß der Teufel, wo sie sie herhatte. Sie verkaufte Dinge. Sie verkaufte gute Möbel oder verschenkte sie. Es war eine schlechte, monströse Herrschaft, fünfzig Jahre lang mit harter Hand aufrechterhalten. Meine Mutter führte eine fünfzig Jahre dauernde, schlechte Herrschaft; eine schlechte Herrschaft, die länger währte als die von Francisco Franco.

Francisco Franco und meine Mutter könnten einen Walzer zusammen tanzen.

Meine Mutter wusste nicht, wer zum Teufel Francisco Franco war. Das ist einfach unglaublich, dafür bewundere ich meine Mutter.

Mehr Punk sein geht nicht.

Meine Mutter hat sich nur für Julio Iglesias interessiert, die Frauen und die Söhne und die Töchter und den Vater von Julio Iglesias, und die Lieder von Julio Iglesias. Wenn ich die Stimme von Julio Iglesias höre, denke ich an sie.

140

Manchmal stellte sie mir diese letzten Freundinnen vor. Es waren Frauen knapp am Rand der Gesellschaft. Die bürgerlichen und wohlhabenden Freundinnen, die sie in den Siebzigern hatte, kamen nicht mehr, als es bei meinem Vater nicht mehr gut lief. Damals hätte sie dieses unheimliche Esszimmer aufgeben können, weil dieses Zimmer nur existierte, um es ihren reichen Freundinnen zeigen zu können, die wegblieben, verschwanden, als meinen Vater das Glück als Handelsreisender verließ und er verarmte. Eigentlich ging es meinem Vater nur sechs oder sieben Jahre wirtschaftlich gut, ich glaube nicht, dass es viel länger war. In diesen Jahren befreundeten sich meine Eltern mit vermögenden Ehepaaren, wahrscheinlich träumten sie davon, reich zu werden, aber niemals schafften sie es, diesen Leuten das Wasser zu reichen, weil diese Leute immer viel Geld hatten und meine Eltern nicht.

Verdammt noch mal, sie hätte dieses Esszimmer aufgeben und eine Dusche installieren lassen können, damit wir uns waschen konnten. Sie war durcheinander, verrückt und sie wusste es nicht, sie war ein denkwürdiger Freigeist. Eine Frau, die ihren Instinkten folgte und in keinster Weise vorausschauend war. So liefen wir als Schmutzfinken rum, aber hatten ein prächtiges Esszimmer, in das wir uns nicht setzen konnten. Weil wir auf ihre kleinbürgerlichen Freundinnen warteten, die nicht mehr kamen, die nie mehr kommen würden. Bis ich mit achtzehn aus dieser Wohnung auszog, wusste ich nicht, was eine vernünftige Dusche ist.

Jene aufgetakelten Freundinnen kamen seit Ende der Siebziger nicht mehr. Das gesellschaftliche Erbe meiner Mutter zerfiel. Während der wenigen Jahre, in denen es meinem Vater gut ging, schaffte meine Mutter es, sich in einer Gesellschaftsklasse zu verstecken, die sie später aus ihren Reihen verbannen würde.

Und das Badezimmer wurde nie neu gemacht. Meine Mutter lief der gesellschaftlichen Wertschätzung hinterher, die sich in Luft auflöste, und ich laufe der literarischen Wertschätzung hinterher, die sich ebenfalls in Luft auflöst. Deshalb, glaube ich, gibt es keine Unterschiede zwischen den fixen Ideen meiner Mutter und meinen.

Wir beide sind Opfer Spaniens und der Sehnsucht nach Wohlstand; materieller Wohlstand oder intellektueller Wohlstand, das ist dasselbe. Sie machte irgendetwas falsch, und auch ich mache etwas falsch.

Aber es ist schön, dass wir uns so ähnlich sind. Und dass wir beide gescheitert sind, ist umso schöner. Das ist Liebe. Wir sind wieder vereint. Es kann sein, dass sie das so plante. Dann hatte mein Scheitern einen Sinn, weil es mich zu ihr führt, mit ihr möchte ich für immer zusammen sein.

141

Seit ich zehn oder zwölf Jahre alt war, kannte ich jene sehr geschminkten und mit Schmuck behangenen Freundinnen meiner Mutter. Sie waren um die vierzig Jahre alt. Da war eine Blonde, sehr hübsche, die Witwe wurde und später verschwand. Sie war sehr üppig und weckte in mir erotische Gefühle. Sie hatte einen sensationellen Körper und war ein wenig jünger als meine Mutter, vielleicht vier oder fünf Jahre. Sie war groß und einmal schickte meine Mutter mich zu ihr nach Hause und sie machte mir mit einem Handtuch bekleidet die Tür auf, sie hatte gerade geduscht. Ich erinnere mich, dass meine Eltern dann zu der Beerdigung ihres Ehemannes gingen, der plötzlich verstorben war. Ich sehe ihn vor mir. Er war kleiner als seine Frau, und das schien mir geheimnisvoll.

Die Geschichte der Freunde meiner Eltern ist verworren und labyrinthisch. Alle scheinen sie jetzt Gespenster zu sein. Sie starben, sie fielen nach und nach.

Eines Tages einer, im folgenden Jahr ein anderer.

Alle sind tot.

Meine Eltern sind tot und ihre Freunde sind tot.

Ich weiß nicht, ob es Freunde waren.

Ich glaube, als mein Vater auf dem Sterbebett lag, kam keiner seiner Freunde ihn besuchen. Ich glaube, dass das eine unkonventionelle Form von Freiheit war. Und, wie ich bereits gesagt habe, hatte meine Mutter am Ende ihres Lebens sonderbare Freundinnen, ich weiß nicht, was aus ihnen geworden ist. Es waren verarmte Frauen, Witwen, Alleinstehende, von wo auch immer her stammend, von einer fantastischen Geschichte Spaniens abstammend. Schlecht angezogen und schlecht gekämmt. Siebzigjährige Punks, das waren sie. Meine Mutter hatte eine seltsame Beziehung zu den Dingen. Meine Mutter hatte immer Schattenseiten, Abgründe, die nur sie kannte. Und mein Vater erreichte am Ende seines Lebens einen Grad von Trägheit, die ihn fast heilig machte; damit ist keine religiöse Heiligkeit gemeint, sondern eine Heiligkeit, die mit der Lebendigkeit zu tun hatte, die eine Morgenbrise auf sein frisch rasiertes Gesicht zauberte, der willkürlichen Stille und dem Echo der Sonne, die auf seinen faltigen Augen erklangen; die Heiligkeit oder die Glückseligkeit desjenigen, der die Erinnerung verschmäht, die Mutter, den Sohn, jedwede Form von Beständigkeit; das Mustergültige seiner geheimen Gleichgültigkeit; eine Gleichgültigkeit, die jener des Universums ähnelt, die da ist, aber still ist, geheim ist; oder dem Meer, das seit Jahrtausenden existiert, eine Existenz, die sich so lange in Dunkelheit und Unsichtbarkeit aufzehrte, bis die Menschen sich ihrer bewusst wurden, sie mit einem »Gesehenwerden« auszeichneten, aber es ist ein »Gesehenwerden«, das keine Bedeutung hat.

Mein Vater wusste aus Instinkt, dass die Menschen die Gnade des »Gesehenwerdens« gewähren, aber es ist ein falsches, illusorisches »Gesehenwerden«, etwas, das der Eitelkeit zuneigt. Genau, dorthin ging mein Vater: an einen Ort, an dem jede Form von Eitelkeit unwahr oder anmaßend oder unzulässig ist.

Er verzichtete auf Eitelkeit.

Das heißt es, frei zu sein und Bettler.

Ich erinnere mich an die Freunde meines Vaters. An die, die noch leben, ich würde sie gerne anrufen. Ich weiß nicht, was sie sagen würden. Es ist unglaublich, dass es am Ende des Lebens nichts zu sagen gibt. Dass es den Leuten sogar zu aufwendig ist, sich zu erinnern. Weil erinnern bedeutet, dass umsonst Neuronen feuern.

Weil erinnern bösartig ist.

Es kam kein berühmter Musiker oder Freund, als Johann Sebastian aus dieser Welt schied. Als hätte er nie Freunde gehabt. Wie ungeheuerlich alleine er ging. Keiner seiner alten Freunde kam, um sich zu verabschieden. Johann Sebastian wollte es so. Er hatte keine Lust, darüber nachzudenken. Er bereitete sich auf etwas vor, das keinen Nachhall hatte.

Er wollte niemanden sehen, das ist die Wahrheit. Er wollte keine Zeit mit der Illusion von Freundschaft verplempern. Er wollte nicht förmlich sein, gesellschaftlich angepasst, höflich, freundschaftlich. Gesellschaftliche Wertschätzung als einziger Beweis der Existenz, dass man lebendig ist, interessierte ihn nicht mehr.

Er hatte auf sich selbst keine Lust mehr.

In ihm selbst war nur noch Einsamkeit.

Und in ihm selbst war nur noch ich, sein Sohn, den er so sehr liebte und weiterhin aus dem Tod heraus liebt.

142

Ein Morgen im Juli 1969. Ich werde sieben Jahre alt. Die ganze Familie fährt in einem viertürigen Seat 850. Wir machen einen Ausflug, wir sind in den Bergen. Gerade sind wir durch das Dörfchen Broto gefahren. Auf der Straße waren Touristen und Bergsteiger unterwegs; Bergsteiger mit Rucksäcken, sie essen belegte Brötchen, die in Alufolie gewickelt sind, etwas, das es erst seit kurzer Zeit in Spanien zu kaufen gibt und der letzte Schrei ist. Alles ist Freude und Jubel, weil es gesund ist, in die Berge zu fahren, wenn es im Sommer heiß ist. Mein Vater fährt den Seat 850 und spricht von einem wunderbaren Ort. Er spricht von diesem Ort, seitdem wir aus Barbastro raus sind. Und vor dieser Reise sprach er ebenfalls von diesem Ort. Dieser Ort heißt Ordesa und ist ein Tal in den Bergen.

Hier muss es sein, sage ich zu Valdi und Bra. Genau hier. Ich habe das Auto angehalten und suche exakt nach der Stelle, wo mein Vater vor sechsundvierzig Jahren eine Reifenpanne mit dem Seat 850 hatte, als wir in das Tal von Ordesa hineinfuhren. Ich denke, dass ich meine Mutter fragen müsste, wo diese Stelle war. Aber ich kann diese Frage nicht mehr stellen. Sie wird es wissen. Aber sie ist doch tot. Das wird mir wieder klar. So ist es immer.

Die Wahrheit ist, dass sie sich an fast nichts erinnerte. Sie erinnerte sich nicht einmal an ihren Ehemann. Sie fokussierte sich auf das, von dem sie dachte, dass es äußerst lebendig war. Sie konzentrierte sich folglich auf Valdi und Bra. Und ihnen schenkte sie den Titel Könige des Lebens und der Zeit und damit den unantastbaren Thron, auf dem einmal mein Bruder und ich gesessen hatten. Zunächst himmelte sie ihren Mann an, um dann ihre

Söhne anzuhimmeln; und nachdem sie ihre Söhne angehimmelt hatte, himmelte sie ihre Enkel an, immer jenem auf der Spur, das ihre eigene Existenz während der unbegrenzten Herrschaft des Lebens auf der Erde verlängerte und größer machte. So war sie, unschuldig grausamer Instinkt. Meine Mutter war reine Natur, deshalb hatte sie keine Erinnerung, sie kannte nur die Gegenwart, wie die Natur. Wo auch immer sie sein wird, wird sie die Kinder von Bra und Valdi anhimmeln und sie wird an deren Seite sein, wie ein Baum, der ebenso riesig wie unsichtbar ist. So, wie ihr Blut weiter fließt, wird sie bleiben, weil ich sie kannte, und ich weiß sehr genau, dass sie kein Ende fand. Meine Mutter war unendlich. Meine Mutter war die Gegenwart. Die Kraft ihrer Instinkte führt sie zu meiner Gegenwart. Ihre Gegenwart in meiner Gegenwart wird zur Gegenwart in meinen gegenwärtigen Söhnen, und indem sie sich in meinen gegenwärtigen Söhnen vergegenwärtigt, avisiert sie ihre Gegenwart in den Kindern meiner Söhne, wenn diese sich in Gegenwart verwandeln.

Wen ich damals hätte fragen sollen, wo die Reifenpanne des Seat 850 passiert war, in welchem Abschnitt dieser Geraden, war mein Vater, weil er den Wagen fuhr.

Ich sagte Valdi und Bra nicht, dass ich Ordesa für drei Tage Sommerferien ausgewählt hatte, weil ich mich an die Stelle erinnern wollte, wo sich vor sechsundvierzig Jahren die Reifenpanne ereignet hatte, aber sie mussten sich gewundert haben, als ich das Auto an einer Geraden anhielt, die von dem Dörfchen Torla nach Ordesa hochführt, und mich daranmachte, sie zu suchen. Die Gerade hat weiterhin etwas Unerschütterliches. Diese Straße ist nicht erweitert oder umgestaltet worden, sie ist, wie sie war, sie ist höchstens neun oder zehn Mal in fünfzig Jahren asphaltiert worden, öfter nicht. Sie ist schmal und von hohen Bäumen gesäumt. Auf einer Seite der Straße gibt es ein altes Hotel. Ich versuchte, dort ein Zimmer zu bekommen, aber es war voll. Es hat nicht viele Zimmer, ich schätze zwanzig oder fünfundzwanzig, wenn es hoch kommt, es ist normal, dass es voll ist, weil Sommer ist, es ist Saison, und auch wenn das Hotel voll ist, schadet das nicht der Landschaft, sie bleibt davon unberührt.

Dieses Hotel steht an einer besonderen Stelle; möglicherweise ist der Standort dieses Hotels der Schlüssel dafür, warum die Straße seit fünfzig Jahren nicht verändert wurde. Ich erinnere mich, dass ich, nachdem ich mir den geplatzten, platten und schlaffen Reifen angesehen hatte, mit meinen Kinderaugen nach vorne schaute und dieses Hotel sah, als wäre es eine Erscheinung, als wäre es aus dem Nichts aufgetaucht, und dann sah ich das ungehaltene Gesicht meines Vaters, der sich den Reifen anschaute und den Kofferraum öffnete, um ihn zu wechseln.

Ich war mir meines Lebens bewusst. Das erste Mal, dass ich mir bewusst war, dass die Zeit begann.

Ich erinnere mich nur flüchtig an die Umstände der Reifenpanne: Ich weiß nicht genau, wie das alles ausging. Ich erinnere mich gut an den weißen Seat 850 und ich erinnere mich an den Ort. Mein Vater liebte Ordesa. Angesichts der Herrlichkeit der Berge, der Bäume und des Flusses löst sich plötzlich aller Wahnsinn des Lebens auf. Ich suche die Stelle, versuche, mich zu erinnern. Valdi und Bra wissen nicht, was ich mache. Autos fahren vorbei. Ich suche wie ein Jagdhund. Ich betrachte die Steine.

Das ist Ordesa.

Hier hatte das Auto einen Platten, genau hier. Und ich spüre seine Gegenwart. Er nahm einen Ersatzreifen aus dem Kofferraum. Er ist neben mir. Er war jung, pfiff, lächelte, trotz der ärgerlichen Reifenpanne. Es war sein Reich, sein Tal und sein Berg, seine Heimat. Ich stieg aus dem Auto aus und betrachtete die Berge und das Hotel erschien, das ich vor ein paar Tagen angerufen hatte wegen eines Zimmers, das sie nicht hatten.

Aber alles ist verschwunden.

Deshalb weiß ich, dass es Gott nicht gibt; würde es ihn geben, hätte er mir ein Dreibettzimmer in diesem Hotel besorgt, für meine beiden Söhne und mich, und so hätte ich alle Zeit der Welt gehabt, eine Reifenpanne zu finden. Aber es gab keine Zimmer, alle waren besetzt.

Alles war Zukunft damals, als die Reifenpanne passierte.

Alles ist Vergangenheit jetzt, wo ich die Reifenpanne suche, die nutzloseste oder absurdeste Suche der Welt. Aber das Leben ist absurd, deshalb ist es so schön.

Das Tal von Ordesa ist immer noch da, es verändert sich nicht, es hat sich in diesen letzten fünfzig Millionen Jahren nicht verändert. Es bleibt, wie es sich im Tertiär gebildet hatte. Nachdem es fünfzig Millionen Jahre alleine war, wurde es am 16. August 1918 zum Nationalpark erklärt und nach und nach kamen die Bergsteiger, die die 3355 Meter des Monte Perdido hinaufstiegen.

Da oben ist niemand.

143

Sie haben mich nicht immer geliebt. Sie haben mich erbarmungslos geliebt, als ich ein Kind war, aber nachdem ich ausgezogen war, haben sie sich mehr und mehr von mir entfernt, und als ich geheiratet habe, haben sie vielleicht aufgehört, mich zu lieben, mich in einer Weise zu lieben, wie ich das nie wieder erleben werde.

Ich habe Bra und Valdi angerufen, aber sie sind nicht ans Telefon gegangen. Ich schaue mich im Spiegel im Badezimmer an und sehe, dass meine Haare sehr lang sind. Ich habe plötzlich das Gefühl, mir dringend die Haare schneiden lassen zu müssen. Es ist derselbe Drang, den meine Mutter verspürte, zum Friseur gehen zu müssen, meine Mutter wollte nämlich immer zum Friseur. Es gefiel ihr nie, wie sie ihr die Haare machten. Als Kind begleitete ich sie. Sie ging zu einem Friseur in der ersten Etage in einer schmalen Straße von Barbastro. Mich wunderte das, weil in meinem kindlichen Gehirn eine solche Verwandlung unvorstellbar war, ich verstand einfach nicht, wie aus einer Wohnung plötzlich ein Friseursalon werden konnte. Außerdem gab es in jenem Friseursalon eine Küche mit einem alten Spülstein, mit Küchengeräten, mit Tisch und Speisekammer. Während sie sich die Haare schneiden ließ, war ich in einem Zimmer mit gebrauchtem Spielzeug, was für mich zwiespältig war, eine Mischung aus Reiz, weil es sich um für mich neues Spielzeug handelte, und Abscheu, weil bereits andere Kinder damit gespielt hatten.

Wenn meine Mutter deprimiert und traurig war, legte sie sich mit ihrem eigenen Haar an. Sie betrachtete sich im Spiegel und sagte, dass ihr Haar abstoßend sei. Dann ging sie zum Friseur. Sie war danach nie zufrieden. Sie suchte beim Friseur nach Absolution, einer Erhebung ihrer selbst, sie suchte nach einer verlorenen Freude. Tausendmal wechselte sie den Friseur. Sie suchte nach einer Utopie. Sie verbrachte ihr Leben damit, den einen Friseur zu finden, die große Wahrheit ihrer Haare. Ihre Haare wurden älter, das war alles.

Es gab keinen Friseur auf der Welt, der meiner Mutter hätte helfen können.

Wenn sie jetzt auferstehen würde, würde sie darum bitten, zum Friseur gehen zu können. Obwohl sie als Leiche, als Skelett ohne Haut und Knochen auferstehen würde, würde sie darum bitten, zum Friseur gehen zu können.

Dabei ist sie bereits beim Friseur des Endes der Welt.

144

Mein Vater legte immer großen Wert darauf, sehr gut gekämmt zu sein, er ging so weit, dass er bei Wind nicht aus dem Haus ging, weil seine Frisur dann litt.

Mein Vater begann, einige Kilos zuzulegen, und war sich dessen bewusst. Er fragte oft, ob er dick sei. Er wollte wissen, was wir dazu sagten. Er aß gerne. Es war eine besondere Beziehung zur Welt: Er nahm der Welt das Essen.

Entweder man hurt herum oder man isst, oder man macht beides. Beides führt zu Verbrennung im Körper. Jeder Mensch strebt nach Befriedigung.

Er kämmte sich, er brauchte lange, um sich zu kämmen. Eine komplexe Arbeit, bei der man sich anstrengen muss. All seine Techniken kamen zum Tragen, damit sein Haar so lag, wie er wollte. Ich betrachtete ihn, als würde sich ein antiker Held oder Gott kämmen.

Ich erinnere mich an diesen Kamm, der von etwas Dunklem überzogen war, auf dem sich Fettschichten ablagerten, der mit der Zeit weiß wurde, der von weiß zu gelb überging, der das Necessaire, in dem er wohnte, mit organischen Substanzen verunreinigte, der zum Symbol männlicher Identität meines Vaters wurde, der anzeigte, dass mein Vater zu Hause, dass er wieder da war.

Mein Vater passte nicht in die gesellschaftlichen Kategorien des Spanien, in dem er lebte; er hielt sich selbst ein wenig für einen Marquis, er rechnete sich in seinen trägen Hirnwindungen aus, dass er es sich leisten konnte, sonntags den Friseur nach Hause kommen zu lassen, damit er ihm die Haare schnitt.

Er wollte nicht zum Friseur gehen.

Mir kam es ganz normal vor, aber in Wirklichkeit war es etwas Besonderes, was da sonntags geschah. Ein Friseur kam zu uns nach Hause. Es war der Luxus meines Vaters. Wie viel zahlte er wohl diesem Wanderfriseur?

Mir gefiel das: Mein Vater weigerte sich, zum Friseur zu gehen, während meine Mutter alle Friseursalons der Welt kannte.

Es beunruhigte mich, dass er den Friseur nach Hause kommen ließ. Warum machte er das? Niemals ging er in einen Friseursalon. Mein Vater betrat weder einen Friseursalon noch eine Kirche, es sei denn, jemand wurde beerdigt. Und dann kam er immer zu spät, er ging eigentlich nicht hinein, sondern blieb an der Kirchentür stehen, neben dem Taufbecken, bei dem kalten Wasser, damit der wahnsinnige und unfähige Menschengott ihn nicht bemerkte.

Er wird nicht bei meiner Beerdigung sein. Mein Vater wird nicht zu meiner Beerdigung kommen können, was für mich bedeutet, dass sich der Sinn des Lebens verflüchtigt, es ist der Fall in das Ende von allem. Er müsste die Schatten besiegen, von den Toten auferstehen, was angeblich Jesus Christus machte, und bei meiner Beerdigung erscheinen und etwas sagen. Ein paar Worte sagen, wie man das bei amerikanischen Beerdigungen macht.

Ich habe gerade solche Kopfschmerzen. Ich nehme zu viel Espidifen, was den Schmerz betäubt, aber nicht mehr ganz. Die Drogen verlieren ihre Wirkung.

Die Kopfschmerzen meiner Mutter waren bei uns zu Hause legendär, genauso wie ihre Leberkoliken.

Sie schrie vor Schmerz und bat um Morphium.

Dabei kommt mir gerade etwas fast Schändliches in den Sinn: Ich gehe an der Hand meines Vaters, es muss 1968 oder 1969 oder 1970 sein, wir gehen auf der Straße. Das gefiel mir am allermeisten auf der Welt: mit meinem Vater auf der Straße zu gehen. Ich war ein Kind von sieben Jahren, das seinen Vater präsentierte, weil ich wusste, dass er ein großer, hübscher und eleganter Mann war.

Wir gingen auf der Straße und an einer schönen Frau vorbei. Wir blieben stehen. Sie sahen sich an. Etwas lag in der Luft. Ein vages Lächeln in beiden Gesichtern, ich schaute sie von unten an wie jemand, der die Wolken ziehen sieht. Mein Vater grüßte nicht und sie auch nicht.

Dann schaute mich mein Vater an. Er lächelte ein wenig und sagte zu mir: »Wenn ich Mamá nicht geheiratet hätte, wäre diese Frau, die du gerade gesehen hast, deine Mutter geworden.«

145

Wir verbinden verschiedene Zeitalter. Ich kenne Menschen, die bis 1975 oder 1976 oder 1977 lebten und dann gestorben sind; sie wiederum waren die Verbindung zu vergangenen Zeitaltern und auch sie wussten nicht, was sie mit jenen Personen machen sollten, die sie kannten und 1945 oder 1946 oder 1947 sterben sahen, und diese Menschen, die bis 1945 lebten, waren die Verbindung zu Personen, die 1912 oder 1913 oder 1914 starben, und die Kette wird länger, und es wird 2051 oder 2052 oder 2053 jemanden geben, der sich an mich als den Zeugen eines Zeitalters erinnert, eines Zeugen von 2014 oder 2015. Diese Verbindungen machen melancholisch und unsicher; Letzteres rührt aus der Erkenntnis, dass uns trotz allem die Eigentümlichkeit des Lebens verschlossen bleibt. Deshalb ziehen wir uns auf die Materie, die Objekte zurück: Häuser, Fotos, Steine, Statuen, Straßen, solche Dinge. Spiritualität ist giftige Melancholie, Brocken aus glühender Antimaterie. Die Materie bewahrt im Gegensatz dazu noch ein bestimmtes Wissen.

Wir verbinden Zeitalter, als wären unsere Körper die Botschaft.

Unser Körper ist die Botschaft und er ist auch der rote Faden, der von einem Zeitalter zum nächsten führt.

Die Materie hat immer noch einen Raum, sie hält die alte Zeit in einem Raum. Erneut und zum x-ten Mal: Es war ein Fehler, dass ich meine Eltern eingeäschert habe. Die Gräber sind ein Ort, wo das erinnert wird, das keine Zeit mehr hat, aber noch Raum, auch wenn dieser aus Knochen besteht.

Die Knochen sind wichtig, weil sie widerstandsfähige Materie sind.

Mir kommt gerade eine spanische Redensart in den Sinn, dieser so wahre Satz: »Er weiß nicht, wo er sich zum Sterben niederlassen kann.« Dieser Satz ist so genial, weil er ein Zeitalter beschreibt: mein Zeitalter, das große Zeitalter der Immobilienblase, denn als solches werden es die Historiker in hundert Jahren sehen.

Es ist wichtig, einen Raum zu finden, einen Ort, an dem man sich zum Sterben niederlassen kann: Mein Vater saß beim Fernsehen in einer Ecke seines in die Jahre gekommenen Sofas; es war eine komplexe Ecke, die in einem hohen Maße von einem Verzicht auf die Dinge der Welt zeugte.

Er setzte sich nicht in die Mitte des Sofas, sondern in eine Ecke, als würde er einen Unterschlupf suchen, eine Höhle. Als würde er dem Leben abschwören, vor dem Fernseher. Er setzte sich ganz an den Rand, dahin, wo das Sofa aufhört, an die Armlehne des Sofas, in der Hoffnung, dass er fiel, weil der Sturz ihn unsichtbar machen würde.

Warum setzte er sich nicht mitten auf das Sofa?

Nie habe ich meinen Vater der Länge nach auf dem Boden liegen sehen, mich dagegen hat man so gesehen. Mich hat man auf dem Boden liegen sehen, auf der Fußmatte. Ich schaffte es bis zur Fußmatte und dort fiel ich um. Fast schaffte ich es. Ich war vollkommen betrunken und hatte mich eingepinkelt. Ein kleines Stück weiter und ich hätte mich nicht derart schämen müssen, aber ich fiel außerhalb der Wohnung. Fast schaffte ich es: Es fehlte ein Meter.

Auch ich bin dahin gekommen: an eine Ecke auf einem Sitz, auf einem Stuhl, auf einem Sofa, gegen die Armlehne gedrückt, als wäre die Armlehne eine Begrenzung. Ein Sofa vor einem Fernseher; und im Fernsehen geht es um das Leben der anderen, jene Menschen, die sich der Bewegung, der Aktivität verschrieben haben. Das waren Menschen, die die Welt veränderten, oder vielleicht versuchten sie es: Sie waren im Fernsehen. Ich glaube nicht, dass mein Vater auf irgendeine Weise jene Menschen, die er im Fernsehen sah, beneidete; ich glaube nicht, dass er mit ihrem Leben, ihrer Arbeit oder ihrer Beliebtheit hätte tauschen mögen. Er hatte dem Begehren abgeschworen, und ich würde ebenfalls gerne abschwören. Aber er betrachtete sie mit Neugierde, als ob ihn all das, was das Fernsehen sendet, von schrecklichen Dingen ablenken würde.

Er war ein Deserteur, mein Vater war ein Deserteur. Er verbrachte seine letzten Jahre damit, über seine Fahnenflucht nachzudenken und zu versuchen, herauszufinden, wovor er geflüchtet war. So geht es mir gerade auch: Ich weiß nicht, wovor ich geflüchtet bin. In dem ganzen Werk Kafkas geht es um genau diese Fragen: Wovor bin ich geflüchtet? Wo komme ich her? Wohin gehe ich jetzt?

Er versuchte, durch das Fernsehen herauszufinden, wovor er geflüchtet war. Mein Vater dachte, dass diejenigen, die im Fernsehen zu sehen waren, keine Deserteure sind. Wenn er es geschafft hätte, herauszufinden, wem sie dienten, hätte er vielleicht am Ende den Grund seiner Fahnenflucht gekannt. Er durchsuchte das Fernsehen nach einer Botschaft, er lauerte auf etwas, stellte Mutmaßungen an. Er sah fern wie ein Priester, der einen Altar betrachtet. Er sah die verdammte Komplexität des Lebens im Fernsehen.

Er sah im Fernsehen, dass die Welt dunkler wurde.

Manchmal habe ich in den frühen Morgenstunden in der Einsamkeit von Ranillas das Gefühl, dass mein Vater auf dem Bildschirm meines Fernsehers erscheint, ein LG-24-Zoll, klein und billig, dass ich meinen Vater als Greis sehe, dass er sich in dem Bildschirm zeigt.

Der grüne Bademantel, die Brille, in der Ecke des Sofas und nur den kleinsten Raum besetzend. Und abwesend. Er hörte nichts, wenn er fernsah. Er hörte uns nicht, aber er hörte auch nicht, was im Fernsehen gesagt wurde. Ich wusste nicht, wen er hörte.

Wen hörte er, wenn er uns nicht hörte und auch nicht die Menschen im Fernsehen?

Er wollte nicht schlafen gehen. Er wollte nicht aufhören fernzusehen. Wenn er fernsah, ging das Leben weiter.

Ich mochte es, an seiner Seite fernzusehen. Mehr als vierzig Jahre lang haben wir zusammen ferngesehen.

Das ist das Beste, was man mit der geliebten Person machen kann: zusammen fernsehen. Es ist, als würde man das Universum sehen. Das Leben hat uns die Betrachtung des Universums durch den Fernseher geschenkt. Ein unbedeutendes Geschenk, wenn man so will. Keine große Sache, aber wir profitieren davon. Wir hätten uns an den Händen halten können, aber dann hätten wir uns nicht mehr auf die Bilder konzentrieren können.

Hunderte Programme, Serien, Filme, Tagesnachrichten, Dokumentationen, Ratespiele, Talkshows, Nachrichtensendungen zogen vorbei, die Jahre zogen vorbei, die Jahrzehnte.

Alles war dort, im Fernsehen.

Es schien, als würden wir durch den Bildschirm die Welt bewachen. Wir waren zwei Wächter. Mein Vater war der Meister, ich der Schüler. Wir bewachten das Leben, das Meer, die Sterne, die Berge, die Wasserfälle, die Wale, die Elefanten, die Gebirge, den Schnee, die Winde.

Ordesa.

146

Ich betrachte in diesem Moment das Apartment de Ranillas. Ich schaue mir den angesammelten Staub auf einem Telefon an, das ich nach dem Tod meiner Mutter aus ihrer Wohnung mitgenommen habe. Ich habe den Hörer abgenommen und meine Hand ist voller Staub gewesen. Alle Tasten sind voller Staub. Ich benutze dieses Telefon nie. Ich benutze ein drahtloses, das ich im MediaMarkt gekauft habe und dessen Anleitung voller Staub ist und unter einem Regal liegt, das ebenfalls voller Staub ist. Dieser Apparat ist eine Art Skulptur für mich, eine Erinnerung an meine Mutter. Von diesem Telefon aus rief sie mich an. Sie kannte eine Menge Telefonnummern auswendig. Wir machten uns darüber lustig. Mein Vater stellte sie auf die Probe, er fragte sie nach Telefonnummern und sie wusste sie alle. Sie lernte die Nummern und wählte sie von diesem staubigen Apparat aus, den ich hier vor mir habe. Ein Telefon zu erben ist seltsam. Ich bemerke, dass ich eine Kapelle errichte. Die Stimme sagt es mir jetzt: »Ranillas ist eine Kapelle, du hast Fotos und Papier an die Wände gehängt, die Bilder, die dein Onkel gemalt hat, von diesem Onkel hast du nicht gesprochen, er war der Bruder deines Vaters, dagegen hast du von Monteverdi gesprochen, der der Bruder deiner Mutter war, sprich jetzt vom Bruder deines Vaters, nenn ihn Rachmaninow, nenn ihn Rachma.«

Rachma war der kleine Bruder von Johann Sebastian, meinem Vater. Er war Maler und in der Kapelle von Ranillas habe ich zwei seiner Bilder, Ende der Fünfzigerjahre gemalt. 1958 malte Rachma eine Ballerina.

Das Datum findet sich unten auf dem Bild. Immer schaue ich

mir dieses Datum an, es ist in Rot geschrieben, unter der Unterschrift von Rachma. Zu diesem Datum war ich weder auf der Welt, noch war ich unterwegs, noch hatte mein Vater diejenige kennengelernt, die meine Mutter sein würde. Ich stelle mir meinen Vater und seinen Bruder 1958 vor. Mein Vater war achtundzwanzig Jahre und Rachma vierundzwanzig. Es gab noch keine Anzeichen der Zukunft, die kommen würde, als Rachma dieses Bild malte. Sie lebten zusammen in der Wohnung ihrer Mutter, meiner Großmutter. Niemand erzählte mir je von dieser Zeit. Aber es musste eine gute Zeit gewesen sein. Ich weiß, wo sich die Wohnung befand, jemand erzählte es mir. Sie nicht. Mein Vater nicht. Aber ich kann sie sehen. Ich kann die Betten der beiden Brüder sehen.

Die Ballerina von 1958 rettete ich, als ich die Wohnung meiner toten Mutter auflöste. Wenn ich sterbe, wird die Ballerina von Rachma eine andere Reise antreten. Sie wird bei irgendeinem Antiquar enden und vielleicht wird jemand sie kaufen. Die Ballerina von Rachma hat jetzt begonnen, sich zu bewegen. Vorher war sie fast sechzig Jahre lang ohne Bewegung, immer an derselben Wand. Für Valdi und Bra wird sie keinen Wert haben, wenn ich einmal sterbe.

Die Ballerina von Rachmaninow hat nur für mich Wert. Wie wenig ich Rachmaninow in diesem Leben sah. Er lebte in Galicien. Sie schickten ihn nach Galicien. Er machte dasselbe wie mein Vater, er war Handelsvertreter. Die beiden arbeiteten für dieselbe katalanische Firma.

Sie machten dieselbe Arbeit und vertraten diese katalanische Firma in verschiedenen Regionen: Bach, Vertreter in Aragón; Rachma, Vertreter in Galicien. Die katalanische Bourgeoisie wurde reich, während die beiden von Dorf zu Dorf reisten (aragonesische Dörfer mein Vater, galicische Dörfer mein Onkel) und den Schneidern Stoffe aus Sabadell und aus Barcelona verkauften, wo die Reichen, die Privilegierten lebten, für die Bach und Rachma auf Kommission arbeiteten, für eine lächerliche Kommission. Weder in Aragón noch in Galicien gab es eine Industrie. Die Industrie war in Barcelona. Ihre Chefs werden wohl gestorben sein und die Chefs ihrer Chefs. Die Namen von Bach und Rachma werden sich in keinem Aktenschrank mehr finden, alles wird geschreddert worden sein. Manchmal rief irgendeine Sekretärin der Stofffirma, für die mein Vater arbeitete, an. Auch diese Sekretärin wird tot sein. Und ihre Enkel werden nicht mehr wissen, weder was ihre Großmutter machte, noch wen sie von der Firma aus anrief.

Wir wissen nicht, welche Toten unsere Toten kannten.

Die beiden Brüder trafen sich irgendwann nicht mehr. Und Wagner setzte sich nicht besonders dafür ein, dass sie sich wiedersahen. 2002 etwa machte ich eine Reise nach Galicien und rief ihn an. Er sagte meinen Kosenamen, als wäre ich ein Kind. Ich war vierzig Jahre alt. Ich verstand nicht alles, was Rachma sagte, seine hastige Art zu sprechen erinnerte mich an Monteverdi.

Ich sagte fast nichts in jenem chaotischen Gespräch. Rachma ließ mich nicht zu Wort kommen. Sagte aber andererseits nichts Bedeutendes. Er sprach über unwichtige Dinge. Es war dreißig Jahre her, dass er mich gesehen hatte. Wer verdammt rief ihn gerade an? Der erstgeborene Sohn seines älteren Bruders, der ebenfalls Erstgeborener war.

Die Erstgeburt begründete mit großem Tamtam die Dinge dieser Welt.

Ich musste feststellen, dass meine ganze Familie Einbildung war. Es gab niemanden dort. Fahr deine Cousine besuchen, sagte Rachma zu mir. Ich rief Rachma aus Pontevedra an und er war in Lugo. Meine Cousine dagegen war in Combarro.

Mein Vater hatte manchmal von Combarro gesprochen und mich durchströmen wunderschöne Erinnerungen an diesen kleinen Küstenort, Erinnerungen, als ich sechs oder sieben Jahre alt war: die engen Straßen, die Kornhäuser, das Meer, die Ría von Pontevedra, der Geruch, der intensive Geruch nach Meer der galicischen Rías.

Mein Vater war dort, in Combarro, mit Rachma froh. Die beiden zogen durch die Kneipen von Combarro, sie tranken *Cañas*. Ende der Sechzigerjahre, die Zukunft gehörte ihnen. Weil Rachma beliebt war. Die galicischen Freunde von Rachma. Aber auch seine Freunde aus Barbastro, die sich immer noch an ihn erinnern, und es ist mehr als fünfzig Jahre her, dass er Barbastro verließ, und drei oder vier Jahre, dass er starb.

Die Erinnerung an ihn in Barbastro verblasste zwar, aber es gibt sie noch. Wenige, sehr wenige erinnern sich an ihn. Weil alle sterben.

Aber in jenem Sommer 2002 telefonierte ich mit ihm.

147

»Was hätte er dir sagen sollen«, sagte die Stimme, »der Inhalt deines Anrufs war schließlich abgrundtief traurig. Ja, Rachma ließ sich nichts anmerken, und ich will damit nicht sagen, dass dein Anruf keinen Sinn hatte; du wolltest Dinge über deinen Onkel wissen, was er die dreißig Jahre gemacht hatte, die du ihn nicht gesehen hattest, 2002 riefst du ihn an. Seit 1972 hattest du nicht mehr mit ihm gesprochen. Du hattest ihn dreißig Jahre nicht gesehen, mein Gott. Erinnerte er sich daran, dass er dich seit 1972 nicht gesehen hatte? Und das Schlimme ist, dass du ihn selbst dann nicht sahst. Aber dass du ihn nicht sahst, lag daran, dass es den Bruder deines Vaters nicht mehr gab; deshalb wusste Rachma, dass du nach einem Toten fragtest. Du musst immer nach den Toten fragen. Immer stellst du dieselbe Frage: Warum bist du tot? Du stellst allen, ob sie leben oder sterben oder bereits gestorben sind, diese Frage. Du sprichst gerne Spanisch, es gefällt dir, in deiner Muttersprache zu sprechen, weil du mit den Toten Spanisch sprechen kannst. Du betonst die spanischen Silben, du schreist die spanischen Silben, damit sie die Menschen packen, deren Sinnbild sie sind. Warum bist du tot, warum weilst du nicht mehr unter uns, warum kann ich dich nirgendwo anrufen? Das sind deine Fragen. Deshalb war Rachma so freudig zerstreut, als du anriefst, und das machte dich traurig; aber es war Rachmas Stimme, eine Stimme, die in deiner Kindheit erklang; und in deiner Kindheit hatte es ein dunkles Kapitel gegeben und niemals war ein Dank formuliert worden, und das war eigentlich der wahre Grund, warum du mit Rachma sprechen wolltest.«

148

1972 etwa kam Rachma von Lugo nach Barbastro. Er wollte seine Heimat wiedersehen. Er war Anfang der Sechziger weggegangen. Er kam mit einem neuen Auto. Er hatte sich einen Simca 1200 gekauft. Die beiden Brüder waren oben angekommen.

Johann Sebastian hatte einen Seat 124, er hatte ihn 1970 gekauft. Und Rachma hatte sich einen Simca 1200 gekauft. Die Motoren hatten den gleichen Hubraum. Die beiden Brüder waren voller hochfliegender Pläne, der Schwung der Jugend. Sie hatten Lust auf ein Rennen. Ich glaube, dass Rachma gewann. Ja, sie machten ein Rennen von Barbastro bis zu dem kleinen Dorf Castejón. Das sind fünfzehn Kilometer. Diese Straße gibt es nicht mehr, vor vielen Jahren wurde dort eine Schnellstraße gebaut, die aber nicht mehr durch Castejón führt. Rachma wollte seinem älteren Bruder beweisen, dass der Simca schneller als der Seat war. Mein Vater hatte aufgrund der Seats, die er sein Leben lang fuhr, immer Spanien bei sich. Er war durch den Seat Spanien treu. Mich rührt diese Treue. Als ich den Film *Gran Torino* sah, in dem die Treue Clint Eastwoods seinem Ford gegenüber als eine Art Treue den USA gegenüber dargestellt wird, fühlte ich mich bestätigt, ich wusste, dass mein Vater mit dem Seat alles richtig gemacht hatte. Es war ihm niemals in den Sinn gekommen, sich einen Renault oder einen Simca zu kaufen. Wahrscheinlich waren Seat und Auto für ihn dasselbe. Deshalb verstand er Rachmas Entwicklung nicht wirklich noch Rachmas Auto. Es schien ihm, als wäre Rachma kein Spanier mehr, weil er nicht mehr Seat fuhr.

Meinem Großvater, von dem ich nicht weiß, wer er war noch

wie er hieß, noch wann er geboren, noch wann er gestorben war, hätten diese beiden Brüder mit ihren hochfliegenden Plänen gefallen. Aber er war tot, bestattet in einer namenlosen Nische auf dem Friedhof von Barbastro.

Mein Großvater war eine aufgegebene Grabnische. Ich weiß nicht, wo meine Großmutter beerdigt wurde. Nicht auf welchem Friedhof, sondern in welcher Stadt. Was hätte mein Großvater von seinen Söhnen gehalten? War er stolz auf sie? Küsste er sie? Rührten sie ihn, wie mich Bra und Valdi rühren? Wird sich meine Liebe zu Bra und Valdi auf dieselbe Weise verlieren, wie sich die Liebe meines Großvaters zu Bach und Rachma verlor? Ich kann meinen Großvater väterlicherseits nirgends finden, ich kann ihn nicht einmal erfinden. Ich weiß nicht, wann er starb. Wer war er? Hätte er mich geliebt? Hätte er mich an die Hand genommen, als ich klein war? Er sah mich nicht zur Welt kommen, noch hatte er sich meine Geburt vorstellen können. Es erscheint mir von einer übernatürlichen Reinheit, dass meine ganze Familie mich weder berührte noch erspürte, noch erahnte. Weil sich meine Erinnerung an Bach und an Wagner und an Monte und an Rachma in etwas Übermenschliches verwandelt hat. Diese Erinnerung pulsiert wie eine dunkle Freude in mir. Es blieb nichts: weder eine Uhr noch ein Ring, noch ein Füller, noch ein Foto.

Ich weiß auch nicht, wo Rachma beerdigt wurde. Eines Tages rief mich meine Cousine an und sagte es mir. Rachma starb mit vierundsiebzig, ein Jahr früher als Johann Sebastian. Sie hatten sich mehr als dreißig Jahre nicht gesehen, aber sie liebten sich. Rachma fand, dass Bach ein sehr strenger Mensch war. Und es stimmt, mein Vater war eher ernsthaft, moralisch, aber das half ihm durchs Leben, diese Ernsthaftigkeit war wie ein Autopilot. Sie gab ihm Orientierung. Rachma war anders, und bald schon hatte er einen galicischen Akzent.

Sie liebten sich, ohne sich zu sehen. Sie waren Brüder. Mein Vater trug ihn in sich, in seinem Herzen. Er trug Rachma in sich, seinen kleinen Bruder, von dem er niemals sprach. Ich wusste, dass er ihn sehr liebte, aber er sagte es nie.

Rachma wurde ein *Gallego*. Er schien in Galicien geboren zu sein, aber er wurde in Barbastro geboren. Rachma war ganz anders als Johann Sebastian. Anfangs war Johann Sebastian größer. Rachma war schlank und sehr sympathisch. Und der Gipfel war, dass Rachma sich scheiden ließ. Das war wirklich erstaunlich. Mein Vater sprach nie über die Scheidung von Rachma. Er bewertete sie nicht. Das Leben von Rachma schien sehr aufregend zu sein. Er gewann auch im Lotto. Drei Millionen Peseten Mitte der Siebzigerjahre. Er kaufte sich ein anderes Auto, er tauschte den Simca 1200 gegen einen Chrysler 180 aus, ein gewaltiger Sprung. Aber irgendetwas musste zwischen ihnen vorgefallen sein. Ich werde niemals wissen, was es war, niemand wird es je wissen. Vielleicht war überhaupt nichts vorgefallen, sondern sie hatten entschieden, die Jahre jeder für sich verstreichen zu lassen. Oder so ähnlich. Dann kam über Dritte die Nachricht, dass Rachma trank. Ich stellte mir sein Leben als Geschiedener vor. Ich stellte ihn mir alleine in einer Wohnung in Lugo vor, in einer schmalen Straße, und dass er abends in die Kneipe unten in seinem Haus ging und einen Cognac trank und sich eine Zeit lang mit dem Kellner unterhielt. Ich weiß nicht, warum ich ihm dieses Leben erfand. Es muss Mitte der Achtziger gewesen sein, dass ich ihm dieses Leben erfand. Das Merkwürdigste ist, dass ich ihn um dieses Leben beneidete. Ich glaube, dass eine lebenslange Ehe nicht der menschlichen Natur entspricht. Ich freue mich, dass Rachma sich dessen bewusst war. Ich stelle mir vor, dass es so war. Die Menschen lassen sich auf die Ehe ein, weil sie aufhören, an die Jugend zu glauben.

Ich glaube, dass er durch seine Scheidung zu einem anderen Menschen geworden war. Rachma entsagte also dieser symbolischen Ordnung der Wirklichkeit, die hinter einer lebenslangen Ehe steckt, ein Albtraum, ein Gefängnis; natürlich lächeln diejenigen, die in diesen Ehen leben, und es scheint ein aufrichtiges Lächeln zu sein. Die lebenslangen Ehen sind, glaube ich, der Mühe nicht wert, ich verstehe, dass diese Behauptung übertrieben ist, aber der Verzicht auf die Leidenschaft ist ebenfalls ein übertriebenes und sinnloses Opfer. Einige Anthropologen behaupten, dass die Monogamie unnatürlich sei. Dieses sich immer drehende Karussell von Untreue zwischen Männern und Frauen, von schmerzhaften Missverständnissen ist die Konsequenz einer auferlegten Monogamie.

Die lebenslangen Ehen sind vielleicht eine Erfindung des kirchlichen Kapitalismus.

Es gibt keine Gewissheit.

Ich bin gerade in Ranillas aufgewacht und das Licht, die Stiefschwester des Lebens, ist da. Das Licht scheint eine Person zu sein, jemand, der mir sagt: »Ich bin das Licht, du bist der Sohn des Lichts, ich verleihe den Dingen Beständigkeit, weil die Dinge aus dem Licht heraus existieren.«

Ich betrachte den Himmel.

Also hatte Rachma mir den Weg geebnet. Es scheint, als würde Gott mir durch die Brüder meiner Mutter und meines Vaters Botschaften schicken.

Monteverdi sagte: »Katastrophe und Einsamkeit und Scheitern.«

Rachmaninow sagte: »Scheidung und Chrysler 180 und Galicien.«

Beide Botschaften sind gut, denn in ihnen brennt das Leben, dem wir dienen. Die einzige Sünde, die ein Mensch begehen kann, ist, dem Leben nicht mehr zu dienen. Und selbst das ist keine große Sünde, es ist eher ein geringes Vergehen.

149

Es ist möglich, dass sich ein Mensch am Ende in sein eigenes Leben verliebt. Genau das passiert mir gerade, es ist seit einigen Monaten so. Meine Seele ist wieder in dem rauschhaften Zustand des Verliebtseins. Das Rauschhafte ist angeboren. Was ich mir nicht vorstellen konnte, ist, dass ich mich mit mir selbst versöhnen könnte. Auch das fand Rachma: dass es besser ist, alleine zu sein, statt mit der Familie zu leben. Weil es sein kann, dass am Ende die Einsamkeit besiegt wird. Und weil es sein kann, dass man am Ende feststellt, dass man selbst als Einziger kein Vollidiot ist.

Vielleicht macht das eine Identität aus: an den Punkt zu gelangen, dass man sich selbst genügt; wenn man ein Fest organisiert, kommt nur ein einziger wichtiger Gast und das ist man selbst; wenn man heiratet, ist man wie verrückt in den Partner verliebt, weil man selbst der Partner ist; wenn man stirbt und aufersteht und Gott sieht, stellt man mit großer Verblüffung fest, dass man sich ins eigene Gesicht schaut. Und es ist schon lustig, dass ich derjenige sein soll, der diese Fantasien hat, gerade ich, wo ich doch schon unfähig bin, nur fünfzehn Minuten alleine zu sein, die fünfzehn Minuten, die eine Taxifahrt dauert.

150

Ich bin gerade von Ranillas nach Madrid gefahren. Es war bereits dunkel. Es ist Karfreitag. Ich bin um genau acht Uhr abends, wenn die Prozessionen in ganz Spanien beginnen, losgefahren. Niemals habe ich einen Karfreitag in einem Auto fahrend verbracht. Es fühlt sich wie eine Befreiung an. Es ist, als wäre ich der Geschichte Spaniens untreu geworden. Während ganz Spanien betet, fahre ich mit meinem Auto von Zaragoza nach Madrid. Und ich beschleunige. Und niemand ist auf der Straße.

Ich habe immer einen Traum gehabt, den ich irgendwann einmal umsetzen werde: mich am Heiligen Abend um neun Uhr abends ins Auto zu setzen, genau dann, wenn im Fernsehen die Rede des Königs gesendet wird. Und bis um zwölf oder eins über die spanischen Autobahnen und Nationalstraßen zu fahren. Diese drei Stunden herrlicher Ruhe, in denen das spanische Territorium an die Natur zurückfällt.

Während der Fahrt habe ich an Rachma gedacht. Als Bach starb, schickte meine Cousine zur Beerdigung Blumen. Als Rachma starb, schickte ich ihm keine Blumen. Ich gehe auf keine Beerdigung und ich schicke noch nicht einmal Blumen: Immer weiche ich meinen Verpflichtungen aus, immer lasse ich meine Familie im Stich. Immer schuldig.

Rachma sprach mit mir, als Johann Sebastian starb. Er war sein älterer Bruder. Es war ein belangloses Gespräch. Er fragte nach einem Gespenst aus seiner Jugend und ich erzählte ihm, wie sich das wichtigste Wesen meines Lebens in ein Gespenst verwandelt hatte. Er nannte mich immer noch Manolito.

Das war sehr schön. Nur dass Manolito ein weiterer Toter war.

Aber bald hatten wir uns nichts mehr zu sagen, weil der Moment kommt, in dem wir alle zahlen. Wir zahlen, weil wir die Idee der Familie, die den Menschen auf der Erde verankert, verraten haben.

Ohne Familie ist man nur ein herumstreunender Hund. Herumstreunende Hunde werden gequält, sie werden an den einsamen Mauern jedweden Weges aufgehängt; an jedweder wackeligen Wand, aus der ein Balken ragt, dort hängen sie sie auf, weil ihre Einsamkeit kein gutes Vorbild ist.

Die Gesellschaft keines einzigen Menschen befriedigt mich mehr. Ich liebe die Menschen, aber ich mag nicht mit ihnen zusammen sein. Als hätte ich die Konstellation Rachma entdeckt. Als hätte ich verstanden, dass die Einsamkeit ein Gesetz der Physik und der Materie ist, ein Gesetz, an dem man Geschmack finden kann. Es ist das Gesetz der Berge. Das Gesetz von Ordesa. Der Nebel über den Gipfeln. Die Berge.

151

Ein Morgen im Sommer 1972: Rachma und Bach spazieren über den galicischen Strand von La Lanzada, in der Nähe von Combarro. Wind, Licht, ein unendlicher Raum von Meer und Sand. Ein Paradies, aber nur in meiner Erinnerung. Das Meer schaut auf die beiden Brüder. Das Meer ist mein Großvater, er schaut sie an, er schickt ihnen Wellen, er schickt ihnen Wind, Stille, Einsamkeit, Dankbarkeit, er schickt ihnen Hingabe.

Zwei große Brüder, Erbe der Landschaft Nordspaniens, sie sind so unterschiedlich. Und dieser Strand von La Lanzada, acht Kilometer lang, strömt nun in mein Herz.

Ich habe dieses Bild in meinem Kopf: die beiden über den Strand spazierend, am allzu blauen Meer entlang, unter der allzu hohen Sonne.

Sogar die weniger begünstigten Klassen der Geschichte erheben Anspruch auf ein außergewöhnliches Schicksal, sie lieben große Worte, ein wenig Poesie.

Später gehen sie in eine Fischerkneipe und essen Seespinne und essen Krabben und Kaisergranate und trinken Vino Albariño. Rachma hat eine bildhübsche Frau kennengelernt. Er hat eine sehr schöne Frau geheiratet. Er ging zum Arbeiten nach Galicien und heiratete dort eine *Gallega*. Eine exotische Schönheit, mit roten Haaren. Von ihrer Verlobungszeit wusste ich nichts, aber ich vermute, dass mein Vater schon etwas wusste, und das, was er wusste, hat sich verloren. Was Bach, Rachma und ihre Frauen machten, als sie jung waren, weiß ich ebenfalls nicht: Ich stelle mir Abendessen mit Freunden vor, Lachen, Jugendlichkeit, eine Reise, Partys, Tanzabende und jetzt das Nichts.

Partys und Tanzabende und Abendessen und die vier zusammen.

Dass ich Rachma so verehrte, hatte einen konkreten Anlass und ging los, als er 1972 mit seinem Simca 1200 in Barbastro auftauchte. Er war voller Elan und freute sich, wieder in seiner Heimatstadt zu sein. Er bestand darauf, seinem Neffen etwas zu schenken. Ich weiß nicht, wie oft Rachma mich im Leben gesehen hatte: Es konnte nicht oft gewesen sein, sieben oder acht, vielleicht zehn Mal, wenn es hoch kommt. Das war wichtig. Ich ging mit Rachma ins Zentrum von Barbastro in ein Kaufhaus, das es immer noch gibt. Es hieß *Almacenes Roberto.* Rachma wollte mir ein schönes Spielzeug kaufen. Ich war gleichzeitig glücklich und verwirrt, weil nicht Weihnachten war, und ich würde ein Geschenk bekommen, wie an Heilige Drei Könige.

Jemand aus der Spielzeugabteilung, ein Mann von etwas über zwanzig, bot an, mir alle Spielzeuge zu zeigen. Rachma ließ mich in der Obhut des Angestellten, während er zu einem alten Freund ging, um ihm zu sagen, dass er in Barbastro sei, und ich sollte mir in aller Ruhe das, was mir am besten gefiel, als Geschenk aussuchen.

Der Angestellte war groß, verschwitzt, still, dick, bleich. Er ging mit mir an der Hand in das Untergeschoss, wo jede Menge Spielzeuge ausgestellt waren. Er zeigte mir ein paar.

Und an dieser Stelle ist erneut ein Blackout, wie bei dem Priester G.

Seine verschwitzten Hände berühren meinen Körper und tun so, als würden sie mich streicheln. Er berührt mich. Er betatscht mich. Er will mir einen Kuss auf den Mund geben. Ich schämte mich, eine irrationale Scham. Und ich fühlte mich schuldig.

Aber dieses Mal ist es anders. Was ich meinem Vater nicht sagen konnte, sagte ich Rachma. Es war nicht schwer, es Rachma zu sagen, oder vielmehr konnte er es sehen, konnte es erahnen und ich musste es ihm nur bestätigen. Und Rachma wurde böse.

Rachma ging zu diesem Typen, er wollte ihm den Schädel einschlagen.

Rachma wollte diesen Typen umbringen.

Niemals habe ich mich derart beschützt gefühlt.

Angesichts des Mysteriums des Todes beschwöre ich diesen Schutz.

Dieser Typ war ein Dreckskerl.

Rachma verteidigte mich und nahm mir die Schuld. Es war nicht meine Schuld. Diese Gewissheit, nicht schuldig zu sein, half mir später im Leben, sie kam mir oft zugute. Rachma machte das auf seine Art. Endlich verteidigte mich jemand. Ich erinnere mich an sein entschlossenes Auftreten, wie er mit dem Chef des Kaufhauses sprach, ohne Angst vor irgendeiner Macht auf dieser Welt, ohne Angst vor Konsequenzen, ohne Angst, weil er mich verteidigte. Um jemanden zu verteidigen, muss man vor allem selbstsicher sein. Die Sicherheit, die Rachma hatte, hatte Bach nicht. Diese Sicherheit ist der größte Schatz des Körpers und des Geistes. Hoffentlich erben Bra und Valdi sie, weil sie in unserem Blut ist, weil Rachma sie hatte.

Danke, Rachmaninow, deine Musik klingt erneut in meinem müden Herzen.

Dass du mein Leben verteidigt hast, erinnere ich an diesem Karfreitag, fünfundvierzig Jahre später.

Schließlich war es nicht meine Schuld.

152

Ich bin in Barbastro und hole Geld an einem Bankautomaten. Der Automat gibt mir neue Geldscheine, ohne nur einen Knick, glänzend, glatt, zart, scharf an den Schnittkanten, frisch aus der Druckerei, frisch aus dem Münzamt. Mein Vater liebte neue Geldscheine. Wenn mein Vater wüsste, dass ich mich daran erinnere, dass ich mich an dieses Detail erinnere. Wenn er in der Bank Geld holen ging – Jahre bevor es Geldautomaten gab –, fragte er den Bankangestellten nach neuen Scheinen. Den Angestellten erstaunte diese Bitte. Die Stimme sagt mir: »Er versucht, Kontakt mit dir aufzunehmen, er spricht durch diese Scheine mit dir, du erinnerst dich an sein Lächeln, es waren Einhundert- oder Fünfhundertpesetenscheine, neue, er mochte es, wenn sie nicht zerknittert waren, sie waren mehr wert, wenn sie neu waren, das Lächeln, auf den Scheinen wird sein Lächeln sichtbar.« Ich mag es wie er, wenn die Scheine neu sind. Als hätte jemand sie für einen gemacht, als hätte jemand an einen gedacht, als hätte sich jemand darum gekümmert, dass in der Brieftasche ein paar wunderschöne Ansichtskarten mit Zeichnungen und Gesichtern von berühmten Leuten stecken und nicht ein schändliches Artefakt, das Geld genannt wird, deshalb wollte mein Vater neue Scheine.

Er wollte kein Geld.

Er wollte funkelnagelneue Postkarten.

Deshalb will auch ich neue Geldscheine. Ich will sie nicht, um sie auszugeben, sondern um das Gefühl zu erleben, dass Spanien einem geschrieben hat. Es schickt eine Glückwunschkarte, ein Liebestelegramm.

Druckfrische Geldscheine eines altmodischen Münzamtes.

Noch haftet der Gestank des Elends nicht an ihnen. Niemand hat sie unter Schmerzen angefasst. Sie haben niemanden gedemütigt. Sie sind noch niemandem wie eine Waffe vorgehalten worden. Noch haben sie nichts gekauft. Noch hat sie die Hand des Elenden, des Korrupten, des Mörders, des Armen, des Besiegten, des Gebrochenen, des Verfluchten nicht berührt.

Diese Geldscheine sind wie Kinder im Paradies.

Das war es, was mein Vater suchte.

Deshalb wollte er neue haben.

Siehst du, sogar daran erinnere ich mich. Alles, was du für mich getan hast, ist heilig. Alles, was ich sah, was du je für mich tatest, ist Lebenselixier. Ich erinnere mich an alles. Ich bewahre alles in meinem Herzen. Die dreiundvierzig Jahre, die wir zusammen waren, müssen an irgendeinem Ort leben. Was passierte in diesen dreiundvierzig Jahren?

153

Meine Mutter bat um Morphium, wenn sie an Leberkoliken litt, damals in den Siebzigerjahren, aber woher kamen diese Koliken, für die es keine Erklärung gab? Die Familie ist ein Rauschen von niemals abgeklärten Krankheiten.

Trank sie? Nein, auf keinen Fall. Aber ich weiß es nicht. Ich weiß nichts. Die Liebe führt mich. Der Verlust der Liebe.

Nachdem sie fünfzig geworden war, hatte sie keine mehr, und sie bat auch nicht mehr um Morphium.

Sie könnten die Drogen endlich legalisieren. Dieses Bestehen des Staates darauf, dass die Bürger die Pein der Einsamkeit, alleine zu leben und zu sterben, erfahren.

Mein Vater starb alleine.

Meine Mutter starb alleine.

Es ist der schlimmste Vergeltungsschlag der Natur, der sich in den Krankenhauszimmern offenbart, er zerstört die menschlichen Bünde, den Bund der Liebe und den Bund der Familie und den Bund der Medizin und den Bund der menschlichen Würde und ruft das Lachen der anderen Toten auf den Plan, derjenigen, die bereits tot sind und sich über den neu hinzugekommenen Leichnam lustig machen.

Meine Eltern hatten niemals einen Fotoapparat.

Mein Vater machte niemals ein Foto. Und meine Mutter hasste es, wenn sie fotografiert wurde. Sie fand, dass sie auf den Fotos immer schlecht aussah. Sie hasste Fotografieren. Ich mag es auch nicht, fotografiert zu werden. Weder meine Mutter noch ich möchten, dass unsere Anwesenheit auf dieser Erde dokumentiert ist. Manchmal versuchte ich, von ihr ein Foto zu machen; sie ließ es nicht zu oder sie zerriss sie, wenn ich es geschafft hatte, welche zu machen.

Die Handvoll Fotos, die ich erbte, sind fleckig, haben Knicke, einige sind kaputt. Sie traute sich nicht, sie zu zerreißen, sie versteckte sie nur und zerknüllte sie, darauf hoffend, dass sie sich auflösten. Aber ich fand das hier:

Ich vermute, dass sie dieses nicht kaputt machen konnte. Jemand wird es gemacht haben und ihr als Erinnerung gegeben haben. Das Foto dieses Jungen lässt sich zeitlich einordnen. Es wurde in einem alten Kino von Barbastro aufgenommen, das es nicht mehr gibt. Es hieß Cine Argensola. Das Gebäude wurde vor mehr als zehn Jahren wegen eines Bauschadens abgerissen. Das hilft aber nicht bei der Datierung des Fotos. Dabei hilft das Poster, das hinter der diabolischen Kindsgestalt hängt. Es handelt sich um die Ankündigung eines spanischen Films namens *Los Palomos* von 1964 mit den Schauspielern Gracita Morales und José Luis López Vázquez, die beiden sind natürlich inzwischen tot.

Die Hand, die nicht die Palme hält, sieht aus wie eine Kupferprothese.

Meine Mutter hasste die Erinnerungen; dieser Hass hatte etwas Instinktives und auch etwas Schlaues. Sie verabscheute die Erinnerungen, sie waren ihr zuwider und peinlich.

Verschlagen, wie sie war, wusste sie, dass nichts erinnert werden sollte. Das so viel heißt, wie den Tod zu kennen.

Was tat diese diabolische Puppe auf dem Foto letztendlich der Welt an? Sie schlug sich in einem Land namens Spanien so durch.

Ich esse einen Keks und betrachte das Foto der diabolischen Puppe. Ich denke an den Hunger, an die Hungerattacken. Meine Mutter sagte, dass es eine Strafe war, mich zu füttern, als ich klein war. Ja, das stimmte wohl. Meine Tante Maria Callas sagte das ebenfalls. Ich weigerte mich zu essen. Sie mussten mich zum Essen zwingen. Fast wäre ich verhungert. Wenn ich weiter die Nahrung verweigert hätte, würde ich jetzt nicht Tote sammeln, der Musik der Toten lauschen. Ich war mir darüber bewusst, was ich tat, ich wollte nicht, dass etwas in meinen Körper gelangte, dass Äußeres in mein Inneres drang, ich wollte nicht, dass meine Organe, mein Blut, mein unbeflecktes Fleisch verunreinigt wurden. Ich wollte nicht, dass der Magen, die Leber, die Nieren vom Leben berührt wurden. Ich wollte dahin zurückkehren, wo ich gewesen war, ich wollte in meine Mutter zurück.

Ich war knapp drei Jahre alt, als ich in ein Krankenhaus eingewiesen wurde, weil ich nicht aß. Und ironischerweise hat die Angst jetzt zur Folge, dass ich esse. Ich verbringe den Tag damit, Buch darüber zu führen, was ich esse, die Kalorien zu zählen. Wer isst, sucht die Regeneration vom Leben; Essen hält die vitalen Maschinen in Gang, aber die Maschinen veralten und der Brennstoff verbraucht sich in Körpern, die keine Funktion mehr haben. Die Körper der hungrigen Alten funktionieren nicht mehr, sie verbrennen das Essen wie bestimmte Autos Öl; Autos mit einem hohen Verbrauch und geringer Leistung.

So sind die Alten, hoher Verbrauch und geringe Leistung, das heißt es, alt zu werden.

Die Beziehung der beiden Schwestern Maria Callas und Wagner war besonders, sehr innig und sehr tief. Maria Callas war die reine Güte, aber diese Güte machte keinen großen Eindruck auf Wagner. Maria war acht Jahre älter als Wagner. Sie wuchsen zusammen auf und wussten sehr viel voneinander.

Ich weiß gerade nicht mehr, wer von den beiden als Erste starb.

Doch, Maria Callas war es, und Wagner war nicht bei ihrer Beerdigung, so, wie ich auch nicht dort war.

Weder Wagner noch ich waren bei der Beerdigung von Maria.

Wie sehr ich meiner Mutter ähnele, wir sind vollkommen gleich.

154

Es gibt einen Satz, den ich erwarte aus dem Mund der Geister meiner Eltern zu hören, wenn ich ihnen entgegentrete. Sie werden mir sagen: »Wir erinnern uns kaum an dich.«

Es ist derselbe Satz, den Valdi und Bra denken mögen, wenn sie mich anschauen, »wir erinnern uns kaum an dich«.

Einige Jahre vor ihrem Tod war meine Mutter ganz aufgequollen; und einige Jahre vor seinem Tod war mein Vater ganz gekrümmt. Ein Ballon und ein Stock.

Ich bin gerade in Ranillas aufgestanden. Heute habe ich den lieben langen Tag nichts zu tun. Menschen, die alleine sind, lassen sich gehen. Meine Eltern haben mir Körperpflege nicht vorgelebt; wie verdammt hätten wir in jener Miniwanne auch duschen sollen. Eine weitere Katastrophe passierte: Aus den Leitungen kam immer weniger Wasser, am Ende nur noch ein ganz dünner Strahl. Die Leitungen waren verkalkt. Sie mussten erneuert werden. Da meine Mutter zur Miete wohnte (sie wohnte ihr Leben lang zur Miete), hatte die Vermieterin Arbeit und Kosten zu übernehmen. Die Vermieterin weigerte sich rundweg; sie wollte nur, dass meine Mutter kündigte, weil sie einen uralten Mietvertrag hatte, sie zahlte sehr wenig Miete für diese Wohnung.

Sie wohnte dort seit 1960.

Sie wollte mehr Geld verdienen. Sie war die Tochter des Besitzers, weil der Besitzer früh gestorben war, an einem Herzinfarkt. Meine Mutter hatte fast die ganze Hausbesitzerfamilie sterben sehen. Sie sah denjenigen, der das Haus baute und mit der Vermietung der Wohnungen anfing, sterben, mit ihm verstand sie sich gut und ihn schätzte sie. Sie sah seine Witwe sterben, die die

Vermietung übernahm. Und bedauerlicherweise sah nicht sie die Tochter sterben. Die Tochter sah meine Mutter sterben.

Entweder sieht man jemanden sterben oder andere sehen einen sterben.

Meine Mutter litt an Wassereinlagerungen und aß nichts. Sie verstand nicht, warum sie dicker wurde, wo sie nichts aß.

Das diabolische Kind aß nicht. Der Mann, in den sich das diabolische Kind verwandelte, isst und isst, um nicht den Klang der Welt, den Lärm alles Belebten zu hören. Das Belebte macht Lärm, wenn es verfault.

Mein Vater aß schnell, sehr schnell, es war eine atavistische, vererbte, althergebrachte Lust zu essen, in Erinnerung an die Zeit, als der Hunger die Erde regierte, in Erinnerung an den Spanischen Bürgerkrieg, in Erinnerung an ein Prinzip universeller Angst, an ein moralisches und existenzielles Prinzip; er aß schnell, und das diabolische Kind aß nicht, weil es nicht ein weiterer Mann werden wollte, der schnell isst, ein weiterer Mann mit einem schlechten Verhältnis zum Essen, dieser Typ Mann, der aus anderen Organismen eine Sättigung gewinnt, die nicht sättigt.

155

Der Tod meines Vaters bedeutete auch das Verschwinden einer Gestik, von bestimmten Bewegungen, einer Augenfarbe, die ich niemals mehr sehen werde. Einer Art, sich mit Händen, Armen, Blicken, Lippen, Beinen auszudrücken. Und wenn ich ihn vergesse, vergesse ich diese Gesten. Der Tod derjenigen, von denen wir keine Videos oder Filme haben, ist endgültiger und wirkmächtiger.

Es ist ein energetisches Verschwinden. Wenn es von meinem Vater Videos gäbe, könnte ich mich an seine Gesten erinnern, aber es gibt sie nicht, weil er niemals wollte, dass es sie gab, weil er wusste, dass dieser Moment kommen würde, der große Moment aller Momente, der letzte Tag des Lebens, der Moment, an dem wir feststellen, dass uns nichts versichert, dass dieser Mensch einmal gelebt hat.

Das ist die Erhabenheit des Abschieds, wie er näher rückt. Ich werde ihn nie wiedersehen, wiederhole ich wie ein Mantra. Und hier zeigt sich die Erhabenheit des Abschieds. Der Glaube ist unter diesen Umständen etwas Natürliches, weil einem die Vorstellung unmöglich scheint, ihn nie wiederzusehen, aus dem einfachen Grund, weil er da ist. Wenn ich die Hand ausstrecke, berühre ich sein Licht.

Er bewegt sich nicht.

Da ist er, und er sieht mich an.

156

Manchmal traf ich meinen Vater im Aufzug. Er war sehr gut gekleidet, wie immer trug er seinen Anzug. Er sah vollkommen sauber aus, obwohl er keine Dusche hatte. Ich spreche von 1978 oder 1979, von diesen Jahren. Ich wusste nicht, dass er in dem Aufzug war. Ich öffnete die Tür des Aufzugs und da stand er. Er lächelte, als er mein Erschrecken beim Öffnen der Tür sah, als hätte er sein plötzliches Erscheinen geplant, als wäre er der Vater von Hamlet.

Mein Vater passte sehr gut in den Aufzug. In jene altmodischen Aufzüge aus Holz und mit Glas. Er sah aus wie ein Marquis in einem Sarg mit Glastüren. Ich sah, wie die Aufzüge in jenem Haus ausgetauscht wurden. Es war das erste Haus mit Aufzug in ganz Barbastro, deshalb wurde es in den Sechzigerjahren das »Haus mit dem Aufzug« genannt. Es gab sogar eine Hausmeisterin, sie hieß Manuela, sie blieb nicht lange. Meine Mutter verstand sich sehr schlecht mit ihr. Sie hatte ein kleines Zimmer, das nach dem Umbau des Aufzugs verschwand. In diesem Zimmer wohnte Manuela, eine nicht unbedingt freundliche Frau. Meine Mutter sagte, dass sie eine Hexe sei. Ich hatte Angst vor ihr. Eines Tages löste sie sich in Luft auf und das Zimmer, in dem sie sich verkroch, wurde von der Maschine des neuen Aufzugs verschlungen. Aber gerade sehe ich sie vor mir: Sie war eine ältere Frau mit Brille, Dutt, klein, gebückt, die sich über den Müll beschwerte, wie herbeigezaubert plötzlich vor einem stand, mit meiner Mutter stritt, aber gleichzeitig erinnere ich mich mit Freude an sie, weil ein Hausmeister ein Haus immer belebt, er steht für die Lebenserwartung eines Hauses, des Zements, der tragenden Säulen, der Wände, der Treppen, der Fassade, der Treppenabsätze, der Glühbirnen, der Türschilder mit den Namen der Bewohner. Es war ein Mietshaus, sodass die Bewohner oft wechselten, es gab Leute, die wegen ihrer Arbeit ein paar Jahre in Barbastro blieben und dann in andere Städte zogen. Meine Eltern freundeten sich mal mehr und mal weniger mit den Nachbarn an, aber diese verschwanden später. Alle waren schließlich weg. Sie fanden eine bessere Arbeit oder stiegen innerhalb ihrer Firmen auf und zogen weg, in größere Städte. Wagner und Johann Sebastian blieben als Einzige im ganzen Haus, wie Überlebende, die altertümliche Musik für niemanden komponieren. Und was Manuela, die Hausmeisterin betrifft, so weiß ich weder, woher sie kam, noch, wohin sie ging; ob sie Familie hatte oder ein Geist war.

157

Die beiden sind jung und machen sich bereit, mich aus der Dunkelheit zu rufen. Ich bin nicht. Ich bin niemals gewesen. Trotzdem wurde ich vor Millionen von Jahren in allen Dingen vorausgeahnt. Wir alle sind vorausgeahnt worden. Ich kann in der Zeit reisen und sehen, wie Johann Sebastian Wagner streichelt und küsst, und ich bin da, darauf wartend, gerufen zu werden.

Mein Ursprung ist ihre Lust; in ihrer Melancholie nach der Liebe ist die Unersättlichkeit meines Geistes begründet.

Ich sehe das Zimmer, es ist Herbst 1961, es ist Mitte November, noch ist es nicht kalt, es ist angenehm auf der Straße, sie haben die Balkontür ihres Schlafzimmers geöffnet, damit das Mondlicht hereinscheint, sie sind so jung, so ungeheuer jung, dass sie sich für unsterblich halten, sie sind nackt, bei offener Balkontür.

Es ist ein wenig frisch geworden, sagt Johann Sebastian. Und er betrachtet die Nacktheit von Wagner und ich bin bereits in diesem Bauch. Wagner macht sich eine L&M an. Die Nachttischlampe verbreitet ein schwaches Licht. Das Zimmer verströmt ein unermessliches Glück. Die Wände, die Vorhänge, die Laken singen, die Nacht singt. An Neujahr 1962 werden sie wissen, dass Wagner schwanger ist. Aber sie erahnen die nahende Kreatur nicht. Noch nicht einmal ich weiß, welche Art von Kreatur naht. In der Novembernacht tritt Johann Sebastian, nachdem er mich in Wagner gerufen hat, auf den winzigen Balkon der Wohnung, die meine Wohnung sein wird, und schaut in die Nacht, ein Zauber liegt in der Luft, er schaut auf die Häuser gegenüber, die noch nicht asphaltierte Straße, sie sind gerade in dieses neue Haus mit Aufzug gezogen, das Holz des Aufzugs riecht nach Firnis, die Straße ist noch nicht fertig, alles ist neu, die Fensterläden aus Holz, die Fliesen, die Wände, die Zimmertüren, die perfekt schließen und von denen in fünfzig Jahren keine einzige mehr schließen wird, sie werden kaputt, verzogen sein. Ich sah diese neue Wohnung nie. Ich sah nur ihren Verfall, aber in der Nacht, in der ich empfangen wurde, war die Wohnung jungfräulich, gerade fertig gebaut, sie roch neu.

Man kann die Toten nicht wecken, weil sie in Frieden ruhen.

Aber diese Nacht im November 1961 gab es und gibt es noch. Diese Nacht der Liebe, diese moderne Wohnung, die frisch gestrichenen Wände, die gerade eingeweihten Möbel, die jungen Hände der Eheleute, die Küsse, die Zukunft, die nur eine träumerische Idee ist, die Macht der Körper, all das setzt sich in mir fort.

Du große Nacht 1961, Monat November, ruhig, gnädig, süß. Du lebst. Nacht, die du weiterhin lebst. Du gehst nicht. Du tanzt mit mir einen Liebestanz.

Epilog:
Die Familie und die Geschichte

Das Krematorium

Ich fragte jene zwei Männer nach dem Ofen,
es war die Nacht des 18. Dezember des Jahres 2005,
Straße nach Monzón, *wie, du weißt nicht, wo Monzón ist,*
es ist ein verlorenes Städtchen in der Einöde.
Gewitterluft in der Höhe, über dem Nichts
so nackt wie eine frisch Vermählte, Mond unter den toten
Straßen.
Monzón, Barbastro, die mir vertrauten Orte.
Sie ließen mich durch das Guckloch sehen und da war schon
der brennende Sarg,
das Holz des Sarges, wie es sich in dem lebendigen Rot
spaltet.

Das Thermometer zeigte achthundert Grad an.
Ich stellte mir vor, wie mein Vater dort in der Kiste lag.
Und die Kiste voller Feuer und mein Herz voller Schrecken.
Selbst die Lust zu hassen verließ mich.
Diese Lust, die mich so viele Jahre am Leben gehalten hat.
Und was wurde aus meiner Lust zu lieben? Weißt du es,
Herr des großen Sterbens, der du
deine politischen Gefangenen in die Unersättlichkeit treibst,
in die Langlebigkeit,
in die Ewigkeit ohne Sättigung, oh, Bastard,
du entwurzelst mich,
Liebe Gottes, oh, Bastard?

Ergreif diesen Mann inmitten der Einöde.
Oder ergreif ihn nicht, mir ist deine eisige Anwesenheit in dieser trunkenen Nacht egal, trunken bin ich gewesen und
werde ich sein, gegen dich oder dir zum Gefallen,
es ist gleich, welche Größe, es ist gleich.
Der Anfang und das Ende, das Gleiche, welche Größe.
Der Hass und die Liebe, das Gleiche; der Kuss und der Hintern,
das Gleiche; der herrliche Koitus in jungen Jahren
und das Verwesen und Vermodern des Fleisches,
es ist das Gleiche, welche Größe.

Der Ofen wird mit Diesel betrieben, sagte der Mann.
Und wir schauten auf den Schornstein,
und weil es Nacht war,
stießen die Flammen
auf einen kalten Dezemberhimmel,
ins Niemandsland von Monzón,
in der Nähe von Barbastro, froren auf den Feldern,
drei Grad unter null,
diese Felder voller Hexen und Vampire und Wesen wie mir,
»Dorthin steigt alles auf«, sagte der Mann jetzt,
ein korpulenter und ruhiger Mann,
trotz des Frostes war er nicht warm angezogen,
der dicke Bauch fast nackt,
»Es dauert zwei oder drei Stunden, das hängt vom Gewicht des Verstorbenen ab«,
er sagte Verstorbener, aber er dachte Kadaver oder Sack Scheiße,
»Davor haben wir einen Mann mit einhundertzwanzig Kilo verbrannt,
und das hat ziemlich lang gedauert«, sagte er.
»Eigentlich sehr lang«, fügte er hinzu.

»Mein Vater wog nur siebzig Kilo«, sagte ich.
»Also dann wird es schneller gehen«,
sagte der Mann. Der Sarg hatte sich bereits in Luft oder Rauch aufgelöst.

Am nächsten Tag kamen wir mit meinem Bruder
und sie übergaben uns die Urne, wir hatten eine billige Urne gewählt,
manche kosten bis zu sechstausend Euro,
das sagte der Mann.
»Wir sind nur das«, leierte der Mann in einer Art Ritual herunter,
in dem Willen, sich in ein menschliches Wesen zu verwandeln, ohne dass
er noch wir wussten, was ein menschliches Wesen ist,
und er überreichte mir die Urne in einer blauen Tüte.
Und ich dachte an ihn, wie dick er doch war, wie lange
er brauchen würde,
um in seinem eigenen Ofen zu verbrennen. Und als hätte er mich gehört,
sagte er: »Sehr viel länger als Ihr Vater«, und lächelte bitter.

Ich sagte dann zu ihm: »Derjenige, der eine Ewigkeit
brauchen wird, um zu verbrennen, bin ich, weil mein Herz
ein massiver Stein ist und mein Fleisch Rohstahl
und meine Seele ein Vulkan
aus Blut bei drei Millionen Grad,
ich müsste Ihren Ofen nur berühren, um ihn zu zerstören,
glauben Sie mir, ich wäre Ihr totaler Ruin,
es wäre besser für Sie, wenn ich nicht hier in der Nähe sterben würde.«
Hier in der Nähe: Niemandsland von Monzón,
Landstraßen,

Barbastro in der Ferne, Irrlichter,
schon vier Grad unter null.

Nehmen Sie die Asche Ihres Vaters und gehen Sie.

Ja, ich gehe ja schon, wenn ich nur brennen könnte,
wie mein Vater gebrannt hat, wenn ich nur diese Hand oder
Zunge oder Leber Gottes, der in mir ist,
verbrennen könnte,
dieses unauslöschbare und unerlösbare Bewusstsein;
die Unauslöschbarkeit des Bösen und des Guten,
die in Ihm das Gleiche sind.
Die Unauslöschbarkeit meiner Selbst.

Wenn sein Achthundert-Grad-Ofen nur das, was ich bin,
verbrennen könnte,
ein Fleisch von unmenschlichen tausend Millionen Grad
verbrennen könnte.
Wenn nur ein Feuer existierte, das das, was ich bin, auslöschen
könnte.
Weil es egal ist, ob das, was ich bin, gut oder schlecht ist.
Auslöschen, auslöschen, auslöschen, was ich bin, das ist die
Seligkeit.

Nehmen Sie die Asche Ihres Vaters und gehen Sie.
Bitte, kommen Sie nicht wieder hierher, ich werde
für Ihren Vater beten. Ihr Vater war ein guter Mann
und ich weiß nicht, was Sie sind, kommen Sie nicht wieder
hierher,
bitte. Ich bitte Sie, schauen Sie mich nicht an, bitte.

Er hatte einen weißen Seat 124, er fuhr nach Lérida,
er fuhr zu den Schneidern in Lérida und zu denen in Teruel,

er aß mit den Schneidern in Zaragoza,
aber jetzt gibt es nirgendwo mehr Schneider,
sagte eine Stimme.

Papá, ich bin so allein.
Papá, was mache ich jetzt.
Dich nie mehr zu sehen heißt, nicht mehr zu sehen.
Wo bist du, bist du bei Ihm?
Wie allein ich hier, auf der Erde, bin.
Papá, ich bin so allein.

Mach dich nicht lächerlich, du Dummkopf.

Oh, Mistkerl, du bist mit mir dort gewesen,
wo ich war, ohne dich aus den Flammen wegzubewegen.
Ich bin in diesem Jahr viel gereist, sehr viel, sehr viel.
In allen Städten dieser Erde, in deren denkwürdigen Hotels
und auch in den schmutzigen und wenig denkwürdigen Hotels,
auf allen Straßen, Schiffen und in allen Flugzeugen,
in all meinem Lachen, dort warst du, groß
wie die transzendentale, kollektive und leuchtende Erinnerung,
groß wie die Barmherzigkeit, das Mitleid und die Freude,
groß wie die Sonne und der Mond,
groß wie die Seligkeit, die Kraft und das Leben.

Bildnis

Und so tapfer
J. Manrique

Großer Kopf, mit der Sonne verbrüdert.

Offene Hände, wie das Firmament.

Elegant und altmodisch
Oberst enttäuschter
Arterien und Fingerglieder.

Immer gerötete Haut und weißes Haar.

Nie war er jemand und er hatte nichts,
weder Macht noch Geld.

Er hatte ein altes Auto, das bereits gestorben war.

Er war einen Meter achtzig groß.

Er lebte, als gäbe es Spanien,
die Geschichte und die Welt nicht.

Als gäbe es das Böse nicht.

Er mochte die ruhigen Städtchen von Huesca
und die beschaulichen Berge.

Bevor er sich in ein menschliches Wesen
namens Vilas verwandelte,
war er kosmische Stille.

Bevor er sich in den größten Mann
meiner Kindheit verwandelte,
war er ein Unbekannter.

Herr über unsere Wahrheit, er trug sie sehr weit mit sich fort.

Die Toten warten auf unseren Tod, falls sie auf etwas warten.

Auf dein Geheimnis.

Geschichte Spaniens

Arm war mein Vater,
sehr arm,
und der Vater meines Vaters,
und arm bin ich.

Wir wussten nie, was haben ist
noch warum wir arm waren,
wo andere es nicht waren.

Wir hatten nichts,
absolut nichts,
keiner von uns dreien.

Wir verbrachten das Leben damit,
den anderen dabei zuzuschauen, wie sie reich wurden.

Hier, in Spanien, nichts zu haben, tötet die eigene Sippe,
und du wirst den Geruch nach Armut niemals los,
und sie werden deine Armut
in Schuld verwandeln, in eine moralische Haltung.

Arm und schuldig,
der Vater meines Vaters,
mein Vater
und ich.

Der Regen

Madrid, 22. Mai 2004

Wir sahen den Rolls aus dem Jahr 53 mit den weißen Reifen
(tausend Kilometer in fünfzig Jahren)
in den Fernsehern der Kneipen im Actur-Viertel in Zaragoza.
Ich hielt ein Glas kalten Weißwein in der Hand,
und es war bereits heiß in Spanien,
die Hotels am Mittelmeer waren sauber gemacht,
offene Zimmer mit gewissenhaften Zimmermädchen,
auf die Ankunft von siebenhunderttausend Engländern wartend,
einer Million Deutschen, vierhunderttausend Franzosen,
hunderttausend Schweizern und hunderttausend Belgiern.
Wir standen mit einem Glas Weißwein in der Hand da, die
Hälse in Richtung Fernseher gereckt.

Elisabeth II. von England kam nicht; Elisabeth II.
würde nur zur Hochzeit des Königs von Frankreich fahren,
und da Frankreich keinen König hat, bleibt Königin Elisabeth II.
für immer in ihrem Palast, über die Welt geneigt.
Die Untertanen von Elisabeth II. dagegen lieben die spanische
Sonne
und das billige Bier,
sie rollen die britische Fahne
auf den Terrassen mit Meerblick aus.

Dem Untergang geweihte Königshäuser
aus den rostigsten Winkeln der Geschichte

tauchten am 22. Mai 2004 im spanischen Fernsehen auf,
nordische Länder, fremd und blühend, kalt, unendlich weit von diesem Zentrum entfernt.
Rouco Varela hielt die Messe.
Der Präsident der französischen Republik kam nicht.
Die Erzbischöfe, zweifarbig, glücklich.
Der Name Gottes wurde viele Male laut genannt.
Die trotzige Besessenheit, Gott zu sagen, es so zu sagen,
wie man die Macht, das Geld,
die Auferstehung, die Guillotine, das Gefängnis, die Sklaverei sagt.
Der Herrscher der Welt blieb in Amerika,
den minderen Riten seiner Provinzen fern.
Die riesigen blauen Regenschirme.
Um sechs Uhr morgens aufstehen,
damit sie dich schminken, dich enthaaren, dir die Fingernägel machen,
welch größte Freude.
Die großen Frühstücke, das Goldbesteck,
die besten Weine und großartige Eaux de Cologne.
Die riesigen Duschen, die Suiten, das Schweizer Konfekt,
die Goldpantöffelchen, die Platinslips,
der Orangensaft aus furchtbaren Orangen.
Der Luxus und der Service, immer Leute, die dir die Tür aufmachen.
Das ständige Lächeln.
Die Fachleute des ständigen Lächelns,
dieses Lächeln versinnbildlicht die trostloseste Arbeit der Geschichte.
Lächeln? Warum?

Und Umbral und Gala und Bosé und A. und J. und Ayala,
in die Kathedrale de la Almudena tretend,

belohnt, ausgewählt,
zur Rechten platziert, die Anführer der spanischen Intelligenz,
des spanischen Aufstiegs, des großen Wachstums.
Der große Aufstieg, die große Erhebung.
Und die einhundertneunzig bei lebendigem Leib Verbrannten
hatten ihre Ehrung,
das absurde, verstümmelte Volk, das goyeske Volk,
primitiv und monarchistisch,
der Rolls fuhr vor ihnen vorbei.
Und der Ex-Regierungspräsident trank Rioja Reserva von 94,
alle Expräsidenten Spaniens, mit ihren Cutaways
und ihren Frauen im Hintergrund,
beschützend, verhärmt, für immer
verwirrt, aber glücklich darüber, bis dahin gekommen zu sein,
bis dahin, wo die Luft aus Gold ist und die Hand die Welt greift,
bis dahin, wo ganz Spanien sie haben wollte,
und die demokratische Legitimität verleiht den entscheidenden
Glanz.

Die in den Regenbogenfarben schillernden Damenhüte, die
Schleier auf dem Kopf,
die Schleier unter einem dunklen Himmel.
Und José María Aznar und Jordi Pujol
und Felipe González, von Neuem vereint.
Und die drei setzen sich zufrieden, das vollendete Werk
betrachtend, die Nachfolge auf Franco, die europäische Hand,
väterlich,
über unseren Köpfen,
Francos Nachfolge, die Mantillas des Franquismus
in den Schränken verstaut,
vor Neid heulend und sehr weißes Naphthalin einatmend.
Und Juan Carlos I., Spanien auf den Schultern,
weil wenn nicht er, wer sonst würde Spanien tragen,

die Geschichte Spaniens tragen, das päpstliche Siegel am kleinen Finger.
Und Zapatero mit seiner Sonsoles, sinnlich, lächelnd,
sie wäre Baudelaires oder Julio Romeros Typ gewesen.
Sonsoles schien ein Delacroix:
die Freiheit als Frau das Volk anführend,
prächtige Damenhüte, der politische Ritus,
die langweilige Geschichte,
die hängenden Brüste.

Und Sozialisten und Liberale und Ultrarechte zusammen,
die Linke und die Rechte verbunden,
die Gehälter bis zum Äußersten erhöht,
alle das Gleiche suchend, Sonsoles schien ein Delacroix,
die neue Königin Spaniens,
die Verteilung der Ressorts, der Ruhm,
die weiten Reisen durch die Welt in Dienstflugzeugen,
die irdischen Reichtümer.
Angesichts der Pracht der Damenhüte konvertierte Atheisten,
Gläubige mit der atheistischen Brieftasche.
Die Macht sich allzeit selbst gleich.
Die Geschichte allzeit, wie sie vor Zeiten war.
Immer dieselbe Zeit.
Das Wesen Spaniens, das Wesen der ganzen Welt wiederholt sich.

Und wir trinken im Actur-Viertel, neben den Kränen und dem Hipercor,
froh, dass sie uns diesen Wein trinken lassen,
diesen kalten Wein in einem nicht ganz sauberen Glas, froh,
diesen Wein zahlen zu können und zwei weitere.

Und die geheimnisvolle Blässe der jordanischen Königin Rania.
Und der Regen.

Huesca, 1969

Mein Vater nahm mich mit nach Huesca,
das war die Hauptstadt unserer Provinz.

Es gefiel ihm, dass ich ihn begleitete.

Er hatte Kunden dort.

Es war eine kleine Stadt,
voller Bekannter.

Er hatte seine Lieblingsorte,
eine Kneipe, ein Geschäft, eine Bäckerei,
es gibt sie heute nicht mehr.

Die Städte gehen mit denjenigen,
die fortgehen, fort.

Ich erinnere mich, wie er in die Arkadengänge lächelte.
Den ein oder anderen grüßte.

Neununddreißig Jahre
war er damals
und ich sieben,
wir gingen Hand in Hand,
manchmal schaute er mich an
und sagte zärtlich meinen Namen,
wir gingen an Geistlichen und Militärs vorbei

und Frauen, die der Coso Alto verängstigte,
alte Busse,
irgendein Motorrad,
die Straßen in der Sonne,
September neunzehnhundert–
neunundsechzig.

Cambrils

Sommer 1975

Die Mercedes Cabriolet, die BMW mit Engelsaugen,
die Peugeot, die Alfa Romeo, die Opel, die Volkswagen.

Es ist der Sommer 1975, in dem Touristenort
Cambrils, an der Küste von Tarragona
– die Sonne brennt und das Mittelmeer ist unser Paradies.
Auf dem langen Parkplatz direkt am Meer
beäugt ein Junge in Badehose den Tachometer
eines Porsche: 210, 230, 250, 270, 290.

Das Auto seines Vaters hört bei 160 km/h auf.
Und es ist neu, und es war das beste und das schnellste,
sagte der Vater.

Das macht ihn traurig.

Diese so großen und so hübschen Leute, wo kommen sie her?

Sie scheinen glücklicher als wir zu sein.

Es passiert etwas. Etwas reißt auf.

Diese Autos, er kriegt sie nicht aus dem Kopf,
diese so anderen Formen, diese seltsamen Marken,
unaussprechlich,

diese großen Räder,
diese futuristischen Tachometer.

Er hat gerade einen roten BMW gesehen und neben seinem
Gesicht
durch das Fenster: 200, 220, 240, 260, 280 km/h.

Er stellt sich die Welt bei 280 Stundenkilometern vor
und lächelt wie ein jugendlicher Gott.

Im Mittelmeer schwimmend, mittendrin,
denkt er weiter über diese geheimnisvolle Autoindustrie nach,
an diese heißen Formen des Materials.

Das Kind wusste bereits damals, dass die Materie strahlender
Geist ist.
Die Freude der knatternden Motoren,
die Zylinder, das Lenkrad aus edlem Holz,
die Räder und ihr militärischer Geist.

Er verbrachte die Ferien damit,
dümmlich fasziniert
und unerwartet gedemütigt
die Autos der europäischen Touristen zu betrachten.

Diesen Autos dort wohnte ein schmerzhaftes Geheimnis inne,
auch eine Form von Armut,
und eine Bestimmung.

1980

Ich schaue mich jeden Morgen, es ist noch sehr früh,
im elektrischen Licht an,
im Spiegel des elenden Badezimmers,
mit bereits einundfünfzig schlechten Jahren und recht alleine,
und ich sehe dich,
im selben Alter,
im Winter 1980.

Ich sehe dich um sieben Uhr morgens, wie du die Koffer
    und die Musterkataloge in den Kofferraum deines
    Seat 1430 trägst.

Vielleicht ist mein Auto besser als deins.

Die westliche Automobilindustrie bietet
der Unterschicht ein Modell mit sechstem Gang
und sogar mit Klimaanlage an.

Das Gehalt bleibt trotzdem dasselbe.

Das Land bleibt trotzdem auch dasselbe.

Ich sehe dasselbe Gesicht im Spiegel, das erdrückende
    Frühaufstehen
und der schäbige Job,
und der schäbige Verdienst auf Kommission,
das ganze Leben mit einer Kommission im freien Fall,

von der dir nichts blieb,
absolut nichts.

Ich versuchte zu schreiben und du warst
ein anonymer Handelsvertreter,
wir sind gleich.

Wo sind unsere Kapellen in den berühmtesten
Kathedralen Spaniens,
in der von León,
in der von Sevilla,
in der von Burgos,
in der von Madrid,
in der von Santiago de Compostela?
Wo unsere in Bronze gearbeiteten Gesichter
mit den Wunden an der Seite?

Du, wie du die absurden Städtchen Aragóns bereistest,
um kämpferisch katalanischen Stoff,
den Stoff der erfolgreichen katalanischen Firmen
– aus Barcelona, florierend
und bereits mit internationalen Beziehungen –,
an taube und schmuddelige und ärmliche Schneider
aus rückständigen Städtchen
des finsteren, mittelalterlichen, verstümmelten Spaniens zu
verkaufen.

Sie, deine katalanischen Chefs,
verdienten viel Geld,
du nichts.

Wir rasieren uns zur gleichen Zeit, du 1980,
ich 2013, die Kunst des Rasierens hat sich

schon ein bisschen weiterentwickelt, ein bisschen Eau de
Cologne,
ein bisschen Wasser ins Haar.

Wir gehen zur gleichen Zeit aus dem Haus und steigen
jeder für sich in ein Auto,
meines hat Musik und deins hat nur Radio,
dein Seat 1430, und vielleicht ist das der einzige Unterschied,
mir helfen Lou Reed und Johnny Cash mit ihren Liedern,
dir half niemand.

Du gingst mit fünfundsiebzig Jahren.
Ich gehe innerhalb der nächsten fünf Minuten.

Nein, ich möchte dich nicht auf der anderen Seite des Spiegels
sehen.

Ich würde deinen Feuerblick nicht aushalten.
Deinen Blick größter Verdammnis.

Coca-Cola

Trink die Coca-Cola,
trink sie ganz aus.
Das Eis mit der Zitrone, bis zum letzten Schluck.

Das Geräusch des Würfels,
wie er gegen das Glas stößt,
trink sie,
weil niemand kommen wird,
bis ich das Eis
mit meinen Zähnen zerbissen
und das trübe Wasser geschluckt habe.

Ich trank sie mit meinem Vater
mehr als vierzig Jahre lang.

Ich trank sie gestern mit meinem Sohn.

Ich trinke sie heute alleine.

Trink aus, bis zum letzten Schluck.

Daniel

In derselben Wohnung schlafen,
du in deinem kleinen Zimmer,
ich in meinem, das ebenfalls klein ist,
aber es ist ein wenig größer als deins,
ein Privileg.

Zu wissen, dass du auf der anderen Seite der Wand bist, macht
mich ruhig.

Aber heute bist du nicht aufgestanden
und kommst zu spät zur Schule.

Du glaubst nicht, was mir das für Kummer macht,
dass du eine Stunde Unterricht verpasst.

Die Gesetze der Menschen – ich kenne sie – sind
strikt,
und du musst lernen, mit ihnen zu leben,
so wie ich.

Ich denke über deine Zukunft nach.

Ich würde mein Leben geben, wenn ich dich morgen beschützen
könnte,
damit dir kein Unglück widerfährt,
kein Schmerz, kein Groll der Menschen zuteilwird.

Ich öffne das Fenster in deinem Zimmer und ich sehe deine Sachen und das rührt mich.

Ich liebe all deine Sachen.

Ich liebe deine Handschrift, klein, niedlich, bescheiden,
die Handschrift einer gütigen Seele.

Ich liebe deine Anziehsachen, die in meinem Schrank hängen,
deine braune Jacke,
sie gefällt mir sehr.

Die Zartheit deines Körpers erschüttert mich
und macht mich gleichzeitig froh.

Den ganzen Tag trägst du Kopfhörer, wenn ich mit dir rede, hörst du nicht.

Du lebst für das Handy
und kaum für mich,
der ich für dich lebe.

Ich mache dir gern leckere Bocadillos.

Ich denke daran, dass du am Vormittag Hunger haben wirst.

Ich ahne deine Verletzlichkeit und leide.

In dir werde ich mich zu Asche verwandeln
und dein neues Leben wird
das Ende all der Dinge sehen,
die mich verletzten.

Papá

Hör auf zu trinken, Papá, bitte.
Deine Leber ist tot und deine Augen sind noch blau.
Ich komme dich holen. Mamá weiß es nicht.
In der Kneipe trauen sie dir nicht mehr.
Sie wollten die Polizei rufen,
aber sie haben mir vorher Bescheid gesagt,
aus Mitleid.

Papá, bitte, reagier doch, Papá.
Seit Monaten arbeitest du nicht mehr.
Die Leute mögen dich nicht, niemand mag dich mehr.
Stirb weit weg von uns, Papá.
Wir waren niemals stolz auf dich, Papá.
Bitte, stirb sehr weit weg von uns.
Das bist du uns schuldig.
Immer hattest du schlechte Laune.
Wir erinnern uns fast nicht an dich, aber die Kneipe ruft uns an.
Geh weit weg, das bist du uns schuldig.
Das ist das Einzige, worum ich dich bitte.

974310439

Die mich zur Welt brachte, ist heute von uns gegangen.
Sie, die mich unentwegt anrief, um zu wissen, was ich mache.

Wie schlecht ich zu ihr war, wie schlecht wir zueinander waren,
obwohl wir uns so liebten; wie wenig du von meinem Leben wusstest,
in der letzten Zeit, ich habe dir verheimlicht, wie schlecht es mir ging,
in meiner Ehe und überhaupt,
und du wusstest es, weil du letzten Endes alles wusstest,
du sahst, dass ich diese starken Sachen trank,
du sahst diesen seltsamen Durst bei mir, dieser Durst, der dir so fremd war,
der dich so erschreckte und den du so fürchtetest.

Niemand wird mich mehr derart besessen anrufen, um zu wissen,
ob ich lebe, und wem wird es in Zukunft wichtig sein, ob ich lebe oder tot bin;
ich sage dir: niemand.

Das große Geheimnis war also folgendes:
Ich bin vollkommen verloren,
auf den Knien,
bereit, enthauptet zu werden,
um mich endlich von diesem Körper zu verabschieden,
der nur für die Gesellschaft und die Nachbarschaft existiert,

aber meinen Namen trägt,
unseren Namen.

Ich werde niemals wieder
deine Telefonnummer auf dem Display
meines Handys sehen; du, die du dich beschwertest, keins zu haben,
dass ich dir keins schenkte,
ich schwöre dir, du hättest nicht damit umgehen können,
du hättest es aus dem Fenster geworfen,
wie ich es in dieser Nacht des äußersten Wahnsinns mit meinem machen werde.

Weil du eine Telefonnummer warst, fünfzig Jahre
in dieser Nummer eingesperrt: Neun, Sieben, Vier, Einunddreißig,
Null, Vier, Drei, Neun.
Wähle sie jetzt,
wähle sie, wenn du den Mut hast, und dir werden
sämtliche unermesslichen Geheimnisse antworten: die Zeit und das Nichts,
die rote Wut
der schlimmsten himmlischen Stürme,
das spröde und weiße Nichts
in eine schwarze Hand verwandelt.

Es war egal, wo ich war: Ich konnte in Amerika sein oder im Osten,
du riefst an, du riefst deinen Sohn immer an,
weil ich Gott für dich war, ein Gott jenseits des Gesetzes,
mächtig und heilig, der einzig wirkliche und dir genügende Gott,
immer dein Sohn jenseits aller Ordnung, immer herrschend,

weil alles, was ich machte und tat, deine uneingeschränkte
Zustimmung erhielt,
deren Moral nicht von dieser Welt ist.

So ist es.

Du, die du mich bis zur Verzweiflung liebtest.
Du, die du Blut vergossest wegen mir und wegen meines
fragwürdigen und dunklen Lebens,
voller Liturgien, deren Sinn du nicht kanntest,
und das war gut so, weil es nichts zu wissen gab,
wie ich schließlich
herausgefunden habe,
in diesem Wissen
dem weisesten Menschen gleich.

Und jetzt, noch einmal zum Krematorium,
wie ich bereits in einem Gedicht mit diesem Titel schrieb,
in dem ich von deinem Ehemann, meinem Vater, sprach,
den wir ebenfalls verbrannten,
einige Tausend Grad erreichen diese Öfen.

Mein großer Vater, der, in den du dich verliebtest – wer weiß
warum –
neunzehnhundertneunundfünfzig,
und wen zum Teufel interessiert das, wenn nicht mich,
der euch immer so sehr liebte und euch bis zur letzten Minute
der Welt lieben wird.

Ich küsste die heilige, eisige Stirn
an einem Sonntag
am Morgen
eines vierundzwanzigsten Mai im Jahr zweitausendvierzehn,

es regnete,
in einem unerwartet kalten Frühling,
während eine hoch entwickelte Maschine deine billige Kiste
– schau, wir sind arm – in das letzte Feuer schob,
zu dem mein Bruder und ich dich
gefahren hatten.

Ich spürte deine alte und kraftlose Stirn auf meinen
alten und kraftlosen Lippen,
aber meine spürten noch etwas;
deine
glücklicherweise nicht.

Niemals dachte ich, dass das letzte Gefühl dieses wäre:
das Verlangen, das du auslöstest, der Neid auf deinen Tod,
deinen Tod neiden,
weil du mich hier ließest,
vollkommen alleine,
zum ersten Mal
in unserer langen Liebesgeschichte,
und für immer allein.

Ich erinnere mich jetzt an all jene Frauen,
die mit mir schlafen wollten,
mit mir Liebe machen wollten,
und das war schließlich mein Leben,
wo ich doch nur mit dir für immer
zusammen sein wollte.

Mamá, ich wusste wirklich nicht, dass ich dich so sehr liebte.
Du wusstest es schon, weil du immer alles wusstest.

Wie gut, dass alles zu Ende ist,
an einem schuldigen Frühlingsabend,
an dem die Welt ihren Anfang hat,
an dem die Welt für dich zu Ende ist,
an dem sie für mich weder zu Ende ist noch einen Anfang hat,
sondern sich unfreiwilligerweise weiter dreht.

Wie gut diese allmächtige Stille, hier, in Barbastro,
wo wir Mutter und Sohn waren, für alle Ewigkeit.

Hier, in Barbastro, an diesem so unsrigen Ort,
so schlicht unsrig: Alles passierte hier, in diesen Straßen.

Ich erinnere mich an alles, und ich werde mich an alles erinnern.

Kurzum, ich liebe dich.

Wie ich noch nie jemanden geliebt habe: Alle waren dein
Abklatsch.

Ah, das vergaß ich: Du hättest etwas dalassen können,
um deine Beerdigung zu bezahlen,
du weißt nicht, wie schlecht es mir geht und wie arm ich bin,
du warst einfach zu freigiebig und verschwenderisch,
und was der günstigste Sarg
kostet,
wie sie es nennen, die freundlichen Herren vom
Beerdigungsinstitut.

Schau, wir waren arm und unglücklich, du und ich,
ma mère, in diesem Spanien der großen Dreckskerle,
die sich so ekelerregend
bereichern.

Und trotzdem, so arm wie Ratten du und ich,
bewahrten wir Haltung,
wie zwei Verliebte.

Wie gut. Wie schön. Wie sehr ich dich liebe
oder dich liebte, ich weiß es nicht mehr, und wen interessiert das,
natürlich nicht die Geschichte Spaniens,
unser Land, falls du weißt, wie es hieß,
das erhabene, historische Nichts, in dem Papá, du und ich lebten.

»Helena ist eine wahre Schriftstellerin und dies vielleicht ihr schönstes Buch.«

Roberto Saviano

Helena Janeczek

Das Mädchen mit der Leica

Roman

Aus dem Italienischen von
Verena von Koskull
Berlin Verlag, 352 Seiten
€ 22,00 [D], € 22,70 [A]*
ISBN 978-3-8270-1398-9

*Cover- und Preisänderungen vorbehalten

Eine der ersten Kriegsfotografinnen der Welt kam aus Deutschland. Sie starb im Spanischen Bürgerkrieg. Gerda Taro war eine unfassbar kühne Träumerin – und eine bildschöne, umschwärmte Femme fatale. Dieser preisgekrönte Roman lässt drei ihrer Weggefährten zu Wort kommen. Weder ihre beste Freundin Ruth, noch die ihr rettungslos verfallenen Geliebten Willy und Georg könnten Gerda je vergessen, denn mit ihr starb für sie auch die Hoffnung auf eine bessere Welt …

Leseproben, E-Books und mehr unter www.berlinverlag.de